Gespräche mit Günter Grass

I.

Der Roman wird zu Zeiten immer mal wieder für tot erklärt. Als die »Blechtrommel« erschien, wurden diese Totsager widerlegt; aber es gab und gibt Stimmen, die immer noch jeden Roman, jede zusammenhängende Fabel, es gibt andere, die Gedichte für reaktionär halten, vom herkömmlichen Theater ganz zu schweigen. Sind Sie also ein reaktionärer Schriftsteller?

Ich werde den Fehler nicht machen und sagen: ich bin keiner; denn all diese Diffamierungen der Kunst und ihrer Möglichkeiten sind immer puritanischer Herkunft gewesen. Das fängt in der moderneren Geschichte bei Shakespeare an, wo das Verhältnis zu den Puritanern sich bis in die Stücke hinein niederschlägt: der kunstfeindliche Standpunkt, die Aggression dem Bildlichen gegenüber, die Aggression dem Versuch gegenüber, Phantasie als Teil der Wirklichkeit zu sehen; und dieser puritanische Standpunkt schlüpft jeweils in neue Ideologien hinein, zur Zeit in die des Vulgärmarxismus — deshalb diese Versuche, Kunst auf sozialistischen Realismus zu reduzieren, zur Magd der Revolution zu degradieren, wovor schon Trotzki gewarnt hatte, selbst vom Standpunkt des Marxismus her ...

In gewisser Weise ähnlich der frühaufklärerischen Phase, etwa bei Gottsched ...

Auch dort, ja, aber das stand wieder im Gegensatz zu Aufklärern wie Leibniz, die das viel breiter verstanden haben und die sich diese Magdfunktion nicht ...

Auch bei Lessing ist ja noch zu beobachten, wie die Literatur im Dienst des Moralismus steht ...

... ja, aber da ist das Talent noch stark genug, um das zu verarbeiten. Es ist ja auch kein unmittelbarer Gegensatz: sich in den Dienst einer Moral stellen bedeutet ja nicht die Phantasie unter Hausarrest stellen. Aber in unseren Tagen dieser z. T. groteske Versuch, die Kunst auf Agitprop-Methoden zu reduzieren! Es gibt natürlich eine ganze Reihe von Autoren, die sich aus der Unsicherheit, die der Beruf mitbringt — und auch viele Kritiker, die unter ähnlichen Symptomen leiden —, bange machen lassen; wir haben das ja erlebt, wie eine ganze Reihe von Autoren, z. B. Enzensberger, nun auf einmal anfing, in dieses Modegeschrei einzustimmen und mit dem einzigen, was sie wirklich können, Ausverkauf zu betreiben. Ich bin anderer Meinung. Ich glaube, daß die gesellschaftlichen Umstellungen zwar neue Aufgaben stellen, die künstlerischen Formen aber durchaus in der Lage sind, sich darauf einzustellen, und der Roman als die Hure unter den Künsten es sich am leichtesten tun wird bei dieser Umstellung. Politisch argumentiert: die Gesellschaften — und zwar unabhängig von ihrer ideologischen Festlegung — sehen sich auf einmal Friedensproblemen konfrontiert. Die Fixierung auf den Kriegsfall, auf den Ernstfall, beginnt langsam absurd zu werden. So sehr man noch immer auf das NATO- und Warschauer-Pakt-Gleichgewicht aus ist und unter den jeweiligen Rüstungslasten stöhnt, weiß man doch genau, daß man im Grunde diese Mittel bräuchte, um mit bildungspolitischen Problemen, mit Umweltschutzproblemen fertig zu werden.

Also nicht mehr Clausewitz, sondern Myrdal etwa ...

Ja, nicht? Das, was von Schweden her eigentlich sehr sachlich, sehr pragmatisch als eine neue Wissenschaft kreiert worden ist und was bei uns leider schon wieder im Humanismusgequatsche unterzugehen droht: Friedensforschung — das ist in der Tat der erste Aufriß von Friedensproblemen; wobei das Wort »Frieden« aller La-Paloma-Romantik entkleidet werden muß. Der Krieg, die Aggression, der große »Aderlaß«, das Kräftemessen, das Jüngersche männliche Geschäft — das alles ist außer Betracht gesetzt, wir werden auf einmal für Jahre — ich hoffe sehr viele Jahrzehnte — nur noch mit langweiligen Kontroversen ...

... politischen Kontroversen ...

ja, Friedensproblemen zu tun haben. Das ist für die Literatur und gerade für die deutsche Literatur, in der Tat eine ungeheure Umstellung, weil sich Literatur bei uns in diesem Jahrhundert zweimal von Weltkatastrophen zu regenerieren hatte; und diese neue Regeneration geschieht ohne Götterdämmerungsmusik, ohne den reitenden Weltgeist à la Hegel, ohne Katastrophe und ohne großen Umbruch, sondern aus dem Stand heraus in einem schleichenden pluralistischen Prozeß.

Ja, aber da stellt die Generation derer, die jetzt 30 bis 50 Jahre sind, jene Nüchternen, die auch die Friedensproblematik nüchtern, eben entkleidet von jedem Pathos sehen. Während sich doch möglicherweise bei den Jüngsten und Jüngeren, der Generation der heute bis 25jährigen, diese Nüchternheit schon wieder verflüchtigt und einem neuen Pathos Platz gemacht hat?

Es ist sehr schwierig, jungen Autoren ins Handwerk oder in ihre hausgemachten Zweifel hineinzureden. Ich will es einmal versuchen: So schwer es mir und meiner Generation unmittelbar nach Kriegsende gefallen ist — weil wir ja, im Nationalsozialismus aufgewachsen, all das neu erarbeiten mußten, was wir gar nicht hatten, z. B. das Verhältnis zu einer unterbrochenen Literaturtradition, zum Expressionismus etc., das dieser jungen Generation via Schule und Universität ja ohne großen Widerstand erreichbar gewesen ist — gerade das, und das klingt jetzt absurd, macht es für die jüngere Generation weit schwerer: sie muß aufwachsen ohne diese Pseudowiderstände, die wir hatten ...

Sie meinen, ohne die Widerstände, die Sie hatten ...

Nein, Pseudowiderstände deshalb, weil es Kriegswiderstände waren. Echte Widerstände sind jene, die kaum erkennbar sind — deswegen haben sie es schwerer. Ist das deutlich? Denn ich möchte jetzt nicht romantisieren und sagen: wenn Ihr es mal so hättet, wie wir es gehabt haben, das waren noch Widerstände! Es waren Pseudowiderstände — harte, aber erkennbare, während diese Widerstände — und das ist das Teuflische an ihnen — schwer erkennbar sind. Da fangen junge Leute, mehr oder weniger ausgebildet, jedenfalls im Vergleich zu meiner Generation, mit einer Stil- und Schreibfertigkeit an, die ich in dem Alter nicht gehabt habe, und bauen auf einer mittlerweile doch schon wieder angereicherten Nachkriegsliteraturtradition auf — auf der einen Seite perfekt im Stilvermögen, aber ohne Inhalt. Und damit sind wir schon wieder bei dem unsäglichen deutschen Antagonismus von Inhalt und Form, die offenbar bei vielen nicht zusammenwachsen. Z. B. Handke: ein Stilist ersten Ranges, der — jetzt abgesehen von einigen Gedichten und auch einigen Theateransätzen — offenbar darunter leidet (ich sehe das so an), daß ihm noch nicht der richtige Inhaltswiderstand erwachsen ist. Er spielt die Dinge durch an Inhaltsvorwürfen oft sekundärer Art, etwa dem des Kriminalromans als Muster, und kommt dabei immer zu sehr perfekten, auf mich klassizistisch anmutenden Ergebnissen. Vielleicht — das ist nur ein Hinweis, der nicht nur die junge Generation, sondern meine Generation genau so betrifft — könnten diese neu aufkommenden Friedensprobleme, die ganz sperrig daliegen und von denen man nicht weiß, wie man sie handhaben kann, welche Medien überhaupt in der Lage sein werden, sie zu benennen, dort neue Widerstände schaffen. Ich habe letzthin auf dem Schriftstellerkongreß in Stuttgart die vielleicht rhetorische Frage gestellt (obgleich ich dabei auf Walser abzielte): »Wer wird das Absterben des Bodensees erzählen?« — was ich für ein großes episches Thema halte, das dem Schriftsteller ganz neue Dinge abfordern müßte. Das nur als Beispiel, was auf uns zukommt.

Würden Sie die Widerstände, die die Jüngeren heute haben, vielleicht eher als innere und psychische Widerstände bezeichnen und Ihre Widerstände als äußere?

Ja; bei den Jungen kommt eines dazu, was mir manchmal auch ein wenig lästig ist: ihr bewußt — was ja nicht nur die Schriftsteller betrifft — antiautoritärer Zug kommt mir recht romantisch vor, weil er vorgetragen wird von Leuten, die zu lange Zeit autoritätshörig gewesen sind und jetzt ins Gegenteil umschlagen. Das trifft auf meine Generation weniger zu, weil meine Generation — ich kann es jedenfalls für mich ganz gewiß sagen — immer in dem Bewußtsein lebt, zufällig zu leben, zufällig zu schreiben, weil ich von meinem Jahrgang 27 (und 26 bis 20 und noch weiter zurück) weiß, daß diese Jahrgänge dezimiert sind. Der Krieg hat als eine Art Gegenauslese eine Menge von Talenten und wahrscheinlich größeren Talenten, als wir alle es sind, fortgenommen. Und mir ist es beim Schreiben — nicht immer, aber oft bewußt, daß man, ob man will oder nicht, stellvertretend mitschreibt für soundsoviel Leute, die aus den bekannten Gründen nie dazu gekommen sind, sich zu realisieren. Das fehlt der Nachkriegsgeneration, und das möchte man ihr auch nicht wünschen. Aber deshalb ist ihr Verhältnis zur Karriere, zum Aufstieg, zum Ruhm, zum Sich-Realisieren aus meiner Sicht — einer sehr skeptischen

Sicht, auch meinem eigenen Ruhm und meinem eigenen Verhältnis zum Ruhm gegenüber — ein sehr romantisches. Gerade im Antiautoritären wird das deutlich, weil es nämlich nur das andere Extrem ist.

Weil es leicht auch wieder ins Autoritäre umschlägt?

Ja; das läßt sich sehr gut zeigen am Verhältnis dieser jungen Autoren zueinander. Wenn ich mir nur anhöre, wie Wondratschek über Handke urteilt oder umgekehrt — ich habe selten etwas so unduldsam Autoritäres gehört wie in diesem Umgang der Schriftsteller der jüngeren Generation miteinander. Wenn ich da denke an den Umgang meiner Generation mit der etwas älteren — sagen wir mal von Walser und mir im Verhältnis zu Heinrich Böll —, so war das sicher, etwa in der Gruppe 47, immer ein kritisches Verhältnis, aber immer auch eines, das entweder tolerant war oder sich zur Toleranz gezwungen sah — was aber im Ergebnis auf das gleiche herauskommt. Und das ist weg.

Toleranz ist eben nie etwas Selbstverständliches, sondern etwas bewußt Vollzogenes.

Ja, und im einen Fall fällt es leichter, im anderen weniger leicht. Und ich meine: man muß sich dazu bringen. Hinzu kommt, daß meine Generation und ganz gewiß auch Bölls Generation aus diesem Kleinkrieg und Grabenkrieg der Schriftsteller untereinander und gegeneinander in der Zeit der Weimarer Republik eine Lehre gezogen haben; das ist der jetzt jungen Generation offenbar nicht mehr gegenwärtig. Und da entsteht natürlich die Frage, inwieweit sind wir, meine, die ältere Generation, in der Lage, diese Erfahrung zu übertragen.

Weil sie gerade von Böll sprechen: in den Frankfurter Poetikvorlesungen hat er einmal gesagt: »Die Abneigung der Deutschen gegen den Provinzialismus, gegen das Alltägliche, das eigentlich das Soziale und Humane ist, sei eben provinzlerisch. Provinzen werden zu Orten der Weltliteratur, wenn ihnen Sprache zugewachsen ist«. Danzig-Langfuhr nun ist ein solcher Ort der Weltliteratur geworden. Aber die Danzigromane zeigen auch die Gefährdung des Kleinbürgertums. Würden Sie dennoch Böll zustimmen, daß der Ort des Humanen, der Ort humaner Literatur eben jene so definierte Provinz ist?

Ich kann mit dem Begriff »humane Literatur« sehr wenig anfangen; er kommt mir ein bißchen wie ein weißer Schimmel vor. Aber eines ist, jedenfalls für mich, gewiß: daß die Weltläufigkeit eines Romans nicht bewiesen ist durch raschen Ortswechsel von Großstadt zu Großstadt und durch direkte Einbeziehung großer geschichtlicher Vorgänge, sondern daß gerade Literatur ihre Chance darin hat, vom Detail her größere Zusammenhänge zu belegen; Detail ist in dem Falle eben auch die Provinzstadt und der Vorort einer Provinzstadt — dafür gibt es ja eine ganze Reihe von Belegen in der Literatur, das ist nichts Neues. Für mich war die Überraschung, da man ja immer wieder auf momentanen Erfolg anspricht, daß z. B. ein Roman wie »Die Blechtrommel« nicht nur in Deutschland Interesse und Leser fand, sondern auch im Ausland. Damit hatte ich überhaupt nicht gerechnet, daß sich jemand im Mittleren Westen der Vereinigten Staaten oder in Südfrankreich oder in Skandinavien für kleinbürgerlichen Mief im Übergang von der Weimarer Republik zum Nationalsozialismus etc. interessieren könnte. Für mich ist es eine unvermutete Bestätigung gewesen, daß sich dieses geduckte Verhalten des Kleinbürgers, des Opportunisten — und wenn ich jetzt ›Kleinbürger‹ sage, so geht das sowohl in diesen ideologisierten Begriff ›Proletariat‹ hinein wie auch in die andere Richtung, in die Universitäten — doch sehr weltweit versteht und daß diese Verhaltensweisen gar nicht besonders exotisch sind.

Aber meint Böll mit dem ›Humanen‹ nicht diesen Bereich des Alltäglichen, der auch mit Ihrer Frage: »Wer wird das Absterben des Bodensees erzählen?« angesprochen wurde?

Ja natürlich, da bin ich einer Meinung mit Ihnen, nur hat Böll, und ich bewundere das sehr, noch ein naives Verhältnis zu dem Wort ›human‹, zu dem Wort ›Humanismus‹, während mir aufgefallen ist, daß beide Worte kaputtgemacht worden sind.

Ich hoffe, daß es immer noch genug Leute gibt, die, wie jedenfalls im Fall Böll, das Wort ›human‹ so verstehen, wie er es meint. Im übrigen sind beide Worte durch Humanitätsduselei auf der einen Seite und den Mißbrauch des Wortes ›Humanismus‹ kaputtgemacht worden — das gleiche betrifft ja den Begriff ›Sozialismus‹. Was ich damit meine ist: daß ich bei dem Roman »Blechtrommel« auch bewußt gegen eine Tendenz der unmittelbaren Nachkriegsliteratur angeschrieben habe, die sich ortlos verstand, zeitlos verstand in einer teils epigonalen, teils unbewußten Kafkanachfolge. Ich will das an einem Beispiel ausführen, an einem Buch, das ich mit Interesse gelesen habe: Anderschs »Sansibar«. In diesem Buch wird der personelle Bereich, der klischeehaft antifaschistisch benannt werden könnte, genau besehen und geschildert, in seinen Lebensumständen und seinem Verhalten beschrieben, während der andere Bereich, der faschistische, genauer gesagt nationalistische, einfach als »die anderen« bezeichnet wird. Eine Unterscheidung, die ich — und jetzt bin ich bei dem Böllschen Begriff — als inhuman empfunden habe. Ich gehe davon aus, daß ein Schriftsteller von Buch zu Buch die Summe seiner Figuren ist, inklusive die SS-Männer, die darin vorkommen; und er muß diese Figuren, ob er will oder nicht, auf literarische, kühle, distanzierte Art lieben können, er muß in sie hinein können; er kann sich nicht von ihnen distanzieren und sie einfach angewidert »die anderen« nennen. Das war für mich Voraussetzung für dieses Darstellen, auch für diese Figur Oskar Matzerath, die inmitten dieser Kleinbürgerschicht, als Teil dieser Kleinbürgerschicht und als ihr Sprachrohr, sich zu Wort meldet.

Also keine hochmütige Distanzierung vom Mief, sondern Teilnahme am Mief — das haben Sie so ja schon verschiedentlich gesagt.

Ja, und das geht bei mir bis in den politischen Bereich hinein.

Man muß ja nicht unbedingt jeden Roman noch einmal spezifizieren. Aber wenn man Kritiken liest, etwa zur »Blechtrommel«, dann fallen doch immer wieder Worte wie ›Zeitroman‹, ›Heimatroman‹, ›Schelmenroman‹, ›Entwicklungsroman‹ usf. Gewiß, Elemente von allen genannten Kategorien ließen sich auch für die »Blechtrommel« geltend machen. Weicht Ihrer Meinung nach die Kritik mit solchen Schlagworten nicht in literaturhistorische Kategorien aus, wo sie sich mit einem ganz aktuellen Moralismus hätte auseinandersetzen sollen?

Ich bin kein Germanist, ich kann das nicht beurteilen. Mir ist nur aufgefallen, daß — jetzt immerhin mit zehn Jahren Distanz — in der Bundesrepublik so gut wie überhaupt keine Versuche unternommen worden sind (wobei es eine Fülle von Literatur zu allen drei Büchern gibt), diese drei Bücher »Blechtrommel«, »Katz und Maus« und »Hundejahre« als eine Einheit zu sehen; wohl aber im Ausland. Und ich habe mir eigentlich immer gewünscht, daß man das einmal im Zusammenhang sieht.

Ganz gewiß helfen Kästchenvorstellungen wie ›der neue Schelmenroman‹ überhaupt nicht weiter. Das Buch, wenn wir jetzt nur von der »Blechtrommel« reden, befindet sich in einem ironisch-distanzierten Verhältnis zum deutschen Bildungsroman. Es kommt, und das betrifft nun mich und meine Affinität, sehr stark von jener europäischen Romantradition her, die vom pikaresken Roman herreicht mit all seinen Brechungen, Rabelais und den Löchern dazwischen, der verspäteten Übersetzung ins Deutsche und der Neudichtung Fischarts; da ist der erste große Roman Grimmelshausens, dann die anderen europäischen Beziehungen zu England, Sterne, und hier unmittelbar auch wieder der Einfluß von Goethe zu Jean Paul, und jetzt weiter gefolgert von Sterne zu Joyce und von Joyce zu Dos Passos und zu Döblin in Deutschland, die gleichermaßen dann auch wieder Bezug zu Jean Paul haben — das sind die Traditionen, in denen ich mich verstehe.

Wie auch etwa Arno Schmidt.

Ja. Wobei mir auffällt, daß bei Arno Schmidt von der Arbeitsweise her die späte Jean Paulsche Komponente sehr stark ist: das Arbeiten mit dem Zettelkasten, das schon beinahe naiv zu nennende Verhältnis zum Sammlertrieb.

Ich würde doch gern noch einmal auf den Moralismus der Literatur, Ihrer Literatur zu sprechen kommen. Ich glaube z. B., daß in Ihren drei Danzigbüchern dieser Moralismus intensiver ist, wenngleich er auch nicht so leicht ausgesprochen erscheint, aber er scheint mir da sehr viel massiver vorhanden als in »Örtlich betäubt«. In »Örtlich betäubt« neigt meiner Meinung nach Ihr Moralismus dazu, geradezu oberlehrerhafte Gesten anzunehmen und zu verbreiten.

Das ist auch wieder so eine Frage, auf die der Autor schlecht ja oder nein antworten kann. Mir ist aufgefallen, daß es offenbar ein eingefahrener Ritus der Kritiker und auch der Universitätsleute, die es besser wissen müßten, ist, den Ich-Erzähler immer mit dem Autor zu verwechseln. Das traf auf die »Blechtrommel« zu, das traf auf »Katz und Maus« zu und das trifft auch auf »Örtlich betäubt« zu. In »Örtlich betäubt« hat es mir aus den verschiedensten Gründen gefallen, einen deutschen Studienrat meiner Generation zum Ich-Erzähler zu machen, einen gebrochenen Mann. Und diese eigentlich weniger oberlehrerhafte, vielmehr studienrätliche Haltung — nicht wahr, was für deutsche Bereiche auch politisch gesehen ein sehr wesentlicher Unterschied ist —, die trägt in diesem Roman. Starusch ist kein gebrochener, irrlichternder Oskar Matzerath, natürlich nicht, das sollte und kann er auch gar nicht sein. Mich hat das gereizt, gerade den jungen Störtebeker, der in seiner Jugend dieses Amoralische hatte, nun als den gebrochenen Mann der Aufklärung, konfrontiert mit der Mühsal der Aufklärung, zu zeigen. Und für mich ist »Örtlich betäubt« das erste bewußt zu unserer Jetztzeit parallel gesetzte Buch und mein erster Versuch, mich mit Gegenwarts- und, wenn Sie so wollen, ich sprach ja vorhin davon, den sehr harten, nüchternen Friedensproblemen auseinanderzusetzen. Mich amüsiert, daß gelegentlich Kritiker, oft sogar Kritiker, die sich mit Händen und Füßen gegen die »Blechtrommel« gestemmt haben, von mir verlangen, ich solle eine Doublette schreiben. Ich habe das nicht vor. Ob das zu einem Originalitätsverlust führt oder wie immer man das nennen will, ist eine andere Frage. Ich will es nicht und ich kann es auch nicht. Denn ich lebe bewußt in dieser Zeit und sehe Stoff in Hülle und Fülle, der mich provoziert, auch stilistisch provoziert — wo das hinführt, weiß ich nicht. Es kann auch gut sein, daß das in 10 Jahren, wenn's bei Lust und Laune gegenüber dem Schreiben bleibt, wieder zu einer Rückwendung führt: zum nochmaligen Aufgreifen dieses Stoffes, jetzt wirklich aus historischer Distanz und ohne die Schuldmotoren in der Erzählposition in den drei genannten Büchern.

Der Grass'sche Moralismus, wo hat er seine Grundlagen? Hat er philosophische, religiöse Grundlagen, die von Ihnen reflektiert worden sind?

Ich will das nicht Moralismus nennen: eher ein moralisches Verhalten, das ich nicht isoliert begreifen will. Ich will nicht akzeptieren, daß Kunst und Moral oder Politik und Moral Gegensätze sind ...

Nein, das wurde auch nicht unterstellt ...

... aber das wird ja häufig praktiziert; auch von Politikern, die gern auf den politischen Standpunkt hinweisen und dann meinen: moralisch gesehen sähe das dann so und so aus.

Nein, ich meine die Identität Ihres Moralismus.

Ja. Da sind wir nun ja konfrontiert mit einigen europäischen Traditionen, mit großartigen ethischen Entwürfen, sei es nun vom Christentum her mit den utopischen Zielvorstellungen der Nächstenliebe und den sozialen Vorstellungen der Bergpredigt; das gleiche gilt vom Kommunistischen Manifest und von den hohen Zielen europäischer Aufklärung. Und daran messen wir Realität, geschichtliche, soziale Wirklichkeit, auch kirchliche Wirklichkeit, sehen das Scheitern, sehen die abstrakten Zahlen, die Verlustzahlen — und das nun in Deutschland ganz besonders stark —; und diese Diskrepanz ist natürlich für viele meiner Generation Motor für das Schreiben, für das Gestalten, ja für das Existieren geworden. Die normalere Diskrepanz ist für die Nachkriegsgeneration an der Diskrepanz zwischen der Verfassung der Bundesrepublik und der Verfassungswirklichkeit zu messen, auch eine schlimme Diskrepanz — das deckt sich nicht —, aber es stehen aufgrund dieser Diskrepanz nicht 6 Millionen Vergaste unter dem Strich. Das ist normaler, was wir heute haben. Ich will damit nicht sagen, daß dieser Motor, weil er so fürchterlich ist und weil er eigentlich eines moralischen Aufschreis bedürftig gewesen wäre, größer ist. Gerade weil die moralinsaure Entrüstung so groß war, ist ja meine Generation skeptisch an diese Dinge herangegangen und hat versucht, sie von den Ursachen her darzustellen, nicht anzuklagen.

Sie sind ja noch Mitglied der katholischen Kirche.

Ja.

Aber Sie sind kein praktizierender Christ. Warum bleiben Sie in der Kirche?

Ich bin darin aufgewachsen. Ich sagte es vorhin: wir sind ja alle mitgeprägt von diesen moralischen Entwürfen, sei es die Nächstenliebe innerhalb des Christentums, sei es die europäische Aufklärung, sei es in einer späteren Phase das Kommunistische Manifest, und sind gleichzeitig geprägt von dem Versagen der jeweiligen . . .

Institutionen?

Nein, der Menschen in den Institutionen.

Nun sind ja die Institutionen . . .

. . . von Menschen gemacht, ja. Aber — ich bin ein Gegner dieses Alibis, daß immer die Verhältnisse schuld seien.

Ich weiß, daß der Ausbruch aus diesen Dingen nicht hilft. Es fällt mir sehr schwer, das zu begründen. Ich war in Bayern im Wahlkampf und sehe dann, wie trotz des Versagens der Kirche dem Nationalsozialismus gegenüber — jetzt nur was den bayerischen Bereich angeht — die katholische Kirche als Institution schon wieder im Bündnis steht mit Leuten, die nichts, aber auch gar nichts mit dem zu tun haben, was Christentum sein könnte, deren handfeste politische Mittel Verleumdung und Diffamierung sind. Und da taucht bei mir natürlich immer sehr dringlich die Frage auf: warum noch, warum noch Mitglied dieser Kirche, warum das noch mitmachen? Und ich weiß nicht, wie lange ich diese Zerreißprobe noch aushalten werde. Es ist sicher auch ein Stück Irrationales in diesem Verharren und Dabeibleiben, und ich will es auch ganz offen als ein solches ansprechen, eine Anhänglichkeit, wenn man so will, die nur bis zu einem gewissen Grad erklärbar ist; auch eine Art Dankbarkeit. Auch wenn ich kein gläubiger und kein praktizierender Christ bin, ist für mich diese Utopie der Nächstenliebe ein Widerstand, ein moralischer Anspruch, etwas Denkbares, vielleicht nicht Realisierbares, aber etwas Denkbares, an dem man sich mißt. Genauso wie in einem Mann, der in jungen Jahren Kommunist wurde, aber schon längst draußen ist und den Stalinismus nicht hat erdulden und gutheißen oder bagatellisieren können, immer ein Rest bleiben wird, ein unerklärbarer Rest von Verhältnis zu dieser Utopie: Kommunistisches Manifest. Das mag sicher einen Ausschlag geben, aber, wie gesagt, es wird heillos strapaziert, und wahrscheinlich ist es von mir, und ich sage das jetzt bewußt: unvernünftig, in der Kirche zu bleiben.

Jahnn hat das Christentum ja immer sehr heftig attackiert, weil es die ursprüngliche und ursprünglich heidnische ›Menschlichkeit‹ zivilisiert und kanalisiert habe, und er meinte damit vor allem auch die Beschneidung durch eine, etwa von Paulus ausgehende, enge Sexualmoral, die jetzt etwa im Verhütungsverbot Pauls VI. gipfelt. Auch als ein Mann, der sich für die Probleme der dritten Welt interessiert, aber vor allem auch als der Verfasser der »Blechtrommel«, die ziemlich gründlich mit verklemmten Sexualtabus aufgeräumt hat, müßten Sie eigentlich völlig im Widerspruch zum Katholizismus stehen.

Das tue ich ja auch. Das ist ja eine andere Frage als die, ob ich aus der Kirche austrete; und wirft gleichzeitig die Frage auf, ob ich diese Verengung der Moral, diesen permanenten Aufruf zur Heuchelei, der innerhalb des Katholizismus ja bis in den politischen Bereich vorhanden ist, nicht besser bekämpfen kann, wenn ich drin bleibe. Das sind Dinge, die brauchen Sie doch nur auf soundsoviele Leute zu übertragen, die in der Tschechoslowakei innerhalb der kommunistischen Partei versucht haben den Kommunismus zu reformieren — das sind doch die Parallelen.

Böll behauptet diese Position auch.

Nun will ich nicht in private Bereiche dringen, aber Böll glaubt, glaube ich, während das bei mir schon seit sehr früher Zeit weg ist. Bei mir läßt sich das Verhältnis zur christlichen Ethik nicht reduzieren auf Glauben oder Nicht-Glauben. Mein Verhältnis zur christlichen Ethik ist davon unbeschadet, ob ich an die Auferstehung glaube oder nicht. Für mich ist es Menschenwerk, großartiges Menschenwerk als utopischer Entwurf. Für jemanden, der glaubt, ist es nicht nur Menschenwerk, sondern da ist Göttliches mit im Spiel, was ich bezweifle und in Abrede stelle, aber was ich toleriere, toleriere auch im Verhältnis zu meinen Kindern, die von sich aus die Chance haben sollen, entweder glauben oder zweifeln zu können, beides mit gleichem Recht . . .

Sie werden also katholisch erzogen?

Katholisch erzogen — das ist schon schwierig bei einem Vater, der nicht glaubt.

Aber sie haben kommuniziert?

Ja, den Weg gehen sie von Anfang an. Und es hat von Anfang an immer Gespräche darüber gegeben; sie sehen den Vater an als jemanden, der nicht glaubt und der dafür plädiert, daß beide Positionen möglich sind. Denn ich kann ihnen die Nichtexistenz Gottes nicht beweisen, und sie können mir nicht die Existenz Gottes beweisen — aber wir reden eigentlich alle ganz gern darüber.

Gegen Ihre Bücher wurden zu Beginn der 60er Jahre hin und wieder Strafanzeigen gestellt. Waren das politisch motivierte Anzeigen, oder sah man da buchstäblich den Aufstand des Kleinbürgers, der sich in seiner reaktionären Substanz getroffen fühlte? Sehen Sie in Ziesels Pornographie-Aktionen auch kleinbürgerliche Reaktionen oder den Ausdruck direkter politischer Gegnerschaft?

Ziesel, das ist nun mal so ein Stigma, das dieser Gesellschaft anhaftet und mit dem man älter werden muß.

Lag das Böse nicht in der Tatsache, daß Ziesels Angriffen gerichtlich beigepflichtet wurde?

Für mich lag das Böse eigentlich nicht im Gerichtsentscheid, sondern in der Sprachlosigkeit der deutschen intellektuellen Öffentlichkeit auf diesen Gerichtsentscheid hin. Ein Teil der Reaktionen, so wie ich sie wahrgenommen habe, war: na ja, der Grass hat mal eins draufbekommen, und wenige nur, glaube ich, haben begriffen, daß sie mit eins draufbekamen. Ich habe das nicht ändern können; ich will das auch nicht auf Kleinbürgertum reduzieren, denn der Kleinbürger wird gern zum Prügelknaben gemacht —

Ja, das eben war meine Frage.

Ich bin doch ziemlich sicher, daß dieser intolerante, bigotte Standpunkt im intellektuellen Bereich genauso weit verbreitet ist wie im kleinbürgerlichen Bereich. Und dann kommt natürlich als drittes Moment politisches Kalkül dazu, besonders in Bayern, und, was den Gerichtsentscheid betrifft, auch die Staatsabhängigkeit, d. h. CSU-Abhängigkeit der bayerischen Gerichte.

»Die Blechtrommel«, »Katz und Maus« und die »Hundejahre« sind unzweifelhaft als epischer Zusammenhang zu sehen, Sie selbst möchten ja diese drei Erzählwerke auch als Zusammenhang gewertet wissen. Wo liegen die grundsätzlichen Gemeinsamkeiten? Sind sie thematischer, stilistischer oder sind sie nur geographischer Natur, und welche anderen Zusammenhänge gibt es?

Alle drei Ich-Erzähler in allen drei Büchern schreiben aus Schuld heraus: aus verdrängter Schuld, aus ironisierter Schuld, im Fall Matern aus pathetischem Schuldverlangen, einem Schuldbedürfnis heraus — das ist das erste Gemeinsame. Das zweite Gemeinsame sind Ort und Zeit. Und das dritte Gemeinsame, in den Büchern natürlich unterschiedlich stark, ist die Erweiterung des Wirklichkeitsverständnisses: das Einbeziehen der Phantasie, der Einbildungskraft, des Wechsels zwischen Sichtbarem und Erfindbarem. Dann kommt noch ein Viertes hinzu, das vielleicht am Anfang privat gemeint war, aber auch in der Auswirkung — und ich glaube schon, daß Bücher Auswirkung haben — Gewicht haben könnte, was aber sicher nicht literarisch von Gewicht ist: daß ich erst einmal für mich versucht habe, ein Stück endgültig verlorene Heimat, aus politischen, geschichtlichen Gründen verlorene Heimat, festzuhalten. Denn es ist etwas anderes, ob jemand drei Bücher über Danzig schreibt, das weg ist, als Danzig weg ist — das heutige Danzig hat einen ganz anderen Bezug, ein ganz anderes Herkommen —, oder ob jemand ein dreibändiges Erzählwerk über Regensburg schreibt, um eine andere historische Stadt zu nennen. Das hat, wie ich auch erst hinterher von vielen Lesern erfahren habe, Lesern, die nicht unmittelbar aus Danzig, die aber aus ähnlichen Gebieten kommen, die verloren sind, mit dazu beigetragen, diese drei Bücher zu Lesestoff zu machen, weil das, was in Danzig-Langfuhr und was mit Danzig-Langfuhr passierte, auch für Breslau und für Vororte von Breslau zutreffen könnte und für Königsberg oder für Stettin.

Gibt es für Sie, wie für Max Frisch etwa das Problem der Identität, auch ein zentrales Thema? Zumindest für die Danzig-Epen haben Sie ja gesagt, daß es der Komplex »Schuld« sei; aber gibt es außerdem ein zentrales Thema auch für Sie?

Vielleicht haben mich die Schuldprobleme daran gehindert, so eindringlich wie Max Frisch über Identitätsprobleme nachzudenken.

Nein ich meinte: gibt es andere, nicht Identitätsprobleme, gibt es andere Grundthemen, die für Sie, für Ihre Literatur typisch und von zentraler Bedeutung sind, auf die Sie sich in jedem Buch wieder beziehen? Zwischen »Örtlich betäubt« und den Danzig-Büchern gibt es ja einen deutlichen Bruch; in »Örtlich betäubt« wird vor allem Gegenwartsproblematik verhandelt.

Ja, aber selbst in »Örtlich betäubt« spielen die Schuldmotive mit hinein, nur sind sie bewußt aufgedröselt und im Alltag verfächert; sie treten nicht mehr so dramatisch auf und unmittelbar konfrontiert, eher verschüttet; da gibt es etwa das manische Festhalten der Seifert an den Briefen und sekundären Momenten, beinahe ein Vernarrtsein in Schuld.

Ist das die Schuld als Motivation des Handelns?

Das ist es sicher; und das ist bei mir, beim Schreiben, auch was diese Epoche angeht, die ich zu beschreiben, mit der ich mich auseinanderzusetzen habe, eines der wichtigsten Momente; und alles, was damit zu tun hat: der Glaube an etwas und der Zweifel an etwas und der Wechsel von

Glaube zu Glaube, im allgemeinen Opportunismus genannt, etwa in einer Figur wie Matern.

Sie haben einmal gesagt: »Ich bleibe am Ort, ich spare Parabeln aus und habe ein direktes Verhältnis zur Geographie und zur Zeit.« Was für die »Blechtrommel«, »Katz und Maus« und die »Hundejahre« gelten mag, gilt es auch für »Örtlich betäubt«? Gilt es auch für die Theaterstücke? Oder leiden diese Werke unter einem gewissen Mangel an solch einem direkten Bezug, weil sie vor allem interessante, aber doch vorgegebene Thesen episch und dramatisch deduzieren?

Es hat ja immer diesen Vorwurf gegeben, daß jeweils der dritte Teil in der »Blechtrommel« oder in den »Hundejahren«, sofern er in Westdeutschland spielt, nicht mehr die Dringlichkeit habe wie die Kapitel, die im Weichselbogen spielen. Nun ist jeweils ausgezeichnet, daß die Erzähler, wenn sie sich in dieser Umgebung befinden, dort fremd sind. Und das läßt sich auch nicht vertuschen und leugnen, sie treten auch als Fremde darin auf, und insofern gibt es auch ein gebrochenes, ein nur antastendes Verhältnis zur jeweils neuen Wirklichkeit, in der sie sich befinden. Sie schleppen ihre Herkunft immer mit sich.

Hängt das auch mit dem Verhältnis des Autors zu dieser Landschaft zusammen? Sie haben ein intimeres Verhältnis zu Danzig als zur Bundesrepublik.

Ja natürlich; es hängt mit dem Autor zusammen, aber auch mit der Wahl seiner Personen, mit denen er sich zu realisieren versucht. Und bei einem Roman wie »Örtlich betäubt«, der fast nur aus Zwischentönen und gebrochenen Konflikten besteht, ist die Örtlichkeit weit sekundärer als zum Beispiel in einem Roman wie »Die Blechtrommel«; sie ist von mir bewußt sekundärer gesetzt. Selbstverständlich habe ich ein Verhältnis zu dem Erzählort, was »Örtlich betäubt« angeht, Berlin, ich lebe ja seit langer Zeit hier ...

Aber diese Landschaft taucht als Landschaft ja lange nicht so intensiv auf, sie bleibt sehr blaß ...

Nein, sie ist ja auch nicht verloren. Ich weiß nicht, ob ›blaß‹ das richtige Wort ist. Sie ist getuscht und drängt sich nicht auf, sie soll sich auch nicht aufdrängen.

Liegt es nicht vielleicht auch daran, daß in »Örtlich betäubt« zumindest in den erzählenden Partien, die ja dann auch das Stück »Davor« ergeben haben, doch eine aktuelle politische These erzählerisch umgesetzt werden sollte?

Das gleiche trifft, wenn Sie es so reduzieren wollen, auch für die »Blechtrommel« und für die »Hundejahre« zu. Besonders »Hundejahre« ist ja wahrscheinlich ein politischerer Roman als »Örtlich betäubt«. Aber ich sehe den qualitativen Unterschied nicht. Bei »Hundejahre« spielt natürlich, wenn ich chronologisch erzähle, das Herkommen der beiden Protagonisten des Romans, die Weichselniederung in ihrer Farbigkeit und ›Deftigkeit‹ eine Rolle. Aber wo liegt der qualitative Unterschied, wenn ich jetzt die Figur Starusch deutlich mache in einer sterilen Atmosphäre, nämlich in einem Praxiszimmer und in einer Junggesellenbude, in seinem Wechsel zwischen Schule, Pausenhof und Zahnarztpraxis? Denn was bedeutet bei uns in der jetztigen Zeit Umwelt? Wäre es nicht — ich will nicht sagen ›verlogen‹ — aber wäre es nicht schönend und im Grunde auch unrealistisch, wenn man nun Berliner Atmosphäre von Kreuzberg bis zum Grunewald zusammenkratzen wollte, um einer doch in erster Linie aufdringlich sterilen Umwelt Farbe zu verleihen? Darauf kam es mii nicht an. Mir kam es eher darauf an, genau diesen Fremdkörper Starusch in seinem Hin und Her, seinen Ideen, seinen Einbildungen, seinen Fiktionen, in seinem ziemlich erfolglosen Bemühen aufklärend zu wirken, zu zeigen.

Nehmen aber Überredungskunst und Überzeugungskraft des Erzählerischen nicht ab, wo der genuine, der unmittelbare Bezug zur Geographie fehlt, weil die Anschaulichkeit nicht mehr unmittelbar, sondern gleichsam synthetisch erzeugt wird?

Ich weiß das nicht. Es ist eine andere Prosa, die sich daraus entwickelt. Das sind andere Spannungsverhältnisse, die sich auch bei mir zum Beispiel bei der Theaterarbeit zu einem relativ frühen Zeitpunkt, und zwar aus der Arbeit aus »Hundejahre« heraus, ergeben haben: aus dem Einakter innerhalb dieses Buches, wo ich zum ersten Mal versucht habe, Gruppenverhalten dialektisch darzustellen. Das führte dann später zu dem Stück »Die Plebejer proben den Aufstand« und hat auch ein sehr starkes Verhältnis zu dem Roman »Örtlich betäubt« und dem parallel dazu geschriebenen Stück »Davor«. Natürlich wird einer solchen Schreibweise das geographisch Bildhafte, das Ortsbezogene, das Familienbezogene, das Milieubezogene insgesamt fehlen, oder es wird nicht in dem Maße da sein wie in den ersten drei Büchern; aber dafür kommen andere Dinge. Wissen Sie, das führt manchmal zu Wettbewerbsgeschichten, die eigentlich doch sehr wenig eintragen. Genausowenig kann natürlich ein Roman, der so stark aus dem Kleinbürgermilieu herauskommt und der sich bewußt darauf beschränkt, dialektische Spannungsverhältnisse zu ganz anderen Schichten herstellen, die in diesem Roman gegebenermaßen nicht vorkommen können.

Die Landschaft spielt also eine ganz andere Rolle, eine viel wichtigere, eine viel intensivere Rolle in den ersten Romanen als in »Örtlich betäubt«.

Ja, sie spielt hier auch eine Rolle, aber eine reduzierte.

Sie haben vor Jahren in Göttingen, als wir Sie nach zukünftigen Plänen fragten, einmal gesagt, Sie hätten zahlreiche Themen, Sie nannten damals sechsunddreißig. Wie arbeiten Sie nun? Können Sie mehrere so umfangreiche Projekte nebeneinander planen und bearbeiten, oder arbeiten Sie jeweils nur an einem Projekt, an einem Roman oder an einem Stück?

Ich habe immer nur an einem Projekt gearbeitet, ausgenommen an »Örtlich betäubt«; aber das ist im Grunde auch nur ein Projekt, zu dem parallel das Stück entstand. Ich habe immer lange an Büchern geschrieben, fünf, vier, drei Jahre ...

Das wird aber weniger, nicht?

An »Örtlich betäubt« habe ich drei Jahre gearbeitet, ja.

Dagegen an der »Blechtrommel« ...

Ja, da waren es fünf Jahre. Aber in dieser Zeit habe ich auch noch Theaterarbeiten weitergeführt und sehr viel gezeichnet; und ich habe immer noch etwas nebenbei getan, was mit dem Projekt nichts zu tun hatte. Damals, im letzten Jahr in Paris, war es stark die Graphik und ein letztes Ausklingen bildhauerischer Arbeit; und heute ist es die politische Arbeit, die viel Zeit kostet. Das empfinde ich aber nicht als Opfer, sondern als für mich begründbar notwendig und auch als eine Tätigkeit, die mich in Frage stellt, was mir die Literatur in den letzten Jahren durch die Gunst oder Ungunst des Ruhmes nicht bieten konnte. Aber der Anlaß, mich politisch zu betätigen, liegt natürlich woanders, nicht einfach in der Risikosuche.

Haben Sie bestimmte Arbeitsphasen im Jahr?

Ja, die haben sich nun ergeben; durch die politische Arbeit, durch die Unruhe auch, die Berlin in den letzten Jahren mit sich bringt, bin ich gezwungen, drei-, wenn es geht, viermal im Jahr für einen Monat bis sechs, sieben Wochen jeweils zu verschwinden. Dann arbeite ich nur am Manuskript, von morgens bis abends.

Wenn Sie auf Wahlreise sind, arbeiten Sie nicht nebenbei literarisch ...

Ich schreibe auch, ich mache Notizen ...

Notieren Sie ständig? Führen Sie Tagebuch?

Ich kann nicht sagen, daß ich Tagebuch führe, das ist mehr so ein Sudelbuch, und nicht auf meine Person, die ich nicht für so interessant halte, sondern mehr auf das bezogen, was ich vorhabe oder vorhaben könnte oder was ich festhalten will.

Können Sie den Arbeitsvorgang beim Entstehen eines Romans von der Idee über die Planung und Konzeption zur Niederschrift kurz darstellen? Läuft das bei jedem Roman gleich?

Bei allen Büchern war sehr viel Vorarbeit, beinahe Vorarbeit bis zum Exzeß, die durch das Realisieren immer wieder auch zerschlagen wurde — und trotzdem notwendig war. Und bei all diesen Büchern kam es, auch inklusive »Örtlich betäubt«, darauf an, eine Erzählposition zu finden, die es dem Autor erlaubt, nicht einfach nur Sklave dieser Erzählposition zu sein, sondern sie in der Schreibzeit, in der ein Buch entsteht, auch verändern zu können: also eine so vorgeklärte wie offene Form zu finden.

Arbeiten Sie mit Zettelkästen?

Nein, nein, nicht mehr. Das sind Notizen, die ich in einen Blindband, den mir die Verleger gelegentlich mal zur Verfügung stellen, hineinkliere ...

Die Sie auch nachlesen, wenn Sie dann schreiben ...

Auch nur zum Teil; ich bin sehr skeptisch gegenüber diesem Aufschreiben und Notieren, weil man ja doch immer mehr notiert und aufschreibt, was sich momentan formulieren läßt, und das ergibt eine sehr einseitige Auswahl; denn die wirklich schwierigen Dinge, Dinge, die nachhängen und gravierend sind, lassen sich nicht im Moment formulieren. Und wenn man sich nur an die Notizen hält, die jeweils parallel entstehen, kommt es zu einer recht oberflächlichen Auswahl.

Doderer, der ja auch sehr vielschichtige und umfangreiche Romane geschrieben hat, arbeitete mit einem großen Reißbrett an der Wand, auf dem er alle Figuren aufzeichnete und in den verschiedensten Entwicklungsphasen und Positionen zueinander dann auch weiterzeichnete. Das ist aber nicht Ihre Arbeitsweise?

Ich habe bei verwickelten Büchern wie »Hundejahre« auch Lebensläufe und bestimmte Zeittabellen gehabt — aber ich würde das nicht überschätzen; das sind Hilfsmittel, die jeder Autor hat und die bei den einzelnen Romanen auch Böll mit seinen Farbstiften hat oder gehabt hat; das sind Einblicke in die Werkstatt, die nicht viel sagen. Als ich nach dem Krieg Steinmetz, Steinbildhauer lernte, da hatte ich einen Steinbildhauermeister, Singer, der sehr alt war und noch an dem Bismarck-Denkmal von Lederer in Hamburg mitgearbeitet hat, der war mir gegenüber, weil ich nicht im Beruf bleiben, sondern auf eine Kunstakademie gehen wollte, zu Anfang sehr mißtrauisch. Nun bestand die Arbeit in den ersten Nachkriegsjahren für Steinmetzlehrlinge, Steinbildhauerlehrlinge darin, überall die abgesprungenen Köpfe von Putten und von Denkmälern mit Marmorkitt und Granitkitt zu flicken. Ich hatte dazu eine unglückliche Hand, weil die Mischung der Kittmasse mir nie richtig beigebracht wurde — bis dieser Mann, weil ich ihm, der etwas zittrig war beim Marmorbohren, die Bohrgeige gehalten habe, etwas Vertrauen zu mir faßte und mir dann das Rezept gegeben hat, wie man Marmorkitt so anrührt, daß die Mischung nicht zu fett ist, also die Kittschicht nicht springt oder umgekehrt nicht zu weich ist. Und wenn mich heute jemand fragen sollte, wie diese Mischung sei, würde ich sie nicht verraten, da sie ja offenbar mit dem Rezept auf mich übertragen ist. Daß man Rezepte nur nach genauer Prüfung weitergibt, ist vielleicht ein etwas meisterhaftes Verhalten, aber ich halte es für angemessen.

Dennoch eine Frage zum Handwerklichen: Schreiben Sie Manuskripte mit der Hand oder schreiben Sie sie gleich in die Maschine?

Die erste Fassung mit der Hand; die ist aber nie durchgeschrieben, sie besteht aus Anfängen, Mittelstücken und Bruchstücken, die alle mit der Hand geschrieben sind; aber dann schreibe ich direkt in die Maschine hinein.

Was fällt Ihnen beim Schreiben schwer?

Beim Schreiben, wenn man Schreiben als einen längeren Prozeß begreift, ist das Schwerste wohl, daß man in der eben umschriebenen Zeit nur reduziert lebt.

Und Sie leben gern?

Ich lebe sehr gern. Dieses reduzierte Leben hat natürlich auch eine Wechselwirkung auf die unmittelbare Umwelt.

Arbeiten Sie dann eigentlich von morgens bis abends und auch noch in die Nacht hinein?

Nachts nicht, nein. Aber selbst wenn ich in der Zeit, in der ich am Manuskript bin, nicht arbeite, bin dich doch ziemlich reduziert, es dreht sich dann alles nur darum.

Man kann doch wohl sagen, daß Sie mit Ihren beiden Theaterstücken, den großen Theaterstücken, den »Plebejern« und »Davor«, sich als Dramatiker nicht durchsetzen konnten. Woran mag das liegen, an der Kritik nur oder an den Regisseuren, oder gibt es vielleicht auch selbstkritische Erkenntnisse Ihrerseits?

Mit dem Durchsetzen ist das so eine Sache. Durchsetzen tun sich im Glücksfall Markenartikel; der Erfolg eines Buches, eines Stückes ist ja auch immer noch nicht ein Zeichen dafür, ob es sich durchgesetzt hat. Aber damit habe ich von Anfang an gerechnet, weil die Dramaturgie, von der ich seit diesem Einakter in »Hundejahre« ausgehe, eine ist, die offiziell nicht hoch im Kurs steht, da sie Spannungen nicht aus dem unmittelbaren Handlungsablauf bezieht, sondern eben aus dialektischen Verhältnissen der Handelnden oder Handlungsgruppen zueinander, und ich halte diese Dramaturgie für entwicklungsfähig ...

Ist sie nicht theaterfeindlich?

Ja, da kommt es darauf an, was man unter Theater versteht. Wenn Theater als eine Anstalt verstanden wird, auf der Konfliktfälle unmittelbar ausgetragen werden, dann ist das natürlich theaterfeindlich; oder auch dann, wenn man Theater reduzieren will auf operettenhaft-dekoratives Verhalten — und da gibt es ja eine ganze Reihe Stücke, die sich so aufputzen lassen.

Aber glauben Sie nicht, daß Sie das, was Sie auf dem Theater ausdrücken wollen, genauso gut oder vielleicht besser in einem Roman zum Ausdruck bringen können? Daß z. B. das Problem von »Davor« besser in »Örtlich betäubt« zur Darstellung kommt als in »Davor«?

Es mag sein, daß es mir da vielleicht besser gelungen ist, das kann ich noch nicht beurteilen. Auf jeden Fall hat es mich beim Schreibprozeß gereizt, auf der einen Seite diesen Kursivtext der Prosa zu benutzen und im Konjunktiv zu bleiben und dieses sparsame Milieu mit einzubeziehen und auf der anderen Seite es davon zu lösen und diesen langsamen dialektischen Prozeß nur auf den Dialog zu stellen.

Und da auch unmittelbarer zu veranschaulichen?

Ja, und im übrigen ist, das wissen Sie — das nimmt einem ja kein Mensch ab: Ehrgeiz mag für viele eine Triebfeder sein und sicher auch für mich, vielleicht nicht in den Bereichen der Literatur, vielleicht auf anderen Gebieten —, für mich Theater-Schreiben auch etwas, was mir Spaß macht und was ich brauche, weil oberflächlicher oder vordergründiger Ehrgeiz, dieses oder jenes zu erreichen oder sich selbst zu bestätigen, nicht ausreicht, um zwei, drei Jahre an einer Sache dranzubleiben; da muß schon sehr viel Spaß drin verwickelt sein und da muß ein solches Thema mithelfen, sonst hält man es sicher nicht durch.

Aber Sie haben sich nicht vom Theater abgewandt, auch wenn Sie jetzt wieder an einer größeren Prosaarbeit sitzen.

Ich habe nicht vor, das so absolut zu erklären. Wenn mir wieder eine Mischung aus Stoff und Form entgegenkommt, die mir so auf die Nerven geht, daß ich der Meinung bin, sie ließe sich am besten im Theater realisieren, dann werde ich trotz schlechter Erfahrungen sicher auch wieder diese Form strapazieren.

Welche Gattung, würden Sie sagen, liegt Ihnen mehr? Liegt Ihnen mehr die Prosa?

Das ist natürlich eine bequeme Ausrede, wenn Sie so wollen, aber am meisten liegt mir Lyrik.

Das wird manchen überraschen.

Wieso? Ich komme ja von der Lyrik her.

Schon, aber Sie haben in der letzten Zeit immer weniger Gedichte publiziert; »Ausgefragt« ist der einzige Lyrikband, der nach der »Blechtrommel« erschienen ist.

»Gleisdreieck« war danach, kurz danach.

1960, ja; aber der größere Zeitabschnitt nach der »Blechtrommel« bringt mehr, sehr viel mehr anderes als Lyrik.

Ja, aber welchen Leistungswettbewerb wollen wir antreten? 1956 sind die »Vorzüge der Windhühner« erschienen, das sind in vierzehn Jahren drei Gedichtbände, ich halte das, wenn man von »Soll erfüllen« sprechen wollte, für erfülltes Soll, vielleicht nicht überschrittenes ...

Aber Ihr Bekenntnis überrascht doch, auch wenn man es an der zeitlichen Relation, in der Sie Lyrik publiziert haben, mißt.

In der zeitlichen Relation ist für mich Lyrik immer die Möglichkeit oder Chance gewesen, Bestand aufzunehmen, mich selbst am genauesten in Frage stellen zu können. Und das ist nach einer längeren Prosaarbeit oder nach einem Zeitabschnitt, der mich aus privaten Gründen oder wie immer in Frage gestellt hat, notwendig gewesen. Das traf zum Beispiel vom politischen Bereich wie vom privaten Bereich her auf »Ausgefragt« zu, und wenn sich das wieder ergibt, und das wird sich ganz gewiß wieder ergeben, wird auch wieder eine Zeit kommen, in der ich auf Lyrik zurückgreife.

Aber das hat es seit »Ausgefragt« eben nicht gegeben.

Ich habe nur ganz wenige Gedichte geschrieben, und was an Lyrik da war, ist unmittelbar entweder in »Örtlich betäubt« eingegangen oder auch jetzt in dies neue Buch.

Ordnen sich für Sie bestimmte Themen bestimmten literarischen Formen zu? Welches Thema etwa verlangt den Roman, welches die große Erzählung, welches das Stück, welches das Gedicht?

Diese Muster sind doch relativ einfach. Die ersten Skizzen für die »Blechtrommel« waren dialogischer Art, auf einaktige Situationen zugeschnitten; das ließ sich überhaupt nicht realisieren, bis mir dann deutlich wurde, daß es ein breiter epischer Stoff ist. Ich hab' mir damals nie einen Roman zugetraut. Und bei »Örtlich betäubt« war es in der ersten Fassung ein Roman, und beim Realisieren merkte ich, daß beide Möglichkeiten vorhanden waren. »Hundejahre« habe ich mit einer falschen Erzählkonzeption begonnen, die dann in der Mitte des Buches durch ein Kapitel, das eigentlich »Katz und Maus« enthielt, zerschlagen wurde; es stellte sich heraus, daß darin eine Novelle war, die den Roman kaputt machte. Dann hab' ich zuerst die Novelle geschrieben und durch die Arbeit an der Novelle die Erzählpositionen für »Hundejahre« gefunden.

Es gibt kaum Erzählungen von Ihnen ...

Es gibt drei oder vier Geschichten.

Aber Sie schreiben nicht gern Geschichten? Sie bleiben dann lieber in der großen Form?

Das kommt vielleicht noch, ich weiß es nicht, doch, doch, das kann sein.

Wie arbeiten Sie Ihre Gedichte? Lassen Sie ein begonnenes Gedicht lange liegen?

In der Regel ja, in der Regel liegen oft Monate und Jahre zwischen der ersten Niederschrift und der endgültigen Fassung; aber es gibt natürlich eine ganze Reihe, die — das klingt jetzt banal — vom ersten oder zweiten Anhieb dastehen und dann nur noch im Detail redaktionell Änderungen erfahren.

Das sind die wenigsten?

Das sind die wenigsten; die meisten sind einem ziemlich langfristigen Arbeitsprozeß unterworfen.

Und Sie zeichnen. Zeichnen Sie noch jetzt viel?

Ich hab' jetzt wieder angefangen, im Zusammenhang mit dem Buch, an dem ich schreibe.

Aber als Bildhauer arbeiten Sie gar nicht mehr ...

Nein, Bildhauerei ist etwas tagfüllendes. Aber ich habe von der Arbeitsweise des Bildhauers, das fällt mir immer mehr auf, sehr viel übernommen für das Schreiben: dies in langen Zeiträumen Denken, den Spaß am Ändern und auch das Wissen, daß, wenn ich am Knie etwas ändere, ich demnächst am Ohr etwas ändern muß, weil die Proportionen zusammenhängen. Auch daß ich am liebsten im Stehen arbeite ...

Auch schreiben?

Auch schreiben, am Stehpult, ja, das hängt damit zusammen.

Wenn Sie zeichnen, geschieht das zur ›Erholung‹ oder sind das andere Ausdrucksmöglichkeiten für Dinge, die Sie sonst und anders nicht realisieren können?

Das sind alles Möglichkeiten, mich zu realisieren. Und da ich diese Talente nun mal buntgewürfelt mitbekommen habe, möchte ich sie auch ungern verkümmern lassen.

Geno Hartlaub hat einmal gesagt, »Günter Grass' Ausdruckswille ist so elementar, daß ihm das Material der Sprache nicht genügt«. Würde das zutreffen?

Ich kann das nicht gegeneinander ausspielen. Gerade bei den Gedichten wird das deutlich, daß — Sie sprachen vorhin vom Arbeitsprozeß, da habe ich das vergessen — innerhalb einer solchen Reihe auch der zeichnerische Prozeß mitspielt, daß oft am Anfang eines Gedichts die Zeichnung steht und sich aus der Zeichnung der erste Wortansatz ergibt oder umgekehrt . . .

Ist das nur bei Gedichten so?

In erster Linie bei Gedichten; oder wenn eine Prosa sehr stark lyrische Ausgangspunkte hat, verengende, reduzierende Ausgangspunkte, dann kann das auch bei der Prosa vorkommen.

Die Anfänge des Schriftstellers Grass sind nicht wesentlich politisch bestimmt. Die »Blechtrommel« hat mehr politische Relevanz als die ersten Gedichtbände und die ersten Theaterstücke; sie hat dem Schriftsteller zum entscheidenden Durchbruch verholfen. Was hat Ihr ganz konkretes politisches Engagement ausgelöst?

Es läßt sich eigentlich nur privat begründen. Politisch sind alle meine Bücher, soweit sie sich mit Gesellschaft befassen, was nicht auf alle Gedichte zutrifft, und mit dem Teil der Politik, der für Gesellschaft ausschlaggebend ist. Unmittelbares Engagement — das beginnt eigentlich erst zu Anfang der sechziger Jahre. In der Nachkriegszeit war es so, daß ich meine erste Begegnung mit Politik und politischen Möglichkeiten und politischen Widersprüchen im Bergwerk erlebt habe, als ich in einem Kalibergwerk arbeitete und dort dem Streit, der noch aus der Weimarer Republik herrührte, zwischen Sozialdemokraten, Kommunisten und untergekrochenen kleinen Nazis zuhörte und Anschauungsunterricht bekam in der Vorgeschichte meiner Generation. Und in der gleichen Zeit habe ich zum ersten Mal in dem damals sehr zerstörten und ruinenhaften Hannover auf einer Großveranstaltung Kurt Schumacher sprechen hören, der mich durch seinen Fanatismus und durch seine Härte einerseits abgestoßen und andererseits durch die Richtigkeit seiner Argumente überzeugt hat. Das war, im Frühjahr 1947, meine erste Begegnung mit der Sozialdemokratie. Danach war meine politische Einstellung vom Wählen her bestimmt; als die Bundesrepublik ihre ersten Anfänge nahm, war ich wahlberechtigt; meine erste Wahl war eine Wahl für die Sozialdemokratie, bei ihr habe ich Opposition kennengelernt, das Verhalten von Opposition — und ein nahezu närrisch leidenschaftliches Lesen von Bundestagsprotokollen. Aber das war am Rande; ich war in der Hauptsache beschäftigt mit den Problemen, die meine Berufe und meine Neigungen aufwarfen: Bildhauerei und Schreiben. Dann kam der Wechsel nach Berlin. Und als ich 1960 aus Paris nach Berlin zurückkam, war ich 33 Jahre alt und kam in eine Zeit hinein, in der zum ersten Mal Willy Brandt als Kanzlerkandidat für die Bundestagswahlen kandidierte und 1961 die pauschale Diffamierung Brandts und der Emigration begann — Dinge, die mich unmittelbar betroffen haben, weil ich, und da kommt schon wieder die Literatur herein, wußte, was die emigrierte Literatur für mich bedeutet hatte.

Und da sah ich, wie die Öffentlichkeit gegenüber dieser Diffamierung versagte — was sich ja auch heute noch täglich abzeichnet. Ich erinnere nur an Adenauers Regensburger Rede aus dem Jahre 1961, wo handfeste Anspielungen auf Brandts uneheliche Herkunft im Kapfinger/Strauß-Stil eine Rolle spielten, die ja bis heute wirksam sind. Das war für mich ein erster Anlaß, hier von Berlin her — da lernte ich Brandt auch kennen — direkt zu helfen; das war handfeste Hilfe: Anreden, Arbeiten redigieren, Texte erfinden in der Wahlkampfzeit, d. h. in einer Zeit, da Brandt hier in Berlin alle Hände voll zu tun hatte, um mit dem Bau der Berliner Mauer fertig zu werden, und gleichzeitig den Wahlkampf in Westdeutschland führen mußte.

Ab 1961 geht das kontinuierlich zunehmend weiter. Erst war es das persönliche Verhältnis zu Brandt, zu dem diffamierten Brandt, und dann mehr und mehr involviert mit den politischen Alternativfragen bis in die Zeit der Studentenproteste hinein. Das hat mich, wenn man rechnen, wenn man bilanzieren will, viel Zeit gekostet, hat mir aber auch viel neue Erfahrung gebracht und mich in Frage gestellt und mich in Risiken gestürzt; vielleicht sogar in Risiken, die auf Kosten eines unmittelbaren Stils, eines urbanen Erzählvermögens gehen; aber das nehme ich in Kauf, das gehört dazu. Ich halte nicht viel von Schriftstellern, die mit ihren Talenten umgehen wie mit Zimmerlinden, die man hegen und pflegen muß, damit bloß nicht der ursprüngliche Erzählstil verlorengeht. Wenn dieses unmittelbare Erzählvermögen darunter leiden sollte, daß ich vielleicht dazu habe beitragen können, daß wir hier einen Regierungswechsel hatten und daß sich endlich einmal verspätet Aufklärung auch hier in Deutschland auswirken kann, dann nehme ich das gerne in Kauf.

Könnte man deshalb sagen, daß es einen Bezug gibt zwischen dem Abstand von dem Danzigstoff und der Zunahme des politischen Engagements?

Vielleicht in dem Sinne, daß »Hundejahre« von diesen drei Büchern, die in Danzig spielen, der politischste Roman ist.

Sie sind ein berühmter Schriftsteller und Sie wirken politisch. Rührt die politische Wirkung von ihren schriftstellerischen Arbeiten her oder üben Sie politische Wirkung aus, weil Sie als Schriftsteller prominent sind und diese Prominenz in Ihre politische Arbeit einbringen?

Da gibt es sicher Wechselbeziehungen, die ich nicht abstreiten will; aber daraus einseitige Schlüsse zu ziehen, das überlasse ich gern meinen Gegnern.

»Örtlich betäubt« nimmt unmittelbar Bezug auf die politische Entwicklung der Bundesrepublik nach 1965. Das hängt doch mit Ihrer politischen Entwicklung zusammen?

Das Buch, das unmittelbar Bezug nimmt auf meine politische Entwicklung, ist ein Gedichtband: »Ausgefragt«; er hat Bezug zu beiden Bereichen.

Und ich habe das schon vorhin gesagt, daß für mich Lyrik-Schreiben immer eine Möglichkeit gewesen ist, den eigenen Standort, den veränderten Standort auszumessen, die eigene Position in Frage zu stellen, und das wird, wenn man aufmerksam liest, in dem Band »Ausgefragt« sehr deutlich bis in die Frühphase des Studentenprotestes hinein; wenn Sie den Zyklus nehmen: »Zorn, Ärger, Wut«, das Protestgedicht über die Frühphase des Studentenprotestes oder das Gedicht »Ausgefragt« — da wird das deutlich.

Als Sie sich 1965 für die SPD engagierten, nahmen andere, die sich vier Jahre vorher für diese Partei zumindest verbal und schriftlich stark gemacht hatten, Abstand von dieser Partei und hielten es mit einem allgemeinen Revolutionsräsonnement gegen alle Parteien. Wie erklären Sie sich, daß Sie durch diesen Prozeß als der ehemals linke Günter Grass sich nun rechts von Ihren früheren Gesinnungsfreunden eingeordnet finden?

Um mit dem Schluß zu beginnen: ich will hier nicht dieses Gesellschaftsspiel forcieren, wer links von wem und wer rechts von wem steht. Nur überlasse ich es dem Leser oder dem genauen Beobachter der politischen Szene zu beurteilen, wer wirklich gesellschaftliche Veränderungen zu bewirken versucht, d. h. langfristig zu bewirken versucht — und das verstehe ich unter links, nichts anderes —, oder wer nur sporadisch verbale Ansprüche stellt, an andere zumeist, nicht an sich selbst. In diesem Sinne, um das Gesellschaftsspiel mitzumachen, stehe ich links von Enzensberger und von Walser und von wem auch immer. Wie immer Enzensberger sich verändern wird, ob er nun sein Vorbild einmal in Kuba oder dann wieder bei sich egozentrisch oder sonstwo sucht, das sind *seine* Sprünge. Bei *mir* ist das recht kontinuierliche und beharrliche Arbeit gegenüber einem zähen Stoff; und dieser zähe Stoff ist hier in der Bundesrepublik zuerst gegeben und nicht in Kuba. Daran messe ich politisches Verhalten. Das gleiche gilt für Martin Walser, den ich sehr mag, sehr liebe; aber ein Vietnam-Büro in einer großartigen Rede in München fordern und dafür Spenden anfordern und dann nicht die Arbeit leisten, damit dieses Vietnam-Büro mit seinen Möglichkeiten, bessere Informationen zu liefern, auch entsteht, davon halte ich nichts. Ich halte das, gelinde gesagt, für Scharlatanerie. Und wenn das auch noch mit linkem Anspruch geschieht, so frage ich mich manchmal, ob ich doch nicht härter urteilen sollte — es fällt mir schwer. Es fällt mir besonders schwer, natürlich, über Jahre hinweg nach zwei Seiten kämpfen zu müssen: bei der einen Seite ist es mir klar, das ist das gewohnte politische Feld, dem man sich in Deutschland traditionsgemäß gegenüber sieht; aber weit schwieriger und weit ermüdender ist natürlich die permanente Auseinandersetzung mit Leuten und oftmals auch mit Freunden, von denen man eigentlich mehr Hilfe erwartet als genau das Umgekehrte. Das sollen die mit sich selbst ausmachen — diese Prädikate ›links‹ und ›rechts‹ oder ›links stehen von jemandem‹ werden sehr leichtfertig gegeben.

Aber gibt es nicht doch Unterschiede, auch zwischen Walser und Enzensberger? Walser arbeitet doch wohl in dem Raum, in dem er lebt, in der Bodenseegegend, regional, aktiv politisch.

Nein, da auch nicht. Ich will mich mit Ihnen jetzt nicht lange über Enzensberger unterhalten, da habe ich immer wenig Hoffnung gehabt, deshalb ist auch bei mir die Enttäuschung nicht groß genug. Aber wenn ich jetzt noch einmal auf Walser zurückkomme, dann deshalb, weil ich da andere Erwartungen gehabt habe, im Gegensatz zu Enzensberger. Es hat ein Gespräch zwischen Walser und mir darüber gegeben, als er sich entschloß — zu meiner Überraschung, aber das war von mir einzusehen, das hab' ich akzeptieren müssen —, sich als Kommunist zu begreifen, erst in der Demokratischen Linken in Baden-Württemberg und dann neuerdings in der DKP. Das ist eine politische Entscheidung, eine politische Entscheidung für eine Kaderpartei, und da habe ich ihn gefragt, welche Erfahrungen er zum Beispiel auf Wahlveranstaltungen für diese Partei gemacht hat, für die man sich ja dann nicht ungestraft ausspricht, wenn man's ausspricht; und da kam wenig, da kam nichts von Wahlveranstaltungen, da war nur der Gründungsaufruf. Es klingt sicher hart, was ich jetzt sage, aber ich meine es so: Als Sozialdemokrat bin ich kein Feind des Kommunismus, aber ein Gegner des Kommunismus, ich kann das belegen; aber das wünsche ich meinem härtesten politischen Gegner nicht, daß sich ein Schriftsteller verbal für ihn ausspricht und dann diesen hohen Anspruch nur durch ein Minimum an Gegenleistung deckt. Ich weiß nicht, woher diese Fehleinschätzungen der eigenen Möglichkeiten kommen, und ich will das auch nicht dramatisieren, vor allem nicht die Tischtücher zerschneiden, ganz gewiß nicht, aber die Zeit der Unverbindlichkeit sollte vorbei sein. Vielleicht ist es einigen Schriftstellern noch nicht aufgefallen, daß politische Betätigung etwas anderes ist, als versuchsweise Ideen im Nachtprogramm starten zu lassen.

Ihr Engagement für die Sozialdemokratie hat Sie möglicherweise erzählerische, literarische Substanz gekostet; bedeuten aber die politischen Erfahrungen nicht zugleich auch einen Gewinn an Substanz, vielleicht sogar an literarischer Substanz?

Ich sagte vorhin schon, daß das alles ein Risiko in sich hat, ein Risiko, das ich auch bewußt auf mich nehme. Wie das Ergebnis dieses Risikos sein wird, weiß ich nicht. Ich habe nicht vor, Stil zu pflegen und mich zu schützen, sondern mich diesen Dingen auszusetzen. Etwas anderes ist mein Verhältnis zur Sozialdemokratischen Partei. Ich habe diese Partei nie als etwas Hundertprozentiges angesehen, sondern als etwas Veränderungswürdiges und Veränderbares. Diese Partei ist genauso wie der große Rest der Gesellschaft von Vorkriegs- und von Nachkriegszeit geprägt, von der Zeit der Restauration bis in die Zeit der Großen Koalition hinein; und was ich in diese Partei hineinbringen kann, ist Kritik, Hilfe, die Möglichkeit des Schriftstellers, auch die Partei mit Distanz zu sehen, die Position, die ich versuche auszubauen, nämlich die des sozialdemokratischen Wählers — was der SPD nottut, einer Partei, die sich als lange, lange verfolgte und diffamierte Partei sehr eng zusammengeschlossen hat und Reste einer Kaderpartei in sich hat, die deshalb wenig Möglichkeiten sieht, sich außerhalb der Partei auch noch ihren Wählern mitzuteilen und das Informationsmanko zu überbrücken —, und gleichzeitig das Selbstvertrauen der

Sozialdemokraten zu stärken; denn meine politische Überzeugung ist die, daß nach dem Versagen des modifizierten Kapitalismus und nach dem Versagen des Staatssozialismus kommunistischer Prägung einzig und allein die moderne Sozialdemokratie übrig geblieben ist. Und ich neige dazu, vielleicht weil ich unbescheidener bin, so etwas mit mehr Selbstbewußtsein vorzutragen, als es Willy Brandt tut, der immer ein Understatement bemüht, wenn es um sozialdemokratische Leistungen geht. Ich halte das, auch Willy Brandt gegenüber, für falsch. Ich glaube, gerade in Deutschland haben wir Grund, die Leistungen der Sozialdemokratie groß zu schreiben und mehr herauszustellen.

Eine doch sympathische Erscheinung an Willy Brandt ...

Aber es hilft nichts.

Günter Wallraff steht auf dem Standpunkt, die literarische, metaphorische und exemplarische Darstellung politisch relevanter Sachverhalte und Absichten mache die damit verbundene Wirkung, die ja erzielt werden soll, ziemlich unwirksam. Aus diesem Grunde bedient er sich der Dokumentation und der Reportage. Damit bezieht er, in der literarischen Praxis allerdings auf entgegengesetzter Seite, eine der theoretischen Positionen Peter Handkes, der gesagt hat: Es gibt nur Literatur als Kunst, und es gibt engagierte Schriftsteller. Bei Ihnen scheinen beide Positionen vertreten zu sein.

Von den jüngeren Schriftstellern ist, soweit es um das Postulieren eines politischen Anspruches geht, Wallraff einer der wenigen, die ich ernst nehme; weil Wallraff auch etwas tut, was ich selbst aus Mangel an eigener Anschauung nie habe leisten können: Wallraff berichtet direkt, mehr oder weniger gelungen, natürlich, wie alles, was geschrieben wird, vom Arbeitsplatz. Ich weiß aus eigener Anschauung aus den letzten Jahren, daß dieser wichtigste Bereich unserer Wirklichkeit, nämlich der Prozeß der Arbeit, nicht zur Sprache kommt, nicht in den Gewerkschaftszeitungen, nicht in den gängigen Zeitungen und auch nicht in der Literatur. Wallraff hat auf ein direktes Mittel zurückgegriffen, das leichteste Mittel in dem Fall, auf die Form der Reportage. Und da leistet er genau das, was auch die Reportage leisten kann, d. h. aber auch, er leistet nicht genug, er kann gar nicht genug leisten. Das, was Sie eben gesagt haben, klingt zu apodiktisch; denn Wallraff wird wissen, daß die Notstände und diese Konzentration von sprachloser Wut am Arbeitsplatz Vorbedingungen haben, die nur an anderer Stelle gelöst werden können: politisch gesehen müßte es also gelingen, in einsichtiger, lesbarer, verständlicher Form die Zusammenhänge der einzelnen Reformen darzustellen — ein Thema, über das ich seit Jahren rede und das auch bei den Gewerkschaften langsam, viel zu langsam begriffen wird: daß eine weitreichende Bildungsreform in der Bundesrepublik überhaupt Voraussetzung für die Mitbestimmung ist und daß es ein horrender Fehler ist, wenn beide Reformen isoliert behandelt und nicht im Zusammenhang verstanden werden. Diese Dinge sind bei Wallraff zu wenig berücksichtigt. Auf der einen Seite sein wirklich einmaliges Verdienst, mit Mitteln der Reportage direkt vom Arbeitsplatz her zu berichten; auf der anderen Seite aber die Verarmung in der Dimension. Ich kann kein Patentrezept anbieten, wie das zu lösen ist, ich kann nur darauf hinweisen . . .

Aber Wallraffs Engagement ist direkt und konkret, nicht lediglich verbal geäußert — das entspricht Ihrer Auffassung doch ganz entschieden . . .

Aber genau das ist ja eigentlich ›Engagement‹ — davon reden ist sehr leicht. Und wenn wir das noch einmal klären wollen: Ich habe, glaube ich, sehr selten von Engagement gesprochen; und nicht ohne Grund habe ich das einzige Buch, das politische Aufsätze, Reden etc. sammelt, nach dem Titel einer Rede: »Über das Selbstverständliche« genannt — und so möchte ich es auch verstanden wissen. Denn ›Engagement‹ hat schon wieder etwas Exzeptionelles, nicht wahr, da sind die Wenigen, die sich engagieren, und die Masse, die stumpf bleibt; und ich seh' das nicht so. Denn Engagement fängt ja, wenn man es als etwas Selbstverständliches begreift, beim einzelnen, z. B. im Elternrat an: beim Mut der Eltern, auch einem Lehrer zu widersprechen, obgleich sie befürchten, daß ihr Kind dadurch eventuell schlechtere Zensuren bekommen könnte — das ist ja doch sehr weit verbreitet: die Sprachlosigkeit einer an sich sehr vernünftigen demokratischen Institution der Elternräte und -beiräte, die in die Schulpolitik hineingreifen und dort korrigierendes Element sein sollten. Engagement, also: das Selbstverständliche ist nicht von der Position oder von der Bekanntheit des Namens abhängig, sondern ist praktizierbar in jedem Bereich.

Nur sind, wenn ein großer Name hinzukommt, die Wirkungsmöglichkeiten ganz andere.

Ja, natürlich.

Gibt es in Ihrer politischen Arbeit einen Erfolg, der Sie ganz besonders freut? Der Sie für Ihre politische Arbeit befriedigt und Ihnen weiterhilft?

Ich muß Ihnen sagen — das hängt vielleicht auch, und jetzt sind wir wieder bei den Erzählpositionen meiner ersten drei Prosabände, zusammen mit dem Motor der Schuld —, daß mich diese drei Jahre Kanzlerschaft Kiesinger betroffen haben, und daß die Ablösung Kiesingers für mich mehr Sieg war als die Kanzlerschaft Brandts, so sehr ich sie begrüßt habe. Ich war auch am 5. März 1969, als Heinemann Bundespräsident wurde — ich war bei der Wahl dabei und sah, daß eine leichtfertige Koalition aus CDU/CSU und NPD nicht zum Sieg kam —, froh, einfach froh, auch wenn ich begreifen mußte, daß ein Großteil der deutschen Öffentlichkeit sich über die Konsequenz einer anderen Wahlentscheidung gar nicht klar gewesen ist.

Also Schröder.

Nicht Schröder als Person, sondern Schröder mit NPD-Stimmen.

Das würden Sie also als gewissermaßen politische Befriedigung sehen, die auch Ihre Arbeit mitbestimmt?

Als unmittelbare Ergebnisse. Wenn Sie jetzt vom politischen Alltag ausgehen, dann ist es für mich immer Motor, wenn ich bei politischen Veranstaltungen — und ich betreibe diese Veranstaltungen zumeist in der Provinz, in kleinen Orten, zumeist in Gegenden, in denen die Sozialdemokraten in der Diaspora leben — auch die Dankbarkeit sehe, daß jemand dorthin kommt und hilft; und ich sehe, wie die sozialdemokratischen Politiker dort am Ort, die Mühe haben, bei sonstigen Veranstaltungen mehr als 30, 40 Leute in einen Saal zu bekommen und an ein Publikum heranzukommen, das sie gerne mit ihren Ansichten konfrontieren möchten, nun auf einmal die Möglichkeit haben, 400 und 600 Leute, und Leute, die sie nie gesehen haben, an die sie gern heranmöchten, zu sehen und mit ihnen bekannt zu werden. Das Wort »Basisarbeit« wird so gern strapaziert, aber das ist für mich ein Stück Basisarbeit. Und wenn dann, sagen wir mal, ein Parteisekretär in einem niederbayerischen Ort oder in Schwaben zu mir sagt: »Ich habe eigentlich gegen die Veranstaltung mit Dir gestimmt, weil ich dachte, wenn das man gut geht! Aber ich habe jetzt das Gefühl . . .« . . .

Ist es denn auch gut gegangen in der Wahl? Sie haben nicht, um es ganz scharf zu sagen, Wähler auf die Seite der CSU getrieben?

Nein; 1965 hat man es nicht beweisen können, weil es wirklich nur ein Alleingang von mir mit ein paar Studenten war. 1969 ging das weiter und ließ sich ablesen in einigen Wahlergebnissen, ganz deutlich dort, wo es darum ging, Direktmandate zu gewinnen. Und es kam noch eines dazu — ich sprach vorhin vom Risiko —: Wir haben das ja im Freundeskreis, ob dazu Günter Gaus, Eberhard Jäckel und Sontheimer und ich und ein paar Studenten wie Erdmann Linde gehörten, alles mit einem Risiko angefangen: die erklärte Absicht war, die Große Koalition abzulösen — das war kein erklärter Standpunkt der SPD, die Große Koalition, zum Zeitpunkt, als wir mit unserer Arbeit begannen, war quasi noch intakt. Und viele hätten mitarbeiten wollen, wenn wir ihnen die Garantie hätten geben können, daß es nicht mehr zu einer Großen Koalition kommt. Diese Garantie konnten wir nicht geben, weil wir selbst in der Tat ein Risiko eingingen. Und wir alle wären politisch erledigt gewesen, wenn es zu einer Fortsetzung der Großen Koalition gekommen wäre. Aber ich habe daraus diese Lehre gezogen, daß es ohne dieses Risiko nicht geht.
Und das heißt einiges.

[Das Gespräch wurde am 28. November 1970 in Berlin geführt.]

II.

»Der Butt« von Günter Grass — das signalisieren Verkaufserfolg und massierte Kritikermeinung — ist das Buch des Jahres 1977, vielleicht sogar das Buch der 70er Jahre. Es gibt in der Kritik Elogen, die immer wieder den ›barocken‹, den ›meisterlichen‹, den ›geborenen‹ Erzähler Grass feiern. Es gibt Kurioses, wie die Klage des »Ostholsteiner Anzeigers«, der schreibt: »Einige Passagen des ›Butt‹ über die ostholsteinische Ostseeküste haben fürchterliche Auswirkungen für unser Fremdenverkehrsgebiet«, und es gibt beim Lob der sprachlichen Meisterschaft scharfe Verrisse, z. B. den von Marieluise Janssen-Jurreit in der Züricher WELTWOCHE, die unter anderem schreibt: ›Der Butt‹ ist unter dem Anspruch, ein frauenfreundliches Buch zu sein, ein extrem frauenfeindliches, uneinsichtiges Buch, das nicht auf Analyse, Aufklärung, sondern auf Schauereffekte setzt und bürgerliches Publikum durch neue Tabubrüche faszinieren will. Vitalitätsprotzerei, grobianische Sprache, Furzen und Rülpsen, das ganze Panoptikum einer vorindustriellen Welt wirken wie eine Zirkusvorstellung, nicht wie eine geschichtliche Bilanz der Geschlechterbeziehung«; und um einen solchen Verriß voll zu machen: »Grass ist kein radikaler Schriftsteller, sondern ein maßloser. Radikaler Erkenntniswille bedeutet auch, den Zusammenbruch des eigenen Selbstbildes zu riskieren. Davon ist Grass weit entfernt«. Günter Grass, erkennen Sie sich und Ihr Buch eigentlich wieder in den Hunderten von Kritiken, die über den »Butt« erschienen sind? Ein so großes Echo wie der »Butt« ist in den letzten zehn oder fünfzehn Jahren kaum einem anderen belletristischen Buch zuteil geworden.

Es gibt für mich bis jetzt zwei Reaktionen auf das Buch. Zum ersten die Berufskritik, so wie sie auf den Autor zukommt, wenn ein Buch erscheint; und zum zweiten die Reaktion der Leser. Diese zweite Reaktion habe ich noch nie so stark erfahren wie beim »Butt«. Es gibt eine Fülle von Briefen. Es gibt nach Lesungen direkte Ansprachen von Leuten, die mitten im Buch sind oder die das Buch schon zu Ende gelesen haben. Und diese Reaktion der Leser ist ausgesprochen unorthodox. Der Leser ist zuerst einmal verblüfft, hat von seinen Lesegewohnheiten her Schwierigkeiten, sich auf diese Form einzurichten: Prosa, dazwischen Gedichte, Zeitaufhebung, Zeitraffung, die Zeitweil des Ich-Erzählers über 4000 Jahre ...

»Ich, das bin ich jederzeit ...«

... ja: »Ich, das bin ich jederzeit ...« Aber das geht relativ rasch, und dann beginnt der unorthodoxe Gebrauch des Lesers mit dem Buch. Entweder liest er es zügig durch und merkt sich schon, was er hinterher noch mal lesen will, oder er schnüffelt in dem Buch, liest dieses und jenes Kapitel, dieses und jenes Gedicht, merkt dann, daß er doch einiges verliert, wenn er so weitertut, fängt wieder von vorn an. Und, was ich oft gehört habe: Dieses Buch wird, was gar nicht in meiner Absicht lag, und da macht es sich schon selbständig, zu einer Art Hausbuch. Das Buch ist gelesen worden, der und jener in der Familie hat es auch gelesen, und dann wird bei bestimmtem Anlaß, bis zum Trivial-Anlaß des Kochens, ein einzelnes Kapitel herausgenommen, etwa »Schonischer Hering«, um diese Konstellation der Hochgotik noch einmal zu lesen, wahrzunehmen, aber auch um etwas über die Zubereitung von Heringen zu erfahren. Das macht mir Spaß. Und was ich auch noch nie erlebt habe: Der »Butt« wird bei Ehepaaren und anderen Paaren oftmals wechselseitig vorgelesen — das ist eine Reaktion, die mir Spaß macht und die ich insgesamt unorthodox nenne.

Hausbuch sagen Sie, also ein Buch zum Schmökern. Der Schweizer Kritiker Anton Krättli hat gesagt: Das Buch hätte ein großartiges »Decamerone« werden können, wenn Sie nicht versucht hätten, die einzelnen Geschichten darin miteinander zu verknüpfen. Die Gelenke, die dieses Ganze zusammenhalten, seien zu schwach.

Aber das sind, ob Krättli oder Reich-Ranicki oder Kaiser, ich nenne mal diese drei Beispiele, jeweils Kritiker, die eine feste Wunschvorstellung haben von dem, was der Autor abzuliefern habe. In allen Fällen — ob Kaiser sich nun selber rhetorisch fragt, hat der Autor einen neuen »Zauberberg« geschrieben, oder ob Krättli sich ein »Decamerone« wünscht — ist das ein Unrecht dem Autor gegenüber, aber auch den Autoren gegenüber, die den »Zauberberg« oder das »Decamerone« geschrieben haben. Das sind doppelte Mißverständnisse.

Ebensowenig, wie Sie wieder eine zweite »Blechtrommel« schreiben wollten.

Genau. Und die, die es Jahre lang von mir gefordert haben, würden mich zu Recht verreißen, wenn ich es getan hätte. Überhaupt ist diese — ob positive, ob negative — Kritik, der dauernde Rückverweis auf die »Blechtrommel«, irreführend. Die »Blechtrommel« ist ein linear erzähltes, ganz auf den Ich-Erzähler hin erzähltes Buch, sie ist von der Form und auch von der epischen Intention her überhaupt nicht mit dem »Butt« zu vergleichen. Wenn überhaupt eins der früheren Bücher, dann »Hundejahre«, und zwar von der Komplexität, von der Erzählsituation her und in der epischen Fassung des Stoffes. Viel mehr ist natürlich das »Tagebuch einer Schnecke« wichtige Vorbereitung und Stufe für den »Butt« gewesen, was z. B. in der Berufskritik so gut wie überhaupt nicht erwähnt wird. Daß mit dem »Tagebuch einer Schnecke«, und nun mit dem »Butt« konsequent vorangetrieben, ich zum ersten Mal das Autoren-Ich als Erzähler-Ich einführe und das sonst, wie bei der »Blechtrommel« oder bei den »Hundejahren«, von vornherein gesetzte fiktive Erzähler-Ich ablöse, und daß ich dann beim »Butt« dieses Autoren-Ich nach einer gewissen Zeit in ein fiktives Ich verwandle, aber immer in Korrespondenz zum Autoren-Ich — das ist meiner Meinung nach für mich ein neuer Vorgang, der natürlich auch andere Prosa-Formen und andere Lyrik-Formen gebiert.

Für mich liegt in dem, was Sie eben skizziert haben, auch eine Art von Ehrlichkeit des Erzählers, nämlich die Ehrlichkeit des auktorialen Erzählers, der seine allwissende Position offen preisgibt, im Gegensatz zu jenem sich verbergenden Erzähler, der seine Figuren an seinen Fäden tanzen läßt, aber die Fäden nicht zeigt. Aber ich möchte zurück zur Berufskritik — wir sind von der ersten Frage abgeschweift: Erkennen Sie sich und erkennen Sie den »Butt« wieder in den Kritiken, die erschienen sind?

Es gibt eine Fülle von Kritiken, aber es sind nicht die Star-Kritiker, die mir als kritisches Echo von der Leserseite her den »Butt« deutlich machen. Nehmen wir mal stellvertretend Jürgen Lodemann: Hier sehe ich von vornherein die Bereitschaft des Kritikers, sich erst einmal auf das einzulassen, was der Autor vorlegt, nicht aber dem Bedürfnis, spezifische Kritikerwünsche voranzustellen, und auch nicht die Eitelkeit einiger Großkritiker, die, wie z. B. Reich-Ranicki, ein Drittel ihres Platzes verbrauchen, um erst einmal sich und den Lesern und der Öffentlichkeit noch einmal bekanntzumachen, wie recht sie immer gehabt haben im Urteil über diesen Autor und wie wenig der geneigt war, auf ihre Ratschläge zu hören. Komisch bis ärgerlich wirkt das Ganze, nicht erhellend. Es wird der Leser um eine notwendige Information betrogen.

Oder sogar mit falschen Informationen versehen.

Ja. Da nehme ich auch hinein, aber mit mildernden Umständen, Frau Janssen-Jurreit, die hier nun aus einer feministischen Engführung heraus nur noch Behauptungen aufstellt, von Brachialgewalt, von einer rülpsenden, furzenden Sprache spricht. Das ist einfach unwahr. Wer sich das Buch ansieht, wird diese verschiedenen Temperaturen der neun Teile im Verhältnis zueinander erkennen, und da möchte ich doch den Beweis sehen, inwieweit im Amanda-Woyke-Kapitel, inwieweit gerade im Barock-Kapitel der Agnes Kurbiella davon die Rede sein kann. Hier zeigt sich eines der typischen Mißverständnisse über den Begriff ›barock‹. Übrigens wird in der »Neuen Zürcher Zeitung«, in einem Artikel, der nicht gezeichnet war, dieses dauernd beliebige Anführen — ein barocker Autor, ein barocker Erzähler —, ad absurdum geführt, zu Recht ad absurdum geführt. Gerade im Barock-Kapitel ist die Sprache jammertalig, ist sie geprägt von einer unglücklichen, von einer zerrissenen Zeit.

Eher im Humanismus-Kapitel.

Für das Humanismus-Kapitel mit der Margarete Rusch, jener Äbtissin, die aus einem vollen Lebensgefühl heraus und mit einem kühlen, ja renaissancehaften Machtverständnis, aber jetzt in der Position einer Frau, agitiert und agiert, ließe sich so etwas belegen — aber auch da natürlich nicht mit dem Wort ›barock‹.

Günter Grass und sein »Butt«: ein barocker Autor, ein barockes Buch — 1972 begonnen, 1977 erschienen, die Barockzeit ist fast 300 Jahre vorbei, das sind eben solche Klischees.

Das sind Barockvorstellungen, die mehr mit Chippendale zu tun haben, mit nachgemachten Dingen, als mit Kenntnis einer Geschichtsperiode, die vage und mehr von der Architektur her so bezeichnet wurde.

Sicherlich auch nicht barock, aber sicherlich monströs ist das Kapitel des achten Monats dieses fürchterliche Inferno mit dem Titel »Vatertag«, das von vielen Kritikern gerühmt wird, von dem es sogar heißt, so etwas gebe es nicht einmal bei Genet; derselbe Kritiker hat dann wiederum bemängelt, im letzten Kapitel, im neunten Monat werde der Roman ganz flach, werde er platt. Aber nach diesem Inferno, nach dem Tod einer Protagonistin, heißt es doch: das Leben geht weiter — und es geht dann auch einfach weiter. Das muß doch konsequenterweise eine ganz andere Stillage haben, gerade zum Schluß hin.

Alle meine Bücher haben einen offenen Schluß, und im »Butt« kann es gar nichts anderes als einen offenen Schluß geben. Die Schwangerschaft löst sich in Geburt auf — das Leben geht weiter. Der letzte Fall der Maria Kuczorra, der Kantinen-Wirtin auf der Leninwerft, bleibt auch offen; zwar wird der Streik und Aufstand der Arbeiter zusammengeschossen von der Volksmiliz in Polen, aber die Forderung nach mehr Freiheit und Selbstbestimmung bleibt in den kommunistischen Staaten bestehen, auch dort geht das Leben weiter. Das feministische Tribunal, das Feminal, wird zu Ende geführt, es kommt aufgrund einer Kompromißlage zu einem Kompromiß-Tod und Kompromiß-Urteil der Freisetzung des Butt — nun berät er die Frauen: ein offener Schluß. Zum Schluß stehen der Mann, der Ich-Erzähler, und das Autoren-Ich in einer Person da, haben den berühmten Informationsvorsprung der Männer verloren, der Butt spricht zuerst mit der Frau, mit Maria Kuczorra, dann kommt sie zurück und entpuppt sich als Ilsebill, beide sprechen, beide lachen, er versteht kein Wort, sie übergeht ihn, er läuft ihr nach — ein offener Schluß. Ich habe diese Steigerung vor dem Schluß gewollt. Ich hätte niemals mit »Vatertag« aufhören wollen, dann wäre das ein effekthafter Schluß gewesen, der nicht in meiner Absicht lag.

In diesem Zusammenhang interessiert mich nun doch noch, wie sich dieses Ganze, die Struktur des »Butt« eigentlich entwickelt hat. Im »Tagebuch einer Schnecke« ist ja einmal die Rede von einem Wunsch, ein großes erzählendes Kochbuch zu schreiben.

In der politischen Arbeit, in der Festgelegtheit, in der selbstgewählten Disziplin und Disziplinierung auf Vorgänge in der Gegenwart, auch beim notwendigen Umgang mit der politischen, also mit einer Sekundärsprache, wurde bei mir der Wunsch immer größer und dringlicher, eine Totale zu entwerfen, mich einem epischen Stoff zu stellen, einem Stoff, der mich ganz fordert, ein Brachland, ein Brachfeld zu beackern und nicht mehr in erster Linie auf Sekundäres angewiesen zu sein. Und da mich schon immer die Ernährungsfrage mehr als interessiert hat, und es mich oft genug geärgert hat, wie gerade in unseren puritanischen Breiten diese zentrale Frage menschlicher Existenz, auch politisch gesehen, immer wieder verdrängt wird, zielte das Ganze auf etwas, was ich stichwortartig ein »erzählendes Kochbuch« nannte. Und so ist auch in der ersten Arbeitsphase die Recherchierarbeit auf dieses in unserer Geschichtsschreibung ausgelassene, spärliche Restmaterial konzentriert gewesen. Dabei stieß ich auf einen weiteren in unserer Geschichtsschreibung ausgesparten Teil: auf den anonymen Anteil der Frauen an diesem Teil der Geschichte, als Köchin, als Hausfrau, als diejenige, die in erster Linie bei Revolutionen in der Ernährungsstruktur, z. B. in der Ablösung der Hirse durch die Kartoffel, die bedeutsame Rolle spielt. Das ist anekdotisch zusammengeschnurrt — das hat in Preußen der Olle Fritz getan. Ich gehe auch auf diese Legende ein und setze meine Gegenlegende dazu.

Es ist aber doch nicht so gewesen, daß Sie wahre Geschichten aus der vergessenen Geschichte herausdestillierten und diese wieder umsetzten in Erzähltes; sondern Sie setzen ja auch erzählerisch etwas gegen die Geschichte, das Sie erfunden haben.

Mir ist auch bei der Vorarbeit noch deutlicher geworden, als ich es vorher geahnt habe, wie sehr unsere Geschichtsschreibung, die sich als authentisch ausgibt, weil sie auf Dokumenten fußt, Fiktion ist: nicht zugegebene Fiktion. Man merkt sehr rasch, daß diese Dokumente, das gesamte Frühmittelalter betreffend, die zufällig überwinterten, alle aus der Tendenz ihrer Zeit heraus geschrieben wurden von Leuten, die schreiben konnten.

Aus dem Mittelalter.

Bis Gutenberg; da beginnt dann auf einmal etwas Breiteres, da kommen dann auch Gegenmeinungen zu Papier, aber vorher ist das alles entweder kirchliche oder fürstliche Schreiberei jeweils zu dieser oder jener Position, und damit arbeiten Historiker. Die Löcher dazwischen sind für den Schriftsteller interessant. Ich sehe mich in der Lage, genauere Fakten zu erfinden als die, die uns als angeblich authentisch überliefert wurden.

Also gegen die gewollten Interpretationen von Geschichte.

Ja. Und nun hier die Ernährungsfrage, der anonyme Anteil der Frauen an der Geschichte. Und als auslösendes Moment — bis dahin waren das alles einzelne Gedichte, Graphik, die zu entstehen begann, erste Prosa-Seiten, Anschreiben von Projekten, die dann später wuchsen oder ganz fallengelassen wurden —, als auslösendes Moment kam nun dieses dramatische, in seiner Tendenz weiberfeindliche Märchen vom ›Fischer und siner Fru‹.

Zu welchem Zeitpunkt der Arbeit?

Das kam gegen Ende des ersten Arbeitsjahres, zu Beginn des zweiten, es war erst einmal da, und es war erst ein irritierendes Moment, das dann sehr rasch eine zentrale Position gewann und zum ordnenden Faktor dieser Stoffmasse gegenüber wurde. Und dann begann ein zügiges, fortwährendes Schreiben, nicht im linearen Sinn, sondern in all den neun Teilen, die schon da waren. Hinzu kam auch Privates, bestimmte Verletzungen, Verzweiflungen, Konfrontationen mit Wünschen, meinen und anderen, Unerfüllbares — und ein Kind. Das mußte von mir umgesetzt werden, mit den Mitteln, die mir zur Verfügung stehen, graphischen, literarischen.

Hat sich das Buch dadurch auch während des Schreibprozesses verändert?

Ja. Ich bin der Überzeugung, daß jemand, der vorhat, über Jahre — das Ganze hat fünf Jahre beansprucht — einem epischen Stoff nachzugehen, ein Konzept haben muß, das offen ist, das ihm erlaubt, sich in dieser Zeit selbst zu entwickeln. Eine starre Position, die sich vielleicht für eine Novelle eignet oder für eine Erzählung, die kurz angebunden ist, würde für den Autor zur Fessel werden und den Stoff vergewaltigen.

In der Kritik gibt es auch den Vorwurf, der Roman wolle zuviel und leiste zu wenig. Die Allgegenwärtigkeit des Erzählers und die Allgegenwärtigkeit verschiedener Zeitweilen, wie Sie selbst im »Butt« schreiben, löste diese Kritik aus. Diese überquellenden Formen, so heißt es, hätten Beliebigkeit zur Folge, und ein Kritiker schreibt: »großartige Episoden und Geschichten in einem Meer von Rhetorik«. Also doch ein zum Roman gezwungenes Novellenbuch?

Ich komme nochmal auf Reich-Ranicki. Mit ihm gibt es eine ganze Reihe von Kritikern, die früh Lukács gelesen haben und Lukács' Mißverständnis vom Roman des 19. Jahrhunderts, das bei Lukács immerhin noch amüsant zu lesen war und zum Widerspruch herausforderte, nur noch trivialisieren und weiter verbreiten. Nun bin ich nicht der erste Autor, der an der Erfindung eines sogenannten Plot, einer Handlung mit Konflikt und Auflösung, an psychologisierenden Momenten überhaupt nicht interessiert ist — das reizt mich nicht, das würde mich nie zum Schreiben bringen. Meine Handlungen, im »Butt« z. B., sind Entwicklungen, die ich gar nicht erfinden muß, das sind geschichtliche Entwicklungen, Gegebenheiten: das ist der Verlauf einer Schwangerschaft, das ist das Ritual eines Tribunals, bei dem das Urteil von Anfang an feststeht.

Das Ritual eines Vorurteils?

Ja. Es kommt nur noch darauf an, welchen Kompromiß man finden wird. Diese Dinge setze ich als gegeben. Ich verrate sogar die klassischen Spannungsmomente, die nehme ich vorweg; auf diese Art von Spannungen baue ich nicht. Schon im Anfang des zweiten Teils: »Wie wir städtisch wurden« wird der Schluß — die Maria Kuczorra läuft zum Strand und ruft den Butt — vorweggenommen. Innerhalb dieses Gefälles, des geschichtlichen, der vorgegebenen Dinge wie der Schwangerschaft verläuft das und hat dann seine eigene Struktur: in den längeren Kapiteln, in den Gedichten dazwischen und in den verschiedenen stilistisch abgehobenen Erzählebenen. Es ist, soweit ich sehe, keinem Kritiker aufgefallen, daß durch alle neun Teile hindurch ein Kapitel oder zumindest ein Kapitelschluß steht, in dem ein Essen beschrieben wird: zumeist sitzen die Männer zu Tisch — bis auf die Umkehrung in »Wir aßen zu dritt«, wo die Frauen zu Tisch sitzen und der Mann sie bedient —, ob das nun »Von der Last böser Zeit« ist, »Opitz und Gryphius«, »Schonischer Hering«, »Die inquisitorischen Herren«, oder Dorothea von Monthau ist Köchin und Bedienerin, oder es gibt das Pilzgericht der Köchin Sophie Rotzoll, oder

der Olle Fritz wird bedient. Und in dieser Form des Zu-Tisch-Sitzens, in dieser Art von Kapitel, kulminieren die einzelnen Teile — das ist eine Struktur, die durchgeht.

Die Kritik rühmt immerhin diese große übergreifende Konstruktion; sie kritisiert deren Umsetzung, die Füllung der Konstruktion.

Immerhin kann man es dann nicht mehr episodisch oder, wie Reich-Ranicki sagt, eine »Nummern-Oper« nennen, denn das sind ja doch Themen, die durchgehalten werden, und einzelne Kapitel, die im Verhältnis zueinander eine Spannung haben. Sie können freilich nicht mit den Kriterien des sozialistischen Realismus eines Reich-Ranicki beurteilt werden.

Der, notabene, ohne Sozialismus ist. Nur muß, auch wenn die Konstruktion so groß angelegt ist, ihre Erfüllung durch den Erzähler ja nicht unbedingt stimmen. Da könnte Unerfülltes zu kritisieren sein. Aber derselbe Kritiker, der den eben von Ihnen zitierten Vorwurf gemacht hat, schreibt in seiner Kritik abschließend: Grass, der größte Erzähler, den Deutschland neben Köppen zur Zeit hat.

Das sind Auslobungen, die nichts bedeuten, die weder Köppen noch mir etwas bedeuten können, die nur die Fragwürdigkeit und Maßstablosigkeit der gegenwärtigen Literaturkritik, besonders in den höheren Rängen, belegen. Für mich ist es eigentlich ein beschämender Vorgang, wenn ich sehe — ich nehme mal Autoren meiner Generation wie Walser oder Johnson —, wie hart wir arbeiten, wie genau wir unseren Beruf nehmen, wie sehr wir unser Werkzeug überprüfen, ob es noch dem jeweiligen Gegenstand, den wir zu behandeln haben, angemessen ist, ob wir neues Werkzeug brauchen, während wir, auch an uns, erleben müssen, mit welcher Selbstgefälligkeit es sich Kritiker seit zehn, fünfzehn, zwanzig Jahren leisten, jedesmal den gleichen Riemen abzuziehen, als sei, in der Literatur zumindest, mittlerweile nichts geschehen. In der Literaturkritik ist so gut wie nichts geschehen. Ihre Vertreter haben eine Position inne, auf der sie nicht mal sich selbst in Frage stellen. Was wir beiden hier machen, ist ja ein Bruch der Konvention. Es ist ein ungeschriebenes Gesetz, daß der Autor sich gegenüber seiner Kritik nicht zu äußern hat. Ich halte das inzwischen für einen Schmarren. Solange es noch eine intakte Gruppe 47 gab, konnte man zumindest einmal im Jahr als Autor, wenn man nicht gerade selbst vorgelesen hat, aber selbst dann noch im Chor der Kritiker, den Berufskritikern ins Wort fallen. Und das hat offenbar auch der Kritik recht wohl getan. Seitdem es die Gruppe 47 nicht mehr gibt, fehlt auch dieses minimale kritische Instrument der Kritik gegenüber.

Nun wollen alle, nicht nur die Star Kritiker, die es bei den wenigen Star-Institutionen gibt, ihre Positionen behaupten, weil sie sich nur als Individuen, als Subjekte zu behaupten können glauben. Es gibt, aber nicht nur aus diesen Gründen, kein Gespräch der Kritiker untereinander. Genauso fehlt, glaube ich, das Gespräch von Autoren in der Bundesrepublik untereinander. Gibt es — und ich formuliere hier jemandem nach, ich weiß nicht, wer es war — wirklich keine Gegenwartsliteratur mehr, sondern gibt es nur noch einzelne Bücher?

Das mag sein. Die Gruppe 47 hat zumindest einmal im Jahr, und ausstrahlend über den Anlaß hinaus, so etwas wie Literatur auch als Begriff: als Nachkriegsliteratur entstehen lassen. Dennoch glaube ich nicht, daß es nur einzelne Bücher gibt. Man wird in einigem Abstand feststellen, daß es zwei deutsche Literaturen gibt, unter verschiedenen Bedingungen, die dennoch eine bilden, die der DDR, die der Bundesrepublik, und daß die Wechselbeziehung, die Reibung der Literaturen aneinander — Kritik ausgelassen — doch sehr stark ist. Es braucht sicher Distanz, um das zu beurteilen, aber es braucht vor allen Dingen Kritiker, um das wahrzunehmen.

Nun bereichert die eine Literatur, die der DDR, zwangsweise die andere Literatur, die der BRD, zunehmend dadurch, daß Autoren der DDR in die Bundesrepublik abwandern. Und das Buch eines DDR-Autors, das nur hier erscheinen kann, eines, das Sie selbst gerühmt haben, »Versuchte Nähe« von Hans Joachim Schädlich, bringt doch einen wichtigen und entscheidend neuen Ton in die deutsche Literatur. Wirkt ein solches Buch nur in der westdeutschen Literatur?

Bücher wie dieses werden natürlich auch, selbst wenn sie nur in 200 oder 300 Exemplaren in der DDR kreisen, Wirkung nicht nur hier, sondern auch in der DDR haben. Heiner Müller hat das für den Fall Thomas Brasch gesagt: man wird nach den Büchern von Brasch und Schädlich auch dort nicht mehr so weiterschreiben können, wie man vorher geschrieben hat.

Aber zurück zur Kritik an Günter Grass und dem »Butt«. Da taucht immer wieder die Überlegung auf, Günter Grass sei resignativ geworden, seine Hoffnungssubstanz sei verbraucht. In der Rezension von Wolfgang Ignée aus der STUTTGARTER ZEITUNG heißt es z. B.: »Der fröhliche SPD-Politiker, dessen Perspektive oft nur bis zum nächsten Wahlkampf reichte, hat sich eine fast fatalistische Geschichtsauffassung angeschrieben«, und Ignée zitiert sie: ›das hört nicht auf, auch im Kommunismus, immer die Niederen gegen die Oberen‹. Dieser Kritiker lobt dann Ihre neu gewonnene überparteiliche Humanität und: daß Sie das Mehrdeutige der Wirklichkeit entdeckt hätten. Wird hier nicht auf ganz unzulässige Weise Politisches mit Literarischem gemischt? Das Wort von der ›überparteilichen Humanität‹ klingt mir doch sehr nach unparteilicher, ja unpolitischer Einvernahme. Macht es Sie nicht stutzig, wenn Sie so etwas, positiv zum »Butt« gewendet, lesen? Natürlich waren Sie politisch resigniert, und Sie sind es noch, vielleicht immer noch; wir haben vor Jahren gerade ein Gespräch darüber geführt — aber sind Sie es, bei all der Erzählfreude auch im »Butt«, so prinzipiell, wie hier behauptet?

Ich bekomme ja nun, besonders auch bei lobenden Kritiken, so im Nebensatz Prügel ausgeteilt für das, was ich offenbar sträflicherweise getan habe und was eine Konvention verletzt hat: Ich habe mich als Autor und als Bürger ein gutes Jahrzehnt lang neben meiner Schreibtischarbeit, neben meiner Arbeit an der Staffelei und an der Radierplatte politisch im Alltag engagiert, habe keine Sonntagsresolutionen, sondern Alltagsarbeit gemacht. Dazu stehe ich, das ist eine für mich wichtige

Periode gewesen, die, jedenfalls in dieser Form, abgeschlossen ist. Damit ist überhaupt nicht gesagt, daß mein politisches Interesse erlahmt sei; Resignation gehört dazu. Es ist ein merkwürdiges, beinahe amerikanisches oder auch in totalitären Ländern zu beobachtendes Verlangen, immer eine gewisse Happiness oder ein Keep-smiling oder eine zukunftsgewisse Fröhlichkeit zur Schau stellen zu müssen. Aber die Politik unserer Tage und nicht nur die Politik unserer Tage, gibt Anlässe — wie das Leben überhaupt in seinen einzelnen Phasen — zu Resignationen, und Resignation ist Voraussetzung für neuerliches Beginnen, an anderer Stelle. Ich habe darüber einen Essay geschrieben, der am Ende des Schneckenbuches steht: »Vom Stillstand im Fortschritt«. Und ich hatte törichterweise gehofft, weil dieser Essay von der Wechselwirkung von Melancholie und Utopie handelte, daß zumindest einem Teil unserer Kritik meine Definition von Resignation bewußt war. Aber das trifft nicht nur im Fall Ignée, sondern in vielen anderen Fällen nicht zu. Kaiser zitiert jenes Wort und reißt es aus dem Zusammenhang, der bei Bebel vermutet wird, als Bebel während des Revisionismusstreites nach Wegfall der Sozialistengesetze einen ermüdeten, deprimierten Eindruck machte, verständlich, aus der Situation: »Hoffnungssubstanz verbraucht«, er überträgt das flugs — und das kann man im Feuilleton ja alles machen — auf den Autor, und interpretiert: Aha, das wünscht er sich, er ist konservativ geworden. Das ist ärgerlich, weil es falsche Information oder weil es gar keine Information vermittelt — aber jucken kann es mich nicht; es kann mich nicht erreichen. Den, der schreibt und der seine schreibende Position als eine fragile begreift und der es von Kindheit an gewohnt ist, sich in Frage zu stellen, der es gewohnt ist, eine einmal gewonnene Position zu verlassen, sich selbst einem Risiko auszusetzen und der als Autor nicht vorgehabt hat, sich zum Klassiker machen zu lassen, den kann das nicht erreichen. Nur ist, von diesem Buch und von seinem Autor abgesehen, insgesamt für eine Literatur, die auf der einen Seite wie kaum eine Literatur in Europa produktiv ist, die aber aufgrund der politischen Situation einen desolaten Eindruck macht, natürlich eine Literaturkritik, die es eigentlich gar nicht gibt, weil sie maßstablos ist, von Übel.

Was nicht als Vorwurf gemeint ist: daß Günter Grass jetzt endlich zu überparteilicher Humanität gefunden hat, wirkt doch als Vorwurf zurück auf einen Autor, der einst getadelt worden ist wegen der damit wohl gemeinten Parteilichkeit seines »Tagebuch einer Schnecke«.

Dann ist entweder das »Tagebuch einer Schnecke« nicht gelesen oder falsch gelesen oder hinterher mit irgendeinem Wunschdenken verinnerlicht worden; denn dieses »Tagebuch einer Schnecke« geht mit dem Sozialismus und mit den puritanischen Elementen im Sozialismus, vorbereitend, genauso kritisch um wie der »Butt«, der z. B. den Frühsozialismus und Lena Stubbe und das proletarische Kochbuch behandelt. Aber grundsätzlich zur Kritik: Wir haben jetzt ein neues Ehescheidungsgesetz mit dem Zerrüttungsprinzip: man muß nicht mehr Schuld nachweisen. Das läßt sich leider nicht ausdehnen — das hat man versäumt bei der Abfassung dieses Gesetzes — auf das zwanghafte Verhältnis zwischen Autoren und Kritikern. Ich kann schreiben, was ich will, ich bin dazu verdonnert, daß, ob in der FAZ Reich-Ranicki, in der SÜDDEUTSCHEN ZEITUNG Kaiser usw. darüber schreibt; die lassen niemanden anderen darüber schreiben, das sind Zwangsehen, die man offenbar eingehen muß, die ich gerne aufgelöst sähe, eben nach dem Zerrüttungsprinzip, ohne Schuldfrage, in Freundschaft — ich mag Kaiser sehr, ich mag Reich-Ranicki sehr, aber ich kann beiden ihre speziellen Wünsche nicht erfüllen: ich kann Kaiser nicht den Wunsch erfüllen, nun endlich der aufgeklärte Konservative zu werden, den er sich von mir wünscht und vorstellt; und ich kann Reich-Ranicki nicht den Wunsch erfüllen, einen von Ideologie befreiten Roman des sozialistischen Realismus zu schreiben oder einen Roman des 19. Jahrhunderts, mit draufgestopften Errungenschaften des 20. Jahrhunderts. Das sind Wünsche, die ich diesen Kritikern gegenüber nicht erfüllen kann und will. Dann soll man dem Autor andere, unverbrauchte kritische Meinungen zumuten.

Sie haben eine Lesereise hinter sich, hörten das Publikum unmittelbar. Das Publikum ist in seinen Reaktionen auf das Buch viel unmittelbarer und sieht möglicherweise Dinge, die ein Profi der Literaturkritik möglicherweise gar nicht mehr wahrnimmt.

Ich habe das schon bei Lesungen aus dem Manuskript erlebt, und es hat mir natürlich viel mehr Spaß gemacht — weil es noch ein Stück Arbeitsprozeß war —, daß bei den anschließenden Diskussionen sich vor allem Frauen zu Wort meldeten. Und die Leser stellten oft unumwunden fest, daß hier, dem Konzept des neunteiligen Buches folgend, eine Fülle von Frauenfiguren — mit der Ilsebill insgesamt zwölf — dastehen, die verschieden sind, in ihrer jeweiligen zeitbedingten unterdrückten Situation zwar zu erkennen bleiben, aber auch aus der Unterdrückung heraus auf verschiedene Art und Weise Selbständigkeit entwickeln, so daß man von ihnen Gebrauch machen kann: daß sich z. B. ein Lebensgefühl der Margarete Rusch vermittelt, daß z. B. Lena Stubbe den zwar aufgeklärten Kopf, aber den unaufgeklärten Gaumen gleichfalls in ihrer Zeit begreift und dagegen, aus ihrer Situation heraus, weil gar nichts anderes übrig bleibt, aus ihrer Erfahrung das fehlende proletarische Kochbuch entwickelt — das wird vom Leser direkt aufgenommen, auf egoistische Art und Weise umgesetzt, für den eigenen Bedarf, für den eigenen Gebrauch. Etwas Besseres kann sich ein Autor gar nicht wünschen.

Ich habe zu Anfang unseres Gesprächs eine Kritikerin, die eindeutig die Position der Emanzipation der Frau vertritt, zitiert; da heißt es, der »Butt«, der sich besonders frauenfreundlich gebe, sei besonders frauenfeindlich. Nun frage ich dagegen: Vertritt der »Butt«, eben durch die Plastizität seiner Frauenfiguren, die These, daß trotz der ewigwährenden Männerherrschaft tatsächlich doch die Frauen das Heft, eben den Kochlöffel, in der Hand hielten, daß also in Wirklichkeit sie herrschten, und sei es eben durch die Männer.

Der absolute Machtverlust der Frauen setzte erst mit der Industrialisierung ein. Solange es noch eine Haus- und Schlüsselgewalt gab — das ganze Mittelalter hindurch, bis ins 19. Jahrhundert hinein, dort beginnt es umzukippen —, Haushalte auch noch ein Stück Selbstversorgung bewahrten, hatten die Frauen einen restlichen und gleichzeitig erheblichen Machtbereich, von dem sie auch Gebrauch gemacht haben. Damit hatten sie aber prinzipiell nicht das Heft in der Hand. Nur in diesem, ihrem Teil hatten sie das Heft, sogar übermäßig groß, in der Hand, und das bot natürlich auch Gelegenheit zur Rache, zur Gegenaktion. Gegenüber diesem ganzen anderen Bereich, in der Politik, in der Religion, in allen Institutionen — wie heute ja auch noch die Männer und ausschließlich die Männer Macht definieren und ausüben — war dieser Restbereich natürlich dazu geschaffen, Gegenpositionen zu entwickeln. Diese Gegenpositionen sind mittlerweile auch verloren gegangen. Ich behaupte, daß selbst die sich emanzipiert gebende Frau heute, indem sie berufstätig ist und sich den männlichen Produktionsverhältnissen und Machtverhältnissen angepaßt hat und den Beweis antritt, daß sie es genauso gut kann wie die Männer, im Grunde weniger Macht hat, als eine Frau im Mittelalter mit ihrer Haus- und Schlüsselgewalt.

Nun gibt es geschichtliche Beispiele, wo nicht nur Rache geübt worden ist in diesem Teilbereich, in dem die Hausfrau die Herrschaft hatte. Es gibt die Marlborough, die Pompadour, einen Typus der durch Männer wirkenden Frauen, die . . .

Das sind aber Frauen, die auch in unserer Geschichtsschreibung vorkommen, die haben nach männlichem Moral- und Machtverständnis Geschichte gemacht.

Aber haben sie das — eine mögliche Vorstellung — nicht nur in ihren eigenen, fraulichen Interessen benutzt?

Ja sicher, das haben sie mit eingebracht. Aber sie haben in der Art, wie sie Politik oder Intrigen gesponnen haben oder wie sie Machtpolitik betrieben haben, wie Männer gehandelt. Es ist ja ironisch, daß außer Friedrich II. von Preußen an den Teilungen Polens in führender Position Frauen beteiligt gewesen sind, aus der damaligen Zeitkonstellation heraus. Das kommt alles in unserer Geschichtsschreibung vor. Aber von diesen Frauen spreche ich nicht.

Hypothesen oder geschichtliche Deutungen. Aber lassen Sie mich zum Schluß doch noch einmal auf die Kritik zurückkommen, nämlich prinzipiell auf die Kritik, wie sie sich an diesem Buch so konzentriert gezeigt hat. Die Kritik, das ist Ihr Vorwurf, ist desolat, weil eben maßstabslos. Das ist eine — aber alte — Klage der Autoren in der Bundesrepublik. Bei diesem Buch nun müßte es sich erweisen, weil hier die gesamte Kritik sich erproben mußte. Ich stimme Ihrem Urteil über die Kritik zu, seit langem. An Ihrem oder des »Butts« Fall zeigte sich, daß die Kritik hemmungslos subjektivistisch ist: was im einzelnen der eine gut findet, findet der andere schlecht, und umgekehrt. Aber nicht nur stimmt die grundsätzliche Orientierung nicht, auch das Handwerkszeug stimmt nicht, nämlich das, was Literaturkritiker normalerweise gelernt haben sollten, Philologie zu betreiben, d. h. den Text im Auge zu behalten, und das heißt meiner Mei-

nung nach auch, auf die Absichten des Autors zu kommen und daran zu messen, ob er seinen Plan erfüllt hat oder nicht, aber nicht mit eigenen Rastern und Vorstellungen an Literatur heranzugehen. Wie würden Sie sich denn literarische Kritik wünschen? Wie sollte Kritik sein? Vielleicht gibt es ja auch andere Formen von Kritik. Wenn wir ein solches Gespräch machen, ist das auch eine mögliche andere Form von literarischer Kritik. Könnte es z. B. eine Pro-Contra-Kritik geben? Sollte sich der Autor also doch einmischen, und sollten ihm die Kritiker bzw. die Blätter, in denen er schreibt, die Möglichkeit dazu geben?

Wir haben damit angefangen, ich sagte es vorhin: eine Konvention wird durchbrochen. Der Autor äußert sich über die Kritik, und was ich sage, geht vom »Butt« aus, meint aber nicht nur den »Butt«. Dieses Buch hat die Chance und — das ist meine Überzeugung — auch die Lebensfähigkeit, sich gegen Kritik durchzusetzen. Das trifft nicht auf alle Autoren und alle Bücher zu. Es gibt eine Reihe von Autoren, deren Bücher, und mit den Büchern dann der Autor, regelrecht fertiggemacht worden sind. Ich nenne ein Beispiel, obgleich er es überlebt hat und weitermachen wird, gottseidank: die Kritik von Reich-Ranicki an Martin Walser, die nicht das Buch meinte, sondern den Autor und die dem Autor sein politisches Verhalten zum Strick zu drehen versuchte und auch zum Strick gedreht hat . . .

Obwohl von Reich-Ranicki darin ausdrücklich gesagt worden ist, er meine nicht Walsers politisches Engagement.

Es ist eine altbekannte Methode, das so zu kaschieren; das halte ich für unanständig; mit Kritik hat das schon gar nichts zu tun — und das muß ausgesprochen werden. Es gibt dann die heruntergekommene Kritik der Wadenbeißer und Wadenpisser — um ein Beispiel zu nennen: ein einstmals hochvermögender, begabter Kritiker wie Hellmuth Karasek ist zu einem Schnellschreiber heruntergekommen, der sich nur noch mit Hilfe des SPIEGEL-Jargons und der landesüblichen und immer noch Abnehmer findenden SPIEGEL-Häme über Wasser hält, das vor allem in einer sicheren Position im SPIEGEL. Wer wagt es schon, dagegen anzugehen? Karin Struck hat es kürzlich versucht, verletzt als Autorin, mit den Argumenten, die man dann aus dem verletzten Zustand heraus findet. Ich spreche nicht aus einem verletzten Zustand, aber eine gewisse Verächtlichkeit spricht aus mir. Ich möchte es noch einmal wiederholen: Eine Vielzahl von Autoren, für die Schreiben eine existentielle Frage ist und die mit welchem Ergebnis auch immer aufwarten, verdienen eine sachbezogene Kritik, eine Kritik, die ihr Handwerkzeug vorweist und nicht schummelt, die nicht, weil sie geschützt ist von der Konvention — der Autor äußert sich ja nicht, eine Kritik der Kritik findet nicht statt —, falsche Behauptungen aufstellen kann, die den Leser dann abhält, überhaupt zu dem Buch zu greifen. Das, meine ich, sollte ein Ende finden. Ich will hier aber auch nicht verallgemeinern. Ich spreche hier in erster Linie von der Großkritik, denn bei dem, was man herablassend als Provinzkritik bezeichnet und was oft gar keine ist, findet sich oft vieles, was für den Autor Ermunterung, Ansporn, auch wirklicher Anlaß zum Widerspruch ist. Das Gros aber, von dem ich mich scheiden lassen würde, das Gros dieser Großkritikerfiguren, die versuchen, in Sieburgs damals schon ausgelatschte Schuhe heute hineinzuwachsen, das bringt nichts. Wichtig ist: Die Kritik muß sich in Frage stellen lassen, sie muß sich auch selbst in Frage stellen, sie muß, genau wie der Autor, Risiken eingehen, sie darf sich nicht einlassen auf diese »Ziel-gut-schlag-zu-Methode«, »Verdecke deine Unsicherheit mit fix fertigen Feuilletonapercus und Klischees«. Es bringt nichts, wenn große Bögen geschlagen werden. Der Leser — und ich glaube, wir haben ein literarisches Publikum in der Bundesrepublik — ist solcher Kritik voraus. Ich glaube, das haben bloß einige Großkritiker noch nicht gemerkt; sie werden nicht mehr ernst genommen.

[Das Gespräch wurde am 14. September 1977 in Göttingen geführt.]

Henri Plard

Über die »Blechtrommel«

Wenn die Traurigkeit in Verzweiflung ausartet,
soll man grotesk werden.

Alfred Lichtenstein »Cafe Klößchen«

1.

Hans Mayer hat nachgewiesen, daß Bertolt Brecht freilich auf eine Tradition zurückgegriffen habe — auf die vorklassische der Lutherbibel, Grimmelshausens und des lehrhaften Theaters. Sogar seine Inszenierung des Urfaust (und schon der Griff nach dem derb-altertümlichen Urfaust will viel besagen) ließ hinter der bekannten, allzu bekannten Goethe-Gestalt den Magier und Erzbetrüger, den wissenschaftlich aufgeputzten Eulenspiegel wiederaufleben. Nach soviel Klassik und Romantik aus zweiter Hand, nach soviel Goethe-und-kein-Ende und Stifter-und-kein-Ende war es nur zu begrüßen, daß auch die Epik sich auf eine Zeit besann, die unserer näher steht, ihrem seelischen Klima nach, als die letztvergangenen Jahrzehnte und schließlich Jahrhunderte. 1945 mochten der Gryphius der »Threnen des Vatterlands« und der »Kirchhoffs-Gedancken«, der ausgediente Soldat Grimmelshausen aktueller wirken als die Dichter der »Iphigenie«, der Hymne »An die Freude« oder der Kleines-ist-mir-groß-Stifter.

Günter Grass, den ich — dies sei gleich und ehrlich zugegeben — für eine erfreuliche, wenn auch nicht (oder: gerade weil nicht) gemütliche Erscheinung halte, der vielbewunderte und vielgeschmähte Günter Grass kehrt wohl bewußt zu einer renaissancehaften oder barocken Gestalt der Epik zurück: sagen wir annähernd: zur Zeitsatire im Gewand des Schelmenromans, wobei er manches verulkt, was seit der Klassik als heiligstes Gut der Nation galt, und von seinen entrüsteten Gegnern als Denkmalschänder des Frevels geziehen wird.

Der »Waschzettel« des Luchterhand-Verlags, den Grass wohl eingesehen haben dürfte, gibt einen kleinen Wink nach seiner nicht-kaschubischen Ahnenreihe: *Will man eine Vorstellung davon wecken, wes Geistes Kind er ist, so muß man weit zurückgreifen: zu Rabelais, Grimmelshausen.* Vielleicht auch zu Petronius Arbiter, dessen wenig erbaulicher Geschichte von zwei Schelmen und ihren Freunden beiderlei Geschlechts, vom römischen Wirtschaftswunder und dessen liebstem Kind, dem feisten Neureichen Trimalchio; schließlich ist dieser frühe Schelmenroman »Satiricon« überschrieben. Wenn also Grass' antiheldischer Held Oskar Matzerath, geb. 1924 zu Danzig im harmonischen Zeichen der Jungfrau, schon bei seinem ersten Atemzug über eine Einsicht in Menschendinge verfügt, die glücklicherweise bei Neugeborenen nie vorkommt (denn sonst würden die meisten gleich in Mamas Schoß zurückkriechen), wenn er sich noch ganz genau darauf zu besinnen weiß, daß er unter zwei 60-Watt-Glühbirnen der Firma Osram geboren wurde, und daß alles gut verlief, *bis auf den obligaten Dammbruch,* so kann diese auffallend frühe Klugheit den Leser nicht verwundern, welcher, der ewigen Bildungsromane, der Wege nach innen, der faustischen Naturen, adeligen Bauern und pubertätsgeplagten Primaner satt, seine Zuflucht zu Rabelais und Grimmelshausen nahm. Als Gargantua geboren wurde, schrie er nicht *miesmiesmies,* wie sonst die Neugeborenen, sondern laut und vernehmlich *à boyre, à boyre, à boyre,* daß man es in ganz Trinklingen und Säuferbroda hörte (so könnte man ungefähr die Stelle bei Rabelais übertragen). Hauptmann *Daradiridatumdarides* zog *seines Vaters Degen* von der Mauer herunter und *schwermte* so ritterlich damit herum, daß er der Hebamme den Kopf und der Kindermagd den Leib *entzwey gehauen:* denn, so schreibt Gryphius, der Corneilles »Cid« parodiert, *Muth kommt vor den Jahren bey wackeren Gemütern.* Schelmuffsky, der *nach Adam Riesens Rechenbuche vier ganzer Monate noch im Verborgenen hätte pausieren sollen,* war sogar schon *in utero dermaßen verrückt* auf eine *sappermentsche Ratte,* die seine Frau Mutter nicht hatte totschlagen können, daß er sich aus Ungeduld nicht länger zu verbergen vermochte, *sondern sah, wo der Zimmermann das Loch gelassen hatte, und auf allen vieren spornstreichs in die Welt gekrochen kam.* Als er am neunten Tag (denn acht Tage lang hatte er zu der Frau Mutter Füßen im Stroh gelegen) die Welt mit großer Verwunderung erblickte, kam ihm da alles *sehr wüst* vor.

Es versteht sich, daß so kuriose Geburten nur ungewöhnliche Lebensläufe einleiten können. Gargantua ging als Riese durch die Welt, besiegte auf recht eigenartige Weise den bösen König Picrocholos, ersäufte einmal als Student 200 418 Pariser, *ohne die Frauen und die Kinder,* als er von den Türmen der Notre-Dame herab sein Wasser schlug. Schelmuffsky erlebte allerlei *kuriöse* Abenteuer zu Wasser und zu Lande. Simplex wurde aus einem Spessarter Bauernjungen zum Schüler eines gutmütigen Einsiedlers, zum Pagen beim Gubernator Ramsay in Hanau, zum Kalb, wieder zum Pagen, zum Dragoner, zum Stoßtruppführer (oder was diesem Amt im Dreißigjährigen Kriege entsprach), zum Abgott der Pariserinnen und Beau Almand, usw., bis er sich in die Beschaulichkeit einer Schwarzwälder Einsiedelei zurückzog. Heute, da die Fortschritte des Verkehrswesens das Einsiedlerleben unmöglich machen, hat Oskar seine grimmelshausensche Klause in der Irrenanstalt entdeckt, wo er im weißlackierten Bettchen, unter der Obhut des braven Wärters Bruno, sich seiner Leidenschaft ergeben darf: auf Brechtrommeln loszuschlagen, und inzwischen mit seinen Welterlebnissen viel weißes Papier vollzuschreiben. Die Gesamtanlage der »Blechtrommel« ist durchaus simplizianisch: der Kreis schließt sich, Oskar, der durch die Zeitereignisse tüchtig gerüttelt wurde, landet am Ende wieder in der Seligkeit seiner Kindheit: er braucht sich bloß pflegen zu lassen, hat regelmäßig Besuch von seiner Ersatzmutter und einstigen Geliebten Maria, bekommt soviele Blechtrommeln, wie er mag, schlägt immer auf sie los, doch nicht mehr zur Kundgebung seiner Wut, sondern um die Vergangenheit magisch heraufzubeschwören, findet in seinen Brausepulver-Orgien mit der Maria einen bescheidenen, doch ausreichenden Ersatz für seine kindliche Erotik und braucht kein Glas mehr zu zersingen. *Spes et Fortuna, valete!* Er hat sich in der Welt umgeschaut und hat zum Ruhehafen wiedergefunden, wie weiland Simplex; nur daß dieser sich in die Beschauung Gottes und seiner Spuren in der Natur vertiefen durfte, während Oskar nichts anzustarren hat als gerade sich selbst und sein Schicksal.

Über dem Schelmenroman stand ein immer gegenwärtiger, im Grunde nachsichtiger Gott, der fünfe gerade sein ließ und seinen unfrommen Sohn nach Reichtum und Armut, Pariser Venusberg und der darauffolgenden Krankheit, Fahrten zum Hexensabbath und in den Mummelsee, Scheinbekehrung und echter Erbitterung gütig in Gnaden annahm. Die »Blechtrommel« aber, der Schelmenroman einer entgötterten Zeit, kann nur in das aseptische, sterile Weiß der Anstalt ausmünden. Simplex rettete seine Seele, Oskar höchstens seine Kindheit und seine Erinnerungen (Fotoalbum!), die beim ohrenzerreißenden Klang der Blechtrommel wiederaufleben. Beide wissen, ... *daß Beständigkeit allein beständig ist in Freuden und in Leid.* Simplex jedoch schwang sich von der Zeit in die Ewigkeit; für Oskar gibt es nur eine *Aufhebung der Zeit,* ein *nunc stans* des aufgehaltenen Wachstums, der verlängerten Kindheit, der befristeten Zeit, während jedermann vom Strom mitgerissen wurde, sein Sohn Kurt, ein großer, ihm verhaßter, roher Bengel, Maria, der einstige kaschubische Backfisch mit Zöpfen und Vanillegeruch, heute mit modischem Wuschelkopf und Kofferradio. Und nachher? Kein Gott ist mehr da, kein Vaterhaus, in das der verlorene Sohn zurückwandern könnte. Im Hintergrund hat von jeher die Schwarze Köchin gestanden, die ihn schließlich in der Pariser Metro einholte:

Ist die schwarze Köchin da?
Ja ja ja!

In all dem Weiß des Betts, des Zimmers, der Klinik kann sich Oskar zuweilen eine Immunität vortäuschen — an die er nicht lange zu glauben vermag. Einmal wird die Schwarze Köchin die Tür aufstoßen. Indem er seine Kindheit beschwört, greift er nichts als Verfließendes. Tot sind Jan Bronski und sein deutscher Vater, der flotte Rheinländer Matzerath, jener von den Deutschen erschossen, dieser von den Russen. Tot seine allzu junge, allzu feurige Mutter Agnes, die (wie Oskar selber) ewig zwischen Deutsch und Polnisch schwankte und an einem Aalgericht starb, wie Gargantuas Mutter Gargamelle an einer Schüssel Kaldaunen, ehe sie sich zu entscheiden vermochte. Die prächtige polnische Kavallerie hat 1939 ihre letzten Attacken geritten. Danzig verbrannte. Hingerichtet wurden die Stäuber, ihr *Jesus* konnte kein Erlöser sein. Die Schwarze Köchin gab bei jeder Wende in Oskars Dasein ein Zeichen, gestattete nicht, daß man sie vergaß: bald waren es die Aale, die in einem verwesenden Pferdekopf wimmelten, bald die boshaft undurchschaubare Luzie Rennwand mit dem Berchtesgadener Jäckchen, dem dreieckigen Gesicht und den Schlitzaugen (die, wie mir scheint, als Tulla Pokriefke in »Katz und Maus« wiederkehrt, ein kleiner, häßlicher Vampyr und Sukkubus), bald und am unheimlichsten die Niobe, das Danziger Marjellchen, die Galionsfigur mit den Bernsteinaugen und den üppigen Gliedern, die nach den Maßen einer flämischen Hexe geschnitzt worden war und vierhundert Jahre lang mit beachtenswerter Konsequenz alle möglichen Katastrophen anzettelte ... aber wer könnte diese Boten der Schwarzen Köchin aufzählen? Wo immer Genuß lockt, die sogenannte Liebe oder fette Aale, kommt das Gericht aus ihrer Küche, war sie schon da. Die weiße Schwesterntracht der Agnes im Ersten Weltkrieg, das weiße Kinderbettchen, die weißrote Pracht der polnischen Lanzenreiter und der naive Glanz des weißroten Lacks auf Oskars Kindertrommel — am Ende kommt nur: schwarz, schwarz, schwarz.

Schwarz war die Köchin hinter mir immer schon.
Daß sie mir nun auch entgegenkommt, schwarz.
Fragt Oskar nicht, wer sie ist! Er hat keine Worte mehr ...

Der Rest, sprach Hamlet, ist Schweigen. Wenn Bruno Oskar Besuch meldet, heißt jetzt sein Entsetzen: *Jetzt kommt Luzie Rennwand und fordert dich als Kinderschreck und Schwarze Köchin letztmals zum Sprung auf.*

2.

Der Schelmenroman, der humoristische Roman (Cervantes, Jean Paul) machen in ihren Episoden einen munteren, als Ganzes einen schwermütigen Eindruck — gerade, unter anderen Gründen, wegen der Fülle der Episoden, der betäubenden Vielzahl der Begebenheiten, aus denen schließlich nichts wird. Im Gegenteil. »Die Blechtrommel« erzählt von einer verfallenen Zeit — unserer —, und nachdem der Leser allmählich begonnen hatte, sich in Oskars Danzig so heimisch zu fühlen, wie etwa in Buddenbrooks Lübeck, wird die ganze Stadt in Schutt und Asche gelegt. Die Lübecker haben sich wohlweislich gehütet, das Danaergeschenk ihrer hanseatischen Brüder anzunehmen, und da das Marjellchen nicht nach Lübeck kam, *hat das Städtchen an der Trave, bis auf seine Backsteinkirchen, den Bombenkrieg verhältnismäßig heil überstanden.* Da aber *ein unwissender, ein zugereister Museumsdirektor* die *Niobe* aus der Folterkammer hervorholte, wohin preußische Nüchternheit und aufklärerisches Mißtrauen sie verbannt hatten, blieb nichts übrig von alledem, was Oskar lieb und vertraut gewesen war: die »Blechtrommel« führt jedermann über vielverschlungene Wege zum nämlichen Ziel, und zwar zum *Sprung* aus dem Zehnmetersprungturm ins wasserlose Bassin. *Down, down down ..* — dieser zerhackte Rhythmus reißt jedermann mit, wie in einem spätmittelalterlichen Totentanz: Polen und Deutsche, Frauen und Männer, die halbwüchsigen Stäuber und schließlich die ganze Stadt Danzig: Grass berichtet über ihren Brand, Straße für Straße, mit jener Lust am Wortspiel in besonders düsteren Passagen, die uns in den bizarr verschnörkelten Leichenpredigten der Barockzeit befremdet.

Aus dem Lichtkreis der zwei Osramlampen erweitert sich der Horizont des Romans, schließt Danzig und die ganze Kaschubei, die Normandie am Vorabend der Invasion und das Rheinland des Wirtschaftswunders, Düsseldorf und Paris mit ein. Aber schon im ersten Kapitel erfährt der Leser, daß diese romantisch-kindlichen Abenteuer wieder in die Enge eines vergitterten Klinikbettchens führen werden. Hat es sich gelohnt? Seine Zeit lernte Oskar kennen: und zwar als *barbarisch, mystisch, gelangweilt.* Doch soviel Weltkenntnis brauchte er nicht: schon als Dreijähriger faßte er einen *schwierigen schmerzhaften* Entschluß, inszenierte einen Sturz in den Keller, der seine *anhaltende Dreijährigkeit* rechtfertigen sollte, und verschaffte sich dadurch eine relative Sicherheit vor jener Welt der Erwachsenen, die er von vornherein ablehnte. Das Trommelschlagen protestiert gegen die Welt, das Leben — aber wer hört auf diesen Protest? Die Erwachsenen dulden ihn, weil man gegen einen Krüppel und ein nicht aufwachsen wollendes Kind nachsichtig sein muß, und dann aus Rücksicht auf die Scheiben, Gläser und Lampen, die Oskar zersingen könnte. Kein Gott ist da, um Oskar sein Ohr zuzuneigen. Und die Schwarze Köchin läßt sich durch kein noch so lautes Trommeln wegscheuchen.

Die »Blechtrommel« widerlegt parodistisch den wackeren klassischen Bildungsroman, meinetwegen auch den Gang Faustens durch immer weitere Kreise, *die kleine, dann die große Welt.* Damals galt es, seiner Enge zu entlaufen, und sei es bloß mit Wanderkomödianten, die Welt in sich aufzunehmen, mit Menschen umzugehen. Ein freundliches Schicksal lenkte die ganze Erziehung, und am Ende rief ein väterlicher Abbé einem zu: *Heil dir, junger Mann! Deine Lehrjahre sind zu Ende.* Allerdings wurde schon zu Goethes Lebzeiten an diesem Optimismus gezweifelt: der *Verbildungs*-Roman bestand neben dem Bildungsroman, und William Lovell sank von Stufe zu Stufe, von der überspannten Empfindsamkeit in die Sinnlichkeit, dann zum Zynismus, dann zum Aberglauben, dann zur totalen *Niedertracht,* dann zur Verzweiflung — und ließ sich zuletzt von irgendeinem Rächer einer Verführten totschießen. Oskar will von einer Bildung in Goethes Sinn so wenig wissen, wie er sich von der Welt mißleiten läßt. Denn nur ein Erwachsender kann ge- oder verbildet werden. Und da er bereits als Neugeborener von greisenhafter Klugheit war, würde ihn die fade Romantik von Peter Pans *Noland* anekeln. Sir James Barries' Peter Pan wollte nicht größer werden, weil er an seinen albernen Indianer- und Seeräubergeschichten festhielt: so blieb er ein unwandelbarer Zwölfjähriger, mit all den Unarten dieses unsympathischen Alters. Gerade *weil* Oskar klüger ist als die Erwachsenen, die ihn schuldbewußt pflegen, der brustschwache Kavalier Jan Bronski, die leichtsinnige Agnes, der philiströse, skatklopfende Matzerath — gerade kraft dieser übermenschlichen Einsicht beschließt er, nie zu altern. Ein Zwölfjähriger wäre schon zu sehr in die Wirren der Erwachsenen verstrickt. Ein Dreijähriger, der seine Karten zu decken versteht, hat einige Aussichten. Notfalls kann er übrigens das Glas zersingen und sich im einzelnen einige kleine Vorteile verschaffen: so am ersten Schultag, der auch der letzte bleiben sollte. Die Hauptsache ist jedoch: klein bleiben und eine Trommel besitzen, um laut, wennschon unverstanden, eine völlig negative Meinung über die Welt der Großen zu äußern: denn sogar ein kluger Oskar müßte sonst vor Ärger platzen.

Die meisten Schriftsteller in unserer Zeit lassen sich von der Welt ansprechen, von den Mitmenschen zur Verantwortung ziehen, zum Engagement auffordern, an die Pflicht mahnen — das Neue bei Grass liegt unter anderem darin, daß er den Spieß umkehrt und seinerseits der Welt, der

Zeit, den Menschen auf den Leib rückt, und zwar mit phänomenaler Aggressivität. *Grass nimmt nicht die Fragestellung der Welt auf, sondern stellt sie in Frage. Seine zwiegesichtige Hauptfigur ist ein höhnischer Zwerg, und schon das ist eine gewiß böse Antwort.* So Rolf Schroers, mit Recht. Es gilt also nicht, dieses widerborstige Werk zu verharmlosen, salon- oder kirchenfähig zu machen. Ich hatte ab und zu Gelegenheit, mich mit Grass-Lesern zu unterhalten und stieß meist auf zwei Verhaltensweisen. Die eine Meinung umschrieb mehr oder weniger wortreich das Urteil: *Unerhörte Schweinerei — wie wagt man uns so etwas anzubieten!* Oder, bei feinsinnigen, wohlwollenden Menschen — sagen wir etwa, weitherzigen Christen — milde Bereitschaft zum Verstehen und zum Vergeben, diese naive Äußerung z. B. im Munde einer freundlichen Dame: *Wie muß er gelitten haben!* Freilich — aber uns gehen die Leiden des jungen Grass nichts an.

Überlegen wir eher: jede Revolte stützt sich auf ein Etwas, ein Prinzip — die des Simplex gegen Rohheit, Betrug und das kalte Verbrechertum Oliviers auf ein eingefleischtes Christentum, das ihn zwar nicht vor bedenklichsten Entgleisungen bewahrt, doch wohl vor Unsicherheit im Urteil: bei Grimmelshausen ist dieser eindeutig gut (Herzbruder und dessen Vater), jener eindeutig schlecht (Olivier und der saubere Arzt Mr. Canard mit seinen gepfefferten Würstchen). Über das Warum könnte er Rede und Antwort stehen, und obwohl in jenem Jahrhundert ausgiebig gesündigt wurde, wußte der Sünder um seine Sünde und machte sich nichts vor. Bei Grass kann von einem Aufblick nach der *Transzendenz,* wie man heute verschämt sagt, da man von Gott kaum noch zu sprechen wagt, nie und nimmer die Rede sein. Die Religion wird zum Teil ignoriert, zum Teil verulkt oder blasphemisch verkehrt, so, wenn Oskar zum Jesus der Stäuber wird oder im fast mittelalterlichen Minnedienst des Großen Mahlke, in seinem sonderbar mystischen Verhältnis zur Heiligen Jungfrau. Ein anderes Zeitalter glaubte unbefangen an die angeborene Güte und Reinheit des Menschen: der Mensch ist gut, nur *die Gesellschaft, der Kapitalismus* usw. ..., als ob Gesellschaft und Kapitalismus nicht höchst menschliche Erscheinungen wären! Oskarchen — und Grass vor ihm — hatten jede Gelegenheit, das Zeitalter der KZ, der Gaskammern, der Phosphorkanister kennenzulernen: auf die angeborene Güte des Menschen zu trauen, für einen in den zwanziger Jahren Geborenen — dazu gehört ein dickes Fell, oder ein gerüttelt Maß an Optimismus, oder dann der Rückgriff auf ein paradoxes, dialektisches Christentum, das aber nun einmal nicht Grass' Sache war. Er protestierte gegen den (erwachsenen) Menschen im Namen des Kindes, doch ohne dieses zum reinen Urmenschen oder zum Engelchen à la Dickens zu idealisieren. In Célines »Reise ans Ende der Nacht«, die sich auch sonst vielfach mit der »Blechtrommel« berührt, bemerkt der Arzt Bardamu beim Tode des Armeleutesohns Bébert: wenn ein Erwachsener verrecke, dürfe man sich freuen, es sei immer ein Schuft weniger auf Erden, aber bei einem Kinde ... trotz aller Einwände könne man da nie wissen, was aus ihm geworden wäre.

Dabei sind Grass' Kinder alles andere als erbaulich. Man denke bloß an die Spiele des Berichterstatters von »Katz und Maus« und seiner Schulkameraden auf dem halbversunkenen polnischen Minensucher, an das scheußliche Gör Tulla Pokriefke, an die ekelhaften Zutaten in der Suppe der Kinder Susi, Klein-Käschen, Axel, Nuschi, Hänschen und Harry (im Kapitel: »Fernwirkender Gesang vom Stockturm aus gesungen«). Grass ist jedoch offenbar der Auffassung, *daß die Zeit der Fackelzüge und Aufmärsche vor Tribünen* diese üblichen Streiche der Klein- oder Halbwüchsigen ins Licht der relativen Unschuld, jedenfalls der Harmlosigkeit gerückt habe.

Daher der von den Rezensenten bemerkte provozierende Infantilismus der »Blechtrommel«. Kinder, unerfahren wie sie sind, möchten groß werden. Aber Oskar war schon bei seiner Geburt so klug, daß er sich konsequent und sogar unter beträchtlichen Opfern in den Infantilismus flüchtete. In »Katz und Maus« durchschauen die Conradiner gleich die ganze vaterländische Begeisterung Klohses, des Rektors (Langemarck und Walter Flex, Fichte und Arndt und 1813), und interessieren sich mehr für die anwesenden Oberschülerinnen aus dem Gudrunlyzeum: Briefchen gehen über die Quartaner (die sie mit Zoten bekritzeln) an Vera Plötz oder Hildchen Matull. Sogar auf die subtilere Meer- und Kriegsromantik des Kapitänleutnants gehen sie nicht ein: Winter im Atlantik oder das unvermeidliche Stimmungsbild Weihnachten im U-Boot — diese nüchternen jungen Leute haben nur Sinn für technische Feinheiten, wie sie überhaupt die Kennzeichen der Zerstörerklassen aller möglichen Marinen am Schnürchen haben. Über die Stimmungsbilder des Ritterkreuzträgers kichern sogar die Sekundanerinnen. Oskars seltsame Liebhabereien lassen sich fast immer auf diesen gemeinsamen Nenner des trotzigen Infantilismus zurückführen. So seine ausgesprochene Vorliebe für Krankenpflegerinnen, wobei auch das Foto seiner hübschen Mutter in Schwesterntracht mit hineinspielt; so der ganze Komplex *Brausepulver* und allgemeiner die recht anstößige Art seiner Erotik. Der *Akt* selber scheint ihn weniger zu verlocken als die sexuelle Betätigung der Erwachsenen, der er gebannt zusieht, wie einem fesselnden Spiel; als der sinnliche Kitzel der kindlichen Grausamkeit, vor allem als die erotische Bedeutung, die von den Kindern den Entleerungen *vorn und hinten* beigemessen wird, als das *Gießkännchen* und die phantasievollen Möglichkeiten, die sich aus ihm herausholen lassen — siehe wieder Minensucher. Das Ganze ist höchst unangenehm, aber wann sind die Kinder je *rein* in diesem Sinn gewesen? Daher auch vermag Oskar, wie mir wenigstens scheint, als Erzeuger eines Jungen und als relativ *Erwachsener* (in einem freilich sehr beschränkten Sinn, mit Buckel und noch immer kleinwüchsig) nicht so völlig zu überzeugen, wie Oskar vor dem Jahre 1939. Tritt er da nicht ein wenig in den Hintergrund zurück, als Voyeur großer Begebenheiten, haften nicht Hauptmann Bebra, die zarte Roswitha, Unteroffizier Lankes und sogar das erzdumme Modell Ulla nachdrücklicher im Gedächtnis als der zwanzigjährige Oskar bei der Besichtigung der Bunker und der Rommelspargel, der fünfundzwanzigjährige Oskar, der sich in Stein hauen, mit Kohle zeichnen läßt, 1949 in der Malerstadt Düsseldorf? Danzig ist allzu sehr mit Oskars Kindheit verbunden, als daß Oskar ohne Danzig recht glaubhaft wäre.

Zur Welt der Erwachsenen gehört ihre Bildung. Sie hat sie Geld, Zeit und Schweiß gekostet: daher sind sie auch auf sie stolz und rechnen sich gern zu den *Gebildeten*. Daß auch sie parodiert, daß gegen sie angetrommelt wird, versteht sich ohnehin. Das ganze Buch hat es nicht nur, wie gesagt, mit dem traditionellen Bildungsroman zu tun, sondern mit der abgenutzten Pathetik der *faustischen* Menschen, des *Zwei Seelen wohnen, ach! in meiner Brust.* Oskar weiß nicht, wer eigentlich sein Erzeuger war — ob Jan Bronski oder Matzerath, beide nur *mutmaßlich:* so pendelt er zwischen Deutsch und Polnisch und wird unparteiisch, wenn auch unabsichtlich, zur Ursache des Todes der beiden, schuldig-unschuldig und ein Vatermörder nach bekannten Mustern. Seine Bildung verdankt er den Büchern Gretchen Schefflers — und zwar stöbert er aus dieser kleinbürgerlichen Bücherkiste mit untrüglichem Instinkt *»Rasputin und die Frauen«* und Goethes »Wahlverwandtschaften« auf. *Bis zum heutigen Tage ... schwanke ich, auf Schiller und Konsorten pfeifend, zwischen Goethe und Rasputin, zwischen dem Gesundbeter und dem Alleswisser, zwischen dem Düsteren, der die Frauen bannte, und dem lichten Dichterfürsten, der sich so gerne von den Frauen bannen ließ —*, obwohl er eher dem Rasputin zuneigt, im Bewußtsein davon, daß Goethe ihn als *leibhaftige Unnatur* verworfen hätte. Von Rasputin hat er das Dämonische vom gleichfalls im Zeichen der Jungfrau geborenen Goethe die heitere Harmonie, zu der er immer den Weg zurückfindet. Ein wenig Gruselromantik frei nach Arnim oder Hoffmann (einem Königsberger und folglich fast einem Landsmann Oskars) liegt in der Geschichte der gefährlichen Galionsfigur Niobe; aber die Danziger haben ihren schwermütig-klassischen Namen gegen das heimische *Marjellchen* getauscht, und die Art, wie Herbert Truczinski sich mit ihr zu paaren versucht, mittels eines Enterbeils, wendet die ganze Sache ins Groteske.

Überhaupt lebt das ganze Werk von einer Verwandlung einer Tragödie, des Rohstoffs der Erzählung, in eine grausige Posse. Auch das wurde Grass übelgenommen: daß Oskar aus der Wechselbalgperspektive die Jahre 1924—1954 zwar schauerlich, doch auch urkomisch findet. Doch ist gerade der schwarze Humor sehr zeitgemäß? Man denke an die Wiederentdeckung Nestroys und Herzmanovsky-Orlandos, an Doderers »Die Merowinger oder die totale Familie«, an Max Frischs clownhafte Darstellung der Misere der mariage à la mode in »Die große Wut des Philipp Hotz« (Ibsen hätte noch immer daraus ein Drama gemacht!), an seine Entzauberung des Don-Juan-Mythos, vor allem an Dürrenmatt und seinen vielzitierten Ausspruch: *Uns kommt nur noch die Komödie bei. Unsere Welt hat ebenso zur Groteske geführt wie zur Atombombe, wie die apokalyptischen Bilder des Hieronymus Bosch auch grotesk sind.* Ob die heutige Situation sich besser pathetisch oder grotesk darstellen lasse, ist eine offene Frage. Es steht immerhin fest, daß nicht gerade die Schlechtesten sich für die Groteske entscheiden.

3.

Joachim E. Berendt behauptete, Grass schildere in der »Blechtrommel«, wie er *von den kaschubischen Kartoffeläckern seiner Heimat über die Arbeit als Steinmetz und Bergmann und über das Spiel in einer Jazz-Band zu dem wurde, was er heute ist.* Diese unbefangene Gleichsetzung Oskarchens mit Grass geht zu weit, obwohl zweifellos und unverkennbar autobiographische Brocken und viel wirklich angeschaute Umwelt in den Mammutroman des Danzigers eingingen. Ich erinnere mich noch an meine heitere Verwunderung, als ich vor einigen Jahren durch den niedernormannischen Ort Bavent fuhr (einen Ort, der wegen jener Katzen, Hähne und Tauben aus glasiertem Ton berühmt ist, die normannische Villendächer zieren und die französische Antwort auf die nicht geringere Scheußlichkeit deutscher Gartenzwerge darstellen). Bavent war mir schon bekannt — es liegt zwischen Caen und Cabourg — aus dem Kapitel »Beton besichtigen — oder mystisch barbarisch gelangweilt«, und ich entdeckte, daß Grass' knapp gezeichnetes Bild des Dorfes stimmte. Gewiß würden sich allerlei derartige Stimmigkeiten aufspüren lassen — ein alter Danziger, der in Brüssel lebt, versicherte mir, die Danziger Atmosphäre sei in der »Blechtrommel« vollkommen getroffen. Doch solche Untersuchungen rutschen leicht in Indiskretionen aus, besonders wenn der Autor 1927 geboren wurde. Wir wollen sie daher den Doktoranden des 21. Jahrhunderts überlassen, falls Grass, wie wahrscheinlich, noch im nächsten Jahrhundert seine Leser findet und sogar regelrechte Grass-Forscher.

Klüger war der nächste Satz von Berendt: *Die Frankfurter Allgemeine Zeitung resümiert: Grass verfügt über eine wilde, ungestüme und harte rhythmische Diktion.* Jazzrhythmen also! Darauf kommt es an. Sogar Grass' Gegner gestehen ihm ein ungewöhnliches, in der Gegenwart eigenartiges Können zu. Er kann, was fast niemand mehr, nämlich erzählen. Verstehen wir uns recht: jenseits allen Konstruktivismus und der Raffinements der epischen Technik, über die so viele heute erfreulicherweise verfügen, kann er erzählen im naiven, biederen, vor-thomasmannschen Sinn des Wortes: den Leser gleichsam am Westenknopf packen und mitreißen, wie die großen Meister des humoristischen Romans, wie Rabelais, Grimmelshausen oder Cervantes. Und wie sie, nach dem uralten Form- oder Unformgesetz des Schelmenromans, reiht er Episode an Episode, so daß jede an sich ein kleines rundes Etwas ausmacht — siehe Niobegeschichte, das Kapitel »Die Stäuber«, das als Vorabdruck in Rolf Schroers' »junge deutsche prosa« erschien; die Folge ist wohl locker, befremdend für Leser, die an die streng gebaute, *geschlossene* Form des modernen Romans gewöhnt sind — aber die schon genannten Epiker verfuhren nicht anders, und man sieht nicht ein, warum es Grass verwehrt sein sollte.

Ich wüßte keinen von den jüngeren deutschen Erzählern zu nennen, der so unmittelbar und primitiv packend wie Günter Grass zu berichten wüßte. Gemeint ist hier die einfache Kunst, den Leser in Atem zu halten wie bei einem Krimi von Klasse. Man rümpfe nicht die Nase über solche angebliche Plattheiten: Cocteau sagte ja einmal, Schriftsteller, die den Krimi als ungebildet verachten, wüßten nicht, wie schwer es sei, der Aufmerksamkeit des Lesers keine Atempause zu gönnen. Diese Lust zum Fabulieren erkannte der Engländer Liddell als die Grundeigenschaft des Epikers: er demonstriert es an Walter Scotts Romanen. Nachträglich könne man alles mögliche gegen sie einwenden: die Fabel sei unwahrscheinlich, die historische Echtheit des Hintergrunds zweifelhaft, die Charaktere zweidimensional und konventionell — Tatsache sei, daß der Leser, wenn er beim Ende einer Seite angelangt sei, immer wieder fragen müsse: and what comes next? Nun ist es so, daß in unserer Zeit und in unserem ganzen Kulturkreis, denn Frankreich, England und die Vereinigten Staaten sind nicht besser dran als Deutschland, die Fähigkeit zum wirklichen Erzählen den Erzählern mehr und mehr abhanden kommt. Sie beherrschen alle anderen Bestandteile einer Kunstform, deren Grenzen verschwimmend sind: und so sind wir denn mit feingeschliffenen Aphorismen, allerklügsten Essays, scharfsinnigen Aperçus, gewissenhaften Zeitdarstellungen gesegnet — was aus der Geschichte wird, weiß der Teufel: gewöhnlich verliert sie sich im Sande, z. B. im »Mann ohne Eigenschaften«. Nicht, als ob ich Musil keineswegs zu schätzen wüßte; Ulrichs Gesellschaft verschaffte mir viele angenehme Stunden, und ab und zu denke ich mit Erheiterung an Leona und Bonadea, mit Achtung an Clarisse, mit Trauer an Diotima und Gerda Fischel. Aber ein *Erzähler* im Ursinn war Musil eben nicht. Als das Urphänomen des Erzählers stelle ich mir das Verfahren der arabischen Märchenerzähler vor, die auf irgendeinem Platz in Kairo, Bagdad oder Medina ihren Teppich ausbreiten, sich mit gekreuzten Beinen darauf setzen, den Mund auftun und stundenlang ihre Zuhörer so im Banne halten, daß sie, wie es so richtig heißt, an ihren Lippen hangen. Oder Sheherezade. Nehmen wir an, sie hätte dem düsteren Sheriar den »Mann ohne Eigenschaften« erzählt — wie lange, meinen Sie wohl, hätte sie ihren Kopf gerettet? Aber Sheriar hätte auf Oskars Abenteuer genau so atemlos gelauscht wie auf die Geschichte Sindbads des Seefahrers. Im Ernst gesprochen: die mehr oder weniger große Nähe zu »Tausendundeine Nacht« scheint mir kein übler Probierstein dieser Fähigkeit zum Erzählen zu sein. Wer möchte daran zweifeln, daß in Grass mehr Sheherezade steckt als in Musil, Proust, Broch und dem ganzen französischen Nouveau Roman zusammengenommen? Daß er sein Garn zu spinnen versteht, wo andere sich darin verstricken?

Und dann die Sprache. Auch sie unzeitgemäß und daher so erfrischend. Keine Feinheiten à la Thomas Mann, kein innerer Monolog (Grass verwendet ruhig die gute alte *erlebte Rede),* nirgendwo jene verklausulierten Sätze mit ihrem kunstvollen Gefüge von Nebensätzen: Grass berichtet stracks und *staccato,* bündig und immer *to the point,* beschreibt nie — und die seitenlangen Beschreibungen können einem sogar Balzacs Romane verleiden —, sondern wirft uns im Vorbeigehen Eigenschaften und Tatsachen zu, die strikt zur Sache gehören. Der Rhythmus ist erstaunlich: man lese wieder das Kapitel von den vier polnischen Röcken der Großmutter oder vom Untergang des Koljaiczek-Wranska unterm Floß im Holzhafen von Danzig — das strotzt von Leben, Bewegung, Anschaulichkeit, und doch ist hier kein Detail zuviel —; Parataxe, kaum je Hypotaxe; und schließlich, woran man den geborenen Erzähler (im Biedermeier hieß es: von Gottes Gnaden) erkennt: Substantive, sehr wenige Beiwörter, und diese fast immer unerwartet und prägnant. Hier müssen wir wieder auf die Barockprosa verweisen: auch Grass hegt diese fast sinnliche Lust an prallen Substantiven, an der Wortmusik: *Ich schlief in einem Wäschekorb voller Briefe, die nach Lodz, Lublin, Lwow, Torun, Krakow und Czestochowsk hinwollten, die von Lodz, Lublin, Lemberg, Thorn, Krakau und Tschenstochau herkamen.* Darin ist keine Willkür. Wir befinden uns auf der polnischen Post zu Danzig (oder Gdansk) anno 1939; sie soll von den

Deutschen erobert, von den Polen verteidigt werden: Thorn-Torun, Krakau-Krakow usw., das bedeutet mehr als einen bloß malerischen Zug, mehr sogar als einen historisch richtigen Charakter der Sonderlage Danzigs, es weist auf den Zusammenstoß voraus, der gleich stattfinden soll, und wiederholt, in verjüngtem Maßstab, ein Hauptmotiv des Ganzen — Polen und Deutschland, Jan Bronski und Matzerath, Rasputin und Goethe und jene Farben Weiß und Rot, von Oskars Blechtrommel, sowohl hanseatische wie polnische Farben. Oder noch dieses Capriccio über Oskars Einweihung in die feine Kunst der Liebe: . . . *denn Lina Greff bot mir ein Orchester, so breit und tief gestaffelt, wie man es allenfalls in Bayreuth oder Salzburg finden kann. Da lernte ich das Blasen, Klimpern, Pusten, Zupfen, Streichen, ob Generalbaß oder Kontrapunkt, ob es sich um Zwölftöner, Neuntöner handelte, den Einsatz beim Scherzo, das Tempo beim Andante, mein Pathos war streng trocken und weich flutend zugleich . . .*: auch hier sind wir bei Grimmelshausen und jenem Rabelais, der fünf Seiten lang die tollsten Büchertitel erfinden konnte, als sein Pantagruel in Paris die Bibliothek der Abtei Sankt Viktor besuchte oder etwa zweihundert Spiele aufzählt, die der gutmütige Riese als Kind kennenlernt.

Die Gruppe 47 bewies sowohl ihr literarisches Flair wie ihren Liberalismus, als sie Günter Grass ihren Preis zusprach. Denn lange hatte sie im allgemeinen den rechten Weg zwischen Reportage und Kolportage, zwischen Richters »Geschlagenen« und der »Roten« von Andersch noch nicht gefunden. Freilich, man könnte hier einige rühmliche Ausnahmen nennen, und Andersch hat glücklicherweise nicht nur die »Rote« geschrieben, sondern auch »Sansibar«. Kein Wunder also, daß Grass bald den Preis der Pariser Verleger für das beste ausländische Buch erhielt. Auch im Ausland fing man an, mit hochgezogenen Augenbrauen (Thomas-Mannsche Wendung) von ihm zu sprechen — das beste Zeichen dafür, daß in der »Blechtrommel« weit mehr als ein Zeugnis über seine Zeit steht: Menschen, die von Danzig und der Kaschubei so wenig wissen, wie vom Mond, Studenten, die 1939 noch nicht geboren waren, ließen sich von Oskars Irrfahrten mitreißen und sind, schlicht gesprochen, gerne dabei. Drei deutsche Erzähler aus jüngeren Jahrgängen sind aus den ausgefahrenen Gleisen entschlossen herausgetreten: Arno Schmidt, Uwe Johnson und Günter Grass. Viele Pferde, die als Cracks galten, stellen sich nachträglich als Outsiders heraus. Aber die meisten Grass-Leser würden bestimmt und unbesorgt ihr letztes Hemd auf die Zukunft von Oskars drittem, und zwar geistigem Vater wetten.

Jochen Rohlfs

Erzählen aus unzuverlässiger Sicht

Zur Erzählstruktur bei Günter Grass

Die Vorstellung, ein moderner Romancier könne erfolgreich *drauflosschreiben,* wenn er nur genug *urwüchsiges Erzähltalent* besitze, hat sich besonders in der Grass-Kritik lange gehalten[1]. Selbst nachdem in »Katz und Maus« das beeindruckt hatte, was die angelsächsische Kritik »economy of style« nennt, eine der Novellenform angemessene Stilknappheit, sah man »Hundejahre« als eine Rückkehr zur *wuchernden Fabulierkunst.* Es gelang gleichzeitig zu zeigen, daß Grass bewußt auf ältere Erzählformen zurückgreift, etwa auf die Reihungstechnik des Schelmenromans. *Barockes* Erzählen im zwanzigsten Jahrhundert, *primitiv packend,* das schien plötzlich möglich zu sein. Solche Attribute, auch wenn sie lobend gemeint sind, täuschen aber allzuleicht darüber hinweg, daß es sich um eine Erzählkunst handelt, in die (trotz gegenteiliger Beteuerungen eines Oskar Matzerath) moderne Erzählpositionen ganz wesentlich miteingehen. Ist die Kategorisierung einmal geleistet, besteht die Gefahr, daß man gewisse Erwartungen in den Autor setzt, etwa, daß er zu schreiben fortfahre, als hätten sich Wandel und Erneuerung der Romanform in diesem Jahrhundert nicht vollzogen.

In »örtlich betäubt« widersetzt sich Grass bewußt solchen Erwartungen *Mir kam es darauf an, genau diesen Fremdkörper Starusch in seinem Hin und Her, seinen Ideen, seinen Einbildungen, seinen Fiktionen, in seinem ziemlich erfolglosen Bemühen, aufklärend zu wirken, zu zeigen,* bemerkt Grass in einem Gespräch[2]. Zunächst war es wohl die inhaltliche Aussage des Romans, die zum Widerspruch anregte. Aber daß da ein brüchiges Bewußtsein mit durchaus interessanten Mitteln dargestellt ist, übersah man zumeist in der Enttäuschung darüber, daß nicht mehr primitiv packend, sondern eben brüchig, fragmentiert erzählt wird. Starusch, Erzählfigur und Hauptakteur, schreibt nicht aus der ordnenden zeitlichen Distanz, die den Erzählfiguren der »Danziger Trilogie« gemein ist. Erzählte Zeit und fiktive Erzählzeit klaffen nicht, wie in der »Blechtrommel«, auseinander, um sich dann anzunähern und schließlich zur Deckung zu kommen. Über den Starusch der Störtebekerjahre erfahren wir in der Trilogie mehr als in »örtlich betäubt«. Staruchs Erzählvorgang ist als unmittelbarer dargestellt und erscheint oft gar nicht als Erzählen im Nachhinein, sondern als unvermitteltes Bewußtseinszitat. Gerade weil der ehemalige Anführer der Stäuberbande zeitliche und stoffliche Sprünge im Erzählen mühelos bewältigt, ohne dabei eine Entwicklung aufzuzeigen, kommt das Unkontinuierliche seines Selbstverständnisses zum Ausdruck. Starusch dokumentiert seine Entfremdung von seiner Umwelt und von sich selbst. Sätze wie *Das erzählte ich meinem Zahnarzt*[3] geben Unausgesprochenes schon als Erzähltes aus, während es sich auf der Ebene der erzählten Zeit noch um *Ideen, Einbildungen, Fiktionen* handelt. Erst an Staruschs Schreibtisch vollzieht sich der fiktive Erzählprozeß, der auch hier eine Art versuchter Bewältigung des Erlebten darstellt. Daß die Bewältigung nicht gelingt, liegt mit am Fehlen des Abstandes zwischen Erleben, Vergegenwärtigung und Erzählen. Die Idee der Vergangenheitsbewältigung durch Schreiben ist schon in der »Danziger Trilogie« eines der wesentlichen Erzählmomente: *Schreiben Sie sich frei,* lautet Pater Albans Rat an Pilenz in »Katz und Maus«[4].

Die Frage nach dem Erzähler ist im modernen Roman von besonderem Interesse. Schon hier ist zu erkennen, daß Grass nicht zur gesicherten Erzählposition traditioneller Prägung zurückkehrt. Zwar wird der Erzähler nicht verbannt, wie dies für den Personalroman typisch ist, vielmehr steht er ganz im Vordergrund und erfüllt vermittelnde Funktion. Aber weit davon entfernt, als Sprachrohr auktorialer Allwissenheit zu fungieren, ist er in die Verunsicherung der Welt und des Lebens einbezogen und kann so zum Demonstrationsobjekt mangelhaft vollzogener Lernprozesse werden. Eben diese Verunsicherung hat wesentlich dazu beigetragen, das Erzählen von allwissender Warte unglaubwürdig zu machen. Beginnend mit der Funktion des Erzählers soll im Folgenden versucht werden zu zeigen, wie schon in der Trilogie Aspekte modernen Erzählens, unter besonderer Berücksichtigung des Romans in diesem Jahrhundert, von Bedeutung sind.

Wie die Überarbeitungen seiner Romane und seine theoretischen Erörterungen zeigen, maß schon Henry James seinen Erzählfiguren besondere Bedeutung bei: Wie abgerückt oder wie beteiligt am Geschehen sollten seine ›Reflektoren‹ sein, wie hellsichtig oder wie beschränkt in ihrem Gesichtskreis? Auch für Grass war diese Frage bei der Arbeit an der »Blechtrommel« wesentlich. Nicht aus der Sicht des über den Ereignissen thronenden Säulenheiligen, sondern vom beweglicheren Standpunkt des Zwerges von hoher Reflexionsstufe werden rund fünfzig Jahre deutscher Geschichte geschildert. Dabei kommt es Grass weniger darauf an, den Erzähler selbst menschlich-überzeugend zu gestalten, als ihm vielmehr eine Perspektive abzugewinnen, aus der das Zeitgeschehen realistischer als gemeinhin in Geschichtsbüchern dargestellt werden kann; also nicht als eine Abfolge überpersönlicher Fakten, sondern als Verstrickung aus persönlicher und gesellschaftlicher Schuld. Die Erzähler der Trilogie schreiben als Betroffene, nicht als Hellsichtige; sie demonstrieren nicht aus übergeordneter Warte, sondern sind Opfer und Täter zugleich, an denen gesellschaftliche Zusammenhänge beleuchtet werden. Während an Oskar das konzepthaft-Perspektivische stark hervortritt, erscheint Pilenz »normal«, das heißt, betont unprofiliert. Doch gerade in seiner von ihm angestrebten Funktionslosigkeit wird auch er zum Reflektor des Zeitgeschehens in der Erzählung. Dient in der »Blechtrommel« ein außergewöhnlicher Standpunkt zur Beleuchtung der Vorgänge, so geschieht dies in »Katz und Maus« aus durchschnittlicher Perspektive. In beiden Fällen läßt die Verquickung individueller Umstände mit zeitgeschichtlichen Ereignissen eine objektive Darstellung der erzählten Zeit nicht zu, in beiden Erzählungen stellt der implizierte Autor das Erzählte in Frage. In »Hundejahre« wird die erzählte Zeit von drei verschiedenen Reflektoren gespiegelt. Die ambivalente Opfer-Täter-Beziehung zwischen Amsel und Matern deckt dabei typisch Verhältnisse und Verhaltensweisen auf, während Liebenaus ›wertfreies‹ Erzählen sich spätestens bei der ›wertfreien‹ Schilderung des Knochenberges selbst entlarvt. Im Schlußmärchen sieht sich der Autor genötigt, zu solchem Erzählen eine Gegenposition zu beziehen. In der »Danziger Triologie« geht es um einen zeitgeschichtlichen Gesamtkomplex, der aus fünf verschiedenen Perspektiven erzählt wird. Dabei zeigt sich, daß keine einzelne Erzählposition diesen Komplex in seiner Gesamtheit erfassen kann. In allen Erzählungen tritt der implizierte Autor zwischen Erzähler und Leser — berichtigend, zweifelnd oder ermahnend.

Einer der menschlichsten Züge, die der Autor der »Blechtrommel« seinem Erzähler zugesteht, ist Oskars Verwirrung angesichts des Gegensatzes zwischen gesellschaftlicher Wirklichkeit und einem Transparent, das *Glaube, Hoffnung, Liebe* verkündet. Oskars Verunsicherung findet in seiner Suche nach angemessener sprachlicher Darstellung solcher Ungeheuerlichkeit Ausdruck[5]. Grass lenkt in den Erzählungen der Trilogie bewußt die Aufmerksamkeit auf die Erzählsituationen. Dazu dient einmal die Motivierung der Erzähler (Grass spricht vom *Motor der Schuld*), zum anderen und damit verbunden, ihre Unzuverlässigkeit. Das Erzählen aus unzuverlässiger Sicht beugt dem unreflektieren Konsumieren von Lesestoff vor, indem Wachsamkeit vom Leser verlangt wird. Manches, was Oskar uns vorenthalten möchte, tritt dennoch zutage; ehrlicherweise weist er auch gleich zu Anfang darauf hin, daß er *lügt*. Auch Pilenz verstrickt sich in Widersprüche, sobald es um seine eigene schuldhafte Verwicklung geht. Indem er auf seinen »Erfinder« verweist, der hinter ihm steht und ihn, wie es scheint, zur Wahrhaftigkeit anhält, verdeutlicht auch er seine Unzuverlässigkeit. *Der uns erfand, von Berufs wegen, zwingt mich, wieder und wieder Deinen Adamsapfel in die Hand zu nehmen,* und später: *wenn ich nur wüßte, wer die Mär erfunden hat, er oder ich oder wer schreibt hier?*[6] Der Autor lenkt die Aufmerksamkeit des Lesers auf den Erzählvorgang, indem er die Erzähler zweifelhaft macht, außer dem Was wird auch das Wie des Erzählens thematisch. Somit dienen die Erzähler bei Grass auch der Bewußtmachung des Erzählens, das immer ›fragwürdig‹ ist; sie haben enthüllende statt verschleiernde Funktion. Gerade, indem die Erzähler zu verschleiern versuchen, demaskieren sie sich. Dies wird im Abstand des Autors zu seinen Erzählfiguren erkennbar, aber auch in der Art des sprachlichen Ausdrucks, den die Erzähler verwenden. Bei Oskar flüchtet sich die Sprache oft gerade da in Lyrismen, wo Schuld und Angst unbewältigt geblieben sind. Die erzählerische Unzuverlässigkeit manifestiert sich bei den Erzählern der Danziger Trilogie in Lügen, Widersprüchen, entstellenden Halbwahrheiten, Posen (Matern), im ›Vergessen‹, sowie in sprachlicher Ungenauigkeit. Der Erzählvorgang erhält so die zusätzliche Dimension der versuchten Vergangenheitsbewältigung. Dies zeigt sich auch in den Versuchen der Erzähler, zu einer Objektivierung zu gelangen. Am leichtesten fällt dies dem klarsichtigen Amsel, dem es gelingt, die Doppelrolle von Erzähler und Figur zu trennen. Als Brauchsel wird er zum auktorialen Erzähler von Amsel, die Identitätsverhältnisse werden erst am Ende preisgegeben. Oskars Versuch, zum auktorialen Erzähler seiner selbst zu werden, scheitert, weil ihm die objektivierende Distanz fehlt: Oskar bleibt Ich-befangen, das Er als Maske durchschaubar.

Pilenz bemüht sich, aus seiner Erzählung zu verschwinden, um die Dinge aus der Sicht des unbeteiligten Beobachters zu schildern. Zwar erzählt er die Geschichte eines anderen, aber sein Bemühen muß doch am Fortbestehen seiner Schuldgefühle zerbrechen. Die Beziehungen zwischen Autor, Erzähler und Erzählung werden in der Trilogie mit dargestellt. Wenn, wie in Verweisen auf den Autor, *der uns erfand, von Berufs wegen,* diese Beziehungen bewußt aufgedeckt werden, spiegelt sich darin auch das Bekenntnis des Autors zu einer Kunst, die es nicht nötig hat, ihre Künstlichkeit zu verheimlichen[7].

Indem sich die Ich-Erzählung der Vorteile auktorialen Erzählens bedienen kann, ohne die »Abgeschmacktheit« auktorialer Omnipotenz zu riskieren, sich aber gleichzeitig den perspektivischen Beschränkungen des Personalromans zu entziehen vermag, bietet sie sich dem modernen Romancier geradezu an. Das erzählende Ich kann seine innere Gedankenwelt in einer Weise mit darstellen, die dem auktorialen Erzähler heute kaum noch zu Gebote zu stehen scheint. Selbst, wenn das erzählende Ich rückblickend die Ereignisse manipuliert, ist dies noch interessant und aufschlußreich. Während Pilenz eindeutig als Ich-Erzähler operiert, steht Oskar an der Schwelle zum auktorialen Erzähler, ohne aber den letzten Schritt zu vollziehen. Auch Brauchsel und Matern, obwohl sie sich in der dritten Person darstellen, bleiben ihrem Wesen nach Ich-Erzähler, wie die Erzählanlage der »Hundejahre« verdeutlicht. Zur Spannung zwischen erinnertem und erinnerndem Ich treten in der »Danziger Trilogie« Korrektive: Erzähler- und damit Perspektivenwechsel und die berichtigenden, beziehungsweise in Frage stellenden Einwände des implizierten Autors. Damit wird das selektive Vergessen, die Verzerrung des Erinnerten zwar nicht verhindert, aber doch aufgedeckt. Ein verworrener zeitgeschichtlicher Komplex wird in persönlichen Geschichten, also ohne Anspruch auf Objektivität, dargestellt, gleichzeitig werden durch Mehrfachspiegelung die Standpunkte relativiert.

In diesem Rahmen bedient sich Grass der Vielfalt der Stilmittel, die gerade den Roman dieses Jahrhunderts auszeichnet. Der »Ulysses« von Joyce, Dos Passos' »Manhattan Transfer«, Döblins »Berlin Alexanderplatz« sind prominente Beispiele für die Stilvielfalt innerhalb einer Erzählung. Dabei wird im »Ulysses« am radikalsten verfahren, indem diese Vielfalt zum Prinzip erhoben wird, ohne daß gleitende Übergänge die Kontraste mildern, wie noch in Joyces früherer Prosa. Schon in der »Blechtrommel« sind auch diese modernen Einflüsse erkennbar. Die Verlagerungen der Erzählperspektive halten sich, am »Ulysses« gemessen, jedoch in Grenzen — Oskars Selbstdarstellung in der ersten und dritten Person stiftet diesbezüglich kaum Verwirrung. Selbst wenn Bruno ein Kapitel *nacherzählt* und Vittlar eines *berichtet,* Oskar also damit ganz zum erzählten Objekt wird, bleibt die Erzählperspektive durchschaubar, während sie im »Ulysses« stark schwankt. Ein weiteres stabilisierendes Moment ist die weitgehende Chronologie der erzählten Zeit, die von den Einschüben der (ebenfalls chronologisch verlaufenden) fiktiven Erzählzeit nicht ernstlich in Frage gestellt wird. Die Stilwechsel in der »Blechtrommel« vollziehen sich in einem relativ stabilen Bezugssystem; sie sind wesentlich von der besonderen Beziehung des Erzählers zum jeweiligen Erzählgegenstand bestimmt. Dabei ist natürlich durch das gesicherte Fortbestehen des Erzählers in der Ich-Erzählung auch hier ein gewisses Gleichmaß gewährleistet. Oskars zeitliche Distanz (im Gegensatz zu Staruschs) läßt auch ein Mindestmaß an stilistischer Kontinuität erwarten. Umso bemerkenswerter ist die stilistische Vielfalt. Grass hat darauf hingewiesen, daß das, was man als Nachlassen der Erzählkraft im dritten Teil der »Blechtrommel« (und der »Hundejahre«) bezeichnet hat, mit der Entwurzelung der Erzähler im Nachkriegsdeutschland zusammenhängt. Schon hier ergibt sich aus den veränderten Umständen des Erzählers eine andere, nicht unbedingt eine schwächere Prosa. Nicht mehr in die — selbst bei Oskar relativ feste — Struktur von Familie und Ortsbezogenheit eingebettet, sieht der Erzähler die ihn umgebende Wirklichkeit aus veränderter Sicht, ist zunächst noch bereit, an ihr teilzunehmen, scheitert aber. Daß sich dies auch in einer veränderten Prosa ausdrückt, leuchtet ein. Außer der sich verändernden zeitlichen und emotionellen Distanz zum Erinnerten ist auch die Freude am Spiel mit den Erzählkonventionen und mit der Sprache selbst unter den Stilwechsel auslösenden Momenten zu nennen. Indem sich der Autor eines Erzählers von hoher Reflexionsstufe bedient, verschafft er sich die Möglichkeit, durch Oskar die Romanform selbst zu kommentieren; dabei ist allerdings auch hier zu berücksichtigen, daß der Erzähler nicht direktes auktoriales Sprachrohr ist. (Auch die übrigen Erzählfiguren der »Danziger Trilogie« sind bewußte Verfasser, deren Formverständis mitdargestellt wird).

Um von seinem Großvater Koljaiczek und seiner Großmutter Bronski zu erzählen, muß Oskar eine allwissende Pose einnehmen. Dies geschieht nicht ohne Ironie: *Ihnen allen ... stelle ich Oskars Großmutter mütterlicherseits vor*[8]. Schon hier, außerhalb eigener Erfahrung: die detaillierte Beschreibung konkreter Einzelheiten, obwohl, wie wir wissen, Oskar nicht dabeigewesen sein kann. Die Legende wird schon im Entstehen entlarvt, behält aber gerade durch das offene Eingeständnis der Erzählkonvention ihren Reiz. Die Geschehnisse werden vergegenwärtigt, aber kaum ist eine Szene voller Pathos entstanden, wird ihr auch schon augenzwinkernd der Wind aus den Segeln genommen: *Wir kennen diese Szene aus betörend gut fotografierten Filmen ...*[9] Ähnlich verfährt auch Joyce im »Zyklopen«-Kapitel, wo der gigantische Stil des Heldenepos mit umgangssprachlichen Passagen durchsetzt ist. Oskar parodiert seine eigene allwissende Erzählerpose, er bedient sich zwar ›künstlerischer Freiheit‹, ohne sich dabei jedoch völlig ernst zu nehmen. Über die Schwierigkeiten, von den Umständen der eigenen Geburt und frühesten Kindheit zu berichten, hilft eine andere, ›phantastische‹ Erzählkonvention hinweg, nämlich die des ›hellsichtigen‹ Erzählers, der mit voll ausgebildetem Bewußtsein zur Welt kommt. Hier zeigt sich die Bereitwilligkeit des modernen Autors, alle zur Verfügung stehenden Erzählkonventionen zu nutzen, ohne sich dabei an enge Realismusdefinitionen zu klammern. Im schnellen Wechsel der Erzählweisen werden gleichzeitig deren Funktionen freigelegt. Ein verwandtes Beispiel für die parodierende Verwendung einer Erzählkonvention ist die Beschreibung Marias. *Sie werden fragen: was sollen diese*

Vorbereitungen, dieses umständilche Eingehen auf die Beckenknochen, Augenbrauen, Ohrläppchen, Hände und Füße eines jungen Mädchens? Ganz auf Ihrer Seite stehend verurteile ich mit Ihnen diese Art Menschenbeschreibung ...[10] Wiederum wird ein Erzählmuster nicht einfach übernommen, sondern sofort auch parodiert. Die Einbeziehung des implizierten Lesers geht zugleich auch auf dessen Erzählerwartungen ein. Noch fragwürdiger als der Versuch, die äußere Erscheinung einer Figur in wenigen Zügen zu umreißen, erscheint es dem modernen Romancier, die Charaktere seiner Figuren allzu glatt zu summieren; so überrascht es nicht, wenn Pilenz es von sich weist, Mahlkes Innenleben zusammenfassend darzustellen: *Und seine Seele wurde mir nie vorgestellt. Nie hörte ich, was er dachte*[11]. Erwägungen dieser Art sind erst für den Roman in diesem Jahrhundert wesentlich geworden, noch Jane Austen oder Theodor Fontane durften sich dieser Mittel ohne Zögern bedienen: *In allem, was sie tat, paarten sich Übermut und Grazie, während ihre lachenden braunen Augen eine große, natürliche Klugheit und viel Lebenslust und Herzensgüte verrieten,* so wird uns Effi Briest vorgestellt. Freude am Spiel mit Erzählkonventionen offenbart auch Oskars Bericht von seiner ›Bildungsreise‹ an die Atlantikfront. Hier wird die kleinbürgerliche Bildungsreise, der Tourismus, in seiner Klischeehaftigkeit parodiert, während der Schritt des jungen ›Helden‹ in die Welt auf den Bildungsroman anspielt ... *Wir küßten uns auf offener Straße, was jedoch in Paris nichts heißen will*[12]. Hinweise auf den Kriegszustand, der breiten Schichten solches Reisen erst ermöglichte, verbinden sich in Oskars Schilderungen mit der Darstellung einer korrupten artistischen Sensibilität, die nicht lange fragt, in wessen Dienst sie sich stellt. So entsteht eine Mischung aus klischeehaftem Reisebericht (Paris), Abenteuerbeschreibung (Kriegsereignisse) und künstlerischer Prätention (»Biedermeier«), die sich durch groteske Überzeichnung selbst demaskiert. Die hineinspielende Zeitgeschichte macht den Gegensatz zwischen Dargestelltem und Darstellung offensichtlich; das understatement genügt, moralisierende Erklärungen erübrigen sich. Im selben Kapitel wird in Form einer Groteske ein Austausch zwischen den Künstlern des Fronttheaters und den Baukünstlern des Atlantikwalls direkt in Szene gesetzt, komplett mit Bühnenanweisungen. Der eigentliche Zweck des Besuchs wird nur am Rande erwähnt; man trifft sich nicht als Vertreter einer kriegsführenden faschistischen Macht, sondern als Ausübende einer Kunst, deren überragende Errungenschaft der Atlantikwall selbst ist ... Die Beziehungen zwischen der kleinbürgerlichen Kunstform des Biedermeier und dem angestrebten Endsieg hat auch Oskars, der Gelegenheit angepaßtes Gedicht zum Inhalt. Auf erzählerische, dramatische und lyrische Weise wird so in diesem Kapitel das gleiche Thema variiert.

Oskars Perspektive dient zur Beleuchtung geschichtlicher und politischer Ereignisse, wie sie sich dem Einzelnen im eigenen Erleben darstellen: Nicht als Reflexion einer ökonomisch-historischen Entwicklung, sondern als eine Art Naturereignis. Oskars Spiel mit den literarischen Konventionen bemüht sich, die Verquickung eigener Geschichten mit der Geschichte aus künstlerischer Distanz zu bewältigen. Die Stilvielfalt zeigt, daß es keine einzige Erzählweise gibt, die diesem Gesamtkomplex gerecht werden könnte. Wenn Oskar den Faschismus ablehnt, dann vorwiegend aus ästhetischer Distanz. Auch aus dieser Sicht aber läßt sich eigene Betroffenheit und Verwicklung als Opfer und Täter letztlich nicht bewältigen. Oskar erfüllt die Aufgabe, dem Leser die zu durchdringende Verflechtung von persönlicher und gesellschaftlicher Schuld vor Augen zu führen, gerade indem er scheitert.

Im Kapitel »Glaube, Hoffnung, Liebe« erleben wir das Scheitern seines Versuches, mit herkömmlichen erzählerischen Mitteln unfaßbare Wirklichkeit zu erfassen. Immer wieder setzt Oskar zu seinem *Märchen* an, *es war einmal . . .*, doch die gewählte Form kann das Erlebte nicht bewältigen. Manches Märchen enthält Grausames, doch dem Erzähler wie dem Leser ist es ins Märchenhafte entrückt. Oskars Erzählposition in diesem Kapitel ist dagegen die des Augenzeugen; weder er selbst noch der Leser kann sich den Ereignissen der Kristallnacht durch eine distanzierende Erzählkonvention entziehen, kein *und wenn sie nicht gestorben sind, dann leben sie noch heute* kann hier spannungslösend und befreiend wirken. Wo allwissende Erzählerwarte und ›künstlerische Freiheit‹ Sicherheit geben, scheint durch den Augenzeugenbericht die Verunsicherung hindurch. Gerade aus Oskars Verwirrung aber, aus seinen in die fiktive Erzählzeit hineinreichenden Zweifeln, ergibt sich die Eindringlichkeit der Schilderung. Hier ist ein Kapitel Vergangenheit unbewältigt geblieben, und die unbeteiligte, oft absichtlich emotionslose Erzählweise weicht einem Stil, der Betroffenheit über mehr als den Verlust der Blechtrommelquelle in der Kristallnacht zum Ausdruck bringt. Oskars Reflexionen über die Begriffe Glaube, Liebe, Hoffnung gleiten an dieser Stelle ins Präsens über und weisen so auf seine fortbestehenden Ängste, auf sein Mißtrauen wohlklingenden Idealen und der Sprache gegenüber hin. Das Präsens hat hier nicht nur die Funktion der lebhafteren Vergegenwärtigung von Vergangenem; hier wird nicht mehr in streng chronologischer Abfolge erzählt, sondern wie im inneren Monolog assoziiert. Die Vergangenheit fließt in die Gegenwart der ›Ich weiß nicht‹-Kette ein[13], die Begriffe verlieren ihre klar umrissene Bedeutung, an Stelle unmittelbarer sprachlicher Logik tritt die Logik des assoziierenden Bewußtseins. Auch andernorts sind in der »Blechtrommel« Passagen zu finden, die erst in der Nachfolge des Bewußtseinsromans zum Allgemeingut des Romanciers geworden sind. Sie beschränken sich aber auf relativ kurze Traumdarstellungen, Tagträume oder Phantasien. Sie zielen nicht auf die breite epische Wirkung der inneren Monologe Molly Blooms oder Jason Compsons ab, aber es handelt sich doch um direkte, auf der Ebene der Erzählergegenwart liegende Bewußtseinszitate. Im Kapitel »Karfreitagskost« berichtet Oskar von einem Traum, der sich einstellt, als er im Kleiderschrank die Gedanken um Schwester Inge kreisen läßt. Das epische Präteritum und die wiederholten Stellungnahmen des Erzählers lassen keinen Zweifel darüber aufkommen, daß hier zunächst noch vermittelnd berichtet wird: *. . . bis ein die ganze Sicht bewohnendes Rot einer Leidenschaft Hintergrund bot, die mir damals wie heute zwar selbstverständlich, aber dennoch nicht zu benennen ist . . .*[14] Die lose Assoziationskette entspricht in etwa dem Dämmerzustand des Halbschlafs, der den im Schrank sitzenden

Oskar überwältigt. Die Vergegenwärtigung des Vergangenen wird so lebhaft empfunden, daß die vermittelnden Stellungnahmen des Erzählers ins Präsens übergleiten, auch die Zeitangabe *(damals wie heute)* verweist von der erzählten Zeit (Ostern 1937) in die Erzählergegenwart. Aber erst die sich anschließende Folge von Farbassoziationen löst sich etwa sechs Zeilen lang ganz vom berichtend-vermittelnden Erzählen und scheint Zugang zu einer tieferen Bewußtseinsschicht zu gewähren: *schwarz, die Köchin kommt, schwarz, schreckt mich gelb, trügt mich blau, blau glaub ich nicht, lügt mir nicht, grünt mir nicht: grün ist der Sarg, in dem ich grase, grün deckt mich, grün bin ich mir weiß: das tauft mich schwarz, schwarz schreckt mich gelb, gelb trügt mich blau, blau glaub ich nicht grün, grün blüht mir rot . . .* Erst der nächste Satzteil kehrt zum berichtenden Erzählen zurück: *. . . rot war die Brosche der Schwester Inge!*[15] Das Präsens dient nicht nur der lebhaften erzählerischen Vergegenwärtigung des Traums, es läßt unvermittelt ein Stück gegenwärtigen Bewußtseins in Oskars Erzählung miteinfließen. Später (im Kapitel »Im Kleiderschrank«) erfahren wir, daß die Schwarze Köchin für den etwa dreizehnjährigen Oskar noch gar nicht drohende Bedeutung hatte; erst im Bewußtsein des erzählenden Oskars wird sie zum allgegenwärtigen Ausdruck unbewältigt gebliebener Ängste. Im schnellen Übergleiten von einer Erzählweise in die nächste zeichnet sich bereits der sprunghafte Wechsel der Stilmittel in »örtlich betäubt« ab. In diesem Zusammenhang sind auch Oskars Phantasien interessant: Wie bei Starusch werden sie als ›Film‹ erlebt. Außer der *betörend gut gefilmten Szene,* in der, wie Oskar sich vorstellt, Koljaiczek einen Kollegen aus dem Fluß zieht, sieht Oskar auch die Phantasie, in der er als Chefarzt die Gunst der Dorothea Köngetter gewinnt, als Film. Diese Projektion einer Wunschvorstellung auf Frau Zeidlers Tapete entspricht Staruschs auf den Fernsehschirm projizierten Phantasien, die in »örtlich betäubt« zu einem der wesentlichen Stilmittel werden.

Diese wenigen Beispiele können nur andeuten, wie wesentlich schon in der »Blechtrommel« Aspekte modernen Erzählens sind. Außer Rabelaisschen Katalogen, barock anmutender Erzählkraft und pikaresker Reihungstechnik lassen sich zweifellos Parallelen zum Bildungsroman und zu Erzählkonventionen des neunzehnten Jahrhunderts aufzeigen, ohne daß hier ein zeitgenössischer Stoff einem traditionellen Erzählmuster unterworfen würde. »Die Blechtrommel« ist kein Schelmenroman, auch kein Bildungs- oder Mißbildungsroman: Oskar ist mehr Konzept, Perspektive und Demonstrationsobjekt als pikaresker Held.

Eine Reihe herkömmlicher Erzählweisen wird von moderner Warte einer Prüfung unterzogen, und dabei stellt sich dann oft heraus, daß sie nicht ohne weiteres übertragbar sind, sondern allenfalls parodiert werden können. Was für die großen Romane des Realismus im neunzehnten Jahrhundert noch Gültigkeit hatte, ist in dieser Form nur noch bedingt anwendbar — dabei handelt es sich keineswegs um ein Werturteil. Die Übertragung von Erzählmustern, aus einer anderen Epoche stammend und von anderen gesellschaftlichen Bedingungen geprägt, würde kaum dem zeitgeschichtlichen Komplex, um den es in der »Danziger Trilogie« geht, gerecht werden. Wenn, wie in der Trilogie, Geschichten jüngste Zeitgeschichte in ihrer Verworrenheit widerspiegeln, besteht die Gefahr, daß durch traditionelle Erzählweisen komplizierte Sachverhalte vereinfacht werden. Gerade der Vereinfachung und Verdrängung soll aber entgegengewirkt werden! Erst im unzuverlässigen Erzählen — dem Ausdruck der Verunsicherung der Erzählfiguren selbst —, in den Perspektivenwechseln und Korrektiven, und nicht zuletzt in den Stilwechseln läßt sich ein solcher Zusammenhang erzählerisch erfassen.

1 Die beliebtesten Schlagworte reflektiert u. a. Franz Josef Görtz' Aufsatz »Günter Grass und die Kritik«, in: »Text+Kritik« 1/1 a, München 1971. **2** Heinz Ludwig Arnold: »Gespräch mit Günter Grass«, ebd., S. 13. **3** Günter Grass: »örtlich betäubt«, zit. n. d. Fischer TB, Frankfurt a. M., 1975, S. 5, S. 14, u. a. o. **4** Günter Grass: »Katz und Maus«, zit. n. d. Luchterhand TB, Neuwied u. Darmstadt, 1974, S. 5 u. S. 79. **5** Vergl. Günter Grass: »Die Blechtrommel«, Fischer TB, 1964, S. 160—167. **6** »Katz und Maus«, S. 5 u. S. 78. **7** Vergl. Günter Grass: »Die Ballerina«, zuerst in »Akzente«, 1956, S. 528 ff. **8** »Die Blechtrommel«, S. 11. **9** ebd. S. 23. **10** ebd. S. 216 **11** »Katz und Maus«, S. 25. **12** »Die Blechtrommel«, S. 271. **13** ebd. S. 166—167. **14** ebd. S. 126. **15** ebd. S. 127.

John Reddick

Eine epische Trilogie des Leidens?

»Die Blechtrommel«, »Katz und Maus«, »Hundejahre«

Übrigens werde meist auch der Zusammenhang zwischen der »Blechtrommel«, »Katz und Maus« und den »Hundejahren« übersehen: so soll sich Günter Grass schon 1964 beklagt haben.[1] Wie steht es mit diesem angeblichen Zusammenhang? Gibt es ihn wirklich? Und wenn es ihn auch gibt: Ist er kritisch von Belang? Da jetzt bald acht Jahre verstrichen sind seit Erscheinen der »Hundejahre«, aber vor allem weil wir nunmehr in der Lage sind, Vergleiche mit »Örtlich betäubt« anzustellen, könnte es vielleicht angebracht sein, uns diese und verwandte Fragen zu stellen.

Rein genetisch gesehen ist die Lage erstaunlich eindeutig: im Konzept sind alle drei Bücher ein Fleisch. Daß die Novelle »Katz und Maus« sozusagen als Abfallprodukt der »Hundejahre« zustandegekommen ist, dürfte schon allgemein bekannt sein. Grass selbst hat geschildert, wie er etwa 1960 an einem neuen Roman arbeitete, wie es aber damit nicht recht klappen wollte: *Bis zu Seite 350 ging es, dann aber reichte der Atem nicht mehr aus, die Erzählweise wurde überanstrengt und künstlich. Die Erzählung »Katz und Maus«, ursprünglich ein Stück des neuen Romans, isolierte sich von selbst.*[2] Weniger bekannt ist die Tatsache, daß Hauptelemente von »Katz und Maus« und den »Hundejahren« sogar schon 1959, also im Erscheinungsjahr der »Blechtrommel«, voll konzipiert waren. Joachim Mahlke zum Beispiel soll nach K. L. Tank ursprünglich eine »Blechtrommel«-Gestalt gewesen sein, die aber so sehr überhand nahm, daß sie ausgesondert und sozusagen für später aufgehoben werden mußte.[3] Es sprechen auch starke Indizien dafür, daß es sich nicht ganz unähnlich mit der Figur verhielt, die wir aus den »Hundejahren« als Walter Matern kennen. Erstens tritt sie in der »Blechtrommel« als *der Knirscher* (S. 662) und *jener glatzköpfige Schauspieler* (S. 663) auf; zweitens wurde 1960 in einem Artikel über Grass in der schweizerischen Monatsschrift »Du« ein Foto abgedruckt mit dem Untertitel *Günter Grass in seiner Pariser Wohnung, wo er die »Blechtrommel« schrieb, 1959. An der Wand sieht man Pläne, die der Schriftsteller für einzelne Kapitel seines Romans entwarf.*[4] Nur wenige Details auf den beiden abgebildeten Plänen sind mit Sicherheit zu entziffern; aber die ganz groß geschriebene Überschrift des einen ist überaus deutlich: *DER KNIRSCHER.* Es gibt ja kein Knirscher-Kapitel in der »Blechtrommel«: bezog sich das Schema auf eine Figur und auf einen Stoff, welche Teil des ersten Romans werden sollten, aber dann doch keine Verwendung mehr fanden? Oder haben wir es hier schon mit einem ersten Ansatz zum späteren Roman zu tun? Das andere Schema ist kaum minder interessant: während das erste nur Ziffern (Seitenzahlen?) aufweist, ist dieses andere mit Stichworten dicht beschrieben, die jedoch in den meisten Fällen leider unleserlich sind; im großen Mittelfeld des Planes aber erkennt man zweimal das Wort *Knochenberg* (das eine Mal unterstrichen). Wiederum weiß man nicht, ob es sich hier um einen nicht benutzten

»Blechtrommel«-Stoff oder um einen ganz neuen Entwuf handelte; man hat aber einen handfesten Beweis, daß die mächtige Knochenberg-Metapher der »Hundejahre« schon 1959 bereit lag.

Es gibt auch sonst unzählige äußerliche Faktoren, die den drei Werken sehr den Anschein einer Trilogie geben. Der weitaus wichtigste darunter ist zweifellos der einheitliche Zeit-Ort-Faktor: die drei ›Bücher‹ der »Blechtrommel« und der »Hundejahre« entsprechen sich in dieser Beziehung fast genau: I und II: Die Vorkriegs- und Kriegszeit (Danzig — speziell Grass' Heimateckchen Danzig-Langfuhr — und der Raum Danzig); III: Die Nachkriegszeit (Westdeutschland). Die viel kleiner angelegte Novelle, die die Vor- und Nachkriegszeit fast ganz ausklammert, entspricht dem jeweils ›Zweiten Buch‹ der beiden Romane. (Ein vergleichender Blick auf »Örtlich betäubt« beweist sehr schnell, wie einheitlich die früheren Werke diesbezüglich sind. Danzig und die Zeit vor 1945 sind hier eigentlich nur noch minimale Restbestände, eine verlorene, von Starusch nur noch falsch erinnerte Vergangenheit; der Roman spielt ausschließlich in der Gegenwart (d. h. 1967—69) und in der Nachkriegszeit — sogar Staruschs ›Erinnerungen‹ aus dieser Nachkriegszeit sind durchweg unglaubwürdig, sind ausdrücklich *beliebige Fiktionen).* Auch auf der Ebene der einzelnen Figuren wird der Eindruck immer wieder neu vermittelt, daß alles nur eine Welt sei: Oskar Matzerath, Jan Bronski, die Stäuberbande, Bebra, Tulla Pokriefke, Heini Pilenz, Walter Matern und viele andere treten in mehr als einem Werk auf; Oskar und Eddi Amsel werden in den »Hundejahren« im geheimen Gespräch gezeigt, Pilenz' erste Verfolgungstat gegen Mahlke, mit der »Katz und Maus« so brillant anhebt, wird im späteren Roman an wichtiger Stelle neu erwähnt; die Oswald Brunies-Geschichte, die ein so bedeutendes Element der »Hundejahre« ausmacht, wird in »Katz und Maus« kurz skizziert, dann aber ausdrücklich für ein späteres Buch aufgehoben. Es ist eine wahrlich bemerkenswerte Leistung, daß Grass die doch ganz verschwundene Danziger Welt so lebendig wieder hervorzuzaubern gewußt hat, daß sich der erfahrene »Blechtrommel«- und »Katz und Maus«-Leser — egal ob Bundesdeutscher, Brite oder Japaner — bei der Lektüre der beiden ersten »Hundejahre«-Bücher geradezu heimisch fühlt.

So interessant und wichtig diese und ähnliche Gemeinsamkeiten auch sein mögen, sie lassen natürlich alle wesentlichsten Fragen nach einem möglichen inneren Zusammenhang der drei Bücher ganz unbeantwortet — Fragen zum Beispiel wie diese: Weisen die Bücher einen gemeinsamen Themenkreis auf, einen gemeinsamen Stil, eine gemeinsame Sprache, eine gemeinsame Optik und Haltung? Oder: Lag dem Grass der »Hundejahre« dasselbe am Herzen wie früher dem Grass der »Blechtrommel«? Oder, aus einer ganz anderen Perspektive gefragt: Ist »Örtlich betäubt« so wesentlich anders geartet, daß es die früheren Prosawerke retrospektiv als einen relativ geschlossenen Komplex erscheinen läßt? Dieses Wort *relativ* (das ja in »Örtlich betäubt« von solch zentraler Bedeutung ist) drängt sich uns hier förmlich auf; es ist zum Beispiel unstreitig, daß Grass als Schriftsteller zwischen der »Blechtrommel« und den »Hundejahren« einen sehr wichtigen Entwicklungsprozeß durchgemacht hat, so daß sie sich in gewissen Beziehungen stark voneinander unterscheiden; nicht minder deutlich ist, daß viele und mit die bedeutendsten Themen und Motive der früheren Werke auch in »Örtlich betäubt« neu gestaltet wurden; es läßt sich sogar — sofern man sich auf bestimmte Teilaspekte beschränkt — ohne weiteres nachweisen, daß die »Hundejahre« mehr mit »Örtlich betäubt« gemeinsam haben als mit der »Blechtrommel« (so z. B. die Protagonisten: es gibt eine augenscheinliche Entsprechung zwischen der Amsel/Matern-Polarität und der Zahnarzt/Starusch-Polarität des bislang letzten Romans; ein ähnliches Korrelat ist jedoch zur »Blechtrommel« nicht zu finden). Eines also steht fest: die drei Bücher bilden keineswegs eine simple Einheit, stellen bei weitem kein Werk in drei Fortsetzungen dar (es wäre ja schade); [5] man kann sie ausschließlich auf eine relative Zusammengehörigkeit hin untersuchen. — Dies vorausgesetzt, ist es meines Erachtens tatsächlich durchaus sinnvoll, die drei Werke mit nur wenig Vorbehalten als eine Trilogie anzusehen — oder, um eine Definition von Grass selber zu gebrauchen: als einen *Gesamtkomplex*.[6]

Beschränken wir uns aber zunächst einmal auf einige jener Teilaspekte der vier Prosawerke (also inklusive »Örtlich betäubt«), die an sich für eine solche Trilogie-Vorstellung nicht zu sprechen scheinen. Von ganz besonderem Belang ist hier zweifellos die Grass'sche Erzählstruktur, an der sich mit der Zeit eigentlich nichts Wesentliches geändert hat. Eberhard Starusch wird im Grunde derselbe Erzählmotor beigegeben wie schon Oskar Matzerath: eine frappante Unfähigkeit, mit der vorhandenen Wirklichkeit fertigzuwerden, so daß beide als impotente Möchte-gern-Eremiten mehr oder minder zurückgezogen leben und Zuflucht in ihrer ›erinnerten Vergangenheit‹ suchen. (Staruschs lauernder Schreibtisch und Oskars weißlackiertes Anstaltsbett sind aus dieser Sicht sehr ähnliche Requisiten). Die Ausgangssituationen bei Pilenz (»Katz und Maus«) und Matern (im Dritten Buch der »Hundejahre«) sind auch nicht wesentlich anders: beide sind getriebene, total desorientierte Käuze, die aus verschiedenen Gründen nicht umhin können, ihre dürftige, gewalttätige Vergangenheit auszubreiten. Eine solche Erzählweise wirkt sich natürlich äußerst vielfältig aus, die weitaus wichtigste Auswirkung jedoch ist, daß die jeweilige Erzählung eine ungeheure Dimension der Subtilität, sprich: der Unglaubwürdigkeit gewinnt. Die überkommene mimetische Illusion — daß eine fixierbare Realität direkt wiedergegeben werde — ist bei Grass ganz in die Brüche gegangen. Statt dessen hat er sich ein erstaunlich gelungenes ›Multispiegelungsverfahren‹ zu eigen gemacht: er arbeitet zwar noch mit dem Begriff einer wesentlich fixierbaren Realität, stellt jedoch die jeweilige fiktive Realität eines Buches nicht wie eine gefällige Konsumware im Schaufenster aus, sondern läßt sie über mehrere ›Spiegel‹ eher erahnen als erblicken. Bemerkenswerterweise wird diese grundlegende Perspektive schon in den ersten paar Zeilen der »Blechtrommel« angedeutet: Grass läßt seinen Oskar zunächst zwar von *Begebenheiten aus meinem Leben*, dann aber von *meinen Erzählungen*, schließlich sogar ausdrücklich von *Lügen* sprechen *(sobald ich ihm etwas vorgelogen habe)*.

Für den Leser, der dieser und ähnlichen Andeutungen nicht Rechnung trägt, verliert der Roman zwangsläufig seine vermutlich eigentümlichste Dimension. Vor allem ist Oskars Äußerungen über sich selbst grundsätzlich zu mißtrauen. Um nur zwei berühmte Beispiele zu zitieren: die Kritiker haben fast einmütig Oskars Versionen des Kellertreppen-Falles und der Dorothea-Köngetter-Affäre leichtgläubig akzeptiert; für ein volles Verständnis des Buches ist jedoch die Einsicht vonnöten, daß Oskar wahrscheinlich und gerade hier lügt, wie er anderswo nachweislich lügt — es besteht sogar die fiktive Wahrscheinlichkeit, daß der großmäulige Zwerg *nicht* absichtlich die Treppe herunterfiel, daß er *nicht* unschuldig am Tode Dorothea Köngetters war [7] — kurz, daß seine ganze Selbstdarstellung als überlegenes, freiwaltendes Wunderkind das Lügengewebe eines zurückgebliebenen, verräterischen, impotenten, womöglich geistesgestörten Versagers war. Ganz verfehlt ist jedenfalls die landläufige Interpretation, die sich auf diese für bare Münze genommene Selbstdarstellung gründet, und die etwa Holthusen stellvertretend so ausgedrückt hat:

(Oskar) verkörpert das Prinzip einer unbeschränkten Freiheit über die raumzeitlichen Verhältnisse, in die er hineingeboren ist; die Freiheit der Phantasie über die schwerfälligen Gesetze der physischen Wirklichkeit und die Freiheit des Geistes, sich gegen den Unfug der sozialen Wirklichkeit [. . .] zu empören (usw. usw.) [8]

Wahr ist vielmehr, daß Oskar viel eher *Opfer* seiner Wirklichkeit ist als ihr Bezwinger.

Für Matern als Erzähler ist es geradezu typisch, daß er gerne lügen möchte, aber zu schwerfällig-stupide dazu ist (vgl. auf der ersten Seite der ›Materniaden‹, »Alle gewürzlosen Lügen«, sowie anschließend auch Materns Lügen Amsel/Brauxel gegenüber). Wenn Matern sich anschickt, seine ›Materniaden‹ zum besten zu geben, kennt ihn der Leser schon ziemlich genau, so daß seine herumfuchtelnde pseudo-heldenhafte Vehemenz gerade das Gegenteil erzielt von dem, was er bezwecken will: sie entlarvt ihn immer unerbittlicher. Einen ähnlichen Entlarvungsprozeß gibt es nun in »Örtlich betäubt« (was ja auch nicht verwundert, denn Starusch und Matern sind in wesentlichen Punkten ein Typus, wie schon in den »Hundejahren« bildhaft angedeutet: Starusch und Matern sind ›Störtebeker‹, die beide — der eine wortgewaltig, der ander gewalttätig — die himmelschreiende, nicht zu verleugnende Realität des Knochenberges schlechtweg verleugnen — vgl. S. 370 ff.) Das Prinzip der ›indirekten Spiegelung‹ tritt sogar schon im ersten Satz von »Örtlich betäubt« voll in Kraft: bei den Worten *Das erzählte ich meinem Zahnarzt* leuchtet dem erfahrenen Grass-Leser sofort die volle Zweideutigkeit des Begriffs ›erzählen‹ ein; er weiß, daß man genausogut Lügen erzählen kann wie *Begebenheiten aus meinem Leben.* Schon mit diesen ersten Worten also fängt Grass an, den Leser Starusch durchschauen zu lassen; anhand von solchen subtilen, indirekten Mitteln wird der Leser dann der fiktiven Realität immer näher geführt. Starusch wird nach und nach *aufgedeckt* und *bloßgelegt,* er wird vom (Brauxelähnlichen) Zahnarzt explizit *wie eine Zwiebel* behandelt, *die, Haut weniger Haut, immer kleiner und glasiger wurde* (S. 343). Anfänglich nimmt man ihm seine wehleidigen Verlobungsgeschichten beinahe willig ab, dann aber wird immer deutlicher daß sie nur die frei erfundenen, dürftigen Ersatzerlebnisse eines gehemmten Nichtkönners sind, der ebenso verzweifelt einsam und innerlich verkrüppelt ist wie der Heilanstaltsinsasse Oskar Matzerath.

Bei der Novelle »Katz und Maus« schließlich liegt ein besonders aufschlußreicher, besonders komplizierter Fall vor, und zwar wesentlich aus zwei Gründen: zum einen ist es ein schon an sich äußerst lakonisches Werk — gattungsgerecht wird hier nichts, aber auch gar nichts herausposaunt, alles wird nur sparsamst angedeutet; zum anderen ist die Erzählweise sogar noch wesentlich indirekter als bei den Romanen. Dafür gibt es wiederum zwei Gründe: Heini Pilenz erzählt nicht von sich, sondern von einem anderen — und zwar von einem völlig Andersgearteten, dessen fatale Einsichten und daraus resultierende Triebkräfte er unmöglich begreifen kann *(Seine Seele wurde mir nie vorgestellt. Nie hörte ich, was er dachte.* S. 37); zweitens wird die Geschichte von Joachim Mahlkes Verfolgung nicht nur von jemandem erzählt, der ihn grundsätzlich nicht versteht — sondern sogar von einem, der selbst, wie später Walter Matern, der Typus des gehemmten, ausgleichsuchenden Verfolgers ist (Starusch ist natürlich auch so ein Typ, nur daß er seinen Verfolgungsdrang in traurig-lächerlichen Phantasien befriedigt, wie noch im vorletzten — und längsten — Abschnitt des Romans).

Für die Erzählstruktur hat dies alles zur Folge, daß Pilenz' Erzählung doppelt verschleiernd wirkt: das Eigentliche nicht ahnend, kann er es nur unwissend durchscheinen lassen; und auch das, was er weiß, gibt er entstellt wieder, um seine eigene Kainsrolle möglichst zu kaschieren. Beide Elemente sind schon im brillanten ersten Absatz wesentlich vorhanden: Pilenz gibt nur halb und unwillig zu, daß er es war, der Mahlke die Katze an die Gurgel setzte; und Grass läßt ihn nur beiläufig und nichtsahnend den eigentlichen Ausgangspunkt der Geschichte andeuten, nämlich Mahlkes rätselhaften Willen, das Schwimmen (sowie anderes, sonst Vermiedenes) zu erlernen: ... *und einmal, als Mahlke schon schwimmen konnte* ... Erkennt man diese Struktur nicht, liest man zwangsläufig an dem wirklichen Sinn der Novelle vorbei, wie es etwa bei dem Psychologen Emil Ottinger beispielhaft der Fall war, der Mahlke *zwangsneurotisch, konstitutionell gestört, schizoid,* einen *spaltsinnigen Hypochonder* genannt und Amtsleiter Klohse als den *hellsichtigen* Vertreter *(maßvoll, nicht ohne Dezenz)* einer an sich ehrbaren Gesellschaftsordnung dargestellt hat.[9] Tatsächlich liegen die Dinge ganz anders. Nicht Amtsleiter Klohse ist *hellsichtig,* sondern eben Mahlke, ein bis dahin normaler, sogar schwächlicher, von seinen Mitschülern kaum wahrgenommener Junge, der plötzlich und zu seinem Unglück aufgeschreckt und umgewandelt wird durch die Einsicht, daß er in einer total bedrohlichen, total absurden Gesellschaftsordnung verfangen ist — einer Gesellschaftsordnung, in der man etwa einmal dafür ausgezeichnet wird, daß man Zerstörung verhindert (Mahlkes verstorbener Vater), ein anderes Mal aber auch dafür, daß man möglichst viel Zerstörung verursacht hat (die Ritterkreuzträger). Das tief Ironische an diesem vergeblichen *Helden wider die Absurdität* (so Grass über Figuren Alfred Döblins) liegt darin, daß er erst dann überhaupt ins Blickfeld der *Katzen* gerät, als er sich, um ihnen zu entfliehen, aus dem Schutz der anonymen Mittelmäßigkeit begibt. Diese Flucht nach vorn (übrigens fliehen fast alle Hauptfiguren von Grass) gelingt nicht: kein einzelner Widerständler ist dieser labyrinthischen Gesellschaft gewachsen, die auf Zerstörung versessen, aber gleichzeitig auch zu ›dezent‹ ist, als daß sie einen anstandswidrigen Ritterkreuzklauer akzeptieren könnte (man vergleiche »Die Blechtrommel« und »Hundejahre«: Meyn und Matern werden aus der SA bzw. SS herausgeschmissen — der eine, weil er Katzen gequält, der andere, weil er Geld geklaut hat). Mahlke geht zwangsläufig unter (im zweifachen Sinne): der Judas-hafte Verrat an diesem Typus des ewigen *Mater dolorosa*-Sohnes (der übrigens nicht zufällig in der *Oster*-zeile wohnt und mutmaßlich an einem Freitag stirbt) ist nur der logische Nachvollzug seines typischen Schicksals. Man muß sich aber darüber ganz im klaren sein: »Katz und Maus« ist *nicht* bloß die Geschichte eines eigenwilligen Außenseiters (erst recht nicht die Darstellung eines interessanten psychologischen Falles); es ist im Grunde eine mitreißend poetische Lamentation, welche mithin die grausame Absurdität eines ganzen ›katzenmäßigen‹ Gesellschaftssystems bloßlegt. In den Worten von Grass selber: *Mahlkes Fall decouvriert Kirche, Schule, Heldenwesen — die ganze Gesellschaft. Alles schlägt mit ihm fehl.* [10]

Es bieten sich also hinsichtlich der Erzählweise kaum Anhaltspunkte für eine Trilogie-Vorstellung. Eine viel kompliziertere Sachlage stellt sich jedoch schnell ein, sobald man die Werke nach ihrem haltungsmäßigen Unterbau und ihrem jeweiligen formalen, gestaltungsbedingten Überbau befragt — was auch nicht wundernimmt, denn es handelt sich hier um die wesentlichsten, mitunter äußerst subtilen Strukturen der verschiedenen Bücher.

Fragt man nach dem Gesamtschema, so ergibt sich, daß für alle vier Bücher ein wesentlich ›dialektisches‹ Formprinzip von ungemein großer Bedeutung ist; fast immer und überall ist eine hochpotenzierte Spannung zwischen zwei entgegengesetzten Elementen dynamisch am Werke — was sogar schon in einem der Titel — »Katz und Maus« — exemplarisch zum Ausdruck kommt. In dieser besonderen Beziehung ist ja eher zwischen »Katz und Maus«, den »Hundejahren« und »Örtlich betäubt« ein Zusammenhang zu sehen als zwischen den beiden erstgenannten Büchern und der »Blechtrommel«, die das einzige Prosawerk geblieben ist, das nicht um ein antithetisches Protagonistenpaar aufgebaut ist. »Die Blechtrommel« unterscheidet sich von den anderen Büchern auch in einem weiteren, entscheidenden und — wie wir sehen werden — typischen Sinne: in bezug auf Grass' ersten Roman kann man nicht so sehr von einem ›dialektischen‹ als vielmehr von einem ›dualistischen‹ — manchmal auch ›pluralistischen‹ — Formprinzip sprechen. In »Katz und Maus« und den beiden späteren Werken gibt es eine durchgehende Dialektik zwischen entgegengesetzten existenziellen Möglichkeiten, von denen eine als ›falsch‹ und ›verlogen‹, eine als ›echt‹ und ›ehrlich‹ dargestellt wird. (Man könnte eine Anzahl anderer Epitheta gebrauchen; bleiben wir aber vorläufig noch bei dieser ›echt‹/›unecht‹ Polarität): Pilenz, Matern und Starusch stellen im Grunde einen Typus dar (so sind sie z. B. alle verlogen, brutal und absolut unfähig, sich selbst und anderen gegenüber ehrlich zu sein); Amsel und der namenlose Zahnarzt sind sich ebenfalls sehr ähnlich, und auch Mahlke ist ihnen nah verwandt (ein wichtiger gemeinsamer Nenner fände sich hier im Begriff des ›Humanismus‹). Es liegt aber geradezu im Wesen der »Blechtrommel«, daß das Buch überhaupt keine konsequente, einheitliche Dialektik aufweist und daß es dementsprechend von einer als ›echt‹ oder ›ehrlich‹ oder gar ›glaubwürdig‹ empfundenen Lebenshaltung oder -weise nichts weiß.

Statt einer konsequenten Dialektik gibt es also im ersten Roman eine ganze Reihe verschiedener Dualitäten. So z. B. hat Oskar zwei mutmaßliche Väter, Matzerath und Bronski, wie auch zwei geistige Väter, Goethe und Rasputin — und wesentlich daran ist natürlich, daß sich Oskar nie endgültig für die eine oder andere Möglichkeit zu entscheiden vermag; ähnlich läßt Grass ihn von seinem Verhältnis zu den beiden geistigen Vätern sagen: *Bis zum heutigen Tage ... schwanke ich ... zwischen Goethe und Rasputin* (S. 104); und von Oskars Verhältnis zum Katholizismus heißt es noch viel deutlicher:

Zwiespältig, das wäre ein Wort, meine Gefühle . . . zu benennen. ... Zwiespältig, sage ich. Dieser Bruch blieb, ließ sich nicht heilen und klafft heute noch, da ich weder im Sakralen noch im Profanen beheimatet bin, dafür etwas abseits in einer Heil- und Pflegeanstalt hause. (S. 173)

Hier liegt des Pudels Kern: Oskar fühlt sich nicht lediglich von *äußerlichen* Dualitäten hin und her gezogen; er ist selber in seinem inneren Wesen (soweit man dieser Figur ein ›Wesen‹ nachsagen kann) von extrem zwiespältiger Natur — am Anfang und am Ende des Romans hat er überhaupt keine eindeutige, integrierte Identität mehr. Es stünden ihm im normalen Leben bloß theatermäßige Rollen offen, und so bleiben ihm als eine Art Ersatzdasein nur noch seine Klausur im Gitterbett (die ihm, so heißt es, auch bald genommen wird) und seine nicht ganz vertrauenswürdig heraufbeschworene Vergangenheit.

Diese grundlegende Zwiespältigkeit Oskars drückt sich formal am entschiedensten aus. Denn es läßt sich zeigen, daß in der einen Gestalt eigentlich *zwei* ganz entgegengesetzte Oskars vereint sind, wie es etwa die folgende Bemerkung des Erzählers exemplarisch andeutet (es handelt sich um Kinobesuche des einsamen Helden in Düsseldorf, S. 599): *Während Oskars Kleinhirn und Großhirn lachten und Unanständigkeiten am laufenden Band dem Filmstreifen einflochten, weinten Oskars Augen Tränen, ich irrte halbblind in einer Wüste . . .*

Die hier ausgedrückte Ambivalenz — sie liegt allerdings selten so deutlich und präzise zutage — ist bisher von der Kritik viel zu wenig beachtet worden: es ist nicht übertrieben zu sagen, daß die Entwicklung des ganzen Romans in ihrem Zeichen steht. Man hat fast nur den pikaresken ›Kleinhirn und Großhirn‹-Oskar gesehen, den skeptischen, überlegenen, unabhängigen, frei waltenden Oskar, der zu denen gehört, *deren geistige Entwicklung schon bei der Geburt abgeschlossen ist* (S. 49) — eben so ist der Eindruck zustandegekommen, daß Oskar im wesentlichen *das Prinzip einer unbeschränkten Freiheit* verkörpere. Und da sind wir wieder einmal bei der Frage nach der Erzählstruktur angekommen: Oskar *gibt* sich fast unaufhörlich für solches aus — ist jedoch in fiktiver Wirklichkeit und im Grunde ein ganz anderer, nämlich ein unterlegener, total vereinsamter, allem ausgesetzter *Leidender,* eine Verkörperung — wie später auch

Pilenz, Mahlke, Matern und Starusch — der Unfreiheit eher als der Freiheit. Womit nicht gesagt werden soll, daß der ›pikareske‹ Oskar etwa unwichtig oder gar nicht-existent sei; im Gegenteil, wichtig ist gerade, daß er beides zugleich ist; überlegener, geistig arbeitender, unverletzlicher Schelm, aber auch (und vor allem) unterlegenes, gefühlsmäßig reagierendes, exponiertes Opfer des Lebens im allgemeinen und speziell seines eigenen Schuldbewußtseins und seiner überhandnehmenden Angstvorstellungen, die in der immer ominöser werdenden Gestalt der *Schwarzen Köchin* konkretisiert sind.

Hinter Oskars souveräner ›Schelmuffsky‹-Maske (wovon der meist muntere und frischfröhliche Erzählton typischer Ausdruck ist) verbirgt sich also eine erbärmliche Wirklichkeit — und diese Wirklichkeit des fiktiven Oskars ist zugleich die innere Wirklichkeit des ganzen Romans: es ist hier im Grunde eine ausgesprochen düstere Weltanschauung am Werke, so wenig dies auf der buntscheckigen Oberfläche des Romans auch der Fall zu sein scheint. Es wird eine Welt gezeigt, an der radikal gezweifelt wird, in der nichts mehr von Bestand, auf nichts mehr Verlaß ist. Alles steht hier im Zeichen der Zerstörung, der Auflösung, der Labilität. So heißt es bezeichnenderweise vom Kriege, er sei *die Schlacht, die schon dagewesen, die immer wieder kommt* (S. 28); und diese typische Bemerkung Oskars ist für das ganze Buch symptomatisch: *Mir — der ich beim Anblick von Baugerüsten immer an Abbrucharbeiten denken muß — (war) der Glaube an Kartenhäuser als einzig menschenwürdige Behausung nicht fremd* (S. 301). In allen markant poetischen Spitzensequenzen des Romans geht es mittelbar oder unmittelbar gerade um diesen höchst verräterischen, unbeständigen Stand der Dinge — etwa in den Darstellungen von Agnes Matzerath und ihrer mit ihrem Tod endenden ›Leidenszeit‹, von Jan Bronski und seinem leichtluftigen Kartenhaus, vom giftigen, großstiefeligen Unglück des Nazismus im schneidend elegisch-ironischen Kapitel »Glaube Hoffnung Liebe«, von Kurt Matzeraths brutalem Durchprügeln des Abel-ähnlichen Oskar, vom himmlischen *Karussellbesitzer*, der die *viertausend schwindligen Kleinkinderchen . . . nach Käsemark über die Weichsel ins Himmelreich* beförderte (S. 512). Besonders bedeutsam in diesem Zusammenhang ist das zentrale Thema des Todes; denn es wird in dieser Grass'schen Fiktion immer wieder und über Dutzende von Seiten hin gestorben (im Gegensatz dazu werden Geburten fast überhaupt nicht erwähnt, von der Oskars einmal abgesehen): man hat wiederholt den Eindruck, als höre man aus dem Buch eine Art von Requiem heraus. Um das gleich wesentliche Motiv der Sexualität ist es ähnlich bestellt. Bei einem D. H. Lawrence etwa oder einem Novalis erscheint die Sexualität als ureigenstes Mittel und Weg zur vollen Selbstentfaltung, zur gänzlichen inneren und äußeren Freiheit. In der »Blechtrommel« jedoch hat sie eine genau entgegengesetzte Funktion: am Geschlechtsleben der einzelnen Figuren wird deutlicher und häufiger als an allem anderen gezeigt, wie sehr ihnen jegliche Souveränität und individuelle Freiheit fehlen. Man nehme etwa die *blindwütige Leidenschaft* von Agnes Matzerath und Jan Bronski, hinter der ein *Abgrund* liegt, *der wohl durch nichts . . . auszufüllen war* (S. 191), oder Oskars *beschämende Pleite* auf dem Kokosläufer, oder — als Subsumption des ganzen Motivs — Oskars Darstellung von seinem Penis als *dem launenhaften Denkmal meiner Ohnmacht und begrenzten Möglichkeiten* (S. 213) — diesem Penis, *der sich selbständig gemacht hatte, der den eigenen Kopf bewies, . . . der heute noch seinen eigenen Weg geht* etc. (S. 343).

Das Wesentliche an der trostlosen Weltanschauung, die in der »Blechtrommel« Ausdruck fand, liegt also kurzgefaßt darin, daß alles — sowohl Zeitliches als auch Räumliches — vom Autor aus einer Art Vogelflugperspektive gesehen und von dort als ein absurdes, willkürliches Nebeneinander von beziehungslosen Elementen registriert wird; es fehlt in dieser heillosen Vision der Welt jedwede Spur eines sinngebenden Mittelpunktes — außer im Bereich des Negativen: einzig Tod, Krieg, Zerstörung, die *Schwarze Köchin* u. ä. sind identifizierbare, maßgebliche Merkmale. Dasselbe läßt sich jedoch von der zwei Jahre später veröffentlichten Novelle »Katz und Maus« nicht mehr sagen. Das soll nicht heißen, daß die grundlegende Vorstellung vom Dasein inzwischen irgend milder geworden wäre: die sinnbildlichen Möwen fliegen auch hier *wirr und nach einem Plan, der nicht zu entziffern war* (S. 7), und Joachim Mahlke ist ein noch exponierteres Opfer, als es schon Oskar war, er geht in einem viel ärgeren Labyrinth irre. Ausschlaggebend ist vielmehr, daß etwas gründlich Neues hinzukam: die Möglichkeit einer integrierten, festen, sinnvollen Haltung angesichts der unentwegt als absurd und bedrohlich aufgefaßten Wirklichkeit — und damit ist gerade jenes ›dialektische‹ Prinzip gegeben, von dem wir schon gesprochen haben. Mahlke mag zwar, sogar noch mehr als Oskar, ein Leidender sein, der am Ende gänzlich fehlschlägt — aber im Gegensatz zum »Blechtrommel«-Protagonisten ist er von seiner ersten, alles entfesselnden Einsicht in den ominösen Stand der Dinge bis hin zu seinem eklatanten Fall ein mächtiger, dynamischer Könner, der mit radikaler Konsequenz und großem vorläufigem Erfolg einem deutlich erkannten, allerdings unerreichbaren Ziel entgegenstrebt. Eine Flucht ist es schon — aber eine gewollte und herrliche Flucht nach vorn, so erbärmlich sie auch endet. Pilenz auf der anderen Seite bleibt schon von Anfang an eine miserable, zerfahrene Figur, ein getriebener Unheld und Nichts-Könner, der damit als die Verkörperung sowohl des ›Katz‹- und ›Kainmäßigen‹ im allgemeinen als auch der Frustriertheit und Verlogenheit einer spezifischen Gesellschaft dazustehen hat.

Die zwei Jahre nach der Novelle veröffentlichten »Hundejahre« verraten ihrerseits einen weiteren wichtigen Schritt in der Entwicklung dieses dialektischen Prinzips, indem sich die schon in Mahlke verkörperte Möglichkeit einer ›zentrierten‹, ›antiabsurden‹ Haltung hier viel stärker manifestiert. Während Pilenz und Matern, als Vertreter der ›normalen‹, d. h. exzentrischen Wirklichkeit, im Grunde einen Typus darstellen und nur sozusagen quantitativ zu unterscheiden sind (beide sind frustruierte, unterlegene, verständnislose, brutal reagierende Möchtegern-Freunde, deren Verfolgungspraktiken dazu führen, daß sie von massiven Schuldgefühlen selbst verfolgt werden [11]), so zeichnen sich bei Mahlke und Amsel/Brauchsel sehr wesentliche Unterschiede ab. Am wichtigsten für die hier angesprochene Frage ist unstreitig die Tatsache, daß Grass Amsel ganz anders auf die absurde, bedrohliche Umwelt reagieren läßt, als es bei Mahlke der Fall war. Joachim Mahlke erkannte plötzlich das Bedrohliche, unternahm gewaltige Fluchtversuche — begab sich ironischerweise aber erst dadurch des Schutzes seiner Anonymität und geriet unvermeidlich in die Krallen der ›Katze‹; er wollte zu hoch hinaus, nämlich in die Sphäre der unbedingten Freiheit — und sein Scheitern ist entsprechend groß. (Vgl. den Ausspruch, den Kafka seinem Affen in den Mund legte: *Nebenbei, mit Freiheit betrügt man sich unter Menschen allzuoft. Und so wie die Freiheit zu den erhabensten Gefühlen zählt, so auch die entsprechende Täuschung zu den erhabensten.)* Von alledem ist bei Amsel keine Spur mehr vorhanden. Bereits die Ausgangssituation ist eine andere: Amsel macht sich nicht selbst zur Zielscheibe wie Mahlke, sondern gibt als *Itzig* und als *Dicksack* schon von vornherein den geborenen Prügelknaben ab. Ausschlaggebend ist jedoch, wie angedeutet, seine Reaktion auf diese ihm brutal zusetzende Wirklichkeit: er macht nicht den grandiosen Mahlkeschen Fehler, dieser Wirklichkeit dadurch entkommen zu wollen, daß er über den Weg ihrer eigenen zerstörerischen Logik zur Freiheit zu gelangen versucht. Im Gegenteil, wesentlich an Amsel/Brauchsel ist gerade, daß ihm grandiose Freiheitsbestrebungen, ja das Grandiose überhaupt, vollkommen fremd sind. Er hält vielmehr ruhig stand und schaut dem Bedrohlichen fest in die Augen; mehr noch — und das ist die Hauptsache —: er versteht es dank einer absoluten inneren Überlegenheit sogar, den Spieß umzudrehen und seinen Widersacher gänzlich konfus zu machen. Er bleibt zwar rein physisch stets der Unterlegene, der *gehetzte und gemarterte Amsel* (S. 120) — so wird er von den Dorfjungs, von seinen Danziger Schulkameraden und immer mal wieder von seinem ›Freund‹ Matern erbarmungslos gepeinigt: *Faustrecht sprach ihn schuldig; Faustkämpfe machten ihn zum Punching-Ball* (S. 201); moralisch und intellektuell jedoch bleibt er der unvergleichlich Stärkere. Darin liegt der Kern dieser Grass'schen Fiktion: Amsel ist seiner Einstellung, seiner Haltung, seinem ganzen Wesen nach als ›echt‹ und ›integriert‹ konzipiert, als ein fest in der Realität Verwurzelter; die Umwelt hingegen, die ihn zum Sündenbock macht, ist gründlich verlogen und bar jeglicher inneren Integrität (daher der falsche Schauspieler und zähneknirschende Faustrechtmensch Walter Matern). Amsels geheime Waffe ist seine schonungslos entlarvende Ironie, mit der er vorzüglich in seiner Kunst, aber z. B. auch mit seinen *Erkenntnisbrillen,* die falsche, brutale Wirklichkeit der Umwelt bloßlegt — und die ihm mithin eine eigenartige Wirkungskraft verleiht, die Grass von der Messerepisode am Anfang bis zur beschließenden Scheuchenfabrikbesichtigung immer wieder hervorhebt. Doch diese Wirkungskraft ist zwiespältig angelegt. Amsel bringt Matern zwar wiederholt aus dem Gleichgewicht, macht ihn zum *Paslack* und später sogar zum getriebenen, herumirrenden Opfer seines Schuldbewußtseins — aber er verändert ihn nicht: Matern ist am Ende des Romans ebenso verlogen und brutal wie zuvor. Amsels Ironie und damit seine ironische Kunst werden also in einem sehr realen Sinne als ohnmächtig dargestellt. Das ist von zentraler Bedeutung, zumal sich leicht nachweisen läßt, daß Amsel als Künstler alles Wesentliche mit seinem Schöpfer gemein hat: es liegt nahe, in Grass' Demonstration der praktischen Unwirksamkeit Amselscher Kunst einen Ausdruck seiner damaligen Zweifel angesichts seiner eigenen schriftstellerischen Wirksamkeit zu sehen (so betrachtet ist die sonderbare und verzweifelte Fazit-ziehende Szene in Jennys erbärmlichem, schließlich in Flammen aufgehendem *Künstlerlokal* gegen Ende des Romans von besonderem Gewicht). Amsels entlarvend mimetische Kunst ist letzten Endes ohne ›verändernde‹ Kraft, sondern — im schlimmsten Falle — ein bloßes Mittel, den eigenen Kopf gerade noch über Wasser zu halten: *»Erzählt, Kinder, erzählt! ... Denn solange wir noch Geschichten erzählen, leben wir ..., solange uns Geschichten noch zu unterhalten vermögen, vermag keine Hölle uns unterhaltsam sein ...«* (S. 641); oder sie erscheint bestenfalls als trotzige Geste der Selbstbehauptung gegenüber der unverbesserlichen Wirklichkeit: *Allenfalls hatte (Amsel) vor, einer gefährlich produktiven Umwelt seinerseits Produktivität zu beweisen.* (S. 218) Spiegeln sich hier nicht die Zweifel eines Autors und Künstlers wider, der auch gerade im Begriff war, sich politisch zu engagieren und der daher — zumindest in seiner Rolle als ›politischer Bürger‹ — zwangsläufig immer mehr auf Wirksamkeit und Veränderung bedacht war?

Zieht man nun eine Zwischenbilanz, so ergibt sich ungefähr dies: Auf der einen Seite hat man die Tatsache, daß Grass' drei erste Prosawerke hinsichtlich der Zeit und des Orts ganz für sich stehen und deshalb etwas deutlich Trilogiehaftes bezeugen; auf der anderen Seite ist es auch nicht minder evident, daß die drei Bücher in bezug sowohl auf die Erzählstruktur als auch auf das grundlegende ›dualistisch-dialektische‹ Prinzip *nicht* den Eindruck einer Trilogie machen. Sieht man auf die Erzählstruktur, so gehören sie ganz offenbar in eine Gruppe mit »Örtlich betäubt«, während sie vom Standpunkt des Dualistisch-Dialektischen überhaupt keine statische Gruppe bilden, sondern Stadien eines markanten Entwicklungsprozesses darstellen, von dem »Örtlich betäubt« ein weiteres Stadium zu sein scheint.

Das aber ist von entscheidender Bedeutung: Entwicklungsbedingte Abstände gibt es zwar zwischen allen vier Büchern; nach meinem Dafürhalten jedoch ist der entwicklungsbedingte (wie der rein zeitliche) Abstand zwischen »Örtlich betäubt« und den »Hundejahren« um so viel größer als die jeweiligen Abstände zwischen den »Hundejahren« und den vorangegangenen Büchern, daß er diese in gehöriger Perspektive erscheinen läßt und den Beweis liefert, daß Grass' erste drei Bücher trotz aller wichtigen Unterschiede und Verschiebungen doch Teile einer einzigen größeren Entwicklungsphase und somit tatsächlich als zusammenhängender Komplex zu verstehen sind.

Bleibt man vorerst noch beim ›dialektischen‹ Aspekt, so ist die Sachlage noch weiterhin aufschlußreich. Es ist schon erwähnt worden, daß es eine augenscheinliche Entsprechung zwischen der Amsel/Matern-Polarität in den »Hundejahren« und der Zahnarzt/Starusch-Polarität in »Örtlich betäubt« gibt, auch daß sich dafür in der »Blechtrommel« kein Korrelat finden läßt. Es ergibt sich aber sehr bald, daß diese Entsprechung hauptsächlich von äußerer, gestaltungsbedingter Art ist: in ihrer inneren Essenz weisen die beiden Protagonistenpaare fundamentale Unterschiede auf. Eberhard Starusch ist, wie oben schon angedeutet, in vielem zwar ein direkter Nachfolger Materns (und damit auch von Pilenz und teilweise von Oskar): er verfälscht die Vergangenheit, er ist innerlich zerfahren, er ist ein Versager und Nichtkönner, unfähig, mit jemandem in ein offenes, echtes Verhältnis zu treten, und dafür auf brutale Weise Ausgleich suchend usw. Starusch aber ist dennoch ein ganz anderer Typus als Matern, weil das ›Maternsche‹ in ihm schon sehr viel blasser ist und zudem auch nur einen Teil des Ganzen ausmacht: Matern war tatsächlich brutal, Staruschs Brutalität ist rein imaginär. Matern war völlig zerfahren, entwurzelt, unstet; Starusch ist nur innerlich und auch nur zum Teil zerfahren, es gelingt ihm, wenigstens nach außen hin, ein relativ stabiles Leben mit ständiger Wohnung und fester Beamtenstellung zu führen. Starusch führt also effektiv ein Doppelleben: der eine Starusch ist der Verfechter von Schulreformplänen, der ironische Entlarver des verlogenen Verhaltens seiner Kollegin Irmgard Seifert, der seriöse und verantwortungsbewußte Mentor seiner Schüler, der Scherbaum von seinem *irrationalen Vorhaben* abzuhalten versucht; der andere Starusch sitzt im zahnärztlichen Rittergestühl oder hockt als Möchtegern-Schriftsteller hinter seinem Schreibtisch, um sich anhand einer immer wieder anders aufgetakelten Grundfiktion ein irreales Ersatzleben zu erfinden; dieser andere Starusch strebt auch keinerlei Reformen an, sondern sehnt die Zerstörung der Gesellschaft herbei; auch hofft er im Stillen, daß Scherbaum seine Hundeverbrennung doch durchführen werde; im übrigen hängt er auf äußerst dubiose Weise an Scherbaum und Vero Lewand: ein Foto des Schülers wandert gelegentlich und vielsagend in Staruschs sonst leeren Wechselrahmen, während er später, nach Scherbaums Abfall, davon träumt, sich mit seiner spirrigen Schülerin auf seinem *tierischen Teppich* zu wälzen. Aber eben das ist es ja: er träumt ganz offensichtlich nur davon, wie er auch von Gewalt, Zerstörung und seiner angeblichen Verlobungszeit nur träumt und Geschichten erfindet; in Wirklichkeit ist er fest in seiner Umwelt verwurzelt, er führt ein relativ integriertes Leben, so dürftig es darin auch aussehen mag. Ein solches Leben war für Oskar in seiner Heilanstalt, Pilenz in seinem Kolpinghaus und Matern in seiner Bahnhofstoilettenexistenz überhaupt nicht denkbar.

Es sei hier auf eine typische und außerordentlich wichtige Entwicklung hingewiesen: Rein äußerlich gesehen ist Staruschs Vergangenheitskomplex ohne Zweifel eines der Hauptelemente, die ihn als Nachfolger Materns und der anderen erscheinen lassen; im Grunde jedoch ist er entschieden anders, denn bei ihm fehlt gänzlich, was bei seinen Vorgängern die drastisch treibende Kraft war: das Schuldbewußtsein. Dieses sonst zentrale Motiv spielt in »Örtlich betäubt« fast gar keine Rolle mehr. Lediglich nur in der Gestalt Irmgard Seiferts findet es eine periphere Erwähnung: Irmgard Seifert spielt hochtrabend und genüßlich mit ihrer verjährten, gering wiegenden Schuld — was gerade von Starusch immer wieder ironisiert wird.

Recht aufschlußreich ist es, wenn man den namenlosen Zahnarzt des neueren Romans mit seinem »Hundejahre«-Vorgänger Amsel/Brauchsel vergleicht. Was sie gemeinsam haben, ist deutlich: beide sind ruhig, sachlich, nüchtern, humorvoll, des Maßes allzeit eingedenk, vollkommen ideologiefeindlich, beide sind überlegene, unerbittlich ironische Entlarver des Falschen und Grandiosen: Amsel legte die Realität Materns und der ›Hundejahre‹ im allgemeinen immer wieder bloß, der Zahnarzt deckt die dürftige Realität von Eberhard Starusch unentwegt auf. Mehr aber haben Amsel/Brauchsel und der Zahnarzt nicht gemein. Der kategorische Unterschied zwischen beiden ist, daß Grass den Zahnarzt einzig und allein als Staruschs ironischen Widerpart fungieren läßt; zum ersten Mal in seinen Prosawerken schafft er eine Hauptfigur ohne Vergangenheit (sieht man von zwei, drei unbedeutenden Details ab) und praktisch auch ohne Privatleben in der Gegenwart: *Mein Zahnarzt ist verheiratet, hat drei Kinder, steht mitten im Leben (S. 243), . . . Er läuft Ski, spielt Schach und ißt gerne Rinderbrust.* (S. 309): mehr als diese Belanglosigkeiten hört der Leser nicht über ihn. Zudem gibt es zwischen Starusch und seinem Zahnarzt nicht die Spur einer emotionalen Verbindung— was im Vergleich zu Amsel und Matern oder Pilenz und Mahlke etwas Neues ist.

Warum aber diese frappante Ausklammerung von Schuld, emotionaler Verstrickung usw.? Den Schlüssel findet man zweifellos im schon erwähnten Begriff der Ironie. Schon Amsel war vor allem Ironiker, und seine Vogelscheuchenkunst war ironisch entlarvend; Amsel war aber noch etwas anderes, er war nämlich ein Leidender. So daß der Roman »Hundejahre« zwar voller Ironie steckt, aber dennoch in seiner Ganzheit nicht ironisch genannt werden kann. In »Örtlich betäubt« hingegen läßt Grass das ironische Prinzip, das er schon in der Gestalt des Zahnarztes sozusagen schlackenlos verkörpert, bis ins letzte Winkelchen wirken. Das Epische, Passionsmäßige und Pathetische wird so gut wie ganz ausgeschlossen; und besonders bezeichnend ist, daß sich Starusch zwar gerne ›leidend‹ und ›pathetisch‹ geben möchte, dabei aber durchweg ironisiert wird. Diese radikal nüchterne und ironische Perspektive in »Örtlich betäubt« zeigt sich besonders deutlich, wenn man noch andere thematische Vergleiche anstellt; denn Schuld und emotionale Verstrickung sind bei weitem nicht die einzigen früher wesentlichen Themen, die nun kaum mehr eine Rolle spielen: so waren Tod, Zerstörung und Verfolgung früher von zentraler Bedeutung, hier aber erscheinen sie nur noch, ganz verblaßt, in Staruschs Fiktionen und Phantasien; Sexualität, sonst eine breit ausgemalte epische und symbolische Komponente, wird hier vollkommen entdämonisiert und fast nur noch andeutungsweise behandelt (man vergleiche übrigens Vero Lewand mit ihren ikonologischen Vorgängern Susi Kater, Luzie Rennwand und Tulla Pokriefke); ähnlich entfällt fast ganz das epische Kindheit-Thema — Starusch erinnert sich symbolischerweise nicht einmal mehr daran, ob die Watte, in der sein *Muttchen* angeblich seinen Milchzahn aufbewahrte, rot, blau oder grün war (S. 10, 12, 15). Zum Schluß sei noch auf einen auffällig unauffälligen Passus hingewiesen, der stellvertretend für eine ganze Tendenz stehen mag; da heißt es nämlich in »Örtlich betäubt«: *Die Krähen über dem (Berliner) Trümmerberg erinnerten pathetisch an die Ursache der mittlerweile bewaldeten Aufschüttung.* (S. 274); man braucht diese nüchtern lakonische, keineswegs zufällige Bemerkung nur mit der mächtigen, ausgedehnten, klageliedhaften Sequenz der »Hundejahre« zu vergleichen, die von dem weißen, von schwarzen Krähen besiedelten, aus menschlichen Knochen aufgeschütteten Berg handelte, um sich des in der Tat erheblichen Abstandes zwischen »Örtlich betäubt« und den früheren Prosawerken ganz bewußt zu werden.

Der Kreis schließt sich, wir kehren wieder zu unserem Titel zurück: ist es nicht doch sinnvoll, Grass' drei erste Prosawerke nicht nur allgemein als eine ›Trilogie‹, sondern spezifisch als eine epische Trilogie des Leidens zu verstehen? Es wäre gänzlich verfehlt, wollte man von diesen Büchern behaupten, sie seien moderne Passionen. Es gehört eben zu ihrem epischen Element, daß sie ungemein weitläufig angelegt sind und entsprechend viele Funktionen haben; sie sind mithin historisch, philosophisch, satirisch, kulturkritisch, zeitkritisch, ästhetisch, womöglich auch autobiographisch. Und wie sie jeweils in sich vielfältig und vielgestaltig sind, so haben sie auch bei weitem nicht alles vielfältig Wesentliche miteinander gemein. Was sie dennoch zu einem Komplex zusammenfügt (vom Zeit-Ort-Faktor einmal ganz abgesehen), ist die Tatsache, daß sie in ihrem Grundton allesamt Klagelieder sind, die mit anhaltend pathetischer und oft hochpoetischer Stimme über eine Welt- und Gesellschaftsordnung lamentieren, in der Zerstörung, Verfolgung und Zerfall normal sind. Was Oskar, Mahlke und Amsel/Brauchsel auch immer voneinander unterscheidet — alle sind in erster Linie exemplarische Opfer und Leidtragende; und was auch immer in den verschiedenen Büchern hier oder da spezifisch bewirkt werden soll — der passionsmäßige Ton ist fast immer herauszuhören.

Denkt man aber an Grass' höchst lehrreichen, noch vor der »Blechtrommel« veröffentlichten »Inhalt als Widerstand« mit seinem ironischen *Krudewil* und lächerlich pathetischen *Pempelfort*, oder denkt man an den mehr und mehr sich engagierenden SPD-Grass der Mittsechziger, der sich sozialen Gegenwartsproblemen und einem äußerst unpathetischen politischen Programm verschrieb — kann es einen dann wundern, daß Grass vom Epischen und Pathetischen ließ und sich in »Örtlich betäubt« radikal dem Nüchtern-Ironischen zuwendete?

---

1 Heinrich Vormweg: »Der Berühmte. Heinrich Vormweg besucht Günter Grass«, in: »Magnum«, Jahresheft 1964, S. 47   2 Geno Hartlaub: »Wir, die wir übriggeblieben sind . . .«; zitiert aus dem Nachdruck in: »Von Buch zu Buch. Günter Grass in der Kritik«, Hrsg. Gert Loschütz (Luchterhand, 1968), S. 213—14   3 Kurt Lothar Tank: »Günter Grass« (Colloquium, 1965), S. 54. Seit Niederschrift dieses Artikels hat Grass diese Behauptung für unrichtig erklärt; wörtlich (in einem Brief an den Verfasser): *es handelt sich um einen Fehler bei Tank*   4 »Du« 232 (Juni 1960), S. 17 (in einem Artikel »Günter Grass« von Hugo Loetscher)   5 So z. B. haute Walter Jens völlig daneben, als er die »Hundejahre« eine *Wiederholung der »Blechtrommel« und eine breit ausgeführte [. . .] »Katz und Maus«-Reprise* nannte (in: »Das Pandämonium des Günter Grass«, in: »Die Zeit«, 6. 9. 63, S. 17)   6 Zitiert aus einem Brief des Schriftstellers   7 Diese These, wie viele der hier angeführten, findet sich voll ausgearbeitet und dokumentiert in: John Reddick: »The Eccentric Narrative World of Günter Grass: Aspects of »Die Blechtrommel«, »Katz und Maus« and »Hundejahre« (Oxford, Phil. Diss. 1970) [masch.]. Diese Arbeit wird voraussichtlich 1972 in Buchform erscheinen   8 H. E. Holthusen: »Avantgardismus und die Zukunft der modernen Kunst«, (München, Piper [1964]; = Piper-Bücherei 196), S. 56   9 Emil Ottinger: »Zur mehrdimensionalen Erklärung von Straftaten Jugendlicher am Beispiel der Novelle ›Katz und Maus‹ von Günter Grass«; zitiert aus dem Nachdruck in »Von Buch zu Buch. Günter Grass in der Kritik«, S. 38—48   10 Zitiert aus einem Gespräch mit dem Verfasser, 1966   11 Bezeichnenderweise hat W. J. Schwarz in seinem nicht sehr aufschlußreichen Büchlein über Grass die Matern-Figur vollkommen sinnwidrig ausgelegt; bei ihm erscheint Matern — so unglaublich es auch klingt — als *ein im Grunde gutmütiger, ehrlicher Charakter* usw. usf. (W. J. Schwarz: »Der Erzähler Günter Grass« (Bern u. München, Francke 1969), S. 51)

Hanspeter Brode

Von Danzig zur Bundesrepublik

Grass' Bücher »örtlich betäubt« und »Aus dem Tagebuch einer Schnecke«

1969 erschien der dritte Grass-Roman »örtlich betäubt«; das gleiche Sujet kam im Februar jenes Jahres auch unter dem Titel »Davor« im Berliner Schiller-Theater heraus. Während frühere Erzählwerke nur im letzten Teil und eher beiläufig die gesellschaftliche Wirklichkeit im Nachkriegsdeutschland aufgegriffen hatten, setzt dieses Buch sich erstmals entschieden mit der Gegenwart auseinander. Roman wie Theaterstück spielen zu Anfang des Jahres 1967, also in der Phase der heraufziehenden Studenten- und Schülerrevolte.

In geradezu kammermusikalischer Selbstbeschränkung zieht Grass sich auf einen sehr engen Personenkreis zurück: Zwei 1927 geborene, also im Moment der Handlungsentfaltung vierzigjährige Gymnasiallehrer, der Studienrat Starusch und seine Kollegin Seifert, stehen zwei Siebzehnjährigen gegenüber, dem Schüler Scherbaum und seiner Klassenkameradin Vero Lewand. Drehpunktgestalt ist ein namenlos bleibender Zahnarzt, der Staruschs Vorbiß, später auch Scherbaums Distalbiß in langwierigen Eingriffen zu korrigieren sucht.

Die Kritik hat »örtlich betäubt« nicht eben freundlich behandelt. Auffällig war, daß der Roman in oftmals recht kurzschlüssiger Weise an früheren Büchern, zumal an der Fabulierkunst der offensichtlich zum Archetypus verdinglichten »Blechtrommel« gemessen wurde, wodurch sich Maßstäbe und Wertungen erheblich verzerrten[1]. Die Zeit ist gekommen, nunmehr in eine besonnenere Prüfung einzutreten und sich freizumachen vom banalsten aller Kritikerklischees, das da stets nach Neuauflage des einmal Bewährten verlangt.

Zur Entstehungsgeschichte des Buches merkt Grass an: *Im Januar 1966 begann ich mit den ersten Aufzeichnungen,* die damals noch den Titel »Verlorene Schlachten« trugen[2]. Das deutet darauf hin, daß Grass zunächst im Sinn hatte, die Vorgeschichte seines mit ihm gleichaltrigen Studienrates stärker zu akzentuieren, die »Danziger Trilogie« womöglich zur Tetralogie auszubauen. So entdeckt der überraschte Leser in Starusch jenen *Störtebeker* wieder, der im zweiten »Blechtrommel«-Buch als Führer einer Jugendbande beim Überfall auf eine Danziger Kirche ausgehoben und verurteilt wurde, zum Minenräumen an der Front nämlich, wie wir erst jetzt erfahren (ö 272)[3]. Während der Niederschrift jedoch *bot der beginnende, zunehmende, dann stagnierende Studentenprotest dem Autor Widerstand wie Widerspruch,* teilte Grass mit[4]: Die Gegenwartsereignisse überlagerten offensichtlich ein älteres Erzählkonzept.

Im ersten und dritten Romanabschnitt befindet sich Starusch im Zahnarztsessel, sein Hackbiß wird zunächst am Unter-, später am Oberkiefer korrigiert; eingeschoben ist eine vierzehntägige Behandlungspause. Sie zeigt, so Grass, *den Erzähler in Bewegung; dem Alltag* — gemeint ist

Schul- und Privatleben des Junggesellen — *ausgesetzt, fehlen ihm die Fluchtmöglichkeiten in Ersatzhandlungen*[5].

Diese Fluchtmöglichkeiten bestehen hauptsächlich in Staruschs fortgesetzten Bemühungen, eigene Vorgeschichten als Variationen seiner Biographie zu entwerfen. Er betreibt dies in Assoziationen, Erinnerungsbruchstücken, vagen Phantasien vorm Fernsehapparat seines Zahnarztes. Da Starusch *sich immer wieder Versagen vorwerfen muß, beginnt er, Vergangenheit zu erfinden,* steht in dem vermutlich von Grass selbst redigierten Klappentext der Erstausgabe. *Seine Liebe zur Wahrheit ist die Liebe dessen, der leicht und gut lügt: er beruhigt sich mit Geschichten, die ihn zeigen, wie er nie gewesen ist.* Starusch gibt vor, Anfang der fünfziger Jahre Maschinenbau studiert und nach einer Verlobung mit *Sieglinde Krings* eine Einheirat in deren Familienunternehmen — Zementbranche — angestrebt zu haben. Als Vater Krings, eine phantasieentsprungene Parallelfigur zum mehrfach genannten *Durchhaltegeneral* Schörner, aus der Kriegsgefangenenschaft zurückkehrt, kommt es zum Bruch. Starusch wird nach erneutem Studium *Studienrat für Deutsch und also Geschichte* (ö 16). Folglich gelingt es ihm nicht — soweit wird man diesem Entwurf einer Autobiographie trauen dürfen —, seinem vom Nazikrieg verursachten Jugendtrauma zu entfliehen und in eine platt technische Berufskarriere zu schlüpfen. Der Versuch, sein Vorleben zu verdrängen, schlägt schmerzhaft fehl, *ein erfolgreicher junger Mann inmitten erfolgreicher junger Nachkriegsmänner* (ö 33) wird aus dem Gleis allzu glatter Anpassung geworfen. Von daher rührt seine Identitäts- und Bewußtseinskrise, wie Grass in diesem Buch überhaupt der *jüngsten deutschen Geschichte und ihre(n) Auswirkungen bis in unsere Tage hinein* (ö 74) auf der Spur ist.

Alles, was mit Zahnbehandlung und Kieferpathologie zu tun hat, muß unter diesem Aspekt entschlüsselt werden. Wie häufig in früheren Grass-Büchern ist auch hier das Krankhafte und Deformierte Signal zeitgeschichtlicher Beschädigung. Staruschs Gebiß verleiht ihm *ein übertrieben markantes Aussehen. Brutalität wird vermutet* (ö 23). Grass stilisiert diese Eigentümlichkeit als *Ducekinn* (ö 319) deutlich in Richtung auf den zurückliegenden Faschismus. Im demokratischen Normalklima stellt der Kieferdefekt sich dann als *angeborene Progenie* (ö 36) heraus, die — als Chiffre für Staruschs unaustilgbare Vergangenheit — unter andauernder ›örtlicher Betäubung‹ behandelt werden muß.

Aufgrund dieser Belastung ergibt sich fast zwangsläufig, daß Phantasie und Denken des im Zahnarztstuhl festgehaltenen Studienrats immerfort um Chance und Gefahr von *Gewalt* kreisen. *Er ruft auf zu Gewalt, die endlich mit den allgemeinen auch seine traurigen Verhältnisse verändern soll* (Klappentext). In Romandiktion: *Vierzigjährige, abgelagerte, gestaute ... Wut ... Entwürfe der Wut: Bulldozer!* (ö 150). ›Bulldozer‹ signalisieren — ein weiteres Mal erweist sich Grass als äußerst bedachter Konstrukteur seiner Schlüsselmetaphern — das Verlangen nach dem *großen Abräumen* (ö 159), nach dem alles zertrümmernden Gestus der Revolution, die in jenem Augenblick in der Luft zu liegen scheint. Staruschs Destruktionsphantasien sind übrigens abgestützt auf Nietzsche, der mit *Umwertung aller Werte,* mit dem *Übermenschen* (ö 144) und mit dem *Nachlaß der achtziger Jahre* (ö 356) erstmals im Grasschen Werk in Aktion tritt, wohl um den Bildungsbürger Starusch von politischeren Revolutionskonzepten — etwa maoistischer Provenienz — abzuheben.

Bislang wurde meist versucht, den Studienrat als für Grass selbst relevante Identitätsfigur in den Mittelpunkt der Betrachtung zu rücken. Demgegenüber sei es hier unternommen, die sehr reduzierte ›Romanhandlung‹ aus der Perspektive des Schülers Scherbaum aufzurollen. Scherbaum hat den Plan gefaßt, seinen Dackel vor dem Berliner Café Kempinski zu verbrennen. Die Barbarei des ins Napalmstadium eingetretenen Vietnamkrieges und die kürzlich angelaufene Kanzlerschaft des Altparteigenossen Kiesinger treiben ihn zu dieser Protestaktion; die dumpfe, im Konsum erstickende Mentalität der Erwachsenen tut ein übriges: *Auswählen können und nachbestellen, das verstehen sie unter Demokratie* (ö 237), so charakterisiert der Schüler die triste Welt, in die er hineinwächst. Es wäre mithin zu überlegen, warum Scherbaum dennoch nicht zur ›Tat‹ gelangt. Welchen ›Handlungshemmungen‹ unterliegt der Siebzehnjährige, womöglich am Ende resignierend? Von dieser Leitfrage aus sind die einzelnen Romanfiguren und ihr Zusammenspiel abzuleuchten.

Starusch beurteilt die Motive seines Schülers mit kühlem Blick: *Es handelt sich schlicht um einen dünnhäutigen Burschen, der nicht nur naheliegendes, der auch entlegenes Unrecht spürt* (ö 270). Der Roman deckt nun in sehr subtiler Weise auf, wie die moralische Feinfühligkeit des Jugendlichen in einem Netz von Sozialkontakten, Gesprächen und gezielt an ihn herangetragenen Hemmungstaktiken und Druckmechanismen erstickt wird. Gleich seinem Mentor Starusch landet Scherbaum schließlich auf dem Zahnarztsessel: Wie alle anderen wird auch er vom allgemein gesellschaftlichen Zustand der ›örtlichen Betäubung‹ erfaßt. Grass erzählt also die Geschichte einer allzu gelungenen Sozialisation, einer Anpassung, die allem Anschein nach nichts anderes bedeutet, als Kapitulation vor schlechter und dumpfer Alltäglichkeit.

Starusch selbst ist viel zu gebrochen, als daß er gegenüber dem von Selbstzweifeln zernagten Scherbaum je zu klarer Linie fände. Zwischen beiden Figuren herrschen intensive, auf wechselseitiger Projektion beruhende Bindungen. *Als ich siebzehn war, hab ich auch,* erinnert sich Starusch an seine Jugendbandenzeit im Nazi-Reich. *Wir waren gegen alle und alles. Nichts wollte ich erklärt bekommen, wie du. Und wollte nicht so werden, wie ich jetzt bin.* Und als Scherbaum ihm Handlungsunfähigkeit vorwirft: *Früher mit Siebzehn konnte ich auch. Da war ich ein Täter. Damals war Krieg* (ö 233). Das bei Grass auch sonst gegenwärtige Motiv der ›Siebzehnjährigkeit‹ wird über einige Parallelgestalten hinweg ausgebaut. Starusch bemüht sich, vom Standpunkt historischer Einsicht aus zu argumentieren, er weist auf den *siebzehnjährige(n) Gymnasiast(en) Bartholdy* (ö 273) hin, der 1797 in Danzig beim Versuch, die Republik auszurufen, scheiterte. (Der »Butt« von 1977 setzt sich eindringlich mit diesem jugendlichen Revolutionär und seiner langen Festungshaft auseinander[6].) Eine Revolution, so doziert der Lehrer, habe nur dann eine Chance, wenn *weite Kreise der Gesellschaft* eine Tat wie die von Scherbaum geplante *als auslösendes Zeichen zu begreifen bereit sind* (ö 275). Davon könne im Berlin des Frühjahres 1967 keine Rede sein. Aus Starusch spricht die historische Vernunft in ihrer ganzen Unzulänglichkeit gegenüber dem spontanen Moralismus des Schülers, der sich Revolutionsstrategien nur nachträglich als eher verzweifelte Hilfskonstruktion zurechtzulegen vermag. Grass hat Starusch gesprächsweise als *gebrochenen Mann der Aufklärung, konfrontiert mit der Mühsal der Aufklärung*[7] bezeichnet. Gegenüber Scherbaum erleidet der Studienrat, dem zumal als Geschichtslehrer unausgesetzt die Frage zu schaffen macht: *Können Erfahrungen vermittelt werden?* (ö 273), mit seinem halbherzigen Plädoyer für praktische Rationalität denn auch fortgesetzt Niederlagen[8].

Der Historiker Starusch muß erleben, daß der Schüler seinerseits mit einer wesentlich überzeugenderen Leitgestalt aufwartet: Mit dem als Widerstandskämpfer 1942 siebzehnjährig hingerichteten Verwaltungslehrling Helmut Hübener. Dieser hatte, anders als der sich apolitisch verstehende Bandenführer Störtebeker, zielstrebig und pragmatisch gegen das Naziregime gearbeitet: durch Mitschrift fremder Radiosendungen etwa, durch Morsen und Flugblattaktivität aus dem Untergrund heraus. Scherbaum gelingt es streckenweise, am historischen Modell zu verdeutlichen, was ihm selbst vorschwebt. Doch dieser Ansatz scheint am Ende zu versacken, es bleibt lediglich der Name *›Morsezeichen‹* für die von ihm geführte Schülerzeitung.

Die von Studienrätin Seifert bei Scherbaum hervorgerufenen Handlungshemmungen sind anderer Natur. Ebenso wie Starusch hat sie zu NS-Zeiten Schulderfahrungen machen müssen, die nun als neurotische Bedrängnis fortwirken. Kurz vor Kriegsende hatte die fanatisierte Siebzehnjährige — abermals das gängige, generationstypische Beschädigung anzeigende Altersmotiv — als BDM-Führerin einen wehrunwilligen Bauern denunziert. Von daher ihre *verjährte Zwangssituation* (ö 77), ihr rhetorisches Pathos, das Starusch als *Blüten des Spätexpressionismus* (ö 75) abqualifiziert. Einerseits ihr damaliger *hysterische(r) Schrei nach der Panzerfaust* (ö 190) und heute *immer noch* (ö 192) ihre Drohung mit der Polizei; andererseits flammende Aufrufe zugunsten von Sozialismus und erlösender ›Tat‹. Bei Scherbaum meint die Lehrerin, *Reinheit*, das *Erlösende, Größe* wahrnehmen zu sollen; sie versucht, ihn zum Märtyrer zu stilisieren. Scherbaum wird von diesem Anspruch entmutigt und zurückgestoßen *(Weiß überhaupt nicht, wovon Sie reden,* ö 268). Zustimmung aus dieser Richtung und in dieser Tonlage zerstört seine ohnehin schwankende Entschlußkraft.

Eine andere Spielart, Scherbaum von Handeln und moralischer Standfestigkeit abzuziehen, führt Grass anhand der Mitschülerin Lewand vor. Diese versteht sich — geprägt unter anderem vom sozialistischen Redeschwall ihrer Lehrerin Seifert (ö 74) — als Maoistin. Auch den Schwärmereien Veros, die sich mit ihren Gesinnungsgenossen *an der Schwelle der dritten Revolution* (ö 205) glaubt, steht Scherbaum äußerst reserviert gegenüber. Bei einer *Party* der Berliner Linken wird ihm klar, daß sein Projekt des Hundeopfers ins Propagandagetriebe von Revolutionspredigern gerät, die seine Motive nicht kennen und nur ein spektakuläres Polit-Happening veranstalten möchten. Scherbaums Tatbereitschaft wird von dieser Seite durch Aktionismusromantik und verblasene Revolutionstheorie schwer beeinträchtigt.

Drehpunktfigur ist der *Zahnarzt.* Grass stellt mit ihm den Technokraten von allerbeschränktestem Zuschnitt vor. Geistig beruft sich der Arzt auf einen müden Stoizismus, er hantiert beständig mit Seneca-Zitaten. Jedes Übel dieser Welt ließe sich nach seiner Auffassung steuern, *wenn sich die Politik, wie es die Medizin tut, weltweit auf Fürsorge beschränkt* (ö 250). *Religionen und Ideologie* möchte er durch *Hygiene und Aufklärung* ersetzen (ö 263). Er formuliert also einen durchaus bornierten Fortschrittsbegriff. ›Aufklärung‹ betrachtet er nicht im Grasschen Sinne als Tradition pragmatischen Vernunfthandelns, sondern er verkürzt diesen Begriff aufs technisch Materielle, verunstaltet ihn zur Krankenzimmeridylle. Starusch durchschaut die Unzulänglichkeit nur-technokratischer Lösungsangebote sehr genau, gerade auch da, wo er dem Arzt selbstironisch mit einem eigenen *pädagogische(n) Fürsorgeprinzip* (ö 342) sekundiert[9].

Starusch ist gewiß ein Sprachrohr von Grass selbst, wenn er mit der zahnärztlichen und allen verwandten Haltungen abrechnet: *Die Bescheidenheit der Fachleute,* notiert sich der Studienrat, *ist der Hochmut unserer Tage ... Fortschrittsgläubiger Klugscheißer. Tüchtiger Fachidiot ... Aufgeklärter Spießer* (ö 246 f.)[10].

Nachdem Scherbaums Entschlußfähigkeit schon längst untergraben ist, scheitert er endgültig an diesem Arzt. Es vollzieht sich, was Starusch als *tagtägliche Kapitulation der Erwachsenen* (ö 267), was Irmgard Seifert als Unfähigkeit zur *spontanen Handlung* (ö 268) diagnostiziert. Von Beginn an befolgt der Arzt die taktische Linie: *Gespräche verhindern Taten* (D 354). Der mürbe gewordene Scherbaum erbittet alsbald *teilweise Betäubung* (ö 284) seines Hundes, beginnt Seneca zu lesen und schwenkt damit zur allgemeinen Stagnation über. In krasser Deutlichkeit beschreibt Starusch den Endzustand moralischer Versteinerung: *Auch Scherbaum wird zu einem stehenden Gewässer. Da ihn die Welt schmerzt, geben wir uns Mühe, ihn örtlich zu betäuben* (ö 293). Und schließlich noch dezidierter: *Jetzt ist er erwachsen, also gebrochen* (ö 307). Scherbaum nimmt eine quälende Zahnbehandlung auf und hat sich damit endgültig den Verhaltensmustern und Normzwängen der Gesellschaft unterworfen. Seine moralische Spontaneität, seine Sensibilität gegenüber dem gleichgültig hingenommenen Unrecht sind weitgehend applaniert, aufgesogen unterm Vernunftdruck der beiden in Wirklichkeit zutiefst verunsicherten Fürsorge-Technokraten, zerbrochen durch die Revolutionsschwärmerei unklarer Wirrköpfe. Gebißkorrektur und Lokalanästhesie stehen in diesem Roman für pathogene Anpassungsvorgänge. Dazu merkt Grass an: *»Örtlich betäubt« meint ... über den zahnmedizinischen Anlaß hinaus den Gesellschaftszustand*[11]. Zuletzt vernimmt der Romanleser, daß Scherbaum ein Medizinstudium begonnen hat (ö 358), in »Davor« ruft Starusch seinen jugendlichen Protagonisten sogar nach: *Ihr wißt ja noch gar nicht, wie weit rechts ihr euch wiederfinden werdet* (D 392). In seinem Aufsatz »Die angelesene Revolution« vom Herbst 1968 hat Grass einen Weg skizziert, der vielleicht auch Scherbaums Zukunft betrifft: *Wie viele Jungrevolutionäre werden, ... sobald sie die Universität verlassen und der Berufskarriere ... geopfert haben werden, treu und brav CDU wählen ... wohlsituierte Mittdreißiger,* die sich *bei einem Gläschen Mosel gern ihrer revolutionären Vergangenheit* erinnern[12].

Auch bei Starusch läuft alles auf ein Scheitern hinaus, er liebäugelt mit Rückzug hinter seine Bücher, seine schwierige Verlobung mit der Kollegin Seifert führt schwerlich zur Ehe, neue Eiterherde bilden sich unter seinen Zähnen.

In einem Interview wurde Grass auf diesen deprimierenden Romanausgang angesprochen: Er selber, so führte der Schriftsteller aus, mache in seiner politischen Arbeit weiter, *trotz aller Skepsis.* Bei Starusch jedoch sei er *nicht ganz sicher ..., ob er nicht doch in Resignation steckenbleiben wird.* Auch dem Schüler mochte Grass keine optimistische Prognose stellen: *Das gleiche gilt für ... Scherbaum, dessen weitere Entwicklung ich auch nur vermuten kann*[13]. In beiden Fällen scheint sich der Rückzug auf eine stickige Innerlichkeit (Starusch) oder aufs problemblind Technokratische (Scherbaum) abzuzeichnen.

Es bliebe zu fragen, wo inmitten der Problemkonstellationen und Diskussionsebenen dieses Buches eigentlich die Grassche Position zu orten wäre. Eine platte Identifikation mit einer der Romanfiguren ist völlig ausgeschlossen. Einzelheiten lassen sich etwa beim Zahnarzt greifen. *Belesen* wie er ist, vermag er *allen Mißbrauch der Macht* staatsphilosophisch auf Hegel zurückzuführen. Solange er Hegel *umständlich* widerlegt, bewegt er sich in Grasschen Denkbahnen. Aber er tut es mit allzu dürftiger Argumentation, mit dem Hinweis nämlich *auf den friedlich evolutionären Fortschritt der Zahnmedizin* und auf eine *weltweite Krankenfürsorge* (ö 135 f.). Der korrekte kritische Ansatz verkommt zur Farce, wenn der bornierte Fachmann mit technokratischen Patentrezepten aufwartet, die für Grass in keiner Weise tragfähig sind.

Sehr in Reichweite Grasschen Argumentierens bewegt sich der Arzt auch mit seiner konsequenten Ablehnung von Gewalt. *Aufrufe zur Gewalt ... finden in mir einen unversöhnlichen Gegner* (ö 144), hält der Doktor dem vom ›Bulldozer‹ phantasierenden Studienrat entgegen. Im zeitlichen Umfeld der Romanentstehung hat Grass eine Rede ›Radikalismus in Deutschland‹ gehalten (November 1968). Er polemisiert dort wider radikale Studentengruppen, die *Revolutionsmethoden des 19. Jahrhunderts* praktizieren. Wer die Demokratie bekämpft, *hat,* so Grass, *in mir einen politischen Gegner von ziemlicher Ausdauer*[14]. Soweit, bis in den Wortlaut hinein, die Parallele. Wenn der Arzt jedoch den *Gewaltverzicht* mit Unterlassung der *Anästhesie des Unterkiefers,* also mit *Fürsorgeentzug* (ö 136) durchzusetzen droht, so biegt er seine akzeptable Ausgangsposition ein weiteres Mal ins platt Lächerliche ab und rückt dadurch in die Stellung des kurzatmigen ›Fachidioten‹ ein, die ihm im Gesamtplan dieses Buches zugewiesen ist.

In der genannten Rede findet sich zugleich eine Abrechnung mit den Starusch-Jahrgängen, die für eine Deutung von »örtlich betäubt« zu überprüfen wäre. *Ichbezogenheit der Argumentation* und *spätpubertäre(r) Narzißmus* habe *groteskerweise auch auf die ältere Generation übergegriffen.* Die *Pseudo-Revolutionäre von heute* würden alsbald zu den *Erzkonservativen von morgen*[15]. Grass hat also als politischer Redner wie als Romanautor, das verdient aus heutiger Sicht festgehalten zu werden, das Versanden der ›Revolution‹ schon prophezeit, bevor sie auch nur in

Gang gekommen war. In der vorsichtig verschleiernden Redeweise des Romans hatte diese Vermutung gelautet: *Schon im Davor beginnt das Danach* (ö 317).

Allerdings muß der Sachverhalt erörtert werden — wir befinden uns noch immer auf der Suche nach Grass-Positionen in der Problemvielfalt dieses Buches —, daß Scherbaum am Ende einer Schülerzeitung übernimmt. Entspräche dies vielleicht dem Grasschen Bestehen auf dem *kleinen alltäglichen Fortschritt* (D 354), von dem Starusch in »Davor« durchaus mit positivem Akzent spricht? Scherbaum knüpft mit *›Morsezeichen‹* an seine Leitfigur Hübener an, er möchte das Blatt im Schulrahmen als Kampfinstrument gegen Kiesinger und Große Koalition einsetzen, also im Grasschen Verstande mit durchaus korrekter Stoßrichtung. Andererseits jedoch wird Scherbaums Individualität als moralisch Handelnder im Rahmen seiner Redaktion ein weiteres Mal reduziert: Er spricht *neuerdings im Plural* (ö 324); er muß sich Zensur, ja *Selbstzensur* (ö 326) aufdrängen lassen, er wird mit einer sehr reaktionären Gegenüberstellung von Kiesinger und Brandt (dem Emigranten in *norwegische(r) Uniform,* ö 327) zum Einlenken veranlaßt. *Nach all den Kompromissen,* kommentiert Starusch zuletzt die Aktivität seines Schülers fast zynisch, jedenfalls höchst doppeldeutig, *kann er jetzt, immerhin, einen kleinen Erfolg verbuchen,* nämlich *die Bewilligung der Raucherecke* (ö 331).

Worauf läuft das hinaus? Immerwährende Kapitulation vor den bestehenden Verhältnissen, moralisches Zerbrechen im beständigen Zwang zu Anpassung und Alltagskompromiß? Oder geht Scherbaum nun doch über zu zäher, kleinschrittiger Reformtätigkeit, die getragen wäre von der Einsicht in die Sinnlosigkeit spektakulären Handelns und großer Vorwärtssprünge, vergleichbar insofern dem Wahlkämpfer Grass, der vor 1972 betont hat, trotz aller Rückschläge weitermachen zu wollen? Diese den Gesamthorizont des Romans ausmachende Frage kann bündig nicht beantwortet werden, Grass versucht sie trotz allem, was auf Scheitern und Resignation hindeutet, offen zu halten. Alle Aspekte verharren zuletzt in der Schwebe, definitive Entscheidungen werden nicht angeboten. Diese durchgehende Ambivalenz läßt sich ja bereits an Scherbaums Protestabsicht greifen. Fragwürdig blieb sie als Versuch, Bewußtsein auf dem Wege des Gewaltanstoßes zu verändern. Im positiven Licht jedoch erscheint die moralische Sensibilität, der dieser Plan entsprang. Ebenso wie Starusch *liberaler Marxist* ist, *der sich nicht entscheiden kann* (ö 205), kehrt die gleiche Grundfigur im ganzen des Romans wieder, der tatsächlich, laut Grass, *fast nur aus Zwischentönen und gebrochenen Konflikten*[16] besteht.

Zur Gesamtintention von »örtlich betäubt« wären zwei Hauptlinien zu skizzieren. Zum einen läßt sich das Buch von der Konstellation Starusch/Seifert aus betrachten. Unter diesem Aspekt wird eine aus dem früheren Grass-Œuvre bekannte Thematik fortgeführt, die sich bezeichnen ließe als Anpassungs- und Identitätskrise von Figuren, die zur Nazizeit — teils durch Einwirken von außen, korrelativ dazu aber auch durch eigene Schulderfahrung — beschädigt wurden und nun dem aus Verdrängung der Nazigeschichte sich ergebenden Gesellschaftszustand distanziert oder leidend gegenüberstehen. *Wie nüchtern und skeptisch entließ uns der*

Krieg?, fragt Starusch. *Gesetzte Mittdreißiger bis Vierziger finden kaum Zeit, sich ihrer Niederlagen zu erinnern ... Verschlagene Taktiker, auch tüchtige Fachkräfte* (ö 179). Starusch/Seifert sind in »Örtlich betäubt« noch immer ins bundesrepublikanische Abseits gedrängt, in dem schon Matern und Brauxel in den »Hundejahren« der Erzähler Pilenz in »Katz und Maus«, Oskar Matzerath in der »Blechtrommel« sich bewegten.

Zum anderen wäre — darauf versuchten wir hier den Akzent zu legen — die historische Momentaufnahme zur gesellschaftlichen Situation 1967 zu betonen, und zwar aus Sicht einer ›örtlichen Betäubung‹ des nicht zu spontanem moralischen Handeln gelangenden Siebzehnjährigen Scherbaum. Vor allem aus diesem Zusammenhang ergibt sich die neuartige Technik simultanen Romanerzählens: Vermischung von Außengeschehen und innerem Monolog, mosaikartige Wiedergabe von Realität und Reflexion, weitgehende Auflösung von Chronologie und linearer Handlung.

»örtlich betäubt« beschert keine vergnügliche Lektüre; der Roman fordert einen höchst aufmerksamen Leser, der den Text jeweils nach vorwärts und rückwärts überschauen muß, um die wie auf feiner Waage austarierten Themengewebe wahrnehmen und ihre innere Verzahnung mitvollziehen zu können. Insgesamt ein schwieriges, von Depression zeugendes und depressiv stimmendes Werk, eine niederdrückende Bilanz unseres Gesellschaftszustandes. Grass blendet — erstmals — Komik und Groteske aus und geht im vollen Ernst aufs Ganze. Wo politische Äußerungen von ungebrochenem Durchhaltevermögen sprechen, beleuchten die narrativen Hervorbringungen eine andere Dimension im Denken von Grass: Die Möglichkeit des massiven Scheiterns aller Aufklärungsbemühungen, die Mühsal, vielleicht Aussichtslosigkeit historisch abgestützter Lernanstrengungen kommen fast unverhohlen zur Sprache. Insofern sind dieser wie die anderen Romane exakte Gradmesser des Bewußtseinsstandes ihres Autors; sie sind die realistischsten Äußerungen, die wir von ihm kennen.

*

1972 brachte Grass als weiteres episches Werk »Aus dem Tagebuch einer Schnecke« heraus. Zum ersten Mal findet sich kein gattungsspezifischer Untertitel, hören wir nichts von ›Roman‹ und ›Novelle‹, mit denen sich Grass vormals an geprägte Erzähltraditionen anzulehnen pflegte. Ist hier etwa die ›Tagebuch‹-Überlieferung angesprochen, für welche nach landläufigem Verständnis die *Form der nicht kunstmäßigen Prosa von monologischem Charakter*[17] verbindlich ist?

Schon beim ersten Hinsehen fällt die Antwort negativ aus. Tragende Metaphern wie ›Schnecke‹ und ›Melancholie‹ sprechen ebenso gegen die gängige Tagebuchkomposition wie eine sorgfältig auskalkulierte Schichtung von Zeit- und Erzählebenen. Zunächst berichtet Grass von seiner Wahlkampftournee zugunsten der SPD im Jahre 1969. Vorgeschaltet ist die Wahl des Bundespräsidenten Heinemann vom 5. März 1969, angefügt ein Vortrag zum Dürerjahr 1971. Dies macht die untere Zeitebene des ›Tagebuches‹ aus. Darüber lagert sich die Geschichte des *Hermann Ott*, genannt *Zweifel*. Sie erstreckt sich, nach knapper Raffung der Jugendphase (T 23) von den späten zwanziger Jahren bis in die Erzählgegenwart hinein. Da Zweifel sich als Lehrer und Betreuer um die Danziger Juden bemüht, kann Grass deren Austreibung aus der Weichselstadt ohne weiteres mit Zweifels Lebensgang verknüpfen. Die Tragödie dieses Exodus' ist lediglich im Endstadium von Zweifels Vita losgelöst; nur insofern würde sie eine zusätzliche, im Prinzip jedoch parallelgeführte Zeitebene darstellen. Die Geschichte einiger überlebender Juden aus Danzig wird in den Fortgang des Gegenwartgeschehens eingebracht — unter anderem in Verbindung mit Grasschen Israelreisen — und damit bis ins Heutige durchgezogen.

Es stellt sich also heraus, daß die Romandimensionen durchaus mit den geläufigen Begriffen der Erzählzeit (Grass im Wahlkampf) und der erzählten Zeit (Zweifel und Exodus) belegt werden dürfen. Tatsächlich hat kein Werk seit der »Blechtrommel« die Zeitebenen so detailliert ausgearbeitet und aufeinander bezogen wie das ›Schneckentagebuch‹. (Oskar Matzerath erzählt zwischen 1952 und 1954 seine Familiengeschichte von etwa 1900 bis 1954. In »Katz und Maus« gibt es keine in ihrer chronologischen Erstreckung faßbare, gegenwartsorientierte Erzählzeit, ebensowenig in den »Hundejahren«. In »örtlich betäubt« ist die ›erzählte Zeit‹, Staruschs Lebensgeschichte, kunstvoll in Assoziationen und Erinnerungspartikel aufgelöst und bleibt, ihrem Zeitgerüst nach, vage). Grass hält sich also, was beim ›Tagebuch‹-Titel besonders überraschen mag, streng an die Verfahrensweise konventionellen Romanerzählens. Einerseits also räumlich-zeitlich eingebundene Wirklichkeitswiedergabe realistischsten Zuschnitts — zur Judenfrage werden sogar Dokumente verarbeitet —, andererseits Fiktionales gemäß geläufiger Erzähltradition: Der Charakter dieses Buches ist mithin festgelegt durch eine eigentümliche Gemengelage narrativer und dokumentarischer Züge.

Auch von einem etwaigen ›monologischen‹ Charakter dieses Werkes kann keine Rede sein. Grass richtet sich vielmehr an eine genau bezeichnete Adressatenschaft, an seine eigenen Kinder nämlich, denen er von Danziger Vergangenheit und aktuellem Wahleinsatz berichtet. Es bildet sich also, auch dies eher ein Merkmal von Fiktionalität, das genau umrissene Profil einer werkinternen Kommunikationsbeziehung heraus. Dementsprechend ist das erzählende ›Ich‹ bemüht, einprägsam, bildhaft zu formulieren, Einwürfe und Fragen der Zuhörer einzubeziehen; Familiäres fließt ebenso unter wie skizzenhafte Selbstporträts. *Jetzt erzähle ich euch* — führt der Narrator aus und macht dabei zugleich auf die Verflechtung seiner beiden Zeit- und Erzählebenen aufmerksam —, *(solange der Wahlkampf dauert und Kiesinger Kanzler ist), wie es bei mir zu Hause langsam und umständlich am hellen Tag dazu kam* (T 16).

Ebenso streicht Grass, der neben allem anderen schon immer zugleich auch Geschichtsschreiber seiner Heimatstadt war, die Vorzüge Danzigs als historiographisches Studienobjekt heraus: *Die Vorbereitung des allgemeinen Verbrechens begann an vielen Orten gleichzeitig, wenn auch nicht gleichmäßig schnell; in Danzig, das vor Kriegsbeginn nicht zum Deutschen Reich gehörte, verzögerten sich die Vorgänge: zum Mitschreiben für später* (T 16). Also: Danzig wird aktualisiert als geschichtsdidaktisches Modell, und zwar im Hinblick auf eine Zuhörerschaft von begrenzter Aufnahme- und Abstraktionsfähigkeit.

Was veranlaßt Grass, den Kindern *umschweifig* zu übermitteln, *wie es zu all dem gekommen ist* (T 145)? Immer wieder hat der Schriftsteller mit Vehemenz gegen die deutsche Neigung protestiert, Nazigeschichte zu verdrängen. Sein Bericht für Kinder soll Erinnerungstabus und Schuldleugnungsmechanismen niederreißen, die die umgebende Gesellschaft, insbesondere auch die Bildungsinstitutionen, aufgerichtet haben. In den »Hundejahren« hatte einer der scharf anklagenden Kernsätze gelautet: *Vergessen wollen alle die Knochenberge und Massengräber, die Fahnenhalter und Parteibücher, die Schulden und die Schuld* (H 427). Auch das »Tagebuch« richtet einen warnenden Appell an den kindlichen Erfahrungshorizont: *Es stimmt: Ihr seid unschuldig. Auch ich . . . gelte als unbelastet. Nur wenn ich vergessen wollte, wenn ihr nicht wissen wolltet, wie es langsam dazu gekommen ist, könnten uns einsilbige Worte einholen: die Schuld und die Scham* (T 17). Grass benutzt den dokumentarisch veranschaulichten Exodus der Danziger Juden[18], um zugleich das Bewußtsein zu schärfen für gegenwärtige Mißstände und Krisen des öffentlichen Lebens. Der Zusammenhang ergibt sich vor allem da, wo der Wahlkämpfer Grass gegen den ehemaligen NS-Parteigenossen Kiesinger zu Felde zieht.

Ott/Zweifel darf als Grassche Identifikationsfigur gewürdigt werden, bis in die Namensgebung hinein. *Der Revisionist,* so erläuterte Grass 1969 die eigene, auf das Vorankommen in kleinen Schritten bauende Position, *lebt vom produktiven Zweifel*[19]. Die Verschränkung von Zweifels Geschichte mit der Danziger Judenverfolgung hat ihren Grund vorrangig in der pädagogischen Absicht des Erzählers. 1970 hielt Grass in Berlin eine Rede über die »Schwierigkeiten eines Vaters, seinen Kindern Auschwitz zu erklären«. Dort ging er auf die Unmöglichkeit ein, sich bei den von der Konsumgesellschaft geprägten Heranwachsenden mit Erläuterungen zur NS-Vergangenheit überhaupt Gehör zu verschaffen. Das Verbrechen bliebe abstrakt, es würde den *Kindern allenfalls im privatisierten Einzelfall, etwa auf den Namen Anne Frank gebracht, deutlich oder, trivial gesagt, spannend*[20]. Nach eben diesem Prinzip der personal eingebundenen Veranschaulichung verfährt auch das »Tagebuch«, wenn das Verbrechen an den Juden mit Zweifels Geschick verklammert wird, um auf diesem Weg von abstrakter Faktizität und nüchterner Verlustziffer wegzukommen und Interesse und Betroffenheit zu wecken. Grass erhebt sogar den Anspruch, nicht nur für eigene, sondern auch für *anderer Leute Kinder ein Buch* (T 368) zu schreiben. Diese, man darf wohl sagen: ehrgeizige pädagogische Absicht des Autors macht den Gesamtrahmen und auch die Darstellungs- und Argumentationsstrategie des »Tagebuches« aus[21].

Eine Handvoll weiterer Themen und Motive prägt diesen streng durchkomponierten Text. *Die Schnecke, das ist der Fortschritt* (T 9), erläutert Grass seine Schlüsselmetapher. In Opposition hierzu entwickelt er den Gegenbegriff ›Roß‹ und setzt sich damit scharf von Hegels Staats- und Gesellschaftsmetaphysik ab, die laut Grass den Wurzelboden für linke wie rechte Revolutionsschwärmerei und Neigung zum Totalitären abgibt: *In Jena, Kinder, hat er den Kaiser Napoleon hoch zu Roß und in der Einheit Roß und Reiter etwas gesehen, das er Weltgeist nannte.* Und im Anschluß daran die Absage an Hegel und seine Nachtreter: *seitdem galoppiert er — während ich auf das Bewußtsein der Schnecken setze* (T 51). Die Tiermetapher ist zugleich aber auch Hinweis auf praktische und denkerische Mobilität und Lernfähigkeit: Gegenüber den Hegel-Adepten und anderen Dogmatikern möchte Grass unterstreichen: *Eine Schnecke — immer unterwegs — verläßt feste Standpunkte* (T 177). Auch von dieser Seite her plädiert der Schriftsteller für die ›Revision‹, für die Fähigkeit zu sachangemessener Korrektur überkommener Lehren, falls sie zur Bewältigung aktueller Problemlagen nicht mehr taugen[22]. Die zentrale Ausgangsthese von Grass lautet, *daß der deutsche Idealismus nach wie vor die milchreiche Nährmutter links- wie rechtsextremer Weltverbesserer ist*[23]. Man muß sie zur Kenntnis nehmen, auch wo man nicht uneingeschränkt zustimmt; denn sonst ist ein detailliertes Aufschlüsseln des »Tagebuches« und anderer Grass-Schriften nicht vorstellbar.

Die Schneckenmetapher hat von allen Motiven, gemäß ihrer Titelfunktion, den weitesten Aktionsradius. Ott/Zweifel ist nicht nur als Sammler dieser Tierart vorgestellt. Im Zusammenhang mit der Liebesbeziehung zu Lisbeth Stomma läßt es Grass sich selbstverständlich auch nicht entgehen, sein Zentralthema ins Erotische und Vaginale auszudehnen[24].

Ein weiteres umfassendes Themengeflecht dieses ›Tagebuches‹ fußt auf Dürers Kupferstich ›Melencolia I‹. Zur Schwermut entwirft Grass den Gegenbegriff der ›Utopie‹ und findet so die Verbindungslinie zu Gesellschaftstheorie und Wahltätigkeit. Die beiden polaren Begriffe stellen für Grass gefahrenträchtige Extrempositionen gesellschaftlichen Verhaltens dar, wenngleich der Schriftsteller im abschließenden Dürer-Vortrag auf dem Recht zur Melancholie besteht und scharf ins Gericht geht mit dem in totalitären Systemen üblichen *Melancholieverbot* (T 349 f.). *Die Schnecke* gilt ihm *als Mittlerin zwischen Melancholie und Utopie* (T 108). Man braucht sich nur vor Augen zu halten, daß sowohl Zweifels Geliebte Lisbeth, als auch die später eingeschaltete Parallelfigur Augst, als schließlich gar Zweifel selbst an Melancholie leiden, um Klarheit darüber zu gewinnen, wie eng Grass alle Ereignismomente seines Textes miteinander verzahnt.

Eine nebensächliche, geistesgeschichtlich jedoch interessante Motivkette schließt an das Grassche ›Notizbuch‹ an, das ihm auf Reisen stets zur Hand ist. Es schlägt die Brücke zu Zweifels *Diarium,* zu *Dürers Tagebüchern* (T 11), besonders aber auch zu Lichtenbergs *Sudelbüchern.* Damit werden Lichtenberg, der *Selbstdenker,* im Verein mit ihm häufig auch Jean Paul, die *Zettelmühle* (T 205) — Grass apostrophiert ihn gar als *meinen Jean Paul* (T 157) — als Hintergrundfiguren in Erinnerung gebracht: Grass hat öfters betont, daß er sich und seine Aktivität als ›Bürger‹ in den Traditionen deutscher und europäischer Aufklärung verstehe.

Um die intensive thematische Arbeit zu verdeutlichen, die Grass gerade im »Tagebuch« geleistet hat, sei ein illustratives Beispiel herausgegriffen. Im 25. Abschnitt dieses Werkes verknüpft Grass mit den langgestreckten Motivgeflechten (Fortschritt/Schnecke/Melancholie) zwei engere Themenfelder (er spricht selbst von *Wortfeld,* T 294), nämlich *Mief* und *Sog. Mief,* als Bezeichnung für Rückständiges, *stinkt,* hinterläßt *Dunstkreise* (T 285). Die Grassche Familiensphäre ist per *Geruch* (T 286) des toten Goldhamsters einbezogen. Das Thema *Mief* (von Einzelgängern, von Kommunalpolitik, T 287, 289) überkreuzt sich dann — fast wäre man versucht, an die strenge Bauform eines Sonatensatzes zu denken — mit dem zweiten

Motiv *Sog* (T 290 ff.). *Sog* zieht die Kiesinger-Anhänger zum Fenster, der *Eigengeruch* der Studenten, der *Sog ihrer Reizworte,* ihr Drang nach *radikaler Entmiefung* (T 290) werden besprochen. Lisbeth Stomma nimmt im *Sog die Substanz der Melancholie* (T 291 f.) in sich auf. Weiterhin findet sich: religiöser Mief, *Großmief, Sogschnecke, Miefzentren, gegenangestunken* (T 293), Fortschritt figuriert als *Reformmief* (T 294) usw. Allerdings darf man bei dem konsequenten Textingenieur Grass nicht übersehen, daß die genannten Kurzthemen doch wieder in die Generallinie des »Tagebuchs« einmünden, wenn der Schriftsteller sich als *Miefvermesser* (T 263), als *jemand, der gegen den Sog schreibt* (T 290), bestimmt.

Das »Schneckentagebuch« stellt mithin keine rhapsodisch freie Aufreihung historischer oder gegenwärtiger Impressionen dar, sondern bemüht sich um größte konstruktive Strenge; zweifellos ein origineller Versuch, die historisch vorgegebene lockere Form erzählerisch zu strukturieren und in den Griff zu nehmen. Grass hat bekanntlich hartnäckig auf der Vereinbarkeit seiner schriftstellerischen und politischen Tätigkeit bestanden. Noch im »Tagebuch« läßt er die Antithese von *Engagement* und *Schreiben* nicht gelten, die ihm einige *junge Schriftsteller* (T 338) mit ziemlicher Ungeduld vorhalten. Dieses Buch kann als exakter Beleg für die Doppelfunktion des Künstlers und ›Bürgers‹ Grass verstanden werden, gerade wenn man es in ganz nüchterner Weise von der handwerklichen Seite aus betrachtet. Grass berichtet von den Mühen seiner praktischen politischen Tagesarbeit, aber er tut es nach allen Regeln der Kunst großer Erzählwerke.

Versuchen wir abschließend eine Zusammenfassung derjenigen Aspekte beider Grass-Bücher, die uns hier vorrangig interessiert haben. Zum einen war zu betonen, wie sorgfältig Grass seine Erzähltexte nach wie vor leitmotivisch zu integrieren sucht. Er verharrt damit auf dem Stand seiner ersten Bücher. Die schon vom ›Autorenkollektiv‹ her offenere, heterogenere Bauweise der »Hundejahre« wurde — wie es scheint — bislang nicht weiterentwickelt. Der erzähltechnische Pointillismus von »örtlich betäubt«, der zur Rekonstruktion von Staruschs widersprüchlicher Vorgeschichte und Psychologie ebenso dient wie zur Darstellung einer diffusen vorrevolutionären Situation im Horizont einer Schüler- und Entwicklungsproblematik, geht noch einen Schritt darüber hinaus und knüpft an Erzähltraditionen an, die vielleicht mit Namen wie Joyce und Döblin zu markieren wären.

Zum zweiten bleibt festzuhalten, daß Grass deutsche Gegenwartsproblematik noch immer im Durchblick auf die Nazi-Geschichte behandelt. In »örtlich betäubt« transportieren — wie schon gezeigt — Starusch und Irmgard Seifert ihre Defekte in die sechziger Jahre hinüber; im »Tagebuch« übernehmen diese Funktion der zeitweise in Schwermut versinkende Zweifel, vor allem aber die Nebenfigur Augst. Dieser geht am Nazi-Trauma zugrunde; *das Bedürfnis, gekadert zu werden. Der Wunsch, gehorchen zu dürfen* (T 252) zerrüttet ihn, mit einem Gruß an die *Kameraden von der SS* (T 193) scheidet er aus dem Leben. Augst, *als Fall exemplarisch* (T 225), befindet sich in neurotisch überspannter Weise auf der Suche nach Diskussion und *Partnerschaft* und ist doch gerade in seiner Kommunikationsfähigkeit zeit- und generationstypisch deformiert: Niemand habe *seine Generation (die Kriegsgeneration) gelehrt . . ., flüssig zu sprechen* (T 193), beklagt er selbst sein Syndrom. Sprechunterricht und Tonbandversuche konnten ihm, so recherchiert der »Tagebuch«-Erzähler später bei der Augst-Familie, keine Erleichterung verschaffen.

Ein weiteres, außerordentlich detailliert ausgeführtes Exempel für den Zusammenhang von Kriegseinwirkung und psychosomatischem Leiden stellt im »Tagebuch« Lisbeth Stomma dar. Seit dem *ersten Kriegstag* (T 160), als ihr Kind im Zusammenhang mit dem deutschen Vormarsch umkam, lastet *ganz normal Schwermut* (T 161) auf ihr. Ende 1944, als der Krieg zu Ende geht, kommt ihre *Normalisierung* (T 297) in Gang. In dieser wie in all seinen anderen Pathographien, jenen bei Grass so häufigen Berichten von körperlicher Anormalität und seelischer Zerrüttung, schildert der Autor nicht nur individuelles Leiden abseits der großen Zeitbewegungen; vielmehr zeichnet sich eine katastrophal sich zuspitzende historisch-gesellschaftliche Gesamtszenerie im Medium von Anatomie und Psyche seiner Figuren durch[25]. Nach dem Krieg kommen die Verdrängungs- und Schuldleugnungsmomente im restaurativen, dem Wirtschaftsaufschwung hingegebenen Westdeutschland als verstärkende, das Leiden unterstreichende und verhärtende Faktoren hinzu.

Von diesen Beobachtungen aus ergäbe sich ein bislang zu wenig beachteter Interpretationsansatz für das Erzählœuvre von Grass. Wer sich mit diesem Schriftsteller ernstlich einlassen möchte, kommt nicht vorbei an der massiven Bedeutsamkeit, die die zeitgeschichtlichen Faktoren bis hin zum »Schneckentagebuch« in diesem Werk einnehmen[26].

Im »Butt« jedoch scheint sich Grass nunmehr erstmalig vom Thema der Zeitgeschichte und ihrer Verdrängung abzulösen. Zwar geht die Köchin Lena Stubbe 1942 noch immer im Konzentrationslager Stutthof zugrunde (»Butt«, S. 570), jedoch ist damit offensichtlich keines der großen Motivfelder des Romans angesprochen. Die hier zu untersuchenden Werke »örtlich betäubt« und »Aus dem Tagebuch einer Schnecke« sind im Rahmen des Grasschen Gesamtœvres vermutlich als Schlußsteine der Auseinandersetzung mit deutscher Zeithistorie, insbesondere mit der NS-Zeit und ihren Konsequenzen, zu betrachten. Sicherlich hat Grass mittlerweile eine entscheidende Wendemarke seiner künstlerischen Produktion überschritten.

---

1 Den Vorgang hat überzeugend M. Durzak analysiert: »Plädoyer für eine Rezeptionsästhetik. Anmerkungen zur deutschen und amerikanischen Literaturkritik am Beispiel von Günter Grass' ›Örtlich betäubt‹«. In: »Akzente« 1971, S. 487—504. Durzak stellt vom Rezeptionshorizont der Kritik aus dar, warum der Roman in Deutschland abgelehnt, in USA dagegen gefeiert wurde. Zum bemerkenswerten Erfolg von »Örtlich betäubt« in USA vgl. auch: »Grass-Echo. Wie ein VW«. In: DER SPIEGEL 19/1970, S. 198 f., und P. Demetz: »Die Amerikaner bleiben bei Hesse und Grass«. In: FAZ vom 27. 11. 1976.

2 Zitiert nach: »ad lectores 9«, Luchterhand-Verlag, Neuwied/Berlin, September 1969, S. 6.

3 Wir zitieren folgendermaßen: »Hundejahre«, Neuwied/Berlin 1963, mit H; »örtlich betäubt«, Neuwied/Berlin 1969 mit ö; »Davor« nach G. Grass: »Theaterspiele«, Neuwied/Berlin 1970 mit D; »Aus dem Tagebuch einer Schnecke«, Neuwied/Darmstadt 1972 mit T; alle Zitate mit Seitenangabe jeweils im fortlaufenden Text.

4 »ad lectores«, S. 6.

5 »ad lectores«, S. 6.

6 Besonders im »sechsten Monat« des »Butt« (Darmstadt/Neuwied 1977) baut Grass die Geschichte dieses Gymnasiasten weiter aus (S. 451 ff.). Bartholdys Versuch, die Danziger Republik auszurufen und einen jakobinischen Club zu gründen, wird mit 38jähriger Festungshaft geahndet. Während dieser Zeit wartet seine Jugendliebe auf ihn, die Köchin Sophie Rotzoll, die während der Franzosen-

zeit Napoleons Danziger Gouverneur Rapp versorgt und ihn schließlich mit einem Pilzgericht umzubringen sucht. Grass dokumentiert hiermit ein weiteres Mal, daß seine sämtlichen Erzählwerke nicht nur vom Schauplatz, sondern auch von der Figurenkonstellation her aufeinander bezogen sind — auch bei völlig unterschiedlichen Funktionszusammenhängen. **7** »Gespräch mit Günter Grass«. In: »Text + Kritik« 1/1 a, G. Grass, München 1971[4], S. 7. **8** In diesem Zusammenhang verdient Interesse, daß der Danziger Georg Forster (1754—1794), der in Paris und Mainz tätige Republikaner, die für Starusch maßgebende Identifikationsfigur darstellt. Bestimmend hierfür mag *das tragische Scheitern* (ö 273) dieses Revolutionärs sein; in Betracht käme auch dessen Tod im 40. Lebensjahr als Parallele zum vierzigjährigen Starusch. Starusch scheint an einem Manuskript über Forster zu arbeiten, hinter das er sich, als Zeichen seiner resignativen und eskapistischen Haltung, endgültig zurückziehen möchte (vgl. ö 200, 287, 298 f., 311). **9** Hierher gehört das ›Zierfisch‹-Motiv, das in »Davor« in Zusammenhang mit der Lehrerin Seifert noch stärker ausgebildet ist als im Roman. Doch auch in »Örtlich betäubt« signalisiert es die Unmöglichkeit, gesellschaftliche Prozesse auf dem Weg der Fürsorge und Prophylaxe einzubinden und kontrollierbar zu halten: *Sorgfältige Fütterung, wohltemperiertes Wasser . . . — und doch schwimmt heute ein Schleierschwanz, morgen ein Goldbarsch mit dem Bauch nach oben* (ö 182). Das Fischthema entwirft ein Bild gesellschaftlicher Wirrnis und enthält insofern ein Stück Grasscher Geschichtsphilosophie: Gesellschaftliche und historische Prozesse können nicht am Leitfaden rationaler Schemata verständlich gemacht werden. *Chaos der Geschichte* (ö 199), *absurd wie Totozahlen* (ö 114) lautet die zugehörige Theorie. Zugleich belegt das ›Fisch‹-Motiv auf der Ebene der handwerklichen Textherstellung, mit welcher Sorgfalt Grass die Beziehungsgeflechte dieses Erzählwerks anlegt. **10** Motivtechnisch interessant mag sein, daß im »Butt« das zahnärztliche Versorgungsdenken umgedeutet ist zum Kennzeichen des prähistorischen Matriarchats. Die dreibrüstigen Urmütter des Neolithikums herrschten — so gibt Grass auch hier mit deutlich akzentuierter Ironie zu verstehen — *»durch allumfassende Fürsorge«* (»Butt«, S. 80). Eine Parallelfigur zum Zahnarzt wäre im »Butt« ferner der *Graf Rumford*, der nach Einführung der Kartoffel in Preußen der bläßlichen Utopie einer *Weltverköstigung* (S. 413) nachhängt. Ähnlich wird Amanda Woykes Glaube an die *weltweite Gesindeküche* (S. 419) — ihr ist im »Butt« die Durchsetzung der Kartoffel zu verdanken — zum Gegenstand höhnischer Diskussionen vor dem feministischen Tribunal. **11** »ad lectores«, S. 6. **12** H. L. Arnold/F. J. Görtz (Hg.): »Günter Grass — Dokumente zur politischen Wirkung«, Stuttgart/München/Hannover 1971 (Edition Text + Kritik), S. 131. **13** G. Grass in: E. Rudolph (Hg.): »Protokoll zur Person. Autoren über sich und ihr Werk«, München 1971, S. 72. **14** G. Grass: »Über das Selbstverständliche Politische Schriften«, München 1969 (dtv-Taschenbuch), S. 192. **15** A.a.O., S. 194. **16** Gespräch mit Günter Grass«, a.a.O., S. 12. **17** G. v. Wilpert: »Sachwörterbuch der Literatur«, Stuttgart 1969[5], S. 763. **18** Grass stützt sich dabei auf folgende Dokumentation: E. Lichtenstein: »Die Juden der Freien Stadt Danzigs unter der Herrschaft des Nationalsozialismus«, Tübingen 1972 (Schreiftenreihe wissenschaftlicher Abhandlungen des Leo Baeck Instituts 27). Die Dokumentation wird in »Tagebuch« erwähnt (T 40, 334). **19** Grass: »Über das Selbstverständliche« (dtv), S. 7. **20** G. Grass: »Der Bürger und seine Stimme. Reden, Aufsätze, Kommentare«, Darmstadt/Neuwied 1974, S. 90. **21** Dazu ein ergänzender Kommentar von Grass: *Wir sitzen hier großartig der Fiktion auf, es sei eine politische Generation herangewachsen. Das möchte ich nicht unterschreiben. Es gibt eine geringe Schicht, die politisch interessiert ist, und eine breitere, die politisch desinteressiert ist: eine Jugend, die vom Elternhaus her völlig unterdrückt ist, so daß die Wahlentscheidung der Eltern sich auf die Kinder überträgt. (Zit.* nach »Meine Kriechspur zeichnete eine Gesellschaft . . .«. Ein Gespräch mit G. Grass. In: »Bücherkommentare« 3/1972, S. 11). Grass sieht seine auf kindliche Leser abzielende Schriftstellerei also durchaus im Dienste jetziger und künftiger Wahlkämpfe. **22** Zur Grass'schen Hegel-Kritik, die allerdings durchwegs recht summarisch bleibt, vgl. vor allem: »Zwischenbilanz. Versuch, ein Nachwort zu schreiben«. In: G. Grass: »Über das Selbstverständliche«, Luchterhand-Ausgabe 1968, S. 215 ff. (in der dtv-Ausgabe nicht enthalten). Ebenso auch: »Der Bürger und seine Stimme«, vor allem S. 29, 91, 95, 110, 206. **23** »Der Bürger und seine Stimme«, S. 61. **24** Zur Kontinuität Grasschen Schreibens bliebe anzumerken, daß der »Butt« die *Schneckenphilosophie* mehrfach punktuell wieder aufnimmt, besonders in der Gegenüberstellung des revisionistisch orientierten Erzählers mit der maoistisch denkenden *Ilsebill* (»Butt«, S. 418). **25** Die in dieser Studie dargelegten Thesen und Argumente sind ausführlicher begründet und in der vollen Breite des Grasschen Werkes verankert in meinem Buch: H. Brode: »Die Zeitgeschichte im erzählenden Werk von G. Grass. Versuch einer Deutung der ›Blechtrommel‹ und der ›Danziger Trilogie‹«, Frankfurt 1977 (Regensburger Beiträge z. dt. Sprach- u. Literaturwissenschaft. Reihe B, Bd. 11, Lang-Verlag). Zum Zusammenhang von Pathographie und Geschichte bei Grass vor allem Kap. 5, S. 40 ff. **26** Der zeitgeschichtliche Interpretationsansatz ist im in Anm. 25 genannten Buch detailliert entfaltet. Die wichtigsten Thesen hierzu sind zusammengefaßt in: H. Brode: »Die Zeitgeschichte in der ›Blechtrommel‹ von G. Grass. Entwurf eines texinternen Kommunikationsmodells«. In: R. Geißler (Hg.): »G. Grass — Ein Materialienbuch«, Darmstadt/Neuwied 1976 (Sammlg. Luchterhand 214), S. 86—114.

Über den »Butt«

Christoph Perels

Es gibt Romane, die haben die Vitalität von Regenwürmern: nicht nur lebt das Ganze, sondern, wenn man das Ganze zerschneidet, lebt auch jedes einzelne Stück munter weiter, Alfred Döblin hat beides von jedem epischen Werk gefordert. Günter Grass, der sich als sein Schüler begreift, hat Bücher geschrieben, in denen fast jedes Einzelteil wirklich lebt — aber lebt das Ganze? Für seine letzten Bücher heißt die Antwort: nein. »Örtlich betäubt« mit Studienrat Starusch, seinen Zahnschmerzen und politisierten Schülern ist dahin, von der Wirklichkeit überholt. »Aus dem Tagebuch einer Schnecke« erhob zwar nicht den Anspruch, ein Roman zu sein, ein Tagebuch ist es aber auch nicht geworden, vielmehr eine angestrengte politische Kinderstunde über das Schneckentempo des Fortschritts und alles mögliche andere. Grass hatte sich als erzählender Hausvater verkleidet, und das stand ihm gar nicht gut. Nun also »Der Butt«, ein fast 700 Seiten starker Band — das Monströse auch in der Quantität kennzeichnet diesen Schriftsteller wie keinen seiner schreibenden Zeitgenossen. Bei aller Fülle ist der Roman — nach dem politischen Kramkalender ist es wirklich wieder einer — klar, fast schematisch gegliedert: in der Wilster Marsch, nicht weit von Hamburg, herrscht der Ehe-Alltag, in Westberlin veranstaltet ein Frauentribunal den eigentümlichen Prozeß gegen einen Steinbutt, und in Danzig, dem Nabel der Grass'schen Romanwelt seit der »Blechtrommel«, ereignet sich exemplarisch Menschheitsgeschichte von der Jungsteinzeit bis zur Gegenwart. Auf diese drei Ebenen wird eine Figuration projiziert, die uns allen aus dem pommerschen Märchen »Von dem Fischer un syne Fru« vertraut ist: die Frau, der Mann, und der Butt, der die Wünsche erfüllt. Mit der Ehegeschichte bebeginnt das Buch: an einem Oktobertag zu Anfang unseres Jahrzehnts einigen sich der Erzähler und seine Frau Ilsebill auf einen notwendig gemeinsamen Akt, ein Kind wird gezeugt. Kurz zuvor schon haben drei Damen einen mächtigen Steinbutt aus der Lübecker Bucht gefischt, den Butt aus dem Märchen — er macht dunkle Andeutungen über seine Rolle als Hegelscher Weltgeist, der den Männern zur Herrschaft verholfen habe, und erbietet sich, von nun an der Emanzipation der Frauen zu dienen. Die aber sind schon zu weit emanzipiert, als daß sie darauf ohne kritische Rückfragen eingingen, und so kommt es zum Prozeß vor dem Frauentribunal. Er beginnt ebenfalls Anfang Oktober, dauert ebenfalls seine neun Monate und endet mit der rituellen Verurteilung, aber faktischen Freisprechung und mit der Anstellung des Butts. Vom Verlauf dieses Prozesses berichtet der Erzähler seiner schwangeren Frau: ein souveränes Ich, doch souverän nur als Erzähler. Als handelnde Figur und männlicher Zeitgenosse aller Geschichtsepochen wird es im Prozeß bloßgestellt: ein geduckter Erzeuger, frustrierter Liebhaber, zumeist ein Tropf, allenfalls mittelmäßig, ein Übel, notwendig und Nöte bringend, nicht nur Kindsnöte. Insofern bestätigt der Erzähler die Verteidigungsstrategie des Butts, der seinen alten Protegé kühl seiner Prozeßdiplomatie opfert. Nacheinander handeln Roman und Tribunal von neun Heldinnen: den Anfang macht die steinzeitliche Übermutter Aua mit den drei Brüsten, die die Männer in zufriedener Geschichtslosigkeit hielt, bis der Butt bei denen den Wunsch nach Untaten rege machte, dann sammelt sich der Geschichtsverlauf in den Erzählungen über Wigga und Mestwina, Machtweiber einer immer noch heidnischen und im Weichselgebiet sich nur langsam in Bewegung setzenden Frühgeschichte. Dorothea von Montau, im Hochmittelalter, flüchtet aus der Ehe in die Heiligkeit, Margarete Rusch findet dreihundert Jahre später ihre Freiheit in einem Klosterleben von überwältigender Weltlichkeit, und so geht es weiter bis hin zu Lena Stubbe, die mit Bebel und Rosa Luxemburg parliert, die aber auch ein proletarisches Kochbuch verfaßt, wie denn keine der Frauen die Küche für zu verächtlich hält, nicht auch und gerade dort kreativ zu werden — »Der Butt« brodelt von unzähligen Fisch-, Grütze-, Kartoffel-, Pilz- und anderen Gerichten; hier schlägt die seit der Antike lebendige Koch- und Küchenkomik kräftig durch, Grass liefert aber auch Lena Stubbes verlorenes Kochbuch nach, zugleich mit einer Geschichte der Ernährung — und des Hungers — des vierten Standes. Nicht mehr zum Prozeß im engeren Sinn gehört die Geschichte von Sibylle Miehlau, die am Vatertag 1963 den ›Tod im Wald‹ stirbt — ein Döblin-Thema, aber so grell intoniert, wie man es kaum bei Hubert Selby findet, der mörderisch endende Veitstanz aller denkbaren Perversionen. Ebensowenig die Geschichte von Maria Kuczorra im heutigen Gdansk, nach dem Irrlicht lesbischer Autarkie die zweite fehlschlagende Emanzipationshoffnung: der Kommunismus. Von den männlichen Helden zeigt nur einer Format, aber der ist kein Mensch, sondern Fabelwesen, Weltgeist in Schuppen: der Butt. Dieser skurril-unheimliche Dämon ist Oskar Matzerath ebenbürtig; schade, daß er nicht dieselbe Integrationskraft entfaltet wie Oskar in der »Blechtrommel«. Niemand erfährt, was in dem zeitlosen Burschen wirklich vorgeht, aber wir erleben ihn oft in Aktion vor dem Tribunal: ein Meister der Rhetorik und Gestik, verteidigt er seine Sache ironisch und bissig, larmoyant und galant, mit berechneter Reue, gelegentlich trotzig verstummend und in kritischen Phasen um einen Schwächeanfall nicht verlegen — eine Groteskfigur, welche die Haupthandlung des Romans selbst zu einer gewaltigen Groteske macht. Allen denen, deren Welt hier verzerrt erscheint, die in Womens Lib eine Bewegung mit vernünftiger Zielsetzung sehen, wird, um Heine, einen Vorläufer des satirischen Grass, zu zitieren, *ein schweigender Stockfisch, in Butter gesotten* ›weit mehr behagen‹ — und so endet ja auch die Gerichtsverhandlung: mit einem sardonisch-sadistischen Fisch-Gericht vor den Augen des Butts, das sozusagen auf einem Kalauer serviert wird. Verglichen mit dem Prozeß, gibt die Ehe mit Ilsebill wenig her, außer ein paar satirischen Schlaglichtern bleibt da nur kritisches Reden über den Mann im allgemeinen und vor allem über den erzählenden Ehemann, der sich, *gegenwartsmüde,* in die Vergangenheit davonmacht. Die erzählerischen Höhepunkte jedoch liegen gerade in den historischen Episoden, die mit Prozeß und Ehe zusammen ein Spiegelkabinett bilden, in dem alles mit allem gedoppelt, verdreifacht, verkleinert, vergrößert, in die Breite oder in die Länge gezogen erscheint. Grass nutzt die Mehrschichtigkeit weniger für Parallelaktionen oder zur Steigerung des Problemgehalts, vielmehr entwickelt er eine hohe Kunst der Stilbrechung durch Perspektivenwechsel. Etwa so: der Butt möchte sich über die Ideologie des Grafen Rumford auslassen: *Aber — ach! — ich bin ja nur angeklagt und schon zu schwach, um auf mir zustehende Gegenrede und weiteren Briefzitaten zu bestehen. Ach! Ach! — Doch vielleicht ahnt dieses strenge, weil weibliche Gericht, daß auch ich, der Butt, das so verhaßte männliche Prinzip, sterblich sein könnte. — Keine Angst, Ilsebill! Natürlich erholte sich der Plattfisch später. Und auch der Prozeß nahm seinen Verlauf. Briefzitate blieben zugelassen. Das Rezept der Rumfordschen Armensuppe wurde verlesen: Erbsen, Graupen, Kartoffeln werden zweieinhalb Stunden lang zu Brei verkocht, dann wird sauer gewordenes Bier unterrührt, dann werden gewürfelte Brotreste in Rinderfett krustig gebacken und zugetan, dann wird das Ganze mit Salz abgeschmeckt. Auch Amandas heftige Reaktion auf diese pampige Verfälschung ihrer Kartoffelsuppe wurde zitiert: Dem Deiwel mecht son Kleister schmäcken.* — Auf engstem Raum sind sie alle präsent: der Butt, Ilsebill, die historische Heldin Amanda Woyke. Solche artistisch-kühnen Übergänge würden einem sich verselbständigenden, grenzenlosen Imitationsvermögen allein nicht gelingen, vielmehr bleibt jeder Sprachgestus, ob komisch, ironisch oder sarkastisch, immer in einer totalen sinnlichen Kommunikation mit der erzählten Welt. Selbst die zwischengeschalteten Gedichte leben wesentlich vom gestisch dargebotenen Stoff, sie bilden Ruhepunkte, aber summieren weder Bedeutung noch richten sie Symbole auf. Was hält den Roman als Ganzes zusammen? Gewiß nicht das verhandelte Problem, die Emanzipation. Auch nicht der Butt; als pikaresker Held müßte er auf der Bühne, nicht hinter den Kulissen der Weltgeschichte agieren. Am ehesten noch der Prozeß, auch als Prozeßparodie ein klassisches Handlungsgerüst. Er garantiert zwar einen lockeren Handlungszusammenhang, aber einen Punkt, von dem aus alles, was geschieht und erzählt wird, sich als notwendig und sinnvoll erweisen ließe, gibt es nicht. Darin greift die dem Erzähler im Roman attestierte Ideologiefeindlichkeit ins Künstlerische hinüber: Gewollt ist das Erträgliche als Vorläufiges, das vollkommene Endgültige ist verdinglichtes Dogma, im Leben wie in der Kunst. Nur ein Stilkünstler wie Grass kann es sich leisten, den Preis seines Antiutopismus auch im Feld des Ästhetischen zu zahlen. Mit dem »Butt« ist ihm jedenfalls sein bestes Buch seit der »Blechtrommel« gelungen.

Gunzelin Schmid Noerr

Daß die Liebe an Herrschaft krankt, diese von Frauen akzentuierte Erfahrung geht den Männern an die Wurzel. Der Widerspruch in der Liebe unter der Kultur des Patriarchats läßt die männliche Idee heute erschlafft ihren Bankrott erklären. Mit ihr geraten ein paar tausend Jahre Geschichte ins Wanken, männlicher Geschichte, die aus Gewalt und Krieg gemacht und in Mythen und Geschichtsschreibung bekräftigt war. Angesichts unseres jüngsten ›Unbehagens in der Kultur‹: wie läßt sich diese Geschichte von einem Mann neu erzählen, der es bisher, wie nur noch wenige andere, verstand, den Geruch einer sich selbst gewissen Männlichkeit um sich zu verbreiten?

Günter Grass und seinem neuen Roman »Der Butt« zufolge hat alles so angefangen: An einem schönen Freitag nachmittag in der Jungsteinzeit, und zwar am 3. Mai 2211 vor unserer Zeitrechnung, zwängt sich ein sprechender Butt — wir kennen ihn aus dem Märchen »Von dem Fischer un syner Fru« — in die Aalreuse eines tumben Steinzeitfischers. Mit diesem schließt der Butt einen Vertrag: Fortan steht er beratend für die Sache der Männer ein, für ihre Emanzipation von der erdrückenden Fürsorge der dreibrüstigen Urmutter Aua. Und für noch viel mehr, für Fortschritt, für die Entwicklung der Menschheit, für Kultur. Kann der schiefmäulige Plattfisch, der in einem anderen Märchen, dem eines gewissen Philosophen, den Namen Weltgeist erhalten hat, kann also der Butt etwas dafür, daß die Männer nur so schäbig mit seinem Rat umgegangen sind? Vor einiger Zeit schon hat er sich von ihnen abgewandt.

Selbstbewußte Frauen glauben nicht mehr an seine Unschuld. Anbiedernd läßt er sich, mehr als 4000 Jahre nach jenem denkwürdigen Freitag nachmittag, von drei bootsfahrenden Feministinnen aus der Ostsee fischen, um mit ihnen seinen alten Ratgeber-Vertrag zu erneuern. Aber die Frauen wollen zuerst abrechnen mit der Geschichte der Männer. Ein Tribunal tritt zusammen und klagt den Butt an, den Frauen vorsätzlich geschadet zu haben. Noch einmal wird die Nabelschnur der Geschichte entrollt, an der sich der Erzähler, Geschichten von Köchinnen und ihren Liebhabern sammelnd, bis in die Jungsteinzeit zurück- und immer wieder vor- und zurückhangelt. Ein beredter Zeuge, dem die Frauen des Tribunals nicht zu reden erlauben und dem die eigene nur widerwillig zuhört.

Mit dieser, Ilsebill mit Namen, zeugt der Erzähler zu Beginn ein Kind. Ihre Schwangerschaft begleitet er, Geschichten erzählend und kochend, die neun Monate lang, ebenso lang, wie das Frauentribunal über den Butt zu Gericht sitzt. Und Ilsebill wünscht und wünscht, wie des Fischers Fru im Märchen. Aber der Erzähler merkt wohl auch, warum: weil sie nicht so will wie er, nicht das Nest warmhalten für den Macher, wenn er müde, *ein bißchen gegenwartsmüde,* sich in die Geschichte oder an die Kochtöpfe abseilen will. Nicht einmal das Revier des Kochens ist ihr geblieben, wie von der Jungsteinzeit bis gestern; heute macht sich der verunsicherte Mann am Kochtopf breit. Versucht er nicht, der Gourmet, sich schon wieder heimlich zum Herrscher aufzuschwingen, der die Frau mit Hammelschulter zu Bohnen und Birnen niederhält?

Alle waren mit allen gedoppelt, heiß es einmal, als der Erzähler Ilsebill, eine andere Bettgenossin und sich selbst auf einen Fliegenpilztrip schickt. Er selbst multipliziert sich dabei in die ungezählten Liebhaber von neun oder elf historisch ausgemachten Köchinnen, die alle aus Ilsebill hervorzuwachsen scheinen. Dies geschieht aber, während Ilsebill im sechsten Monat schwanger ist. Die Geschichte der Schwangerschaft gibt also umgekehrt den Rahmen ab für die Erzählung vom Butt und den historischen Köchinnen und eine Geschichte der Ernährung. Über den Butt sitzen zugleich die Köchinnen, nun als Feministinnen in Berlin, 1975, zu Gericht. Der Erzähler und Ilsebill, das sind zeitlose Identitäten quer durch die Geschichte und zugleich historisch bestimmte Figuren. Es geht Grass also um nicht weniger als um die Geschichte der Männer und Frauen insgesamt und ihrer Beziehung wechselnder Herrschaft, wie sie sich in Betten und Küchen entschieden hat. Die komplizierte Konstruktion, die Mixtur sich gegenseitig bespiegelnder und durchdringender Elemente, mißrät Grass nicht zum trockenen Artefakt. Sie bleibt in vielen der über die 700 Seiten verteilten Episoden und Histörchen dieses Romans vergnüglich. Unter der Hand wird die Wiederholung zur Intensivierung. Die traurige Geschichte erzeugt, vom Blickpunkt der Küchen und Betten her erzählt, Aufklärung und Spaß in einem. Gewiß, an nicht wenigen Stellen wird die dem Feminismus zuneigende Leserin den Chauvie Grass dingfest machen; wird der mit der guten Sache sympathisierende Leser unbehaglich registrieren, daß die Frauengestalten, so drall und lüstern sie in den historischen Küchen und Betten herrschten, aufs Bleichsüchtige und Zänkische reduziert werden, wo es um Gegenwärtiges geht. Aber das männliche Elend, die weibliche Zickigkeit, die der Schriftsteller Grass darstellt, sind nicht ihm selber anzulasten.

Wenn trotzdem die feine Unterscheidungslinie zwischen Grass und dem Ich-Erzähler verschwimmt, wenn also Grass beginnt, die dargestellte Wirklichkeit schematisch zu reduzieren, dann hat das seinen Grund darin, daß es ihm nicht gelungen ist, aus dem Konstruktionsprinzip seines Romans den vollen Nutzen zu ziehen. Dieses Prinzip besteht darin, drei Erlebnisdimensionen sich immer wieder neu kreuzen zu lassen: die der historischen Szenen, des gegenwärtigen Lebenszusammenhangs und der Konfrontation mit den Feministinnen. Im Schnittpunkt dieser drei Linien hätte es gelingen sollen, die unterdrückten Anteile einer 4000jährigen Geschichte wieder zum Sprechen zu bringen. Trotz allen Fabulierens aber bleiben die Frauengestalten eigentümlich blaß, bloße Projektionswände für die männlichen Wünsche und Ängste. Grass sieht und beschreibt zuletzt immer wieder allein die Mütter, ob nährend oder verschlingend. Ihr Gekochtes steht für Trost und Bedrohung in einem.

Natürlich versteht er es, auch aus dieser Not eine Tugend zu machen. Weil er sich die eigenen Wünsche offen eingesteht, kann er die Gestalt der Ilsebill sich standhaft weigern lassen, die vom Mann erzählte Geschichte der Frauen als ihre zu akzeptieren. Die historischen Köchinnen, die er da gebiert, bleiben deutlich seine eigenen Komplexe, seine private Mythologie. *In ihre Wünsche kleiden sich meine,* heißt es von Ilsebill einmal. Ilsebill, die immer angesprochene und selten antwortende, nimmt auf diese Weise stellvertretend die Emotionen des Lesers mit auf. Ihr wünschendes Unglück, ihr Unwille gegenüber dem wortgewaltigen Koch, formuliert auch die Einwände, die falschen und richtigen, des Lesers mit und verhindert dadurch ein romantisches Mißverständnis der Geschichte.

Die Geschichte der Zivilisation, der Ernährung, der Beziehung von Mann und Frau, verläuft unterhalb der offiziellen Geschichte der Könige und Päpste. Der Witz des Grass'schen Romans liegt jedoch weniger darin, diese unbekannten oder verleugneten Bereiche zur Sprache zu bringen — dazu wäre eine Sozialgeschichte über den Prozeß der Zivilisation eher geeignet. Vielmehr gelingt es ihm, in diese unterirdische Geschichte selbst

Störelemente einzufügen; angesichts so erlesener Kultivierung des Gaumens nicht ins Geschmäcklerische abzugleiten; zu verhindern, daß die ästhetische Form, die er souverän handhabt, zur undurchdringlichen Mauer erstarrt, die den Leser gegenüber den zentralen Phantasie-Wünschen, die der »Butt« reaktiviert, wieder abschirmen könnte. Dem dienen auch die lyrischen Einschübe, die reflektierend den suggestiven Fluß der Prosa aufhalten. So erhält die Geschichte der Ernährung noch einmal ihre eigene Krypto-Geschichte: die des Hungers zum Beispiel, auch die des Abwaschs (wer räumt Ilsebills geräuscharme Geschirrspülmaschine ein und aus, *ich etwa?*), die der Aggressionen (wenn etwa Feministinnen kastrationsdrohend Rüben knabbern oder uns Fischaugen weiß aus trüber Suppe anstarren), schließlich die der Ausscheidungen (lyrisch rehabilitiert wird die Scheiße, diese so schmählich zur Denunziation mißbrauchte Lustspenderin). Zuletzt läßt er diese Krypto-Geschichte noch sich selbst im Wege stehen. Davon zeugt die unerhört dicht erzählte Episode des »Vatertags«. Hier geht es Grass, der die Fähigkeiten von Frauen gegenüber dem Patriarchat als Hoffnung verbuchte, darum, angesichts weiblicher Überanpassung an männlichen Potenzwahn zu retten, was noch zu retten ist. — »Der Butt«, das ist das historisierende Delirium eines Mannes, der sich, von den Frauen nicht mehr ernst genommen, in einem Schrift- und Wortschwall ergießt und sich so gegenüber der ewig potenten weiblichen Lust- und Gebärnatur behauptet. So versucht das verwesende Patriarchat, in Selbstkritik noch ein wenig zu überdauern.

Heinrich Vormweg

Eine phantastische Totale

Nachtrag zur »Butt«-Kritik

Für die Umgangssprache ist ein Phänomen nicht einfach eine beliebige Erscheinung, sondern so etwas wie ein dolles Ding, ein Ereignis ganz außer der Reihe, etwas, das es eigentlich gar nicht geben kann oder jedenfalls nicht geben sollte. Mehr als ein halbes Jahr nach Erscheinen des Romans ist »Der Butt« von Günter Grass ganz unzweifelhaft nur noch innerhalb dieser Kategorie zu begreifen, auch wenn man das Buch — wie die Mehrzahl der Literaturkritiker — gar nicht für so außerordentlich hält wie offenbar seine inzwischen nach Hunderttausenden zählende Leserschaft. Es sei zunächst erinnert, weshalb das so ist.

Beim Start katapultierte sich »Der Butt« sogleich auf den ersten Platz der Bestsellerlisten. Damals, August 1977, mag das zunächst einer geschickten Verlagsstrategie, zusammen mit großem Werbungsaufwand, auch einem gewissen Mangel an verkaufsträchtigen Titeln im Herbstangebot des Jahres und entsprechendem Kalkül der Sortimenter zu verdanken gewesen sein. Mehr als ein halbes Jahr später — Ende Februar 1978, da dies geschrieben wird — ist »Der Butt« noch immer auf Platz eins, aber jene Stützen haben nicht die geringste Bedeutung mehr. Es läßt sich sogar vermuten, daß der Erfolg sich auch ganz ohne sie eingestellt hätte.

Für sich allein sagt das allerdings noch wenig. Solch Bestsellererfolg ist keineswegs ein Ausweis für literarischen Rang, oft ganz im Gegenteil. Doch selbst jene Kritiker, die Grass wieder einmal bescheinigt haben, er sei ›gescheitert‹, argumentieren mit besonders strengen Maßstäben innerhalb literarischer Vorstellungen, bestätigen fast ausnahmslos partielle Außerordentlichkeit, dementieren keineswegs hohen literarischen Anspruch (wie vor Jahren etwa im Fall des Bestsellers »Das Vorbild« von Siegfried Lenz). Als der absolute Bestseller der Saison also unbestritten ein Werk der Literatur, keins der üblichen synthetischen Konsumprodukte, kein Surrogat. Zugleich sprechen alle Beobachtungen und Indizien dafür, daß »Der Butt« darüber keineswegs ein Statussymbol auf Zeit, das Prestigebuch 77/78 geworden ist, das man nur besitzen muß. Dieser Roman wird offensichtlich gelesen, und nicht nur, um mitreden zu können. Er dürfte sogar den singulären Fall eines Großerfolgs darstellen, bei dem eine Auszählung wohl auf mehr Leser als verkaufte Exemplare käme. Wer eine der Lesungen von Günter Grass miterlebt, das spontane Interesse der Zuhörer beobachtet hat, muß das für mehr als nur wahrscheinlich halten.

Dies alles zusammen macht das Phänomen. Wäre zu fragen: Was sind das für Leser? Darüber läßt sich nur spekulieren, wenn auch nicht ganz ohne jeden Beleg. Weiter: Was läßt sich schließen aus diesem kaum vergleichbaren Erfolg? Hat etwa in diesem Fall der Erfolg des Romans Konsequenzen auch für seine Beurteilung? Ich habe große Vorbehalte gegenüber den meisten rezeptionsästhetischen Bemühungen, die nach meiner Meinung auf unerforschtem und schwankendem Boden — dem Bewußtsein von Lesern, das selbst kaum befragt, analysiert wird — zu häufig ganz instabile Gebäude errichten, die oft nur ablenken von der Sache, der Literatur selbst, und zwar weil man mit dieser nicht mehr zurechtkommt. Im Falle des jüngsten Romans von Günter Grass aber scheint mir, daß bei dem inzwischen gegebenen Abstand und auch in Zukunft die Wirkung des Romans in die Diskussion des Romans selbst einbezogen werden muß. Immerhin signalisiert sie, daß Literatur, ohne sich zu prostituieren, ohne den meist deformierten Erwartungen und Vorurteilen nach dem Mund zu reden, unter bisher nicht durchschauten Umständen noch und wieder den obligaten Freiraum für Literatur hinter sich lassen kann. Und nicht durch Appelle ans restliche Bildungsbürgertum. Gesetzt, man nimmt es nicht allzu puristisch: Unmittelbarer als seit langem empfiehlt sich hier offenbar ein Großschriftsteller als Volksschriftsteller.

Wobei er seinem Leservolk gar nicht so wenig zumutet. Gewiß, der Gegenstand des »Butt« ist mit all seinen Aspekten zunächst das Fressen, das vor der Moral kommt, ist im damit gegebenen Zusammenhang das Verhältnis zwischen den Geschlechtern, die Frage nach Rolle und Macht der Frauen in der Geschichte, nach den Möglichkeiten ihrer Emanzipation heute. Ein mächtiger, lockender Stoff und ein auf attraktive Art heißes Eisen. Und es gibt immer wieder saftige Happen, wohlgarnierte Häppchen, auch gelegentlich wohltätige Abführmittel vom ›Geschichtenerzähler Grass‹, den ein Teil der Kritik gegen den Romanautor auszuspielen versucht hat. Doch ohne die inzwischen häufig genug analysierte, aber selten vom Text selbst her beurteilte, gewiß manieristische Konstruktion des Romanganzen wäre, so meine ich, auch die prallste Geschichte nur halb so schmackhaft.

Sie wirkt auf die Geschichten unmittelbar ein, die offene, eher lässig gehandhabte Konstruktion des Romans, dieses anfangs eng geknüpfte, dann sich weitmaschiger ausziehende, auch mal durchhängende Netz zum einen der neun Kapitel des Romans, von denen jedes einem Monat der Schwangerschaft von des Erzählers derzeitiger Ilsebill zugeordnet ist; zweitens der imaginären Gerichtsverhandlung über den Butt, die bis gestern den Männern hörige und sie zugleich dirigierende Grass'sche Inkarnation des Weltgeistes; drittens eines Ich-Erzählers, der sich — überheblich und demütig und ironisch — in jedem beliebigen Zeitalter zu inkarnieren vermag; viertens der langen Reihe von *neun oder elf* Köchinnen, deren Wirken für die Beschreibung der Epochen seit der jüngeren Steinzeit jeweils einen gemeinsamen Nenner abgibt. Dies alles spielt locker ineinander, um einer Erzählung vom Gang der Dinge über Jahrtausende hin einen gemeinsamen Nenner, den Zusammenhalt zu vermitteln, und dieser Zusammenhalt bleibt bis zur letzten Seite des Romans spürbar, auch wenn die Konstruktion schließlich nur noch am Rande erinnert wird. Nur wer eine ganz bestimmte Vorstellung davon, wie die innere Kohärenz eines Romans sich darzustellen hat, an den »Butt« heranträgt — meist ist eine solche Vorstellung bezogen auf die Dominanz eines Helden und damit auf ein Erzählen in vom individuellen Leben begrenzten Zeitspannen —, nur bei einem Vorurteil dieser Art läßt sich übersehen, daß Grassens Netz die Saga durchaus zusammenhält. Die Vorstellung der Leser ist hinreichend animiert, sie spielt mit, sie überspringt ohne Schwierigkeiten die scheinbaren Löcher im Ablauf — ganz wie der Autor es erwartet. Die Jahrtausendphantasmagorie verliert sich nicht einmal im umstrittenen Vatertagskapitel, diesem grotesk-tragischen Panoptikum pervertierender, dennoch sich vorerst unbestimmt behauptender, sogar zum Geschlechtsrollentausch noch lockender Männlichkeit.

Kaum erkannt ist bisher, scheint mir, die Bedeutung der zahlreichen lyrischen Einschübe, der Gedichte im »Butt« für das formale Konzept des Romans. Ganz abgesehen von ihrer durchweg außerordentlichen Eigenqualität — sie ergäben ohne weiteres für sich einen bemerkenswerten Gedichtband —, haben die Gedichte eine gar nicht zu unterschätzende Funktion im Romanganzen. Diese ließe sich beschreiben als kontrapunktisch. Die Gedichte artikulieren eine selbständige Stimme, die autornah und unmittelbar zum Leser hin im Ganzen und fürs Ganze bildstarksinnlich allgemeinere Akzente setzt. Die Gedichte ließen sich bezeichnen etwa als Bojen, die an der Oberfläche heutiger Erfahrung das in die Geschichte ausgeworfene Netz markieren, an das sie damit auch gebunden sind. Nicht völlig einbezogen in die Konstruktion des Erzählens selbst, wirken sie mittragend auf dieses doch ein, begründen, spiegeln und beleuchten sie es, akzentuieren und legitimieren sie seine Weiträumigkeit.

Gedichte im Roman erinnern an die romantische Konzeption literarischer Totalität. Obwohl er etwas aus dieser Konzeption allumfassender Totalität benutzt, liefert Grass, eine Zeit und Raum überbrückende Totale entwerfend, sich ihr aber keineswegs aus. Nur auf den ersten, flüchtigen, auch literarhistorisch interessierten Blick gibt es da Entsprechungen (statt jener zum diesmal eher willkürlich hier und da berufenen Barock), deren Reflexion jedoch aufschlußreich ist. Den Unterschied zwischen der romantischen Vorstellung von Totalität und der Grass'schen Totalen erläuternd, verdeutlicht sie diese. Es ist ein wichtiger Unterschied. Ideologisch angesehen, läuft es darauf hinaus, daß Grass auch in diesem Roman weder Idealist noch tendenzieller Metaphysiker und gewiß kein Monist ist; selbst wenn er mythisch murmelt, weiß er, was er treibt, treibt er es nicht gläubig, sondern aus deutlich als solche sich vermittelnder höchst weltlicher Absicht. Wenn schließlich, den Mann ignorierend, der wieder freigegebene Weltgeist-Butt einer polnischen Kantinenköchin in die Arme springt, damit den Anbruch eines neuen Zeitalters signalisierend, so braucht es keine minutiöse Bildsemantik, um zu erkennen, daß da wesensbezogene Symbolik nur Vehikel ist, literarisch genutzt, nicht in quasi religiöser Absicht als Glaubenszeichen gesetzt. Ein kraftvolles Bild, nichts anderes, nicht *das* Bild.

Gerade von den Parallelen zwischen den tradierten Totalitätsvorstellungen und der Grass'schen Totalen her, von den Unterschieden zwischen ihnen her läßt sich zudem erläutern, wieso der »Butt« ganz zu Recht als Roman daherkommt, nicht nur als mit Gedichten durchsetzte Sammlung wirkungsvoller Geschichten. Wieso er in seiner Konstruktion und Wirkung als Roman zu akzeptieren ist, gerade auch als Roman die Leser in so erstaunlichen Massen anzieht. Die Art und Weise, wie Grass sich — auch in der Einbeziehung von Märchen, Legende, Mythik — aufs romantische Totalitätsmuster bezieht, ohne sich und den Roman ihm auszuliefern, läßt sich besonders leicht verdeutlichen an der Vorstellung der *Zeitweil*. Das ist ein im Roman nur leicht modifiziertes, auf der Vorstellung der Wiedergeburt basierendes Science-Fiction-Motiv, dem auch die Zeitmaschine zu danken ist, es hat puren Spielcharakter. Der Anspruch des Erzählers, seit der mythischen Jungsteinzeit im Mündungsgebiet der Weichsel mit ihrem Mutterrecht in all den Epochen, von denen erzählt wird, selbst dabei gewesen zu sein, bei seinen Köchinnen den Beschäler gespielt, den Weltgeist-Butt stets in seiner jeweils historisch umkostümierten Identität selbst konsultiert zu haben, ist auf eine so drastische Weise fiktiv, daß von allen Totalitätsansprüchen nur das Vergnügen an den phantastischen Spielmöglichkeiten bleibt, die sie bieten und die Grass unnachahmlich nutzt.

Grass hat alle Gefahren romantischer Totalität neutralisiert durch eine kräftige Prise Phantastik. Der Zeitweil-Trick ist, meine ich, keineswegs eine Verlegenheitslösung, ein durchsichtiges Verfahren mit dem Zweck, sich immer wieder, wenn's brenzlig oder schwierig wird, aus der Geschichte flüchten zu können, sondern ein angemessenes Mittel im Interesse eines phantastischen Romans, der vergangene und extensiv auch gegenwärtige Realität einbezieht, spielerisch auf seinen Nenner bringt, anregen will, das Ganze auch einmal anders, trotz aller Phantastik realistischer anzusehen. Statt romantischer Totalität, doch vor ihrem Hintergrund, die phantastische Totale. Das ist schlicht ein anderer Romanentwurf als jener des psychologischen Romans oder des realistischen Zeitromans oder des Familienromans etc., und er ist nicht an diesen, sondern an seinen eigenen Möglichkeiten zu messen. Laut diesen übertrifft er alles Dagewesene, etwas schwächere Partien eingeschlossen. Den »Butt« im Zusammenhang des noch recht jungen und bisher noch nie auf die Grass'sche, auf eine derart realitätsbezogene und ›literarische‹ Weise modifizierten Genres ›phantastischer Roman‹ zu sehen, ist übrigens weit schlüssiger, als eine Deutung vom Märchen her, mag auch das Märchen »Von dem Fischer un syner Fru« als einer der Ansatzpunkte dazu verlocken. Das hält den »Butt« nur tiefer im Romantischen fest, als er tatsächlich darinsteckt.

Vor dem geschichtlichen Hintergrund noch immer nachwirkender Totalitätsvorstellungen, des Drangs, das Leben und die Welt *aus einem* zu begreifen, bleibt es eine noch nahezu allgemeinmenschliche Erwartung, die Welt als ein Ganzes erleben zu können, den neuen Rundblick zu gewinnen. Ich möchte die These aufstellen, daß nicht allein die prächtigen Geschichten, die Drastik des Erzählens, das inzwischen sozusagen entspannte, lustvolle, einverstandene Jonglieren mit Sexuellem und Fäkalischem als Lebensrealitäten die Leser des »Butt« fesselt, sondern durchaus und gerade auch seine Perspektive als Roman, sein Blick aufs historisch und gegenwärtig Ganze, und dies völlig zu Recht. Die Perspektive ist nicht plausibel und glaubwürdig, weil sie den allgemeinen Gang der Dinge allgemeinverbindlich auf den Begriff brächte, sondern weil diese Art einer in ihrem Ansatz schon als fiktiv, künstlich, gleichsam in Bettlaune erdacht sich deklarierenden Totalen solchen Anspruch, ihn nutzend, konterkariert und in Frage stellt. Um so eindrucksvoller, wenn

Grass Phantasmagorien glücken, die so intensiv auf den Zustand des Ganzen menschlicher Geschichte und Gegenwart hinweisen, daß sie es dennoch exemplarisch zu vergegenwärtigen scheinen.

Ironie bis zur Selbstironie, Drastik und Parodie, die Infragestellung jeder Geschichte oder Deutung durch andere Geschichten und Deutungen, ein bei aller sinnlichen Konkretheit doch distanziert spielerischer Umgang mit den aus der Geschichte herausgelesenen oder ihr einfallsreich nachgestellten erfundenen Verläufen, der sie ernst nimmt und doch Spielmaterial bleiben läßt — dies alles und mehr stützt den Zeitweil-Trick und hält die Phantastik im Bereich realer Vorstellbarkeit, die ihr erst die volle Wirkung vermittelt. Wäre zu erwägen, ob Grass damit nicht etwas geglückt ist, das mit der Steigerung des Antihelden zum Kretin in der »Blechtrommel« durchaus vergleichbar ist: eben die literarische Aufhebung traditioneller romantischer Totalität in einem sie relativierenden phantastischen Roman, einer geschichts- und realitätsgebundenen ›Fantasy‹, die dieses moderne Unterhaltungsgenre auf den literarischen Begriff bringt. Jedenfalls erledigen sich damit die meisten der gegen den Roman erhobenen Einwände. Sicher — die Dimension der Einzelexistenz mit ihrer Todesgewißheit wird überspielt, es geht dabei etwas verloren; manche Summierungen in den historischen Stoffbereichen gewinnen nicht die Dichte, die sie ohne die fest im Erzählen installierte Absprungmöglichkeit wohl gewönnen; Gegenwart gerät über weite Strecken tendenziell zum Medium von längst Vergangenem; der Ich-Erzähler wird tatsächlich zu einer Art Joker; das Engagement des Erzählers verändert sich, entspannt sich, wird insgesamt unverbindlicher, als es ohne jeden Fluchtweg wäre — und so weiter. Aber das alles sind eben Aspekte einer anderen als der gewohnten Art von Roman, und im »Butt« werden sie souverän aufgewogen.

In jeder einzelnen historischen Phase lauert die Apokalypse. Per Zeitweil, Gewißheit des Überlebens durch Wiedergeburt, lassen die finalen Zustände, die Teil der Realität sind, läßt das ständige, tatsächlich unaufhebbare Sterben, läßt der Tod sich überspringen. Insofern ist sie ein Medium der Ausflucht, und sei es mit Hilfe des Weltgeistes. Sie erlaubt es, vielerlei Problemen auszuweichen. Doch sie verweist auch auf etwas, tröstlich: daß die Geschichte immer weitergegangen ist. Man könnte sich unschwer vorstellen, wie der ganze Entwurf sich verändert hätte, wenn das Vatertags-Kapitel mit seiner monströsen Phantasmagorie einer umkippenden, elementar ihre Orientierung verlierenden Gegenwart den Schluß des Romans hätte bilden sollen. Im engeren literarischen Sinne wäre das ungemein wirkungsvoll gewesen — Apokalypsen wirken immer etwas stringenter. Es läßt sich wohl davon ausgehen, daß Grass mit Überlegung hierauf verzichtet hat. In seinen Augen ist offensichtlich der Aspekt realistischer, daß es weitergeht, der gleiche Kampf um Essen und Trinken und Sex und Genuß und gegen den Hunger. Und das ist ein Anlaß zu Optimismus. Melancholischem Optimismus. Es wird weiterhin diese Geschichten geben, auch wenn ganz andere darin verstrickt sein werden. Und vielleicht haben die Frauen endlich wieder einen besseren Ausgangspunkt.

Ein auf Entspannung und Gewährenlassen sich orientierender Schluß. Ein milder Schluß. Und ein der »Butt«-Phantastik gemäßer Schluß. Kein Ende des Spektakels abzusehen. Man darf's glauben, es ist nicht nur so hingestellt, sondern begründet, und das entlastet und freut den Leser.

Es gab in der »Butt«-Kritik sehr widersprüchliche Urteile über die Sprache des Romans. Auch wo sprachliche Virtuosität, partiell ›große Prosa‹ konstatiert wurde, gibt es direkte oder indirekte Hinweise auf eine gewisse Porösität, wegen sprachimitatorischer Diktion z. B., wegen einer sich dem Faktischen gelegentlich zu vorbehaltlos überlassenden Neigung zum seitenfüllenden Datensammeln. Entscheidendes Charakteristikum der »Butt«-Prosa ist, scheint mir, eine leserfreundliche Allgemeinheit oder Offenheit noch in den ganz konkreten und besonders dichten Passagen. Selbst wo man es über dem auch sprachlichen Einfallsreichtum und der unmittelbar wirkenden Sprachkraft vergißt, bleibt Grass — durchaus legitim, schon wegen der festen Einrichtung des Ich-Erzählers — innerhalb einer Erzählrhetorik, wendet er sich nicht nur, vielleicht nicht einmal primär der Sache, dem Inhalt zu, um sie differenzierter und komplexer zu konkretisieren, sondern erzählt er zugleich stets im Blick auf den Leser, alle Einfälle, Pointen, Animationen auf dieser Ebene subsummierend. Auch sprachlich geht es Grass weniger um historische und gegenwärtige Wirklichkeit an sich, als um seine für sich allein ausfaltbare Imaginationen davon, um deren Eigenbedeutung, und zugleich darum, sie plastisch, wirkungsvoll, unbedingt auch faßlich zu vermitteln. Das schließt Relativierungen ein. Wenn Grass im »Butt« aber auch der Rezipierbarkeit merklichen Vorrang einräumt, Wirkung groß schreibt, bleibt das doch immer auf der Ebene des Wirklichkeitsbezugs seiner phantastischen Totalen. Auch die Sprache des »Butt« ist nicht auf konkrete Erfahrungserweiterung aus, Erarbeitung von Neuland in der direkten Auseinandersetzung Autor — Wirklichkeit, sondern aufs überschauende, in seinem Anspruch klug relativierte Panorama einer ganzen, aus der historischen und gegenwärtigen Wirklichkeit heraus imaginierten Welt. Auf diese Weise will der Roman auch die Leser bewußt einholen, gewinnen. Ein übergreifendes Resümee des Schriftstellers, kaum ein Werk des Aufbruchs, das für Literatur Neues sondiert, obwohl noch immer etliche Überraschungen herauskommen. Anderes stand freilich gar nicht im Programm.

Und auf jeden Fall: Günter Grass hatte etwas zu erzählen, das erzählenswert ist, und zwar über die einzelnen Geschichten hinaus. Wenn er neue, andere Wirklichkeiten nicht entdeckt hat, nicht signalisiert — was übrigens seit langem ein Privileg des individuellen Anfangens ist, mehr und mehr eine individuelle Komponente bekommen hat, eine Sache vor allem des jeweiligen Entdeckers geworden ist —, wenn Grass neue Wirklichkeiten nicht entdeckt hat, so zeigt er eben doch Wirklichkeit in einer Perspektive, die für die überwältigende Mehrheit neu ist und sich ihr prall und überraschend vermittelt. Wenn schon sonst der Politiker Grass sich bei diesem Roman betont zurückgehalten hat, um bestimmte Lebensvoraussetzungen in die Erinnerung zu holen — Mehrheiten auch für die Literatur zu gewinnen, war seine durchaus politische Absicht. Und zu erzählen hatte er, daß es wenig Sinn hat, den menschlichen Realitäten auszuweichen. Das ist gewiß eine alte Geschichte, aber sie geht verloren, wenn sie nicht aus dem Bewußtsein jeder Zeit erneut erinnert wird. Es ist eine Geschichte, in der es Fortschritt nicht gibt, die höchstens möglichen Fortschritt auf anderen Ebenen andeuten oder auf den Fortschritt hinweisen kann, den es manchmal bedeutet, sich dieser Geschichte wieder bewußt zu werden. Sie läßt also den Erzähler als konservativ dastehen. Aber es ist eine wahre Geschichte. *Es gibt fünf Grundtatsachen im menschlichen Leben: Geburt, Nahrung, Schlaf, Liebe, Tod,* hat der alte E. M. Forster einst in seinen »Ansichten des Romans« festgehalten. Er hatte Recht, wenn das auch nicht die einzige Wahrheit ist. Grass erzählt für heute, unmißverständlicher als irgendjemand vor ihm, daß man um diese *Grundtatsachen* jedenfalls nicht herumkommt, erzählt es mit besonderem Augenmerk für die seit eh und je besonders umstrittene Nahrung, mit der sogleich auch die meist penibel ignorierte Kehrseite des Fressens und die Geschlechterrollen ins Blickfeld kommen, auch Macht und Politik, auch Kultur. Grass belegt es, in ironischem, spielerischem Appell an die Totalität, aus der Geschichte. Und er zeigt, daß ohne diese Erfahrung, dieses Wissen niemand zu sich selbst kommt. Auch heute nicht. Darauf zunächst kommt's an. Möglicherweise — das sei wiederholt — hat es sogar einen objektiv fast revolutionären Aspekt, die *Grundtatsachen* mehr Menschen vorbehaltlos bewußt zu machen. Noch immer werden sie nämlich lieber verheimlicht, werden statt ihrer ideologische Klischees verbreitet.

Ein Menschheitsthema, weiterhin — kein Wunder, daß die Menschen sich drängen, sobald es aus seiner ganzen Spannung heraus und faßlich in Erinnerung gebracht wird. Man darf anderes von Literatur erwarten. Nach seinen eigenen Bedingungen beurteilt aber haben, glaube ich, im Fall des »Butt« die Leser Recht: »Der Butt« ist ein exzeptioneller Roman, ist auch für sich selbst gesehen ein Phänomen. Es läßt sich dem Lesevergnügen trauen, das er präsentiert. Und es ist ein Vergnügen auf dem Niveau der vielgelesenen großen Romane der Weltliteratur, vorgestellt aus dieser unserer Gegenwart.

Heinz Ludwig Arnold

Grafiker Grass

Günter Grass ist ein gelernter Steinmetz — Bildhauer also —; doch berühmt wurde er als Romancier mit der »Blechtrommel« — und nun mit dem »Butt«; am meisten aber liege ihm die Lyrik — so hat er selbst einmal gesagt —; und nun gibt es seit einigen Jahren Ausstellungen mit dem graphischen Werk von Günter Grass.

Wer präsentiert sich da eigentlich? Ein omnipotenter Künstler? Einer, der sich alles anverwandelt und alles verwandelt, entsprechend der simplizianischen Formel: »Bald so, bald so, bald anders?« Barock ist beides allemal, wenn wir unter barock nicht einen Stil-, sondern einen Strukturbegriff verstehen: also Vielfalt, Gegensätzlichkeit, Unausweichlichkeit, Gläubigkeit. Dies im einzelnen zu begründen, ist hier nicht der Ort. Nur dies: Grass macht das Gegeneinander von Rationalismus und Irrationalismus zu schaffen, weil er die Unausweichlichkeit des kommenden Konflikts erkannt hat, und er begegnet diesem widersinnigen Gegeneinander mit beständigem Glauben an die Kraft von Ethik und Vernunft; diese zu beschwören, wird er nicht müde; wo er zeitweilig zu resignieren scheint und melancholisch wird, bedeutet dies für ihn eine Phase des Erkennens, der Orientierung, die zu neuer Produktivität reizt. Die Schnecke, die er sich als Symbol ins linke Auge strichelt, ist sein Bild für die Beständigkeit, für constantia, mit der er, als Schriftsteller und politisch aktiver Bürger, sein Geschäft betreibt.

Wie aber betreibt der Zeichner, der Grafiker sein Geschäft? Illustrierend oder selbstgenügsam? Vorbereitend oder begleitend, was sich an sprachlicher Gestaltung vollzieht? Baut die zeichnerische eine Parallelwelt auf zur sprachlichen des Romanciers, des Lyrikers?

Grass holt sich viele Motive seiner Grafik aus der belebten und unbelebten Natur und Umwelt. Die wenigsten seiner Blätter sind dynamisch. Tote Gegenstände: ein angebissener Apfel, ein kippenquellender Aschenbecher, ein abgerissener Schuh, eine lädierte Puppe, Brille und Schlüssel usw. lassen Stilleben ganz eigener Art entstehen: nichts Vollendetes, eher Beendetes, Abgenutztes; nichts eigentlich Erquickliches, aber auch nichts eigentlich Beunruhigendes sehen wir da: Bestandsaufnahme, die weder witzelnd noch erklärend noch hintergründig sein will. Als ob sich einer vergewissern will, daß er auch die Proportionen im Alltag richtig sieht: Handwerkliches, Technik und Sorgfalt als Übung; aber vielleicht auch die Kleinigkeiten als Gegengewicht und Vorbereitung zu den größeren Plänen, die doch auch aus kleineren Teilen wachsen.

Dann gibt es andere Blätter, die vielfältig andere Motive variieren: Aale in jedweder Formation, Pimmelpilze in allen Lagen, Fischköpfe, vorzugsweise auf Stangen gespießt: Steinbeißer, Lenk und Scholle, Dorsch, Rotbarsch und Butt. Vorfindlichkeiten, am Strand der Elbmündung gesehen, wo Grass seit einigen Jahren zeitweise wohnt. Auch die Aale, die man zwar aus der »Blechtrommel« kennt, sind doch nicht als Illustrationen gedacht, sind allenfalls bleibende Motive, wiederkehrend, und nicht nur in der einen Weise deutbar, wie das einige wenige Blätter nahelegen. Aale sind Bewegung, sind Leben schlechthin, hüpfen, zerhackt, noch im Essig und zappeln, zerstückelt, unterm Salbeiblatt in der Pfanne (und schmecken, so von Grass gerichtet und gereicht, vorzüglich). Aalbewegungen in die Platte zu sticheln, zu ritzen, muß verführerisch sein: Bewegungen zu bannen, darzustellen, derer man sonst kaum Herr wird: züngelnde Aale, wimmelnde Aale, sich biegende, sich verknotende Aale. Oder die anderen Wassertiere, die Fische: ihre glubschigen Köpfe und quellenden Mäuler, die Doppelaugen der Plattfische melancholisch schielend, der kleine Hai eher listig als heimtückisch, zerdrückte Kippen von Selbstgedrehten spuckend; Stillebenwelt, erstarrte Bewegung, abgestorbenes Leben, das ins Spiel zeichnerischer Formen aufgelöst ist: in Kurve, Gerade, Dreieck und Kreis.

Das sind keine literarischen Gegenstände, die nach Deutung verlangen, nichts Symbolträchtiges, Bedeutungsschwangeres. Bedeutungsvoll ist die Arbeit selbst: der Umgang mit der Nadel oder dem Zeichenstift, der technische Prozeß, das Handwerk, das hier unmittelbarer ist als beim Schreiben, fern von Abstraktionen und Metaphern, immer ganz nahe am Gegenstand. Und dann die Vollendung, wenn das Ergebnis befriedigt, der Druck — und nicht zu vergessen das traditionelle Druckerfrühstück: deftig, mit Speck, geräuchertem Aal und Schnaps. Das ist eine eigene Welt: die Welt des Zeichners ist nicht zu verwechseln mit der des Schriftstellers Günter Grass. Wo der Schriftsteller weit ausholt, tief in die Geschichte greift — so bei dem neu entstandenen »Butt« — oder in Breite und Farbe Milieus malt — wie in der Danzigtrilogie —, bleibt der Zeichner zumeist in nächster Umgebung. Wo der Schriftsteller *imaginiert,* da *sieht* der Zeichner. Daher die Bedeutung des technischen Prozesses, der unmittelbaren Umsetzung des Vorfindlichen, gleichsam vom Angesicht zum Gegenstand. Zwischen Auge und Gegenstand gibt es keine Abweichung: nichts Verschiebendes, Verzerrendes. Wohl gibt es ungewöhnliche Kombinationen: den Kippen spuckenden Hai, den Stangenfisch mit der Gabel im Mund, den Kuß von Flunder und Frau oder den genüßlichen Grass, wie er eine von drei prallen Brüsten küßt usw. Doch da will kein neuer, sich über die Dinge breitender Sinn entstehen: das Ungewöhnliche dient nicht der Verwandlung oder Verschleierung der Gegenstände, sondern ihrer Bestätigung, allenfalls ihrer Steigerung. Nur die Schnecke trägt symbolische Bürde: ein Wunschzeichen langsamen, aber beständigen, also vernünftigen Fortschritts. Hier hat Grass handfest eingegriffen: aus dem verächtlichen Zeichentier der Langsamkeit hat er die positive Allegorie beharrlicher, umsetzbarer Vernunft gemacht, die nur der zu deuten vermag, der die literarische und politische Arbeit von Grass kennt. So variieren vor allem die frühen Blätter aus dem Jahre 1972, als das »Tagebuch einer Schnecke« erschien, das Schneckenmotiv auf vielfältige Weise. Später taucht die Schnecke kaum mehr auf: die Arbeit des Zeichners löst sich von der eigenwillig verliehenen Bedeutungen und wendet sich, wie beschrieben, den Gegenständen in ihrer eindeutigen, zuweilen mit skurrilen Kombinationen versehenen Erscheinung zu.

So betreibt denn der Zeichner Grass sein Geschäft auf selbstgenügsame, literarisch unambitionierte Weise. Doch stammen literarische und zeich-

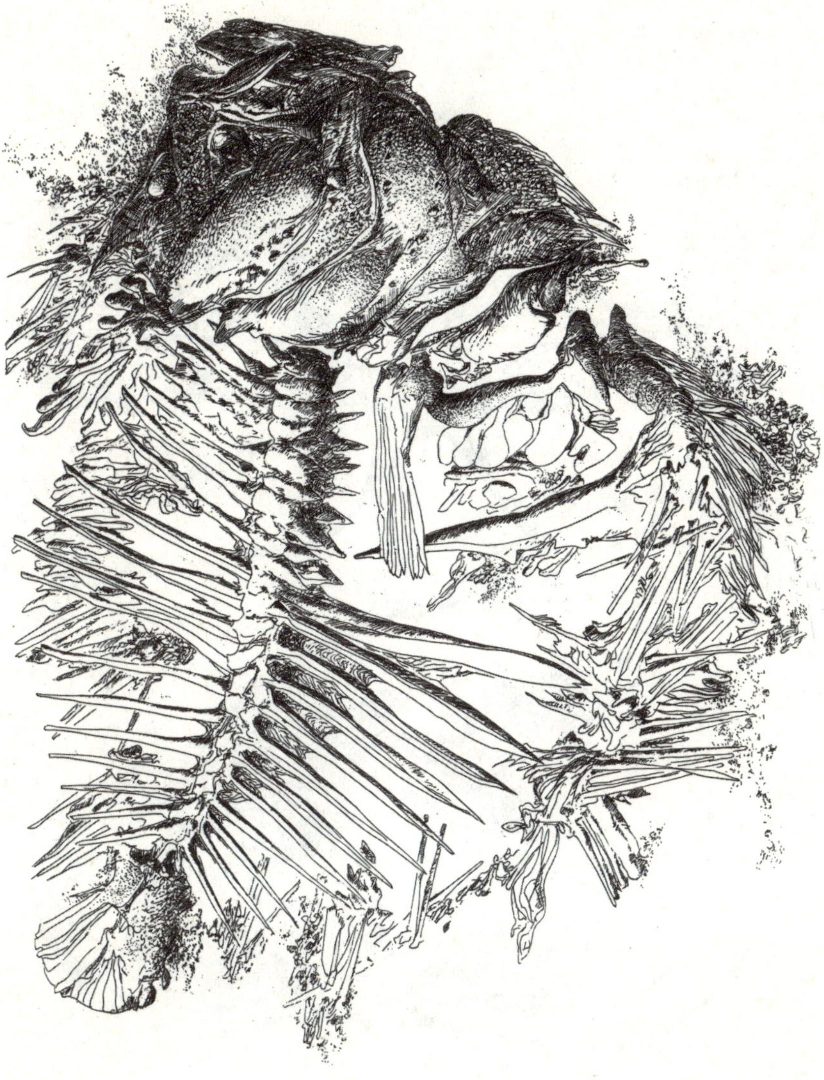

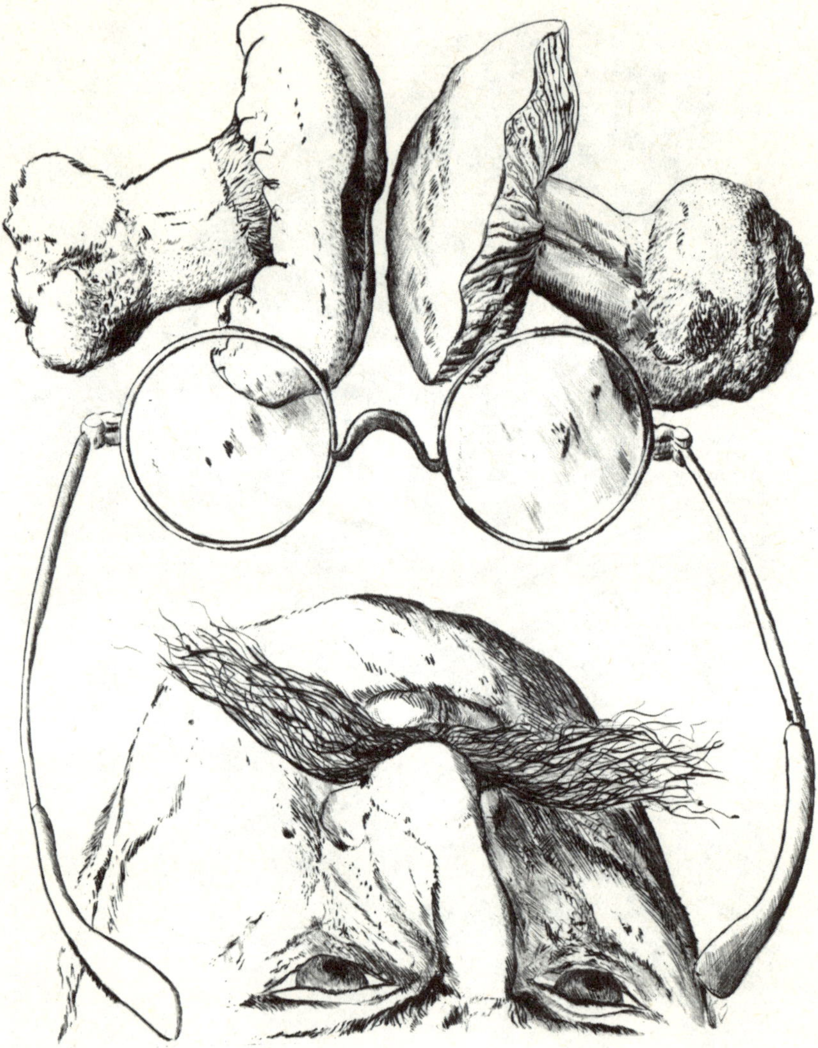

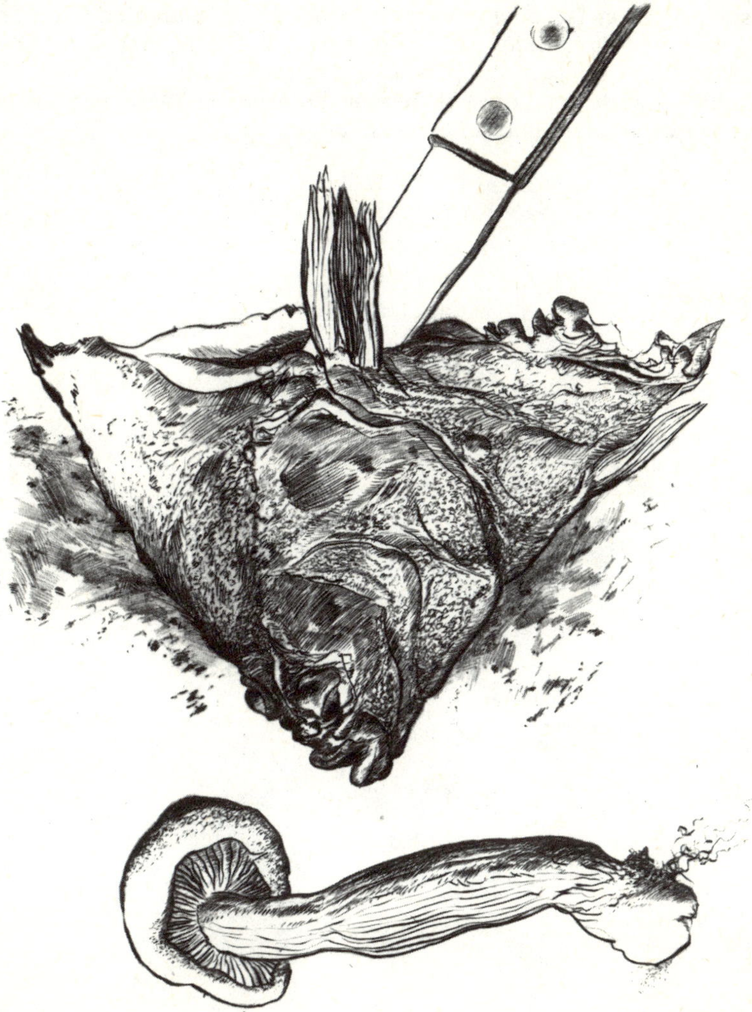

nerische Bildwelt aus *einem* Kopf: die Köche, die Grass 1974 massiert in die Druckplatten trieb, sind alte literarische Bekannte und bereiten gleichzeitig auf das neue, den Köchinnen gewidmete Buch vor; und Pilze, die immer wieder auftauchen, werden wohl auch in ihren Kochtöpfen schmoren, samt Rotbarsch und Butt. So kann man zwar nicht sagen, daß Grassens grafisches Werk eine illustrierende Komponente seines literarischen Werkes ist; aber es zeigt dem Betrachter doch eine die literarische Arbeit vorbereitende und begleitende Bildwelt, die dem Leser der Grass'schen Romane und Gedichte vertraut erscheint. So daß — umgekehrt — auch jene, die mit diesem literarischen Werk vertraut sind, es mit seinen Bildern leichter haben könnten.

Michael Hamburger

Moralist mit Narrenkappe

Die Lyrik des Günter Grass

Auf die Frage, warum Günter Grass als Lyriker ein literarischer Sonderfall sei, fällt mir als erstes ein: weil er auch noch so vieles andere ist: ein außergewöhnlicher Erzähler, ein Stückeschreiber, Zeichner, Politiker und Koch. Da heute aber die Spezialisten das Sagen haben, könnte eine solche Vielfalt von Interessen und Fertigkeiten sehr wohl verdächtig sein, und tatsächlich ist sie es für einige Kritiker von Grass ja auch. Doch je tiefer man in die unterschiedlichen Arbeitsfelder des Günter Grass eindringt, um so deutlicher ist zu erkennen, daß sie alle aus derselben Quelle gespeist werden; und daß die vielfältigen und verschiedenen Gewächse auf jedem einzelnen dieser Felder nicht voneinander abgelöst werden können — denn Grass, trotz der auffällig großen Spannweite seiner Interessen, ruht ganz in sich selbst. Ich will damit nicht behaupten, daß diese Spannweite grenzenlos sei; aber es fällt mir doch auf, daß sie mehr Themen und Gegenstände umfaßt, als im Werk der meisten anderen zeitgenössischen Lyriker zu finden sind. Und eben dies macht es so schwer, die Lyrik des Günter Grass mit Begriffen der literarischen Tradition, zeitgenössischer Strömungen und Schreibweisen auf einen schlüssigen Nenner zu bringen oder gar einzuordnen.

In den frühen fünfziger Jahren, als Grass die Gedichte seines ersten Lyrikbandes »Die Vorzüge der Windhühner« schrieb, verteidigte Gottfried Benn noch immer sein *absolutes Gedicht, das Gedicht ohne Glauben, das Gedicht ohne Hoffnung, das Gedicht an niemanden gerichtet, das Gedicht aus Worten, die Sie faszinierend montieren*[1], also das Gedicht, das sich fern hielt von moralischen und gesellschaftlichen Berührungen. Von extrem andersartiger Position her forderte Bertolt Brecht eine Lyrik, die der Frage nach ihrer moralischen und gesellschaftlichen Nutzanwendung standzuhalten vermochte. Benn forderte *keinen anderen Gegenstand für die Lyrik als den Lyriker selbst*[2]: Lyrik also als Ausdruck nur seiner selbst. Brecht dagegen verlangte von ihr die künstlerische Verarbeitung der äußeren Wirklichkeit und der menschlichen Verhältnisse. Nahezu alle bedeutenden Lyriker aus der Generation von Günter Grass folgen mit ihrem Werk Entwicklungen, die auf die zwischen Benn und Brecht angelegte Spannung zurückgehen. Und welcher Position neigt Grass zu? Beim Versuch, diese Frage zu beantworten, erkennt man, daß Grass die Fähigkeit besitzt, solch extreme Gegensätze zu vereinen und in sich auszutragen. Bald nach »Die Vorzüge der Windhühner« veröffentlichte Grass in den »Akzenten« unter dem Titel »Der Inhalt als Widerstand« drei kurze Texte, in denen Fiktion und Wirklichkeit, Phantasie und Wahrnehmung nicht als einander ausschließende Alternativen, sondern als gemeinsame bestimmende Momente einer notwendigen Spannung behandelt werden. Der zweite Text, »Ein mißtrauischer Dialog«, ist ein kurzer szenischer Dialog vom Spaziergang der beiden Dichter Pempelfort und Krudewil, die extreme Gegensätze vorstellen: Pempelfort pflegt sich vor dem Schlafengehen mit schwer verdaulichen Speisen vollzustopfen, um so Alpträume und Metaphern hervorzutreiben, die er zwischen seinen Schlafphasen notiert; die Gedichtzeilen, die Grass ihn zitieren läßt, entsprechen jener lyrischen Strömung, die in Deutschland nach dem Zweiten Weltkrieg den deutschen Expressionismus und Surrealismus neu entdeckt und an ihn angeknüpft hat. Hingegen möchte Krudewil sich *eine neue Muse stricken*, eine Muse, die *grau, mißtrauisch ... fleißig, doch wortarm in der Erotik und vollkommen traumlos*, eine Muse, die wie *eine akkurate Hausfrau*[3] ist. Diese schlichte, prosaische Muse verweist auf Brecht, aus dessen Träumen nicht schöne Metaphern und Bilder, sondern ethische und sittliche Kategorien kamen. Grass geht mit seinen beiden Dichterfiguren launig und auf humorvolle Weise unvoreingenommen um. Jene, die Grass' ausgleichendes Temperament — und vermutlich jedes ausgleichende Temperament — als Indifferenz und gar Schwäche mißinterpretieren, während es doch gerade ein Zeichen von Stärke ist, daß einer in einer Entscheidungssituation nicht den Kopf verliert, werden diesen Text vermutlich als frühen Beleg dafür ansehen, daß Grass sich prinzipiell vor einer Entscheidung drückt. Aber Grass hätte diesen Dialog wohl kaum geschrieben, wenn er damit nicht ganz bestimmte Wirkungen hätte erzielen wollen.

Bevor ich mich seinen Gedichten zuwende, sei noch auf einen anderen Prosatext verwiesen, den Grass fast zehn Jahre später ebenfalls in den »Akzenten« veröffentlicht hat, zu einer Zeit also, da er ein berühmter Schriftsteller und eine umstrittene Figur der politischen Bühne war: der Vortrag »Vom mangelnden Selbstvertrauen der schreibenden Hofnarren unter Berücksichtigung nicht vorhandener Höfe«. Schon die Überschrift mit ihrer barocken und ironischen Gleichsetzung von Schriftstellern und Hofnarren war ein Affront gegenüber der Selbstgerechtigkeit der neuen Radikalen, die Grass nicht nur als unverbesserlichen, Vers und Prosa produzierenden Clown verhöhnten, sondern auch seine Bindung an eine Partei mißbilligten, die sich nicht revolutionär, sondern reformerisch allzugroßer Mäßigung und Kompromißbereitschaft schuldig gemacht habe. Ganz bewußt bezog Grass eine Position zwischen dem literarischen Programm der Radikalen — Unterordnung der Kunst unter politische und gesellschaftliche Absichten — und der grundlegenden Forderung der Kunst nach einem freien Wirken der Phantasie, eine Freiheit, die Grass mit der Freiheit der Hofnarren und Spaßmacher gleichsetzt. Wenn ein Schriftsteller über Verhältnisse in seinem oder in einem anderen Land beunruhigt ist, und kein Zweifel, Grass nimmt leidenschaftlich Anteil am politischen Leben, so ist nach Grass die sinnvollste Weise, etwas dagegen zu tun, das politische Handeln, so wie Grass für die Partei, die er unterstützte, gehandelt hat. Aber in seiner schriftstellerischen Arbeit, in seinen Fiktionen sollte der Schriftsteller jedem äußeren Druck widerstehen, der aus dem Schreiben ein Mittel zum Zweck oder eine Waffe mache: *das Gedicht kennt keine Kompromisse; wir aber leben von Kompromissen. Wer diese Spannung tätig aushält, ist ein Narr und ändert die Welt*[4].

Natürlich gibt es in der Praxis — in der Literatur ebenso wie in der Politik und beim Kochen — diese reinen Alternativen nicht, da heißt es stets: mal ein bißchen mehr von diesem und mal ein bißchen mehr von jenem. Also nicht die Fragen nach Fiktion *oder* Wirklichkeit, Belustigung *oder* Belehrung, Kompromiß *oder* Kompromißlosigkeit, sondern die richtige Mischung aus jedem: weil Grass dies bei allem, was er tut oder schreibt, bedenkt, ist er ein Gegner allen Spezialistentums und jeglicher Ideologie. Auch seine theoretischen Überlegungen sind von diesem Bewußtsein für Komplexität geprägt — ein Bewußtsein, das aus eigener Erfahrung herrührt. In seinen literarischen Werken, also auch in seinen Gedichten, ist diese Ausgewogenheit nicht immer beständig. Sein Prosawerk gibt den subjektiven Einfallsreichtum zunehmend zugunsten der geschauten und erlebten Wirklichkeit auf, eine Beobachtung, die auch für seine Theaterstücke gilt; sein erster Lyrikband zeigt Grass noch als in höchstem Maße schwelgenden und grenzenlosen Clown. Das heißt nicht, daß diesen frühen Gedichten moralische Seriosität und gedanklicher Hintergrund fehlt, sondern daß in ihnen die spielerischen Elemente eindringlicher und eigenartiger sind als in den späteren Gedichten, in denen der Clown sein Privileg Freiheit verteidigen muß; denn diese besondere Freiheit wird ihm von dem Moralisten und Politiker Grass streitig gemacht.

In der Grass-Kritik ist die Behauptung, daß Grass seine Phantasie und Erfindungskraft am reichsten entfalte, wenn er Kindheitserfahrung gestaltet, fast schon ein Gemeinplatz: eigene Kindheitserfahrungen, die in die mehr oder weniger autobiographischen Passagen der »Blechtrommel« und »Katz und Maus« oder in Teile des autobiographischen Gedichts »Kleckerburg« eingegangen sind, und allgemein kindliches Empfinden, Anschauen und sich Verhalten. Die frühen Grass-Gedichte verdanken ihre eigentümliche Vitalität fast ausschließlich dieser Empfindungs-, Anschauungs- und Verhaltensweise; sie setzen Gesten und Handlungsabläufe ins Bild, die noch nicht von den Differenzierungen berührt sind, welche der Rationalismus der Erwachsenen einer für wahr genommenen Welt aufgeprägt hat. Sie beziehen ihre Lebendigkeit aus einer unzerteilten, offen angenommenen Welt, in der Magie die Dinge noch machtvoll zu verwandeln vermag. Wer da von Surrealismus spricht, sagt wenig über diese frühen Gedichte aus, denn sie sind realistisch *und* grotesk: sie erscheinen grotesk und sind realistisch, weil sie von den vielschichtigen Kindheitserfahrungen leben.

Will man von literarischem Einfluß auf Grass' frühe Gedichte reden, so ist weniger der Surrealismus herbeizuzitieren als Hans Arp, der Dadaist, der in Auge und Ohr sich noch dieselbe raffinierte Unschuld und geplante Ausgelassenheit bewahrt hatte, mit denen auch Grass den alltäglichen Gegenständen und Ereignissen ihre groteske lyrische Wendung verlieh. In seinen nachdadaistischen Werken schliff Arp seine ehedem unkonventionellen Bilder und Metaphern zunehmend zugunsten seiner wachsenden moralischen und gesellschaftlichen Motivationen ab; den hintergründigen allerdings gab er, wie Grass, seine Lust am Komischen mit.

Die meisten Gedichte aus »Die Vorzüge der Windhühner« führen ungewöhnliche Bilder vor, zum Beispiel jenen *elften Finger*[5], der, trotz Goethe, in dem gleichnamigen Gedicht keiner verifizierbaren Bedeutungsebene zugewiesen werden kann, sondern meist ein von individuellen

Assoziationen umspieltes Bild ist. Viele dieser Bilder finden sich auch in der Prosa, vor allem in der »Blechtrommel«, und manche waren so mächtig, daß sie variiert in anderer Prosa, in Theaterstücken, in Graphiken und Gedichten wiederkehrten (viele von ihnen: Puppen, Nonnen, Köchinnen und Hühner, sind mit Handlungselementen verbunden, z. B. das Fliegen in Verbindung mit Nonnen; und meist sind dann die Handlungselemente wichtiger als die Gegenstände, an die diese Handlungen geknüpft sind, wichtiger als Personen und Tiere). Der beabsichtigte Assoziations- und Vermittlungseffekt in diesen Gedichten nutzt auch die verbale und sinnliche Assonanz, arbeitet synästhetisch, z. B. in vielen Gedichten, in denen von Musik, von Orchestern und Musikinstrumenten die Rede ist. Da werden dann Laute in visuelle Eindrücke übertragen und visuelle oder sinnliche Eindrücke in Lautmalerei gesetzt, wie in dem Gedicht »Die Schule der Tenöre«:

Nimm den Lappen, wische den Mond fort,
schreibe die Sonne, die andere Münze
über den Himmel, die Schultafel.
Setze dich dann.
Dein Zeugnis wird gut sein,
du wirst versetzt werden,
eine neue, hellere Mütze tragen.
Denn die Kreide hat recht
und der Tenor der sie singt.
Er wird den Samt entblättern,
Efeu, Meterware der Nacht,
Moos, ihren Unterton,
jede Amsel wird er vertreiben.

Den Bassisten, mauert ihn ein
in seinem Gewölbe.
Wer glaubt noch an Fässer
in denen der Wein fällt?
Ob Vogel oder Schrapnell,
oder nur Summen bis es knackt,
weil der Äther überfüllt ist
mit Wochenend und Sommerfrische.
Scheren, die in den Schneiderstuben
das Lied von Frühling und Konfektion zwitschern, —
hieran kein Beispiel.

Die Brust heraus, bis der Wind seinen Umweg macht.
Immer wieder Trompeten,
spitzgedrehte Tüten voller silberner Zwiebeln.
Dann die Geduld.
Warten, bis der Dame die Augen davonlaufen,
zwei unzufriedene Dienstmädchen.
Jetzt erst den Ton den die Gläser fürchten
und der Staub
der die Gesimse verfolgt bis sie hinken.

Fischgräten, wer singt diese Zwischenräume,
den Mittag, mit Schilf gespießt?
Wie schön sang Else Fenske, als sie,
während der Sommerferien,
in großer Höhe daneben trat,
in einen stillen Gletscherspalt stürzte,
uns nur ihr Schirmchen
und das hohe C zurückließ.

Das hohe C, die vielen Nebenflüsse des Mississippi,
der herrliche Atem,
der die Kuppeln erfand und den Beifall.
Vorhang, Vorhang, Vorhang.
Schnell, bevor der Leuchter nicht mehr klirren will,
bevor die Galerien knicken
und die Seide billig wird.
Vorhang, bevor du den Beifall begreifst[6].

Ich will dieses Gedicht nicht interpretieren, denn eine Interpretation liefe fehl, weil sie Begriffe benutzen müßte aus dem Rationalismus der Erwachsenenwelt, die für dieses Gedicht irrelevant sind, und zwar in jeder Hinsicht. Für den Gang meiner Untersuchung reicht der Hinweis, daß sein Thema — oder Inhalt, wie Grass es einmal poetologisch formuliert hat — die individuelle Reaktion auf das Erlebnis des Gesangs von Tenören ist, die in einer Sequenz dynamischer Gesten gestaltend transformiert wird. Im lyrischen Ergebnis dieser Transformation wird nicht unterschieden zwischen verschiedenen Wahrnehmungsarten, nicht zwischen akustischen und visuellen Phänomenen, nicht zwischen dem, was greifbar plausibel ist und was nicht. Die Metapher ist, wie in der surrealistischen Literatur, autonom; aber obwohl sich das Gedicht assoziativ entwickelt, wird es doch durch eine Ordnung zusammengehalten, die vom Ausgang, vom Thema oder, nach Grass, Inhalt bestimmt ist: alle Einfälle, alle intellektuellen Inventionen werden von diesem Ordnung stiftenden Inhalt zusammengehalten — ein Prinzip durchaus barocker Herkunft.

Dieses Verfahren, der Spielweise der Poeten des 17. Jahrhunderts verwandt, ist der Lyrik Grass' eigentümlich: Einfallsreichtum u n d Organisation, Feuerwerk u n d Sinnzusammenhang. Grass nutzt die Freiheit, die ihm seine angenommene Kindhaftigkeit läßt, zum assoziations- und variationsreichen, lustvollen Spiel; aber er ist kein Kind, und so zeigen seine kindhaft unschuldigen Gedichte durchaus auch Bewußtsein, Erfahrung — diese Ambivalenz ist ihm notwendiges Vermittlungsmedium zwichen den bewußten und den unbewußten Quellen, aus denen seine Lyrik, ja seine Literatur ihre Kraft bezieht.

Gedichte wie »Die Schule der Tenöre« wären auf kindhafte Weise noch nur asozial und amoralisch, wenn ihnen ihre bezugstiftenden Anspielungen und Erfindungen nicht historische und gesellschaftliche Dimensionen verliehen, die satirisch aufgenommen sind (vgl. die Umfelder um Wörter wie *Badeorte, Schrapnell* und das herbeizitierte Publikum in der Oper). Auch die sehr kurzen, fast epigrammatischen Texte dieses ersten Gedichtbuchs von Grass zeigen ihn als Moralisten, der über die eigene clowneske und/oder kindhafte Schulter zurückblickt, z. B. in dem Gedicht »Familiär«, dessen Ironie darin besteht, daß ein Kind die Welt der Erwachsenen beurteilt: eine charakteristische Perspektive für einen Schriftsteller, der dann die »Blechtrommel« und viel später das Gedicht »Advent« schrieb. Übrigens belegt das Gedicht »Familiär«, daß Grass, dem man Obszönität und Blasphemie vorgeworfen hat, als Katholik aufgewachsen ist:

In unserem Museum, — wir besuchen es jeden Sonntag, —
hat man eine neue Abteilung eröffnet.
Unsere abgetriebenen Kinder, blasse, ernsthafte Embryos,
sitzen dort in schlichten Gläsern
und sorgen sich um die Zukunft ihrer Eltern[7].

In diesem Gedicht scheint die graugesinnte *akkurate Muse* des Alltags die Muse der Phantasie und der aufreizenden Träume abgelöst zu haben — ein Vorgang, der für Grass' zweiten und dritten Gedichtband allgemein zu gelten scheint. Aber auch in ihnen erzielt Grass seine zunehmend didaktische Wirkung — ähnlich einigen späten Gedichten Arps — durch Phantasie und Erfindungskraft, nicht durch abbildende Genauigkeit, wie Brecht in seinen kurzen Gedichten und den »Buckower Elegien« und wie seine zahlreichen Imitatoren in Ost und West. Nur die wenigsten der späteren Gedichte von Grass sind so metaphorisch ausladend und spielerisch wie die meisten Gedichte in »Vorzüge der Windhühner«. Aber ähnlich, wie der Moralist auch schon in den frühen Gedichten anwesend war, gibt es den schalkhaften Erfinder und vielschichtigen Phantasten nun auch in den späteren Gedichten, deren ›Inhalt‹ politisch und deren Form häufig satirisch ist. Die schöpferische Anspannung zwischen Realität und Phantasie gestattet, ja ruft geradezu die entschiedene Bewegung in einer Richtung hervor, aber die Phantasie erlahmt nicht.

Die Gedichte im zweiten Gedichtband »Gleisdreieck«, der vom geteilten Berlin spricht, zeigen, in welchem Maße sich bei Grass Phantasie und genaue Beobachtung durchdringen. Die sorgfältige Spurensicherung, die der Niederschrift der »Blechtrommel« vorausging, ist ein Beispiel für eine Entwicklung, die auch in den Gedichten und Zeichnungen wiederzufinden ist: vom hohen Abstraktionsgrad der Zeichnungen für »Die Vorzüge der Windhühner« über die groteske Vergrößerung realistischer Details in den Zeichnungen für »Gleisdreieck« bis hin zur übergenauen Nachzeichnung einer geballten Faust auf dem Deckblatt des dritten Gedichtbands »Ausgefragt«. Grass' wachsende Einmischung in die Politik ist eng mit seiner künstlerischen Entwicklung verbunden. Das vor allem persönlich gehaltene und groteske Gedicht »Ausverkauf« in »Gleisdreieck« enthält unmißverständliche Anspielungen auf Ostberlin:

Während ich alles verkaufte,
enteigneten sie sechs Straßen weiter
die besitzanzeigenden Fürwörter
und sägten den kleinen harmlosen Männern
den Schatten ab, den privaten[8].

Der latente Ernst der Grass'schen Clownerien — eine wesentliche Bedingung ihrer Qualität — ist in »Gleisdreieck« noch offensichtlicher als in dem vorausgehenden Gedichtband. Ohne jeden Verlust an spielerischer Komik und Erfindungsreichtum kann Grass nun existentielle Parabeln schreiben wie »Im Ei« oder »Saturn«: Gedichte, denen man nicht mehr allein mit Begriffen wie jenen der bloßen närrischen Phantasie beikommt.

Ein außergewöhnliches Gedicht aus »Gleisdreieck« erwies sich beim Versuch, es ins Englische zu übertragen, als völlig unübersetzbar. Seine Wirkung geht von vierfachen Reimen und den in ihnen angelegten Bedeutungsverschiebungen aus, für die in einer anderen Sprache nur die vagesten Entsprechungen zur Verfügung stehen. Grass selbst hat eine besondere Vorliebe für dieses Gedicht, das düstere »Kinderlied«, vielleicht weil es von all seinen Gedichten auf unmittelbarste und eindringlichste Weise Naivität und Erfahrung verbindet. Das Gedicht gewinnt seine künstlerische Qualität aus der Gegenüberstellung von Freiheit — für Grass ein unantastbarer Wert: die Freiheit des kindlichen Spiels, die auch das Vorrecht der Hofnarren ist — und Unterdrückung der Individualität, wie sie von totalitären Regimen geübt wird.

Wer lacht hier, hat gelacht?
Hier hat sich's ausgelacht.
Wer hier lacht, macht Verdacht,
daß er aus Gründen lacht.

Wer weint hier, hat geweint?
Hier wird nicht mehr geweint.
Wer hier weint, der auch meint,
daß er aus Gründen weint.

Wer spricht hier, spricht und schweigt?
Wer schweigt, wird angezeigt.
Wer hier spricht, hat verschwiegen,
wo seine Gründe liegen.

Wer spielt hier, spielt im Sand?
Wer spielt muß an die Wand,
hat sich beim Spiel die Hand
gründlich verspielt, verbrannt.

Wer stirbt hier, ist gestorben?
Wer stirbt, ist abgeworben.
Wer hier stirbt unverdorben
ist ohne Grund verstorben[9].

Lachen, Weinen, Sprechen, Schweigen, Spielen und sogar Sterben sind jene spontanen, unberechenbaren Verhaltensweisen, denen totalitäre Unterdrücker subversive politische Motive unterstellen und damit den ›Akt der Unschuld‹ zerstören. Kein anderes Gedicht von Grass ist so schlicht und so kunstfertig in einem, entfaltet mit so wenig Mitteln zu einen solchen Beziehungsreichtum. Aber auch ohne seine straffe syntaktische und rhythmische Struktur wäre das Gedicht nicht ins Englische zu übersetzen, weil kein Wort dieser Sprache jene schrecklichen Bedeutungsfelder evoziert wie die deutschen Worte »angezeigt« oder »abgeworben«; das gleiche gilt für den Vers »Wer spielt muß an die Wand«.

Es ist typisch für die Verfassung der westdeutschen Literatur der späten sechziger Jahre, daß »Ausgefragt«, der dritte Gedichtband von Günter Grass, politische und nicht literarische Diskussionen ausgelöst hat. Tatsächlich stehen in ihm sehr viele Gedichte, die unmittelbar — manchmal vielleicht zu unmittelbar — politische und aktuelle Themen ansprechen. Einige davon, wie »In Ohnmacht gefallen«, wurden nur als gezielte Provokation und Widersprüche gegen die radikalen Linken gelesen:

Wir lesen Napalm und stellen Napalm uns vor.
Da wir uns Napalm nicht vorstellen können,
lesen wir über Napalm, bis wir uns mehr
unter Napalm vorstellen können.
Jetzt protestieren wir gegen Napalm.
Nach dem Frühstück, stumm,
auf Fotos sehen wir, was Napalm vermag.
Wir zeigen uns grobe Raster
und sagen: Siehst du, Napalm.
Das machen sie mit Napalm.
Bald wird es preiswerte Bildbände
mit besseren Fotos geben,
auf denen deutlicher wird,
was Napalm vermag.
Wir kauen Nägel und schreiben Proteste.
Aber es gibt, so lesen wir,
Schlimmeres als Napalm.
Schnell protestieren wir gegen Schlimmeres.
Unsere berechtigten Proteste, die wir jederzeit
verfassen falten frankieren dürfen, schlagen zu Buch.
Ohnmacht, an Gummifassaden erprobt.
Ohnmacht legt Platten auf: ohnmächtige Songs.
Ohne Macht mit Guitarre. —
Aber feinmaschig und gelassen
wirkt sich draußen die Macht aus[10].

Dieses Gedicht läßt, verglichen mit Grass' älteren Gedichten, nur wenig Raum für Spielereien. Eine nahezu Brechtsche Präzision und Strenge scheinen hier der Entschlossenheit Grass' zuwiderzulaufen, den Hofnarren vom politisch engagierten Bürger abzusetzen. Dennoch halte ich es für falsch, daß man dieses Gedicht vornehmlich als eine Polemik gegen die radikalen Linken liest. Die Gewichtigkeit seines Themas und der Ernst seiner Sprechweise lassen eher vermuten, daß Grass hier mehr mit sich selbst als mit anderen im Streit liegt und daß er von eigenen schmerzlichen Erfahrungen spricht. Aber sonst überall in »Ausgefragt« findet sich der alte Übermut, selbst in Gedichten wie »Der Dampfkessel-Effekt«, die jenem eben zitierten thematisch verwandt und vor allem polemisch gemeint sind. Das Hauptstück der vier unter dem Titel »Zorn Ärger Wut« zusammengefaßten Gedichte, »Die Schweinekopfsülze«, war deutlich konzipiert als ein durchgehend satirisches Gleichnis, aber irgendwie hat dann der Koch den Satiriker verdrängt, weil dem Koch sein Rezept so viel Vergnügen machte, daß auch der Leser aus der Politik heraus in die Küche gezogen wird. Das vielleicht glücklichste Gedicht in »Ausgefragt« — glücklich in doppelter Bedeutung — ist »Advent«, denn es verbindet harmonisch politische Satire mit dem Gefühl von Freiheit und Lebensfreude, die, wie immer bei Grass, aus der Welt der Kindheit kommen. Auch hier, wie in dem autobiographisch gesättigten Gedicht »Kleckerburg«, herrscht eine außerordentliche Spannung, weil die naive Amoralität der Kindheit ins Licht gereifter gesellschaftlicher Erfahrung gehoben und bewertet wird. In »Advent« kontrastiert Grass den Kriegsspielen der Kinder jene ihrer Eltern und der Staaten:

. . .

wenn Onkel Dagobert wieder was Neues
die Knusper — Kneißchen — Maschine
und ähnliche Mehrzweckwaffen Peng! auf den Markt wirft,
bis eine Stunde später Rickeracke . . . Puff . . . Plops!
der konventionelle, im Kinderzimmer lokalisierte Krieg
sich unorthodox hochschaukelt,
und die Eltern,
weil die Weihnachtseinkäufe
nur begrenzte Entspannung erlauben,
und Tick, Track und Trick, —
das sind Donald Ducks Neffen, —
wegen nichts Schild und Schwert vertauscht haben,
ihre gegenseitige, zweite und abgestufte,
ihre erweiterte Abschreckung aufgeben,
nur noch minimal flüstern, Bitteschön sagen,
. . .[11]

Ein moralisches Urteil ergeht in diesem Gedicht nicht ausdrücklich, und wo es implizit ausgesprochen wird, scheint es eher den Kindern zuzustimmen, die *eine Familie planen, / wo bös lieb und lieb bös*[12] ist, als den Eltern, *die überall rumstehen / und vom Kinder anschaffen und Kinder abschaffen reden*[13]. Ganz gewiß kann man von diesem Gedicht sagen, daß sein neuer Realismus Grass nicht die spielerische Freiheit und die sprachliche Erfindungsfreude seiner älteren Gedichte genommen hat. Aber auch, daß er diesen Realismus gewonnen hat — in Gedichten, die von individueller Erfahrung sprechen wie »Ehe« und »Vom Rest unterm Nagel«, und in anderen, in denen die Rede ist von Gesellschaft und Politik —, wird man nicht bezweifeln können; und realistisch war ja auch seine politische Stellungnahme in der Opposition zu den Utopien der Links- und Rechtsradikalen.

Der Gedichtband »Ausgefragt« stellt Grass als einen Lyriker vor, dessen Wahrnehmung und Bewußtheit schärfer geworden sind; aber er treibt seinen Realismus und seine fast pedantische Präzision nicht ins Extreme, Übersteigerte. Seine Einmischung in die politischen Geschäfte hat ihn stark und spürbar geprägt, doch sein im wesentlichen unpuritanisches Temperament garantiert ihm auch weiterhin die schöpferische Spannung zwischen Naivität und Erfahrung, zwischen Spontaneität und Selbstdisziplin. Oder anders gesagt: Grass möchte nicht, wie die Ideologen und

Radikalen, die Politik hinüberziehen in sein privates Leben, und auch nicht in jene künstlerischen Prozesse, in denen seine individuelle Persönlichkeit lebt. »Ausgefragt« ist zwar beherrscht von öffentlichen Themen, aber es enthält auch ein Gedicht wie dieses: »Falsche Schönheit«:

Diese Stille,
also der abseits in sich verbissne Verkehr,
gefällt mir,
und dieses Hammelkotelett,
wenn es auch kalt mittlerweile und talgig,
schmeckt mir,
das Leben,
ich meine die Spanne seit gestern bis Montag früh,
macht wieder Spaß:
ich lache über Teltower Rübchen,
unser Meerschweinchen erinnert mich rosa,
Heiterkeit will meinen Tisch überschwemmen,
und ein Gedanke,
immerhin ein Gedanke,
geht ohne Hefe auf;
und ich freue mich,
weil er falsch ist und schön[14].

Gedanken, die einen glücklich machen, weil sie »falsch ... und schön« sind, haben keinen Platz in der ernüchterten Lyrik nach Brecht, in der Lyrik der sechziger Jahre. Wenn er will, kann Grass so realistisch schreiben wie all diese Lyriker in der Bundesrepublik und in der DDR; aber in der Freiheit des Hofnarren wurzelt auch das Recht, phantasievoll, spielerisch und grotesk zu sein.

Daß Grass auf dieser Freiheit beharrte, hatte vor dem Hintergrund der allgemeinen, von zunehmender Politisierung bewirkten Krise der westdeutschen Literatur eine besondere Bedeutung. Grass hat sich wenig um Auseinandersetzungen gekümmert, in denen diskutiert wurde, was man denn nun noch schreiben dürfe und was nicht, er hat sich von Theorien wenig beeindrucken lassen. Er schrieb, was für ihn zu schreiben notwendig war, und er hat mit verschwenderischer Energie geschrieben, die, auch in seinen Gedichten, Irrtum, Taktlosigkeit, »falsche Schönheit« und schlechten Geschmack riskierte. Man hat zeitweise fragen müssen, ob sich Grass diese Energie und Spontaneität bewahren könne: der ideologischen Bedrängung hat er keine Zugeständnisse gemacht — aber was, wenn er sich immer weiter von den reichen Quellen seiner Kindheit entfernt, die seine spielerische Freude und phantasievolle Erfindungskraft speisten? Da es eine natürliche Grenze für die fruchtbare Spannung zwischen dem politisch Handelnden und dem spielfreudig Phantasierenden, d. h. zwischen jeglichem zähen politischen Engagement und der aller bedeutenden Literatur eigenen Offenheit gibt, war man eine Zeitlang versucht, um Grass' literarische Zukunft zu bangen. Das beschriebene Spannungsverhältnis aber war in der Literatur des Günter Grass von Anfang an präsent, auch zu Zeiten, da der Clown noch alle Freiheiten zu haben schien und der Moralist noch nicht in die Politik hineingezogen war. Und es gibt keinen Grund, warum es sich verlieren sollte: die politische gelebte Erfahrung verwandelt sich bei Schriftstellern in Bewußtsein, und die Unschuld geht nie verloren, sondern erneuert sich innerhalb des Bewußtseins.

[Aus dem Englischen von Ilsabe und Heinz Ludwig Arnold]

---

1 Gottfried Benn: »Probleme der Lyrik«. In: Gottfried Benn: »Essays. Reden. Vorträge«, Gesammelte Werke in vier Bänden, herausgegeben von Dieter Wellershoff. Erster Band, Wiesbaden 1959, S. 524. 2 »Probleme der Lyrik«, a.a.O. S. 510. 3 Günter Grass: »Der Inhalt als Widerstand«. In: »Akzente«, 4. Jahrgang 1957, S. 233. 4 Günter Grass: »Vom mangelnden Selbstvertrauen der schreibenden Hofnarren unter Berücksichtigung nicht vorhandener Höfe«. In: »Akzente«, 13. Jahrgang 1966, S. 199. 5 Günter Grass: »Die Vorzüge der Windhühner«, Berlin und Neuwied 1956, S. 35. 6 »Die Vorzüge der Windhühner«, a.a.O. S. 14 f. 7 »Die Vorzüge der Windhühner«, a.a.O. S. 46. 8 Günter Grass: »Gleisdreieck«, Neuwied und Berlin 1960, S. 79. 9 »Gleisdreieck«, a.a.O. S. 9. 10 Günter Grass: »Ausgefragt«. Gedichte und Zeichnungen, Neuwied und Berlin 1967, S. 58. 11 »Ausgefragt«, a.a.O. S. 22. 12 »Ausgefragt«, a.a.O. S. 23. 13 ebd. 14 »Ausgefragt«, a.a.O. S. 98.

Joachim Kaiser

Die Theaterstücke des Günter Grass

Kann man sagen, dem Dramatiker Günter Grass geschehe Unrecht? Gibt es Gründe für ihn, sich in einen Schmollwinkel zurückzuziehen, weil man Stücke wie etwa »Die bösen Köche« nicht nachspielt, weil unsere Dramaturgen oft genug Dramen anderer Autoren bevorzugen, die keineswegs jene Vorzüge, jene Momente von sprachlichem, poetischem und intellektuellem ›Niveau‹ besitzen, an denen es keinem einzigen dramatischen Versuch von Günter Grass fehlt? Anders ausgedrückt: Ist da noch etwas zu entdecken oder gutzumachen oder zurechtzurücken?

In einem 409 Seiten dicken Band hat der Luchterhand-Verlag nun die »Theaterspiele« von Günter Grass gesammelt vorgelegt. Dabei hat man — glücklicher-, wenn auch nicht ganz ehrlicherweise — übrigens jenes »Goldmäulchen«-Stück weggelassen, das nichts anderes war als eine kaum veränderte Fassung des viertletzten Kapitels aus den »Hundejahren«. Immerhin hat Günter Grass diese »öffentliche Diskussion«, die in den »Hundejahren« 42 Seiten einnimmt, dann als Hörspiel und schließlich als Uraufführung im Münchner Werkraumtheater dramatisch vorgeführt wurde, ja auch für die Bühne freigegeben. Streng genommen gehört mithin »Goldmäulchen« auch dazu, aber Grass und der Luchterhand-Verlag nahmen solche philologischen Überlegungen auf die leichte Achsel. »Goldmäulchen« war ja schon im Roman eine der schwächsten Partien, auf der Bühne nicht einmal ein Experiment. Darum ließ man es mit Recht bei dieser Sammlung von Theaterspielen weg. Was übrigbleibt, ist demnach als vollständige Sammlung Grass'scher Theaterbemühungen zu werten.

Die Stücke umspannen einen Zeitraum von gut zwölf Jahren. Als »Hochwasser« im Januar 1957 herauskam, war Günter Grass ein interessanter Nachwuchsautor; als »Davor« im Februar 1969 uraufgeführt wurde, galt er als einer der ersten Schriftsteller der Welt. Aber gewiß nicht wegen seiner Dramen, mit denen Günter Grass bisher noch nie großes Glück bei den ›Zünftigen‹ hatte, sondern wegen seiner Romane, die ihm einen fast beispiellosen Ruhm sicherten, beziehungsweise auch wegen seiner Lyrik — von der die Originellen, die Elitären, die Anderen sagen, sie sei eigentlich Grass' Bestes.

Wer mit dem Theater zu tun hat, hat es mit einer derben, handfesten, ja mit einer vital-brutalen Institution zu tun, die sich um Einzelqualitäten nicht kümmert, sondern entweder positiv reagiert oder negativ. Das heißt nicht, es hätten auf dem Theater nur Stücke Erfolg, die mehr oder weniger opportunistisch auf die Forderungen nach ›Bühnenwirkung‹ eingehen. Es gibt auch eine ganze Reihe hochbedeutender und vielgespielter Stücke, die entschlossen auf Effekte, auf Handlung etc. verzichten. Aber irgendeine eindeutige (poetische oder allegorische oder sprachkritische) Qualität muß wohl jedes Stück haben, das von der Bühne herab der schamlosen Erwartung des Parketts begegnet. Es ist also doch ein Urteil, wenn Dramen der Erfolg versagt bleibt. Zumindest ein Indiz.

Was ist nun eigentlich den durchaus verschiedenen, verschieden langen, verschieden anspruchsvollen, verschieden ›intonierten‹ Dramen von Günter Grass gemeinsam? Was verbindet den Miniatur-Einakter »Noch zehn Minuten bis Buffalo« mit »Die Plebejer proben den Aufstand«? Gibt es Konstanten, und wie sehen sie aus?

Liest man die Stücke der Reihe nach durch — manche von ihnen gehören zu den meist diskutierten Literatur-Gegenständen der letzten Jahre, andere sind nahezu unbekannt —, dann fällt zunächst folgendes auf: Günter Grass ist ein unerotischer Autor. Mit Thomas Mann, George Bernard Shaw und Bertolt Brecht verbindet ihn eine merkwürdige Scheu, über Liebe, geschlechtliche, heterosexuelle Liebe zu schreiben, sie zu gestalten. Das hat mit Askese nichts zu tun, noch weniger mit, wie vielleicht manche argwöhnen, potentieller Homosexualität oder sonst irgend etwas ›Interessantem‹. Es gibt beispielsweise schöne Liebesgedichte von Günter Grass. Aber so wie bei Brecht die großen Frauenrollen alle etwas Mütterliches haben, etwas wenig Verführerisches, so wie bei Brecht die Begierde nach dem anderen Geschlecht, wenn sie überhaupt dramatisch gestaltet wird, zur Lyrik gereimt, so wie bei Thomas Mann und Shaw die Leidenschaft eher Begleiterscheinung ist als zentrales Thema — so ist auch Günter Grass mehr ein Autor der Freundschaft, ein Autor der eher infantilen Sexualität als der erotischen Spannung zwischen den Geschlechtern. Man mißverstehe mich nicht: ich meine das nicht wertend, sondern charakterisierend. Freilich hätte man hier bereits ein erstes Argument für den mangelnden Theatererfolg der Grass'schen Dramen. Von einer ›Liebe‹, die zerstört wird, handeln nur die »Bösen Köche«. Und bei genauerer Lektüre des Stückes glaubt man dem Autor doch eher, daß er etwas von Küche, Schweinskopfsülze, von männlicher Bosheit und leidenschaftlicher Rivalität verstehe, als daß ihn die Polarität zwischen Mann und Frau produktiv mache. Wo es in den »Bösen Köchen« um die Beziehung, beziehungsweise das Ende der Beziehung zwischen Vasco und der Krankenschwester Martha geht, da hat das Stück etwas Uneigentliches. Da wirkt es geradezu wie ein schwacher Nachklang von Anouilhs »Die Theaterprobe oder die bestrafte Liebe«. Die umfunktionierte Passion hat den Dramatiker nicht wirklich produktiv gemacht.

Was verbindet die Stücke noch? Eine lakonische Dialoggeschicklichkeit. Kurze, nicht zu Ende gehende Sätze sagen hier sehr viel. Wenn Grass nicht, wie in seinen beiden letzten politisierenden Dramen, explizit argumentieren will, dann hat er einen sich manchmal beinahe selbständig machenden, unverkennbaren Tonfall. Vom ›Jadoch‹ bis zum charakteristischen Anakoluth geht die Sprache oft genug quer durch die Figuren. Sie macht sich selbständig. Ein Grass-Wort gibt das andere.

Nur im einzelnen ist nachweisbar, was trotzdem als durchgehende Eigenschaft hier genannt werden muß: Günter Grass entwickelt zumindest in seinen umfangreicheren Stücken keine eigene Dramaturgie. Es wirkt oft so, als ob er der eigenen Freiheit nicht trauen wolle, als ob er den von ihm mit machtvoller Phantasie und manchmal blendendem Formuliergenie vorgeführten Impulsen irgendwie ängstlich plötzlich eine Handlung oder eine Gliederung oder ein konventionelles Geschehen entgegensetze. Er ist dann ein Gefangener von mehr oder weniger einleuchtenden Konstellationen und Grundeinfällen. Zwischen dem Ziel, auf welches die Dialoge und die Szenen zustreben, und der Form, in der das alles dargeboten wird, besteht eine schwer dingfest zu machende Differenz. Wie außerordentlich interessant könnte das Gewissensdrama des *Chefs* sein (in »Die Plebejer proben den Aufstand«), wenn man den alt gewordenen Links-Intellektuellen nicht fortwährend auf die Wirklichkeit des 17. Juni und auf die Autorität Brechts bezogen fände. Immer wieder drängt sich dann der Eindruck auf, der Handlungseinfall stehe gleichsam schräg zur natürlichen Gravitation der dargebotenen Haltungen und Probleme.

Ein Letztes: man könnte eine Grass-Biographie schreiben, wenn man nach der anarchischen, undomestizierbaren Kraft seiner Kinder, Tiere und Anti-Establishment-Figuren fragt. Das können die Ratten *Strich* und *Perle* sein, die in »Hochwasser« ihr kommentierendes Wesen treiben, das können die Kinder *Sprotte* und *Jannemann* sein, deren Frechheit sogar einen systematischen Mörder überdauert, das können vermeintlich Erwachsene sein, die als Lokomotivführer und Heizer in »Noch zehn Minuten bis Buffalo« Eisenbahn spielen und lustige Lieder singen, das können sogar böse Köche sein, die ein sentimentales Individuum zur Strecke bringen, oder, seltsam genug, im dritten Akt von »Die Plebejer proben den Aufstand« ein paar revolutionäre Arbeiter, die den *Chef* erhängen wollen und sich durch ein schlichtes Märchengleichnis davon abbringen lassen. Das können schließlich die beiden Schüler Philipp und Veronika sein, die in »Davor« schon viel zu intelligent, ansprechbar, argumentationsfähig und ›vernünftig‹ sind, als daß von ihnen noch eine wirkliche Gefahr ausginge . . .

Von allen diesen Behauptungen am schwersten zu belegen, aber vielleicht doch am wichtigsten, ist das Verhältnis zwischen dem Freiheitsimpuls einer Situation, einer Dialog-Steigerung, einer szenischen Forderung und der plötzlich manchmal geradezu klappernd einsetzenden, alles abwürgenden Dramaturgie, die oft so wie ein Einfall an sich erscheint, aber im Effekt, indem sie haltbar und faßlich macht, eher abwürgt als wirklich hilft. So beginnt das Stück in zwei Akten »Hochwasser« mit einer verblüffend selbstverständlichen, vieldeutigen Sicherheit. Die Situation ist saukomisch, hat, wenn man so will, einen absurden Schmelz, steht für erlebte Realität ein, scheint sprachlich vollkommen bewältigt. Die alten Leute, die mühselig im vom Hochwasser bedrohten Haus etwas zu retten versuchen; die Kinder, die bei diesen Aktionen nicht mithelfen: *Sie wollen nicht, liegen immer nur herum und haben sich;* die Eigenwilligkeit des Sammlers, in der sich ebenso ein drolliger Spleen wie eine respektable Hartnäckigkeit des Überleben-Wollens symbolisiert: Satz für Satz ist die Ausgangssituation geglückt, einleuchtend theatralisch. Man kann das durchaus mit Becketts Szenarien vergleichen, mit dem »Endspiel« und den »Glücklichen Tagen« zum Beispiel, die teils gleichzeitig, teils später entstanden. Und die wilden, mitleidslosen Kinder — in diesem Stück sind es Ratten, die berlinisch reden — fügen sich genau ins seltsame Szenarium ein.

Aber dann wurde Günter Grass konstruktiv, leider. Jetzt kehrt der verlorengeglaubte Sohn Leo wieder — die Handlung setzt ein und das Stück wird schwächer, wird platt-harmlos nach der bedeutenden Anfangssituation. Daß der Boxer Kongo gleich Lohengrin zitiert, daß plötzlich von Düsseldorf und Paris die Rede ist, daß alle Hintergründigkeit verschwindet und nur noch gewandter Dialog übrigbleibt — das alles schadet einem Stück, dem es gleichsam aktionistische Hilfestellung zu geben scheint. Und der Schluß ist nur noch witzig, beziehungsweise eine allzu deutliche Allegorie auf das Verhalten von Menschen während und nach einer Katastrophe. Man könnte sagen, im »Hochwasser« fängt Grass wie Beckett an und endet wie Bulatovic.

»Onkel, Onkel« ist ein Drama der leichten Hand. Angesiedelt zwischen der makabren Eleganz des Chaplin-Films »Monsieur Verdoux«, wo ein systematischer Heiratsschwindler und Frauenmörder aufgrund heiterster Unfälle und Ungeschicklichkeiten nie mehr zum Zuge kommt, und dem beziehungsvollen Infantilismus der »Blechtrommel« hat das Stück nur eine Schwäche: beziehungsvolle Überdeutlichkeit. Grass sind glänzende Einzelheiten eingefallen: Sophie ist so unschuldig, daß sie dem in ihr Zimmer eingedrungenen Mörder sogar verrät, wie ungeschützt sie sei. Der Förster ist auf der einen Seite knorrig-entschlossen, den Tod hinzunehmen, andererseits reagiert er mit der naturliebenden Sentimentalität eines empfindsamen Waldromantikers, der sich wenigstens freut, im Grünen sein Ende zu finden, während der mordbereite Bollin als moderner Systematiker ihm gegenübersteht wie das 20. dem 19. Jahrhundert. Und doch kann man nicht übersehen, daß alle diese brillanten Einzelheiten auf gar zu umstandslose Typisierung hinauslaufen. Die Figuren sind Phrasen, beziehungsweise Kabarett-Einfälle, beziehungsweise Adjektive auf zwei Beinen. Das ist hier nur deshalb kein Kunstfehler, weil man den kabarettistischen Unterton immer mithört. Grass neigt in seinen Stücken dazu, fortwährend auf real existierende Menschen (Sänger, Verleger, Regisseure und so weiter) anzuspielen. Er macht Witze — gute Witze, aber eben doch Witze, die verhindern, daß die Sache über berechenbare Effekte hinaus in Bewegung gerät und zum Kunststück zusammenschießt.

Gemessen am traditionellen Drama, seinen Forderungen und Usancen, hat dieses mörderische Kinderspiel »Onkel, Onkel« gewiß Fabrikations-Schwächen. Die Hauptfigur, ein Systematiker namens Bollin, schreitet allzu simpel mordbereit durch die vier Bilder. So wenig dem Don Juan vor den Augen des Publikums auch nur eine Verführung gelingt, so wenig kommt Bollin zum Ziel: Sein Scheitern freilich macht herrliche Spiel-Energien frei. Denn er scheitert eigentlich jedesmal an Kindern — an der fabelhaften Unbeirrbarkeit von Kindern. Die sechzehnjährige Sophie liegt grippekrank und kreuzworträtsellösend im Bett. Sie ist einfach nicht davon abzubringen, den Mord-Gast ungefährlich zu finden, ihren Zustand ernst zu erörtern, vor Ansteckung zu warnen, Bollin zum Tee einzuladen. Kindlich auch das Verhalten der ebenso gespreizten wie dumm-strebsamen Diva: Sie willigt zwar aus Sensationslust und Theatralik in den Mord ein, verfolgt aber den armen Bollin, der körperliche Berührung nicht ausstehen kann, derart hektisch mit ihrer Liebe, daß der Zartbesaitete höchstbegreiflicherweise flieht. Der Förster hingegen will romantisch im Wald hinscheiden; er weiß so wunderschön über die Bäume, ihr Leben und Weben zu reden, daß Bollin seinen Plan aus den Augen verliert. Nur die beiden Gören — Sprotte und Jannemann — sind tatenfroh. Zum Spaß knallen sie den Mörder mit seinem eigenen Revolver nieder.

Übrig bleibt ein Dialog, der Kindersprache und -grausamkeit mit einzigartiger, entsetzlich lustiger Genauigkeit festhält, der mit konventionelleren Mitteln eine Förster-Karikatur und eine Diva-Charge bietet und halbstarken, provinziellen, kleinbürgerlichen Haltungen heiter-potent auf die Schliche kommt. Leer ist der Fleck der Hauptrolle. Bollin sollte das Stück zusammenhalten, aber er ist nur eine Hilfskonstruktion, weder durchschaubar noch komisch, weder dämonisch noch gehetzt, weder wirklich ›systematisch‹ noch sonst irgendwie zu begreifen. Als Lackmus-Papier macht dieser Möchte-gern-Mörder die Reaktionen anderer sichtbar.

Sowohl in »Hochwasser« wie in »Onkel, Onkel« hatte man es mit Sammlern und Systematikern zu tun. In der »Buffalo«-Groteske scheint der plebejische Egoismus von Unangepaßten zu fehlen. Hier hat Grass sich, wenn auch nur einen kurzen Einakter lang, wirkliche Freiheit gelassen und genommen. Buffalo, das ist eine Utopie schöner Freiheit, die Beziehung zwischen den beiden aus der Marine desertierten Eisenbahnspielern ist heiter und doch gewichtig (das Stück ist vor Becketts »Endspiel« entstanden!), die Lyrik mischt sich schamlos ein, der Rest ist Parodie auf Kunst. Und ganz zum Schluß, ähnlich wie in Vitracs »Victor«, erscheint plötzlich als dea ex machina eine mächtige Dame und bringt die beiden Deserteure zur Räson. Der Lokomotivführer Krudewil ist ein großer, zu entnervendem Gelächter neigender Kerl, sein Heizer Pempelfort gibt sich sanfter, muckt zwar gelegentlich gegen Krudewils brutales Gehabe auf, scheint aber im allgemeinen mit seiner Untergebenenrolle zufrieden. Die beiden spielen eine gute halbe Stunde lang Eisenbahn; eine verrostete, bewachsene Lokomotive auf seltsamem Schienenstrang, zwischen Kühen und Blumen, hilft ihnen dabei. Das ist eigentlich alles.

Nun gibt es natürlich auch noch eine Vorgeschichte. Sie besteht darin, daß die beiden Eisenbahnspieler einst von der Marine desertierten und nun — an Land — auf wohlgegründeteren Gleisen schlechten Gewissens sicherer fahren wollen. Freilich holt die Marine sie in Gestalt besagter Dame namens *Fregatte* ein, die den beiden Eisenbahnern gegenüber mit Erfolg die Herrin hervorkehrt und sie schließlich zu einer Bootsfahrt zwingt, weil doch der weiße Wal gefangen werden muß.

Aus diesen Ingredienzien setzt sich Günter Grass' einaktiges Spiel »Noch zehn Minuten bis Buffalo« zusammen. Es ist ein Spaß, dem man beliebig viel Wesentlichkeit, Bedeutungsfülle oder surrealistische Tendenzen unterschieben kann. Solange die Buffalo-Groteske nicht mit erhabenem Anspruch erscheint, solange nicht bedrückte (oder, was noch schlimmer ist, mühsam aufgeschlossene) Abonnenten dergleichen gehorsam über sich ergehen lassen müssen — so lange besteht kein Grund für kritische Aufregung.

Mord, Grausamkeit und Anzüglichkeit wertungslos-amoralisch hervorbringende Infantilität stellt das eigentliche Spannungsmoment Grassscher Produktion dar. Er lügt nicht. Er identifiziert sich weder mit der Grausamkeit noch mit der Humanität, weder mit der Reaktion noch auch mit der Avantgarde (!). Die Worte bringen ihre Witze und ihre Langeweile, voll bösen Spieltriebes, aus sich selber hervor. Mitunter liest und sieht sich das Stückchen wie eine Parodie auf allzu Modernes.

In den »Bösen Köchen« sollte wahrscheinlich das Motiv der Liebe überwiegen, aber spannender geriet die unheimliche Freundschaftsbeziehung zwischen dem »Grafen« und Vasco. In dem Augenblick, da auf diese Freundschaft, da auf die Neugier nach einem ›Rezept‹, da auf Faszination durchs Gegenüber angespielt wird, ist die Liebe bloß noch sentimentale Nebensache. Selten hat Grass so konservativ expressiv formuliert wie hier. Zum Beispiel:

Im Zimmer des Grafen wird es heller, der Graf erhebt sich und nimmt seinen Briefbogen auf. Während er aus dem Brief vorliest, tauchen im Hintergrund dann und wann die Köche mit ihrem Baldachin auf . . .

Der Graf am Fenster: Wie sie wild tun und ins Horn stoßen! *Er liest:* Mein guter Freund, wüßtest Du, welchem Schrecken Du mich überlassen hast, Du würdest kommen und bei mir sein . . . Jetzt wollen sie das Rezept! *Er läßt den Brief sinken.* Und ich sage es ihnen nicht! Wie einfach wäre es, hinzugehen und so zu sprechen: Kinder, da habt ihr es, werdet glücklich! *Er liest:* Dabei habe ich Angst. Sie erschrecken mich, die Art, wie sie auftreten, nimmt mir den Atem und macht mir Mühe, gelassen zu bleiben. In jedem Schneefall, hinter der Wäsche, ein jedes Weiß, wenn es nur gerade groß genug ist, verbirgt einen Koch. Sehe ich einen Schwan, mißtraue ich ihm; fast war mir dieses Papier verdächtig, als es noch neu war. Ich habe sehr schnell geschrieben! *Er faltet den Brief, steckt ihn in ein Kuvert, adressiert ihn.* — Wie wird es weitergehen? Sie werden mir keine Ruhe gönnen, hetzen werden sie mich. Eine Aktion wird der anderen folgen, nichts ist ihnen gering genug. Wenn sie den Kurzsichtigen die Brillen genommen haben, werden sie die besitzanzeigenden Fürwörter enteignen. Sie werden mich zwingen, eine gläserne Krawatte zu tragen, damit sie mir ins Herz schauen können, damit sie lesen können, — denn ich werde nicht sprechen! *Er blickt durchs Fenster.* Es ist jetzt ruhiger draußen. Auch Köche werden müde! *Er wirft sich einen Shawl um den Hals.* Da verläßt man sich auf einen Briefkasten. Fast glaube ich, daß uns nichts mehr verbindet, als die Post . . .

Das läßt sich durchaus mit einigen Passagen aus den »Hundejahren« vergleichen, wie überhaupt Beziehungen zwischen dem Freundschaftsstück und dem Freundschaftsroman aufgewiesen werden könnten. Leider endet die Liebesgeschichte auf eine theatralisch unplausible Weise. Das Stück kann sich nicht recht entscheiden, ob es Situations-Ballett oder Charakterdrama sein mochte.

Zwischen den »Bösen Köchen« und den beiden letzten Dramen von Günter Grass liegt nicht nur der mittlerweile eingetretene große Ruhm, ein immer stärkeres politisches Engagement, sondern auch ein halbes Jahrzehnt. Als am 15. Januar 1966 das deutsche Trauerspiel »Die Plebejer proben den Aufstand« in Berlin uraufgeführt wurde, geschah etwas durchaus Folgenschweres. Der berühmteste Schriftsteller unseres jungen Deutschland revoltierte gegen zwei strenge, fast sakrosankte Bräuche.

Erstens: er holte den angeblich für alle jungen Schriftsteller Deutschlands heiligen Brecht von der Säule (wobei er Brechts Standbild schwer beschädigte und sich selbst gefährlich verletzte, so wie es im Stück dem Maurer geht, der die rote Fahne vom Brandenburger Tor gerissen hat und sie nun blutig ins Brecht-Theater bringt). Zweitens: Grass verstand ›Vergangenheit‹ nicht mehr nur als unbewältigte Nazivergangenheit. Statt auf einfache Weise gegen Faschisten Recht zu behalten, brachte er Probleme der gesamtdeutschen Nachkriegszeit zur Sprache.

Grass nannte sich mit Livius, Plutarch, Shakespeare und Brecht in einem Titelatem, als er 1964 seine Shakespeare-Rede hielt. Dabei hat er zweifellos, wie hoch er auch von sich denken mag, gewußt, daß die Vorgänger aus Stratford und Augsburg immer noch ein wenig berühmter sind als er. Trotzdem wird nach »Die Plebejer proben den Aufstand« immer wieder die Kunst Shakespeares oder zumindest Brechts gegen Grass ausgespielt. Diesen Vergleich hält *heute* kein Sterblicher aus. Doch darf man den von allen Regisseuren und Autoren mit Recht gefürchteten Satz: *Die Klassiker schlagen zurück* so wörtlich nehmen? Gewiß, es liegt nahe, von einem Christus-Drama oder dem Gemälde einer Kreuzabnahme Allerhöchstes zu erwarten. Demnach käme es bei einem Stück über eine Alltags-Ehe oder dem Bild eines Pflaumentellers logischerweise nicht so sehr darauf an. (Was aber natürlich nicht stimmt!) Rudolf Augsteins Forderung: *Aber wer bei Shakespeare knabbert, stellt sich in den Schatten. Und wer in die Haut von Brecht schlüpfen will, spare die Gehirnhaut nicht aus und prüfe seine Windungen,* klingt fast zu einleuchtend, ist, so klug Augstein auch politisch argumentierte, im Bewußtsein zu sicherer Resonanz gesagt. Muß ein Dramatiker seinem Objekt wirklich immer auf Stirnhöhe begegnen können? Dieser Imperativ wäre zu kategorisch.

Ein Theaterstück über Judith oder Danton oder eben einen *Chef* (der Brechts Stücke geschrieben, Brechts Vita hinter sich hat und Brecht-Zitate verwendet), ein solches Theaterstück muß nicht unbedingt Judiths mitreißende Kraft, Dantons politischen Elan oder eben Brechts Rang reproduzieren. Es muß allerdings eine, seine eigene Wahrheit auszudrücken wissen. Es muß sich selbst, seinem Anspruch, genügen; dann wird es zugleich auch einen hinreichenden ›Beitrag‹ zu der Gestalt X darstellen.

Man soll also nicht fragen, ob Grass Brecht kritisieren durfte. Natürlich *darf* er. Selbst in Wut und Ungerechtigkeit könnte sich mehr Respekt verbergen als in jenen kunstgewerblichen Brecht-Aufführungen, deren Unnotwendigkeit Max Frisch oft betont hat. Schwieriger ist schon die Frage zu beantworten, ob man ein sich in großen Teilen realistisch gebendes Stück über den 17. Juni herstellen *darf,* wenn dieses Stück einfach dadurch, wie es weitergeht, den 17. Juni vernebelt. Grass geriet da in eine seltsame Klemme. Entweder der Vorhang muß fallen, weil die Arbeiter einsehen, daß sie auf der Straße wichtiger sind als im Theater eines berühmten, in Inszenierungsprobleme versponnenen Regisseurs, oder der Vorhang fällt nicht — und dann scheint plötzlich für die revoltierenden Arbeiter die Bühne wesentlicher als die Straße, vom ›Rasen‹ ganz zu schweigen.

Als der Vorhang am Uraufführungsabend fiel, machte sich der kluge cand. phil. Manfred Hanner mit dem in die betroffene Dunkelheit donnernden Ausruf: *Mein Gott, war das schlecht!* fast so unsterblich wie zu

Beginn des Naturalismus der Sanitätsrat Julius Kastan, der bei der Uraufführung von Hauptmanns »Vor Sonnenaufgang« seine vorsorglich mitgeführte Geburtszange auf die Bühne reichte. Und hätten die Schauspieler sich am Schluß durch eine eiserne Bühnentür drängeln müssen, um endlosen Beifall entgegenzunehmen — gegen diesen studentischen Aufschrei war nicht mehr anzukommen.

Fragen wir nicht danach, in welchem (juristischen) Sinn Bertolt Brecht damals schon Chef ›seines‹ Theaters war, fragen wir auch nicht, ob er am 17. Juni den »Coriolan« probierte. Grass will es so. Während dieser Proben spiegelt sich auf vielfache Weise Revolution. Zunächst spielt jene vorzeitliche Revolution eine Rolle, die laut der Fabel des Menenius Agrippa alle Leibesglieder gegen den Bauch planen. Im ersten Akt wird das Gleichnis verspottet, im dritten wirkt es lebensrettend. Zweitens geht es um den Aufstand der römischen Plebejer gegen den herrischen Kriegsspezialisten Coriolan, drittens um den Aufstand der Ost-Berliner Proletarier, der einige an der Probe teilnehmende Schauspieler ablenkt, und viertens um jene Störung, die der eigentliche Inhalt des Stückes wird: Arbeiter dringen ein und verlangen, daß der weltberühmte *Chef* ihrem dumpf protestierenden Normen-Unmut seinen Stil und seine Stimme zubringt. Der *Chef* münzt die Situation sogleich in eine Theatersituation um. Er läßt sich den Beginn des Aufstands vorführen, benutzt das Tonband. Der erste Akt bringt keine Entscheidung. Um den zweiten zu ermöglichen, sagt der Dramaturg Erwin: *Hohe Berge werden selten im ersten Anlauf bezwungen.* Damit die Versuchskaninchen frisch bleiben, lügt der *Chef.* Nachdem der Maurer in Erinnerung gebracht hat: *Was Schriftliches wollen wir haben und zwar dringend,* antwortet er: *Ihr seht mich im Begriff.* Im zweiten Akt sprechen die Arbeiter sich deutlicher aus. Man erfährt, daß es um Normen geht, daß nicht etwa Faschisten, sondern Naziverfolgte und Rußlandopfer einen möglichst unblutigen Protest unternehmen wollen. Der *Chef* hat begreiflicherweise keine Lust, sich mit Aufständischen zu identifizieren, die, auffallend genug, Zeit haben für endlose Bühnendemonstrationen, dafür aber keine präzise Vorstellung, wie ihr Aufstand erfolgreich zu Ende gebracht werden soll. (Blut soll, und mit dieser Überlegung waren die Aufständischen angesichts der russischen Gewalt ja im Recht, möglichst nicht fließen.) Daß der *Chef* nicht mittun will, kann man verstehen. Doch daß er die Arbeiter um seiner Theaterleidenschaft willen täuscht und aufhält, kann man nicht mehr verstehen oder gar billigen, genausowenig wie den Umstand, daß sie sich täuschen und aufhalten lassen. Wenn während eines Mittwochs, an dem es um Leben und Tod geht, der *Chef* tatsächlich sagt, indem er auf seine Bühne weist: *Wichtig sind Eure Sprechchöre ... Hier Rasen, da Rasen. Markier uns was* — dann muß man nicht nur an des *Chefs* primitivstem Gefühl für menschliche Solidarität zweifeln, sondern auch an seinem gesunden Verstand. Im dritten Akt fragt der *Chef* die allmählich mit Bier angefüllten aufständischen Arbeiter: *Interessiert Euch das?* Auftritt Erwin. *Ich habe die Szene umgeschmissen. Rom, eine Straße. Doch vor den Plebejern laß ich die Tribunen auftreten ...* Illoyaler kann man sich kaum benehmen.

Grass selbst will seinen Helden nicht zum Theaterfatzke werden lassen, darum setzt er ihn nach diesen Entgleisungen ein wenig ins Recht. Zwei

Arbeiter stoßen von außen hinzu und wollen Brecht, samt dem Dramaturgen Erwin, aufhängen. Brecht kann außer der Bemerkung: *Diese Art Dramatik habe ich immer gehaßt* (ein erstaunlicher Satz, wenn man bedenkt, was für eine Rolle das Aufknüpfen in der »Dreigroschenoper« und zu Beginn der Azdak-Handlung des »Kreidekreises« spielt) nichts Ordentliches vorbringen. Ihn hindert Schluckauf. Erwin dafür erzählt den Mordbereiten das Menenius-Gleichnis vom Bauch und den aufständischen Gliedern. Kindisch interessiert sagt plötzlich der Putzer: *Das möcht ich wissen, was die Wamme singt.* Auch Wiebe, eben noch zum Aufhängen finster entschlossen, ist idiotisch begierig, die Antwort des Bauches zu erfahren. Und weil ja die Fabel darauf hinausläuft, daß alle Glieder mit dem Bauche hängen würden, sagt der Putzer eine Seite später doof und schlicht: *Ich will nicht hängen.* Brecht und sein Dramaturg sind noch einmal davongekommen. Diese Szene, eine Mischung aus Kasperle-Theater und »Tausendundeiner Nacht«, streicht jeden realistischen Anspruch des Stückes durch. (Die Arbeiter reagieren plötzlich infantil, die Revolution erscheint durch Kinder-Perspektive gesehen.) Damit wird, nimmt man das Stück bei diesem Wort des dritten Aktes, freilich auch der relativ ernste Anspruch der Arbeiter im ersten und zweiten Akt fragwürdig. Der Chef aber saust von dem eben noch kasperlehaft vermiedenen Tod durch den Strang in ein sentimentales Gedicht. Eine Friseuse erscheint samt jenem opfermutigen Maurer, der die Fahne vom Brandenburger Tor geholt und — ich warte noch auf einleuchtende Antwort, warum — ins Brecht-Theater geschleppt hat. Diese Friseuse kann Brecht tatsächlich eben den Jugendelan ›ein Gedicht lang‹ einflößen, den Volumnias Reden zwei Akte lang nicht in ihm erweckten. Doch mittlerweise haben die russischen Panzer schon angefangen, ihre Sprache zu sprechen. Der Chef besinnt sich, die Revolutionäre ziehen sich zurück und der (in dieser Berliner Aufführung übrigens nicht unsympathische) kuba-artige Parteidichter Kosanke — er weiß doch wenigstens, was er will! — muß mit List dahin gebracht werden, daß er weniger an Repressalien als an seinen eigenen Schriftstellerruhm denkt.

Man verlangt gewiß zuviel und Falsches von einem Schauspiel, wenn man fordert, es möge Revolutionsstimmung reproduzieren. Die reale Erregung des 17. Juni kann offenbar durch Bühnenrealismus oder stilisierte Boten-Berichte auf einer Bühne nicht hergestellt werden. In Theaterstücken wird nach wie vor über Aufstände und über Auschwitz nur *gesprochen.* Solche Worte vermögen die Wirklichkeit zu imitieren. Schüsse, Folterinstrumente, Panzer, marschierende Massen und was sonst noch zur realitätsgerechten Nachahmung gehört: alles das paßt aber nicht auf die Bühne, kann nur mit höchster Vorsicht und selten ohne falschen Nebeneffekt verwendet werden. Szenische Konstellationen und Worte entscheiden über Dramen.

Aber das heißt nicht, daß es zwischen der Bühne und realen Geschehnissen keine Brücke gäbe. Doch diese Brücke läßt sich nur dadurch herstellen, daß die Entscheidungen, die auf der Bühne fallen, die Haltungen, die dort vorgeführt werden, den realen Entscheidungen und Haltungen auf anderer Ebene entsprechen. Günter Grass' Stück »Die Plebejer proben den Aufstand« erreicht aber weder eine einleuchtende ästhetische Konsequenz, noch schafft es seinen eigenen dialektischen Bezirk, noch kann es sich hinreichend freimachen von den Anforderungen und den Fakten des tatsächlichen Geschehens. Manchmal, etwa wenn der Maurer von seinem heroischen Abenteuer erzählt, wenn die Botenberichte sich häufen, wird das Ganze zum Dokumentations-Film ohne Bilder. Dann spürt man, wie inständig Grass eine Wirklichkeit einbeziehen möchte, die er auf der Bühne doch nicht zeigen kann. Nimmt man das Stück hingegen als Theaterstück, ohne viel nach Faktentreue zu fragen, dann hat man es mit einem historischen Kolossal-Gemälde zu tun, in dessen Löcher man Brecht-Wissen und Aufstandsinformationen stopfen muß. Bei diesem Dilemma bleibt es nicht. Ständig wird man überdies noch hin- und hergerissen zwischen stilistischer Infantilitäts-Perspektive und grass'scher Zeitkritik. Daß Arbeiter sich im dritten Akt wie Narren benehmen, die aus heiterem Himmel einen Theatermann aufhängen wollen und dann infolge einer schlechterzählten Fabel weglaufen lassen, war vielleicht nötig, um den *Chef* aufzuwerten, aber es erniedrigt die Plebejer zu bösen Kindern. Daß diese Arbeiter von irgendeinem Befehl reden, den die Zentrale im Hinblick auf den wichtigen Brecht gegeben habe, ist vielleicht nötig, um ihr sonst völlig unmotiviertes Verharren, zumindest für interpretierende Philologen, erklärlich zu machen. (Ach so, darum kamen, blieben und soffen sie!) Doch indem die Arbeiter sich so verhalten, verhalten sie sich nicht nur unrealistisch, sondern auch unsinnig. Wenn ihre Attitüden irgendeine Kunstwahrheit symbolisieren, dann diejenige, daß man am 17. Juni stundenlang Zeit hatte, auf die Entscheidungen eines theatervernarrten Dramatikers zu warten. Derartiges aber trifft nicht nur nicht die sogenannte Aufstandsstimmung, sondern verändert das deutsche Trauerspiel zur lächerlichen Nobelpreisverleihung für Autoren, die besser formulieren könnten als Maurer, wenn sie es täten. Es ist schon so: indem die Arbeiter langmütig und demonstrationsfreudig auf der Bühne bleiben, verraten sie die Revolution, indem sie Henker sein wollen und Gleichnissen aufsitzen, verraten sie sich. Verließen sie aber eilig die Bühne, verrieten sie das Stück.

Bleibt das Künstlerdrama. Während der Berliner Aufführung mußte man sich immer wieder fragen, warum hochintelligente Sätze auf der Bühne so langweilig sind. Lag es nur daran, daß der *Chef* eigentlich lauter ›letzte Sätze‹ sprach? Er sagt zu seinem Beleuchter nicht nur: *Gib die Spielflächen rein!*, sondern fügt hinzu: *Bei mir und in Rom ist es Tag.* Er antwortet auf die Behauptung: *Und folgerichtig tritt Menenius auf: Nichts ist an dieser Folge richtig.* Er hat zwischen lauter Sätzen, die ihn und seine Gescheitheit charakterisieren, überhaupt keine Luft mehr zum Atmen. Einmal, wenn er ruhig dasitzend einem Tonband zuhört, wird er plötzlich nahezu ein Mensch. Aber das dauert nur Sekunden, dann erstarrt er wieder zum Formulierer.

Das ist natürlich kein absolut gültiger Einwand. Es gibt Dramen auf einer gewissen Versstil- und Spekulationsebene, die aus lauter großen oder großartigen Formulierungen zu bestehen scheinen. Man kann das am »Tasso« oder am »Tell« zeigen — und es spricht beispielsweise für Schillers hochdramatischen Atem, daß trotz seines grandiosen rhetorischen Niveaus die Worte immer noch als Vehikel der dramatischen Folge, des tragischen Endzwecks erscheinen. Bei Grass, dessen »Plebejer« viel mit Schiller zu tun haben (Utzerath inszenierte in der Uraufführung die Hauptfiguren in ihrem Stellungsspiel so wie Schillersche Helden, ließ sie aber halbwegs realistisch reden), werden stilisierte Sätze vom Dialog so behandelt, als seien sie realistisch. Außerdem hat die Stilisierungsqualität dieser Sätze oft zwar hohen intellektuellen Glanz, aber fast nie dramatischen Charakter. Wir haben es also, grob gesagt, mit Alltagsmenschen zu tun, die sich grassisch verkürzte Formeln zuwerfen und so tun, als ob's normale Sätze wären, wobei diese Formeln gerade keinen pathetisch-dramatischen Schwung haben, sondern in den besten Fällen nur witzigen Effekt. Dann aber muß ein Trauerspiel scheitern. Man schaue sich nur die ersten Seiten an. Wie gedrängt und literarisch muß der arme Podulla exponieren! Es geht um Coriolan: *Ihn, der stolz bis zum Hochmut, dennoch selbstlos, dabei ungerecht, starrsinnig ist. Ihn, aus Widersprüchen gefügt. Ein Berg, Koloß, nicht abzutragen.* Dem antwortet Litthenner einfach: *Der Chef will zeigen, daß* ... Litthenner formuliert im Alltagsdialog: *Sag, was Du willst, wieder einmal hat der Chef* ... Podulla indessen, so zurechtgewiesen, hatte, man verzeihe das schiefe Bild, ›overwritten‹ formuliert: *Wir ändern an Änderungen* oder gar: *Coriolan, dem das Siegen wie ein- und ausatmen ist! Er, dessen Hochmut völkermitreißend erst nach fünf Aufzügen zu Fall kommt* ... Dagegen wirkt jedes Geschichtsdrama flüssig und selbstverständlich. Volumnia kommt aus einer anderen Welt. Nicht etwa ist sie mit Helene Weigel verwandt, noch hängt Shakespeares Rom ihr an. Nein, sie las die »Hundejahre«. Der *Chef* sagt, man kann es ihm nachfühlen: *Ja, Du störst!* Da fährt sie ihm grassisch in die Parade: *Und wenn die Störungen sich mehren? / Wenn jede Störung Welpen wirft? / Und zeugt, stößt, rammelt, mäuseschnell?* Der Dreierrhythmus hat es ihr angetan. *Ich sag dir, es kommen noch heute die Maurer / und packen und mörteln und mauern dich ein!*

Daß die große Konstruktion nur ein bestehender Einfall gewesen ist, der im Grunde doch kein guter Einfall war, wird einem nach längerer Überlegung klar. Die Mängel dieser Konstruktion lassen viel Grass'sche Intelligenz, viel großartige Schlagfertigkeit in sich verschwinden, zumal diese Schlagfertigkeit ihren Stil nicht findet vor lauter verschiedenen Stilen. Verärgert über das widersinnige Stillstehen des Dramas und des Aufstands nimmt man die Finessen nicht wahr, nicht ernst, nicht zur Kenntnis. Läßt man sich aber auf sie ein, dann wechselt Grass verwirrend und allzu rasch die Ebenen. Einmal beobachtet er höchst kritisch richtiges und falsches politisches Verhalten, dann verwandelt er die realistisch Gesehenen in Kinder, in Kasperle-Puppen, weil seine eigentümliche Sprachmacht sich an den Kleinen besser bewährt als an den Großen. Indem er so außerordentlich bemüht war, informiert und intelligent zu argumentieren, ließ er den Figuren keinerlei Gelegenheit, fast möchte ich sagen, keine Dunkelheit, sich zu finden. Er spießte ihre Ansichten auf Dialog-Spitzen, wie ein Sammler Schmetterlinge auf Nadeln. Wie seinen Helden, den *Chef*, erfüllt auch ihn zunehmend mehr Mitleid mit den Arbeitern. *Wer klagt mit mir, wen klag ich an?* hallt die Friseuse. *So also wird die Schuld zubereitet*, murmelt der Chef, *Runter!, schrie Berlin*, als der Maurer sein Heldenstück in den Lüften vollbrachte.

Komm, heilger Geist, Du erster Atheist, monologisiert der Chef in seiner einfachen Art am Ende des dritten Aktes. Aber ihm kann, da blieb Grass unversöhnlich, kein heilger Geist mehr helfen, kein reuevolles lyrisches Gedicht, kein spätes Einsehen.

Nun, es gibt auch einen analytischen Rausch. Dann wird der Kritiker zu einer Zersetzungsmaschine, die nur noch Widersprüche produziert. Zum Schluß bleibt allein die Maschine übrig. Gegen diesen Rausch wollen wir uns wehren. Unter dem Schutt des falschen Systems liegen nämlich auch bei Grass die Wahrheiten. Mögen seine »Plebejer« sich, aufs dramatische Ganze gesehen, absurd benehmen, im einzelnen hat Grass sie (und das brachten vor allem auch die späteren Inszenierungen zu Tage) sorgfältig und kunstvoll differenziert. Er hat sich durchaus bemüht, kein Motiv, das am 17. Juni eine Rolle spielte, fallen zu lassen, er hat zwischen Altkommunisten, Aufständischen, opportunistischen Westflüchtlingen und so weiter sorgfältig unterschieden. Das alles wirkt nicht aufgesetzt. Aber es führt zu nichts. Gerade weil das Stück nicht nur mit Effekten spielt, sondern mit politischen Haltungen und Gedanken, ist man doch versucht, diese Haltungen und Gedanken zu Ende zu denken. Warum stört es Brecht so sehr, daß die Aufständischen seinen Staat unter Schonung des Rasenbestandes verändern möchten? Zögert er, sich an einem Risiko zu beteiligen, weil es nicht riskant genug ist? Die Arbeiter sind so vorsichtig, weil sie während des Zweiten Weltkrieges gelernt haben, was bluten heißt. (Ich frage mich, wie harmlose Germanistinnen im Jahre 2000 folgende Passage interpretieren: *Kein Blut fließt. Mich hat es dreimal. Blut fließt. Einmal Lungensteckschuß. Kein Blut fließt. Und als wir in Demjansk. In zwei Tagen die halbe Kompanie. Ich sag euch: Auf der Rollbahn nach Smolensk. Da hätteste mal den Schlamassel bei Kursk. Und erst am Kubanbrückenkopf. Jede Menge Bauchschüsse. Eee-rika, zwo, drei, vier.)*

Die Wut der römischen Plebejer hing ja direkt mit dem Staat zusammen, als dessen Soldaten sie Coriolans Kriege führen mußten. Die Bürger der DDR hingegen können die Deutsche Demokratische Republik für alles Mögliche verantwortlich machen, aber nicht für den Rußlandkrieg, der sie das Fürchten lehrte. Im Gegenteil: ein Teil der unseligen Zustände, unter denen sie zu leiden haben, hängt eben mit jenem Zweiten Weltkrieg zusammen, den das Staatsgebilde DDR nachweisbar nicht auf dem Gewissen hat. Was also nützen solche nie ausgesprochenen, aber ständig nahegelegten Parallelen? Prophetisch antizipierte freilich Grass die Situation und die Panzer beim russischen Einmarsch 1968 in Prag.

Das »Plebejer«-Drama hat seine schönsten Augenblicke immer da, wo von einfachen menschlichen Gefühlen und stürmischem Drang die Rede ist; wenn die Arbeiter von ihrem Leben erzählen, wenn Brecht an seine anarchistische Jugend erinnert wird, wenn Witz und Freiheitsdurst sich mischen. Auch die Absurdität hat manchmal Kraft. Aber zum deutschen Trauerspiel hat es nicht gereicht.

Als die »Süddeutsche Zeitung« einige Theaterleute und Intellektuelle zur Meinungsäußerung über das Plebejer-Stück provozierte, da nahmen nur Zuckmayer und Torberg das Stück in Schutz; Jens, Hacks, Monk, Weckwerth verspotteten es. Günter Grass selbst schrieb: *Jede Inszenie-*

rung meines Trauerspiels, die sich vornimmt, der dialektischen Spannung des Textes nachzugehen und es sich verbietet, die Pseudodramatik des Aufstandes als Krücke zu benutzen, wird in mir einen Zuschauer haben, der sein Stück, auch die Hängeszene, gerne in Frage gestellt sieht.

Ob ich eine ›adäquate‹ Aufführung besuchen will oder nicht? — Nur Begräbnisse sind adäquate Aufführungen.

Übrigens hat die schlechte Presse, die der Uraufführung folgte, das Stück nicht umbringen können. Eine Kraft, ein unauslöschlicher Impuls scheint von ihm auszugehen. Große Theater — zumal solche, die sich sehr zieren, wenn es um Stücke von Brecht selbst geht — spielten es nach. Und der Slogan *proben den Aufstand* ist zur vielbenutzten Redensart geworden, gleich, ob es sich um Jungdemokraten oder Zahnmediziner handelt, die irgendeine gemeinsame Aktion planen.

Freilich, wenn man das »Plebejer«-Drama nur im Hinblick auf seine immanente Konsequenz liest, dann benimmt man sich ein wenig als ›mieser Ästhet‹. Denn obwohl Grass sich an die Brecht-Figur und an den Aufstand nur anlehnt, ohne ein Stück darüber zu schreiben (das Stück selber handelt von den Vorbehalten und Spontaneitäten eines Intellektuellen, für den alles nur noch ›Stoff‹ ist), ist doch viel zeitgeschichtliche Substanz in die vier Akte eingegangen. Fast ließe sich sagen, das Stück wiederhole mit umgekehrten Vorzeichen den Spontaneitätskonflikt des intellektuellen *jungen Genossen* aus der »Maßnahme«. Grass konnte es sich einfach nicht versagen, auf eine Situation zu verzichten, die nur eben für sein Künstler-Problem nicht ergiebig war, und die darum auch auf dem Theater immer nur eine Schein-Ergiebigkeit gewährt. Natürlich ist das alles so klug gemacht, daß man den eigentlichen Haken der Sache beim Zuschauen weniger analytisch bemerkt, als — in Form seltsamen Unbeteiligt-Seins — fühlt. Umgekehrt wird das Stück um so spannender, je mehr man bereit ist, die objektiv gegebenen Fakten als bloße Kulisse zu nehmen.

Was den Roman »Örtlich betäubt«, je mehr man sich mit ihm befaßt, immer lesenswerter, schöner, tiefsinniger macht — nämlich die leise Resignation einer Altersgruppe, die so erfolgreich und aktivistisch wirkt — das wird in der Dramatisierung des zentralen Konflikts von »Örtlich betäubt« — also im Theaterstück »Davor« — nicht spürbar. Was übrigbleibt, sind Absichten und Ansichten, Selbstbezichtigungen und die Darstellungen des Generationskonfliktes, tiefe Resignation und die tapfere sozialdemokratische Vernunft, über die sich lange diskutieren ließe.

Der Schüler Philipp Scherbaum, von Fernstenliebe (Vietnam) und Nächstenhaß auf selbstzufrieden konsumierende, unerschütterliche Erwachsene *(kuchenfressende Pelztiere)* erfüllt, möchte diese Berliner aufrütteln, indem er seinen Dackel Max vor dem Kempinski auf dem Kudamm mit Benzin übergießt und öffentlich verbrennt. Überdies will er klarstellen: es handele sich nur um Benzin, nicht um Napalm. Schüler Philipp ist von einem charakteristischen Quartett umgeben. Sein Lehrer Starusch, der sich als gut angepaßter 40jähriger eigenes Versagen vorwirft, sich aber durch eben diese Selbstvorwürfe (er ist nur liberal, traurig, fand nicht die Freiheit, eigene Vorstellungen zu bilden und zu entwickeln, versucht es jetzt gegen die Unvernunft mit Vernunft) positiv von selbstzufriedenen Generationsgenossen unterscheidet, redet nun mit Philipp über den Sinn und die Folgen oder den Unsinn und die Nichtfolgen eines solchen Opfers.

Starusch nun ist bei einem Zahnarzt in Behandlung, der voller witziger Bonhomie hauptsächlich ans Nächste und Helfende, oder an Seneca, denken mag. Eine interessante Rolle hätte Lehrer Staruschs Studienratskollegin werden können. Die hat als 17jährige Klein-Nazisse jemanden denunziert, Gott sei Dank aber keinen Schaden damit angerichtet. Nun wirft sie sich ihre Jugendsünde vor, gibt sich pathetisch demokratisch und merkt gar nicht, wie sehr sie bereit ist, bei anders, nämlich neu gelagerten Konflikten gleich wieder faschistoid sich zu verhalten und nach der Polizei zu rufen. Ihre Schülerin Vero(nika) schließlich redet dem Philipp zunächst zu, doch Chefredakteur einer Schülerzeitung zu werden, dann ermutigt sie ihn zur Kudamm-Tat. Fanatisch, aber nicht unsympathisch. Doch Philipp, in lauter Dialoge hineingezogen, die ihn nicht überzeugen, aber aufhalten, spürt, daß er es nicht schafft. Ihm ist die konkrete Brutalität gegenüber dem geliebten Dackel Max unmöglich. Fazit: Vero geht mit dem von ihr vordergründig verachteten Studienrat Starusch Kuchen essen, und Philipp läßt sich vom Zahnarzt an seine Geschöpflichkeit erinnern (beziehungsweise: in eine Zahnbehandlung verwickeln). Starusch verlobt sich mit seiner Kollegin, und das Licht geht aus.

Dieser Gedanken- und Meinungsaustausch über eine Tat hält dramatische Präsentation und gewaltige öffentliche Neugier nicht aus. Grass ist nicht etwa zu kritisieren, weil er sich an einer altmodischen Ästhetik vergangen hätte, sondern weil sein in dreizehn Szenen sich vollziehender Abtausch von Sätzen, Witzen, Ansichten und eleganten Solonummern nicht radikal darauf verzichtet, so zu tun, als handele es sich um ein Theaterstück. Die Figuren reden vor sich hin, aneinander vorbei, aufeinander zu, hören sich, hören sich nicht, je nachdem, wie gerade der Konflikt vorgeführt werden soll. Wie im Hörspiel sind die Stimmen auf Wunsch präsent. Plötzlich kommt der, der etwas zu sagen oder hinzuzufügen hat, hinter einer Ecke vor, plötzlich, allzuoft, verschwinden die Schüler lachend auf ihren Fahrrädern, plötzlich mischt sich in einen vermeintlichen Monolog eine andere Ansicht aus dem Quintett ein. Ein Diskussionsvorgang. Warum nicht?

Aber warum dann — während kaum je Szenen entwickelt, Orte definiert werden (abgesehen vom Zahnarztstuhl, der wie ein Lustspielrelikt zugleich symbolisch und real herumsteht) — warum dann dieser geradezu lächerliche, dauernde Telephoniervorwand, diese Ohrfeigendramaturgie? Ein paarmal, offenbar sorgfältig disponiert, kommt es zu höhepunktartigen Maulschellen, nach denen der Geohrfeigte immer gleich viel netter ist. Seiner Form und seiner Substanz nach ist »Davor« ein dramatisiertes Feature über ein paar Konflikte der deutschen sechziger Jahre. Etwas für den Funk, für die Lesebühne.

Natürlich hat Grass die Schwächen der Dramatisierung geahnt. Die Figuren sind einerseits vage charakterisiert, andererseits formulieren sie wiederum viel zu bedeutungsvoll. Sie stellen sich als Symbole bestimmter Denkweisen dar. Verengen sich zu zeitkritischen Einfällen auf Beinen beziehungsweise Fahrrädern. Wie hat Grass dagegengesteuert? Nun, indem er den Zahnarzt selbst über seine Monomanie lächeln, die Lehrerin selbst über ihren Wiederholungszwang reflektieren läßt. Aber das hilft nicht viel. Formulierungseinheiten werden ja nicht gleich zu Personen, wenn sie sich kritisieren oder ohrfeigen oder sich lüstern auf einen Teppich legen oder zum Telephonhörer greifen oder sich verloben.

Hinzu kommt, daß die ganze Diskutiererei nicht nur wirkungslos bleibt, sondern auch überflüssig. Philipp scheitert an sich selbst. Ein riesiger Monolog hätte genügt.

Wenn wir nun über das ›Was‹ reflektieren, das beim politisch so bewußten, so ungeheuer anständigen Günter Grass natürlich allen formalen Unzulänglichkeiten zum Trotz mit der Anteilnahme eines an Stoffen interessierten Publikums rechnen kann, dann ist die Resignation des Stückes beklemmend. Grass ist anscheinend traurig darüber, der jungen Generation — die er nebenbei ein paarmal witzig blamiert — unrecht geben zu müssen. Melancholisch bekennt er sich zum schwunglosen Rationalismus der Vierzigjährigen. Und warum die Dürre des Dackel-Denkspiels? Nun, es ist, als gestatte Grass den jungen Leuten kaum mehr wirkliche Freiheit. Wie fern ist da die hinreißend abgründige Tulla! Wieviel freier waren die Kinder aus »Onkel, Onkel«! Hier fällt kein Satz, der nicht auf einem lebhaft verlaufenden Kongreß einer tüchtigen SPD-Jugendgruppe vorstellbar wäre. Es ist, als habe das großartige politische Engagement von Günter Grass auch sein Unbewußtes, sein Unterbewußtes, seine anarchisch-schöpferische Potenz besetzt oder desinfiziert.

Spannender als alle seine Dramen ist das Drama, das der Schriftsteller Günter Grass selber vorführt. Ob er wieder einmal gegenüber seinen Ansichten, Positionen, Engagements, Freunden und Feinden jene ungeheure, zugleich künstlerische und anarchische Freiheit findet, der seine besten Werke zu verdanken sind? Gewiß: man kann diesen Günter Grass für den vielleicht demokratisch segensreichsten Intellektuellen halten, der nach dem Zweiten Weltkrieg die politische Bühne betreten hat. Er ist ein zweiter Theodor Heuss. Mit dem Einsatz seiner ganzen Kraft und seines politischen Temperaments hat er mehr als alle anderen Schriftsteller dafür getan, daß der Geist hierzulande einmal wieder ernstgenommen und respektiert wird. Trotz zahlloser Alltagsstreitigkeiten, in die Grass sich verwickelt hat und in denen er natürlich nicht immer gute Figur macht, muß das festgehalten werden. Ob freilich seine poetisch-schriftstellerische Potenz die Abnützungswirkung eines so heftigen politischen Engagements heil übersteht? Das fragen sich die Freunde von Günter Grass einigermaßen besorgt. Nur neue Bücher und Dramen könnten diese Sorge verscheuchen.

Manfred Jäger

Politischer Kleinkram?

Günter Grass, ein Publizist mit Praxis

Günter Grass ist ein Bernsteinianer. Nach seiner Meinung sollten Sozialdemokraten überhaupt prinzipiell Bernsteinianer sein. Grass ist davon überzeugt, daß sie es in aller Regel auch tatsächlich sind, selbst wenn sie sich dessen nicht bewußt werden, weil sie vielleicht mit der eigenen Parteigeschichte keinen vertrauten Umgang pflegen. Bei den sogenannten Kennern wirkt sich aus, daß Marx der geniale Gesellschaftsanalytiker und Revolutionstheoretiker ist und bleibt, während Bernstein (für viele: nur und leider) recht behielt mit seinen gegen Marx gerichteten Prognosen über das weitere langlebige Schicksal des Kapitalismus. So nennen sich sozialdemokratische Intellektuelle, zumal jüngere, wenn sie sich überhaupt auf von Personen abgeleitete Definitionen einlassen, Marxisten, was für sich allein noch nicht viel besagt, seit sich Dutzende von Spielarten unter dem großen Dach des Marxismus tummeln. Näher befragt, sind die meisten von ihnen jedenfalls immer noch lieber Halbmarxisten als Vollbernsteinianer.

Nicht so Grass. Er lobt den Wortführer des gemäßigt-parlamentarischen Weges innerhalb der traditionellen Sozialdemokratie enthusiastisch und einschränkungslos: *Erst heute begreifen wir, mit welchem Weitblick und wie wissenschaftlich kühl Bernstein seiner Zeit voraus gewesen ist. Indem er frühzeitig dem Endziel »Diktatur des Proletariats« widersprach, wurde er später, als Lenin diesen Weg beschritt, zu einem der ersten Kritiker des kommunistischen Totalitarismus. Bernstein hat es als erster gewagt, dem marxistischen Aberglauben vom baldigen Zusammenbruch der bürgerlich-kapitalistischen Gesellschaft zu widersprechen*[1].

Das Erfurter Parteiprogramm von 1891 ist für Grass eine tragikomische Mixtur aus miteinander unvereinbaren theoretischen und praktischen Elementen. Romantisch-gläubig werde an dem Ziel der baldigen Vernichtung des Kapitalismus durch Revolution festgehalten und gleichzeitig sachlich-nüchtern eine soziale Reformpolitik befürwortet, die im Erfolgsfall Konflikte entschärfte, die Anpassungsfähigkeit des Kapitalismus bestätigte und die Möglichkeit einer gewaltsamen Revolution noch unwahrscheinlicher machte. Grass läßt sich nicht einreden, dieses Programm stelle die kluge Dialektik von Strategie und Taktik, von Fernziel und Nahzielen dar. Die Unbefangenheit, mit der Grass sich der Tonart des Kindes aus Andersens Märchen »Des Kaisers neue Kleider« bedient, wird gewiß den Ansprüchen wissenschaftlicher Theorie nicht voll gerecht, es lohnt sich aber dennoch, die selbstsicheren Träger alter ideologischer Gewänder hin und wieder versuchsweise für nackt zu erklären. Die zugleich grobianische wie empfindliche Polemik, mit der der Historiker Dieter Fricke aus Jena/DDR die Baden-Badener Rede von 1970 bedachte, der die Ausführungen über Bernstein entstammen, setzt Grass zum Beispiel gegen die Absicht des Verfassers ins Recht. Mit vielen Ulbricht-Zitaten suchte Fricke Grass bei dem vergeblichen Versuch zu entlarven, Bernstein und seine Theorien vom »Misthaufen der Geschichte« herunterzuholen, und er ahnte dabei natürlich nicht, daß sein Kronzeuge Ulbricht wenig später ein unauffälliges Plätzchen in der Arme-Sünder-Ecke des Parteifriedhofes zugewiesen bekommen sollte[2].

Daß nicht nur Ideologen, sondern auch seriöse Wissenschaftler sich von der Literaten-Manier provoziert fühlen, an entscheidenden Stellen des Argumentationszusammenhangs in ironische Metaphorik überzugehen, liegt an den unterschiedlichen Spielregeln, die nach arbeitsteiliger Absprache für den Umgang mit dem Wort gelten. Grass übersetzt sich die Differenzen in einander ausschließende Bewegungsarten. Einmal schreibt er von *tippelnden Riesen, die springen möchten*[3], und noch deutlicher formuliert er die historische Lehre so: *Ein Parteiprogramm, dessen theoretischer Teil revolutionäre Sprungtechnik übt, während sein praktischer Teil die langsamen Pflichtübungen der Reform vorschreibt, wird allenfalls die Bewußtseinsspaltung fördern: es gibt keine springenden Schnekken*[4].

Die Identifizierung des Reformpolitikers und Wahlredners Grass mit der wirklichen Schnecke, die die ihr gegebenen Bewegungsabläufe akzeptiert, ist dem Titel des Buchs von 1972 abzulesen, »Aus dem Tagebuch einer Schnecke«. Darin finden sich freilich auch viele ironische Überlagerungen, etwa wenn der Gleichsetzung von Schnecke und Fortschritt unmittelbar die Definition des Fortschritts *(bißchen schneller sein als die Schnecke*[5]*)* folgt. In »Der Butt« erscheint — in anderer ironischer Brechung — der alte August Bebel als eine liebenswerte Personifizierung der »springenden Schnecke« oder jedenfalls des unmöglichen Versuchs, mehrere Gangarten zugleich zu versuchen. Bebel, der Zentrist, der zwischen dem linken (den Grass gern den *verbal-revolutionären* nennt) und dem reformistischen Flügel zu vermitteln versuchte, damit die Partei nach der Verfolgung durch die Sozialistengesetze festen Boden gewinne und behaupte, erscheint als deprimierter Vorsitzender, der beide Positionen in einem Atemzug vertritt, nur durch ein Einerseits-Andererseits eine schlichte Verklammerung dafür schaffend, daß sowohl ernsthafte Aussicht bestünde auf den revolutionären Tag als auch die große Staatspleite natürlich nicht in falscher Hoffnung datiert werden dürfe.

Es ist nicht ein in erster Linie historisches Interesse, das Grass über Bernstein reden läßt, der die Marxsche Voraussage, das Proletariat werde ständig weiter verelenden und die Gesellschaft polarisiere sich immer mehr in Kapitalisten und Proletarier, in seiner Schrift »Die Voraussetzungen des Sozialismus und die Aufgaben der Sozialdemokratie« für falsch erklärte. Dieser historische Revisionismus, als dessen Wortführer Eduard Bernstein gilt, ist für Grass nur der Spezialfall einer prinzipiellen Haltung. Günter Grass will von ganzem Herzen ein Revisionist sein. Gerade weil die Bezeichnung in unserem Jahrhundert bis heute so oft als Schimpfwort verwendet wird, bezieht er sie gern auf sich, fast als eine Art Ehrentitel. Im »Vorwort eines Revisionisten«, das er 1969 einer Taschenbuchausgabe seiner politischen Schriften beifügte, spricht er von den Erfahrungen im Wahlkampf, der ihm u. a. Gelegenheit bot, *kleine Siege zu registrieren, auch zu irren oder den eigenen Standpunkt zu revidieren.* Dann geht es hurtig vom Tun zur Sache und von da zum Träger der Sache. *Revision also ... Der Revisionist lebt vom produktiven Zweifel. Da alles Bestehende der permanenten Revision bedarf, betreibt der Revisionist die permanente Reform*[6].

Entstehung und Formulierung dieser Definition sind typisch für Grass. Wenn er überhaupt zu allgemeinen Sätzen kommt, dann über die eigene konkrete Erfahrung. Was in den gelehrten Büchern zur Sache steht, interessiert ihn dabei nur wenig. Denn auch wo nicht geschimpft wird, etwa in der seriösen Politologie, versteht man unter dem Terminus Revisionismus die Versuche, die Marxsche Theorie unabhängig von deren offiziellen Hütern neu zu durchdenken. Die Staatsmachtphilosophen der bürokratischen Apparate in den Ländern des sogenannten »realen Sozialismus« revidieren zwar auch unentwegt den Marxismus, aber sie nennen dies schöpferische Weiterentwicklung. Revisionismus kann es nur geben, wo es noch eine Orthodoxie gibt. Revisionismus an sich kann keine positive Ideologie sein. Insofern ist der Satz von Grass *Der Orientierungsrahmen '85 ... wird der ständigen Revision bedürfen; die wäre zu leisten, denn Sozialdemokraten sind von Natur aus Revisionisten*[7] so banal wie die Feststellung, nichts währe ewig. Kriterien für die Veränderung der Programme kommen in solchen leeren Formeln gar nicht mehr vor. Bei Bedarf nennt Grass auch den linken SPD-Flügel revisionistisch, nämlich wegen seiner Intention, das Godesberger Programm zu revidieren. Heraus kommt die Revision der Revision der Revision usw. Revisionismus als Lebensprinzip oder Naturzustand von Sozialdemokraten — das ist eine Beschreibung, in der nicht einmal mehr Reste an begrifflicher Schärfe stecken.

In der beinahe umgangssprachlichen Verwendung des Worts verschwindet die zentrale Bedingung für Revisionismus, nämlich Abweichung von einer marxistischen Rechtgläubigkeit zu sein. Parteiintellektuelle, die von bürokratischen Verfechtern einer sogenannten »Reinheit der Lehre« aus der fest organisierten kommunistischen Gemeinschaft ausgeschlossen wurden, konnten mit einem gewissen Recht stolz auf die Bezeichnung »Revisionist« sein. Aber Grass? Er war nie ein Marxist, und wenig spricht dafür, daß er es je werden könnte. Er revidiert gelegentlich seinen Standpunkt, übrigens kaum in wichtigen Fragen, da sein gelassenes Temperament nicht zu extremen Subjektivismen neigt. Die meisten Menschen ändern hin und wieder ihre Ansichten in diesem oder jenen Punkt. Sind sie deswegen Revisionisten? Auch die politischen Gegner von Grass auf der Rechten betreiben die Anpassung an »die sich wandelnde Welt«. Längst gibt es Konservative, die mit der Zeit gehen. Folgte man der Definition von Grass, dann wimmelte es in allen politischen Lagern von Revisionisten. Die plausible Vereinfachung, die sich nicht kümmert um die eingeschliffenen Festlegungen des wissenschaftlichen Sprachgebrauchs, hobelt vieles gleich. Sie antwortet publizistisch wirksam auf die agitatorische Gleichmacherei in der Abgrenzungsstrategie der DDR, wo man gern, und sei es im Zick-Zack, Verbindungslinien zwischen Revisionismus, Sozialdemokratismus und diversen Agentenzentralen zieht. Die Gegenrede des Günter Grass ist plausibel und doch nicht präzis genug.

Verdeckt wird dieser Mangel durch die ironische Sicherheit, mit der er die ihm aufgedrückten Etiketten zurückweist. Wessen man ihn oder Leute, mit denen er sympathisiert, bezichtigt, das will er dann auch gerne sein. Auf die Verdammungsrufe hin (Böse Sozialdemokraten! Böse Revisionisten!) bietet Grass mannhaft die Brust: »Schaut her, ich bin's!«. Erst kürzlich ließ sich das wieder feststellen, als Grass unter der Überschrift »Verschluckte Wahrheiten« auf einen Beitrag des österreichischen Kommunisten Michael Scharang antwortete, den er zuvor zur Mitarbeit an der von ihm mitherausgegebenen Zeitschrift »L 76« eingeladen hatte. Scharang hatte wieder einmal das Feindbild »Revisionismus« aufpoliert und den Knüppel gegen die Sozialdemokratie geschwungen. Grass dazu: *Nun, ich antworte ihm als Revisionist. Ich bin überzeugt, daß jede aufklärende Idee, also auch die des Sozialismus, permanent revidiert werden muß, will sie nicht im Dogma erstarren. Ist es Scharang entgangen, daß sich die Partei seiner Wahl innerhalb des orthodoxen Kommunismus in einer tiefen Krise befindet, aus der sich, nicht zuletzt gefördert durch die Impulse des Prager Frühlings, die größten westeuropäischen kommunistischen Parteien zu befreien versuchen, indem sie das leninistische Dogma ›revisionieren‹*[8]*?* Auch an anderen Stellen neuer publizistischer Arbeiten von Grass findet sich die positive Beurteilung des Eurokommunismus, verbunden mit der Andeutung, seine Haltung gegenüber einer »italienisch« orientierten DKP wäre gewiß anders als sie gegenüber einer westdeutschen Filiale der SED ausfallen müsse.

Die Kritik am Leninschen Parteimodell wird von Grass besonders scharf formuliert, weil die Halbheit der Stalin-Kritik in den sozialistischen Ländern auch aus der proklamierten Rückkehr zu den sakrosankten Leninschen Normen resultiert. Grass kann sich in diesem Punkt durch die sich auf Rosa Luxemburg stützende Lenin-Kritik kommunistischer »Abweichler« wie Robert Havemann und Rudolf Bahro bestätigt fühlen. Allerdings verzichtet Grass leider auf die historische Ableitung des Leninschen Typs der Partei aus den Umständen des rückständigen Rußlands. Indem er die unterschiedlichen Ursprünge vernachlässigt, gelangt er von den Konsequenzen her, etwa der Vernichtung der Gegner, zu Gleichsetzungen zwischen linkem und rechtem Totalitarismus, die recht holzschnittartig wirken. Gleiche Methoden weisen nicht unbedingt auf gleiche Ursprünge. Der Hinweis auf *den Freisler-Finger an Lenins Hand*[9] ist zu sehr anachronistisches Bonmot, um erkenntnisfördernde Enthüllung zu sein. Der Nachweis, das Sprichwort »Gleiche Brüder — gleiche Kappen« treffe zu, ist nicht die Vorbedingung für die rückhaltlose Ablehnung fataler politischer Angebote aus unterschiedlichen, aber gleichermaßen undemokratischen Richtungen. Rechte oder linke Ideologien sind für Grass nur verschiedenartige Nahrungsstoffe und Gewürze, mit denen immer dasselbe Monster, genannt Revolution, dick und fett gefüttert wird. Wenn es darum geht, schlichte Bekenntnisse abzugeben, ist er nicht pingelig: *Ich bin ein Gegner der Revolution*[10]. Daraus folgt dann alles weitere: Man möge gefälligst auch die Machtübernahmen Hitlers oder Mussolinis Revolutionen nennen und nicht durch die Bezeichnung »rechter Putsch« die Ehrenrettung des Wortes und damit auch der linken Sache »Revolution« betreiben. Sogar die Meisterwerke einer revolutionären Kunst werden von Grass — bei aller nebenher geäußerten Anerkennung ihrer ästhetischen Qualitäten — ins Zwielicht gerückt, etwa wenn Grass demagogisch fragt, ob die Stalinschen Verbrechen nicht ein zu hoher Preis dafür seien, daß der Welt Eisensteins Film »Panzerkreuzer Potemkin« geschenkt wurde. Im engeren Bereich fundamentaler Wertentscheidungen und moralischer Grundhaltungen ist Grass zuweilen so platt, als seien Differenzierungen raffiniert-sophistische Tarnformen der Lüge.

Insbesondere in den Streitigkeiten der späten sechziger Jahre lassen sich in der Diktion von Grass leicht Beispiele für eine eigene trotzige Terminologie finden. Hielten seine linken Kontrahenten in der Studentenbewegung den Kapitalismus, die private Verfügungsgewalt über die Produktionsmittel, für das Grundübel der westlichen Welt, so distanzierte sich Grass von solchen nach seiner Meinung dubiosen Monokausalitäten mitunter dadurch, daß er das Wort ›kapitalistisch‹ überhaupt vermied. Einer im Frühjahr 1971 unternommenen Reise nach Tansania ging eine einfach-schwierige Idee voraus: *Ich schlug den Gewerkschaften in einem sozialistischen, in einem kommunistischen und in einem pluralistischen Land vor, auf dem Feld der Entwicklungspolitik zusammenzuarbeiten*[11]. Die Gewerkschafter, die Grass damals nach Ostafrika begleiteten, waren aus Schweden, Jugoslawien und der Bundesrepublik Deutschland. Schweden ist sozialistisch, Jugoslawien kommunistisch, die Bundesrepublik pluralistisch. Das war eine krause Klassifizierung, denn Schweden ist so pluralistisch und so kapitalistisch wie Westdeutschland, obwohl es in den sozialen Reformen weitergekommen ist. Dagegen ließe sich das kommunistische Jugoslawien mit Recht auch sozialistisch nennen und in gewisser Hinsicht auch pluralistisch: jedenfalls konnten sich die dortigen Gewerkschaftsvertreter an dem Unternehmen beteiligen, das in allen anderen kommunistischen Ländern vermutlich als Beispiel für »Klassenverrat« gegolten hätte. Hinzugefügt werden muß, daß das gesellschaftspolitische Dreiermodell von Grass inzwischen deutlicher formuliert wird. Seine Entscheidung für den Demokratischen Sozialismus, der bürgerliche Freiheitsrechte bewahre und soziale Gerechtigkeit befördere, gründet auf der Ablehnung sowohl des *orthodoxen Kommunismus* wie des *westlichen kapitalistischen Raubbausystems,* dem er einen *zwanghaften Hang* zum Verschleiß zuschreibt[12]. Auch diese Formulierungen sind eher kräftig als analytisch, zumal, was Grass nicht verschweigt, alle bestehenden Gesellschaftsordnungen ihrer Wachstumsideologie nicht ohne zügellose Ausbeutung der Natur huldigen können.

Die anhand einiger politischer Stichworte benannten Einwände sollten verständlich machen, wie nahe beieinander die Stärken und Schwächen des politischen Publizisten und Akteurs Grass wohnen, wie sie ineinander übergehen und sich gegenseitig bedingen. Die Laxheit im Begrifflichen ist gleichsam der Preis für das unmittelbare Zupacken im politischen Alltag. Seine Wirkung hängt mit dieser Fähigkeit zusammen, da, wo andere immer neue komplizierte Knoten ins Gewebe knüpfen, die Verschnürungen und Verstrickungen einfach wegzuzaubern. Grass hat die Anstrengung nicht nötig, sie zu zerhauen, mit starhafter »Hoppla-jetzt-komme-ich«-Gebärde in die Arena zu platzen. Er macht sich nicht durch das Zusammentragen aller Wenn und Aber, aller Einerseits und Andererseits handlungsunfähig, und er verzichtet auf den festen Boden einer dogmatischen Einheit von Theorie und Praxis, die Prinzipien von der Art des »ein-für-allemal« verkündet. Dadurch konnte er den Zuhörern in den Wahlkämpfen für ihre Entscheidung Argumente anbieten, ohne sie durch verwirrende Viel-falt zu irritieren oder durch monotone Ein-falt zu manipulieren. Sein Sinn fürs Konkrete, fürs bildhaft Anschauliche, für die eine Argumentation stützende Geschichte haben der politisch zweckhaften Rede in der Bundesrepublik Maßstäbe gegeben, die die Berufspolitiker nur in Ausnahmefällen erreichen. Unverwechselbar spricht Günter Grass, auf eigene Faust — sein Wort ist nicht in den Sieben beratender Werbeagenturen gefiltert worden.

Kein Wunder, daß ihn, der allerlei Vorurteile intelligent aufdeckt, eigene Vorurteile begleiten. In der Abwehr von Dogmen und Ideologien wirft er reichlich viel von seinem Tisch. Grass, der häufig zum Opfer demagogischer Anti-Intellektuellenhetze geworden ist, wirkt oft theorieblind, gelegentlich sogar theoriefeindlich. Theorie setzt er gleich mit Theoretisieren. Sie ist, seiner Ansicht nach, vorzugsweise dafür geeignet, die Wirklichkeit zu verstellen. Das Seminar empfindet er als die ungelüftete, enge, stickige Studierstube der trockenen Buchstabengelehrtheit, wie sie Wagner in Goethes »Faust« verkörpert. *Die Wagner, Adorno, Emrich haben, bei Anrufung des heiligen Hegel, die Literatur zur melkbaren Kuh gemacht und wundern sich, daß jetzt die Jungmelker kommen und es schwarz auf weiß nach Hause tragen wollen*[13]. So ließ er sich auf dem Berliner Germanistenkongreß im Oktober 1968 vernehmen, und man mußte glauben, er habe zum Beispiel nie etwas von Adorno gelesen, der die Kunst geradezu emphatisch vor dem Zugriff der »Melker« zu schützen suchte. Drei Jahre vorher in der Büchnerpreis-Rede war er ähnlich bissig vorgegangen: *Gottähnlich tänzelnd über den Abgasen unserer Gesellschaft, ordnen sie ihren Seminar-Marxismus gleich Schäfchenwölkchen . . .*[14] Im Herbst 1968 gab er einem Aufsatz für die Bonner Studentenzeitung »frontal« die Überschrift »Die angelesene Revolution«, und ein Jahr darauf nahm er in der Rede »Literatur und Revolution oder des Idyllikers schnaubendes Steckenpferd«, gehalten auf einem Belgrader Schriftstellerkongreß, das alte Thema wieder auf: *So könnte eine Seminararbeit lauten: Die Rolle literarischer Epigonen bei der Verkündigung angelesener Revolutionsmodelle*[15]. Manchmal scheint es so, als halte der genußfrohe Sinnenmensch Grass, der die *Verbesserung der Welt* nicht den *magenkranken Bitterlingen*[16] überlassen will, überhaupt nichts von Erkenntnisvermittlung durch Lektüre. Ist es immer falsch, sich etwas anzulesen? Zählt nur die unmittelbare Erfahrung? Grass und die Philosophie — das wäre wohl ein wenig ergiebiges Kapitel. Als schmale Materialbasis müßte man sich Sätze herauspicken wie den knappen Beitrag zu Hegel aus dem Jahre 1971: *Hegels Weltgeist reitet als Phantom nur noch durch unwissenschaftliche Seminare*[17]. Ismen sind ganz böse Teufelchen, verführen unschuldige Adjektive, den Weg in die Hölle zu gehen: *Das Wort radikal ist, wie das Wort pragmatisch durch den Pragmatismus, durch den Radikalismus in Verruf gebracht worden*[18]. Grass scheint fixiert auf das Gegenbild des in seinem Wolkenkuckucksheim eingeschlossenen Intellektuellen, der dort reine oder schmutzige Lehren ausbrütet, die entweder die Welt lassen, wie sie ist, oder sie plötzlich mit rüder Gewalt umzustürzen suchen.

Auch daran läßt sich erkennen, daß der bewußte Ausbruch aus der Tradition der praktisch-politischen Abstinenz oder der alles überfliegenden Utopien für Grass alles andere als selbstverständlich war. Auf eindringliche Weise hat Grass in einer Stelle des »Tagebuchs einer Schnecke« deutlich zu machen verstanden, wie schwer es ihm geworden ist, seine Position zu finden und an ihr festzuhalten, der Verführung zur Ruhe oder zum originellen, die Realität weit übersteigenden Weltentwurf zu widerstehen: *Ich bin Sozialdemokrat, weil mir Sozialismus ohne Demokratie nichts gilt und weil eine unsoziale Demokratie keine Demokratie ist. Ein so knochentrockener wie unbeugsamer Satz. Nichts zum Begeistern und Mützenwerfen. Nichts, was die Pupille vergrößert. Also rechne ich nur mit Teilerfolgen. Besseres habe ich nicht, obgleich ich Besseres weiß und haben möchte. Oft, unterwegs in Mittelfranken oder im Münsterland, suche ich Ausflüchte: Laß die doch alleine machen! Diese mittelfristigen Kriechdisziplinen! Diese Reformkrämer! Guck mal, der lustige Enzensberger: hüpft bubenhaft einfach nach Kuba und ist fein raus, während du hier Schönwetter zu machen versuchst für die Dynamisierung der Kriegsopferrente und für die Anerkennung von Tatsachen, die schon vor Jahrzehnten Moos angesetzt haben*[19].

Nannte Grass seine Bereitschaft, sich um demokratischen Kleinkram zu bekümmern, selbstverständlich, so diente dies ihm vor allem wohl dazu, das Gewicht einer moralischen Forderung an seine Autorenkollegen und die Bürger überhaupt zu verstärken. Zudem weiß Grass das strapazierfähige rhetorische Mittel zu nutzen, das Ungewöhnliche als selbstverständlich auszugeben, um die Wirkungen zu intensivieren. Nur Gemeinplätze hat er gesagt, und zum Unruhestifter hat man ihn gestempelt — welch eine Gesellschaft! *Wer hierzulande Selbstverständliches sagt, gerät neuerdings in den Geruch, Tabus zertrümmern zu wollen, ein extravaganter Störenfried zu sein. So nah und bald fugenlos sind die Mächte zusammengerückt, daß es unmöglich wird, einen Hebel anzusetzen; allenfalls eine schlanke Nadel mag sich noch in die Nahtstellen zwängen*[20].

Je eindeutiger die politische Aussage wurde, je mehr Vorbehalte entfielen, desto sicherer wurde die Ausformung der Stellungnahmen. Die übriggebliebenen Feuilletonismen und Spielereien kappte der Autor. Heraus kamen Würde ohne Steifheit und Zorn, gedämpft durch Gelassenheit. Die heute vergessene Erklärung zur Bundestagswahl 1961 hatte eine Galerie von potentiellen SPD-Wählern aus Geschichte und Gegenwart, aus Realität und Fiktion vorgestellt. Hier war Grass noch der resignierende Humorist, man konnte sich unterhalten. Betroffenheit blieb aus, da war kein engagierter Einzelkämpfer aufgetreten. Eine Kindergärtnerin wollte störrisch aus Trotz gegenüber ihrem der SPD zugeneigten Verlobten Adenauer wählen. *Wählen Sie dennoch SPD. Wie schön ist es, in jungen Jahren dem Verlobten voll und ganz hörig sein zu dürfen*[21]. Einem katholischen Automechaniker sollte listig bewiesen werden, *daß der heilige Franziskus heute nicht mehr die KPD, sondern resignierend die SPD wählen würde*[22].

Ironisch wurde die »Blechtrommel« ins Spiel gebracht. Später vermied Grass derlei Anspielungen, zumal seit ihn die Presse recht einfallslos immer aufs neue als den »Blechtrommler« bezeichnete. Aber 1961 lief die Bezugnahme auf den Titelhelden seines ersten Erfolgsbuchs noch auf eine hübsche Pointe über den Einfluß von Schriftstellern hinaus: *Nicht, daß ich sagen will, Oskar Matzerath wählt SPD, aber sein Sohn und Halbbruder Kurt — Sie erinnern sich? — ein blasses, inzwischen wahlberechtigtes Bengelchen hat mir versprochen, wieder fleißig zur Kirche zu gehen und SPD zu wählen: ein Beweis mehr, wie einflußreich Schriftsteller sein können*[23]. Und für seine engeren Landsleute ließ er die Ostsee rauschen: *Birrjer dä Fraien Stadt Danzich! . . . As werrd sswar nuscht nitzen, ond nie nech wä a zurrick kennen inne alte Haimat, wählt abä dänooch os rainem Värjniegen dem Brandt, dem Sozi; . . .*[24] Die Kabarettnummer enthielt wenig optimistische Erwartungen: *Wählt schon auf Erden SPD, damit uns im Himmel einst eine SPD-Regierung gewiß sein wird*[25].

Vier Jahre später, bei den Bundestagswahlen 1965, ging Grass erstmals auf eine Wahlkampfreise quer durch die Bundesrepublik. Er hielt dabei fünf Reden: »Es steht zur Wahl«, »Loblied auf Willy«, »Was ist des Deutschen Vaterland?«, »Des Kaisers neue Kleider« und »Ich klage an«. Reste von Feuilletonismus gab es auch jetzt noch, sie wurden von den Presseberichterstattern als skurrile Details besonders bevorzugt, zum Beispiel die Aufzählung von SPD-Zielen im Telegrammstil: *. . .Streitbar im Kampf um die Grünanlagen. Unerbittlich, wenn es um Spesenabrechnungen geht. Es ließen sich Revolutionen entfesseln, die dem heruntergekommenen deutschen Hotelfrühstück zu Leibe rückten . . .*[26] Grass gab wieder Porträts möglicher SPD-Wähler, stellte sich als Geschichtenerzähler und mit Kostproben vor. Konkrete politische Vorschläge, wie die Abschaffung der Fünfprozentklausel im Wahlrecht und die Herabsetzung des Wahlalters auf 18 Jahre mischten sich wunderlich mit pathetischen und hymnischen Passagen, die die Wahl des abgewandelten und verkürzten Walt-Whitman-Zitats »Dich singe ich, Demokratie!« beglaubigen sollten. Stattdessen ließen sie die Gefeierte hinter einem altmodischen dicken Vorhang von attributiven Häufungen verschwinden: *die geliebte, penetrante, die immerfort unzulängliche, zum Überdruß reizende, in Kerkern ersehnte, komplizierte und immer auf Wandel und Wechsel sinnende, ermüdende, teuer erkaufte, heilig-nüchterne Demokratie*[27]. Die sprachliche Geste des Citoyen wirkte aufgesetzt und gekünstelt. Besser gelang in »Des Kaisers neue Kleider« die Verschränkung von Wahlwerbung und Märchenton, zumal er diesen Kontrast oder diese Verwandtschaft vor den Zuhörern als Thema ausbreitete. Grass überforderte seine Zuhörer nicht, er hielt sich an 45 Minuten, er sah auf Sprechbarkeit, gab den Verben gern einen Ehrenplatz im vorderen Teil der Sätze, mußte sich ähnlich wie bei den Romantexten durch mehrere Fassungen durchbeißen. Max Frisch hat 1965 in einer knappen Analyse des Redners Grass gelobt, daß seine Rede im Saal den Eindruck erweckt habe, sie antworte spontan auf die Gedanken und Gefühle der Zuhörerschaft[28]. Die Presse beachtete damals das zunehmende Engagement von Grass nur wenig. Sie suchte Sensationen und fand dann auch ihr Amüsement. Die »Frankfurter Allgemeine« pickte sich als Überschrift etwas heraus, was die Wahlempfehlung unseriös erscheinen lassen sollte: *Grass empfiehlt die SPD als Hotelfrühstücksreformer*[29]. Und auch die »Süddeutsche Zeitung« sah in den Auftritten von Grass vor allem den Unterhaltungswert und nannte ihn in einer überanstrengten Metapher eine *Blume im Knopfloch unserer Demokratie*[30]. Grass zog daraus 1969 die Lehre, sich spröder und nüchterner zu geben. Er sprach weniger literarisch, kunstloser, ohne Demokratiegesang und ohne Gageinlagen.

Auch das von Grass entworfene Bild der SPD wandelte sich in dem Jahrzehnt von 1961 bis 1971. Bei jener Adenauer-Wahl erschien sie ihm noch als das kleinere Übel, die *rührende ungeschickte, die laue, brave muffige SPD, die Tante SPD, mein schlechtes Gewissen, mein Ärgernis, meine schwach begründete Hoffnung SPD*[31]. 1965 hat Grass nach seiner Entscheidung für einen aktiven Wahleinsatz, diesen Grundton nur aufgehellt, anstatt ihn mit superlativischen Reklamesprüchen zu übermalen. In der Anmerkung zu dem Einakter über Willy Brandt im Wahlkampf, »POUM oder die Vergangenheit fliegt mit« steht ein Satz, der auch für die Auftritte von Grass als Maxime gedient zu haben scheint: *Da die Tendenz dieses Stückes ohnehin SPD-freundlich ist, darf die skeptische Grundstimmung betont und — auf Wunsch — übertrieben werden*[32]. Wenn Grass nicht mit Haut und Haar Feuer und Flamme sein wollte, so entsprach diese seine subjektive Ehrlichkeit auch der im gegebenen Moment notwendigen Taktik. Denn die bürgerlichen Wählerschichten, die dafür gewonnen werden sollten, zum erstenmal den Sozialdemokraten ihre Stimme zu geben, mußten, soweit sie nicht überhaupt Erstwähler waren, dieser Partei bisher mit etlichen inneren Reserven gegenübergestanden haben. So mögen es die Genossen in der Stadt Lübeck nicht so gern gehört haben, was ziemlich am Anfang der Rede »Ich klage an« eine Art gemeinsamer Plattform mit vielen dortigen und nicht nur dortigen mittelständischen Bürgern ergab. Grass verkündete nämlich in der dritten Person von sich: *Er empfiehlt eine Partei, die seinem beruflichen Klima, seinem Hang zu Überspitzungen und Wortspielen wenig bietet; denn sie, die von mir geschätzte SPD, ist zwar bildungsbeflissen, aber ziemlich amusisch. Gründlich plant sie, doch Spontaneität ist ihr fremd. Immens fleißig und solide, wie wir sie kennen, ist die SPD der politischen Phantasie nüchtern geratenes Kind*[33]. Wenig später fügte er ein persönliches Bekenntnis hinzu: *den von Salz und Hitze ausgemergelten und skeptischen Sozis bin ich dankbar, weil sie mich lehrten, ohne Ziel in den Wolken, ohne Symbole und Feldzeichen und ohne die Pappkameraden heldischer Vorbilder zu leben*[34]. Weil er die SPD nicht als *letzte Offenbarung*[35] empfahl, war ein Satz wie der folgende das äußerste an Lob: *Die SPD mit ihrer reformistischen Tradition fußt auf Vernunft und Aufklärung*[36].

Die Haltung der kritischen Sympathie stieß nicht überall in der SPD auf Verständnis — in dieser disziplinierten Partei liebt man die Extratouren nicht. *Ist die Partei eigentlich auf Schriftsteller, Maler und anderen Teufelskram angewiesen im Wahlkampf?*[37] fragte ein Genosse in der bayerischen Provinz, und die Presse summierte derlei Anekdoten gern, um Grass als einen Don Quichote abzuwerten, der eine Gruppe, die er vor sich habe, für eine Partei zu gewinnen suche, die er nicht hinter sich habe. Die CDU forderte gar von der SPD, sie möge dem Schriftsteller das weitere öffentliche Auftreten untersagen: In Brandts zutreffender Replik, man könne nicht etwas aus dem Verkehr ziehen, was man nicht in den Verkehr gebracht habe, steckte wiederum eine vorsichtige Distanzierung. Die der CDU angehörenden Gegner hielten Grass dann auch immer für so ungeschützt, daß sie sich mit Beschimpfungen nicht zurückhielten: Die SPD solle ihm einen Psychiater zur Verfügung stellen, dann könne er weniger Irrsinn verzapfen; es sei unerträglich, einen solchen politischen Dilettanten auf die Öffentlichkeit loszulassen; auch bedeutende Schriftsteller (immerhin!) könnten politisch schwachsinnig sein usw.

Ernster als dieses propagandistische Strohfeuer war der Einwand zu nehmen, daß Grass, der Verständnis für die Parteiendemokratie verbreiten wollte, selbst nicht Mitglied der SPD geworden war. Die Antwort, die Grass darauf gab, hatte einen definitorischen Kern, der ihn einer persönlichen Begründung enthob: Für ihn reiche der Begriff Sozialdemokrat eben weiter, auch der SPD-Wähler, nicht nur das eingeschriebene Parteimitglied, könne diesen Anspruch erheben. Daraus folgerte Grass sogar, der Wähler müsse bei der Kandidatenaufstellung mitreden dürfen. Aber Grass schlug für dieses komplizierte Vorhaben nie ein organisatorisches Modell vor, und die nach dem Vorbild der ersten Grass-Equipe vielerorts aufgestellten »Sozialdemokratischen Wählerinitiativen« konnten nur die ohne ihre Mitwirkung nach den üblichen Satzungsregeln ermittelten Kandidaten unterstützten.

Der dem Schriftsteller in der Auseinandersetzung um die Große Koalition 1966 von Willy Brandt entgegengehaltene Satz *Das Gewissen der Sozialdemokratischen Partei schlägt nicht außerhalb dieser Partei*[38] hat den heftigen Widerspruch von Grass erregt. Dabei ist unstrittig, daß er ein Privileg nutzt, das auf seiner Popularität und Vitalität beruht. Er ist sich darüber klar, daß es für ihn und seinesgleichen viel leichter ist, politische Aktivität zu entfalten, in die große Presse zu kommen, als für die kleinen Leute, die sich, wie sie es schlicht formulieren würden, auch ihre politischen Gedanken und Sorgen machen. Freilich stößt auch Grass gelegentlich an die realpolitischen Schranken dieses Privilegs und er nimmt dies in Kauf. So mußte der von Golo Mann in einer Rezension[39] lancierte Gedanke, Grass sollte Regierender Bürgermeister von Berlin werden, ein bloßes Feuilletonthema bleiben, weil die Verhältnisse nicht so sind, nirgendwo und erst recht nicht in der Berliner SPD, daß derlei kühnes Überspringen der Parteibarrieren und der Regeln der Ochsentour im Bereich der realen Möglichkeit wäre. Auf eine Bundestagskandidatur hat Grass verzichtet, ohne die Gründe dafür des näheren anzugeben. In einem Interview erklärte er im Februar 1969 nur: *Es sind mir von drei Seiten her Wahlkreise für die Bundestagskandidatur angeboten worden. Ich habe das mit Freunden innerhalb der Sozialdemokratischen Partei besprochen, weil es mich interessiert hatte. Nach Aussprache mit diesen Politikern bin ich jedoch zu dem Schluß gekommen, daß ich im Wahlkampf für die*

Sozialdemokratische Partei mehr tun kann, wenn ich mich nicht auf den einen Wahlkreis festlege[40].

Immerhin war es ein weiter Weg von den ersten zaghaften schriftlichen Erklärungen für die »Tante SPD« von 1961 bis zu dem Auftreten vor der Bundestagsfraktion im März 1971, wo er heftige Kritik am Regierungsstil und an der Fraktionsarbeit übte, sicher nicht zu jedermanns Freude in diesem Gremium. Grass war schon seit jeher der Auffassung, daß die SPD groß sei in Leistungen, aber gering in der Fähigkeit, sie darzustellen. Die geschickteren Propagandisten mit dem nötigen psychologischen Rüstzeug stünden auf der Gegenseite. Es mag sein, daß Grass sich diese Rolle des kritischen Dreinredners aus Sympathie erhalten möchte und er deswegen auf den Erwerb des Parteibuchs verzichtet. In dieser Haltung stecken noch die Überbleibsel der mit gutem Grund verteidigten Unabhängigkeit des Schriftstellers, der sich nicht in Dienst nehmen lassen will.

Obwohl es Grass sicher nicht leicht gefallen ist, den nur scheinbar selbstverständlichen Schritt in den politischen Tageskampf zu gehen, und zwar nicht als Sektierer mit dem eigenen Süppchen, hat er von dem Moment an, in dem seine Entscheidung gefallen war, wenig Verständnis für seine Kollegen gezeigt, deren Zögern länger, deren Mißtrauen gegen das »schmutzige Geschäft« größer, deren Naturell sanfter war. Er hat in seiner Büchnerpreisrede Heinrich Böll und Alfred Andersch in einer wenig glücklichen Mischung aus Empörung und Enttäuschung angegriffen[41]. Er hat Enzensberger wegen dessen Sympathie für den Pariser Mai 1968 der Scharlatanerie bezichtigt, *mit der man in Deutschland die Politik schon immer gewürzt hat, um sie genießbar zu machen*[42]. Als ob quer durch die Zeiten linker Radikalismus des Durchschnittsdeutschen Lieblingsspeise wäre! Solche Einwände läßt Grass nicht an sich herankommen, er dichtet sich gegen sie mit Hilfe einer politischen Psychologie ab, der es kaum einen Unterschied macht, ob *links- oder rechtsbewußte Aggressionsbedürfnisse freigesetzt werden*[43].

Besonders bedauerlich ist es, daß Grass die Auseinandersetzung mit Kollegen, wenn er Roß und Reiter nennt, doch nur beiläufig führt, mit ein paar flüchtigen Hieben, ohne gründliche Argumentation. Ein Beispiel dafür war auch seine Attacke auf Peter Weiß, weil dieser sich des Wörtchens »humanistisch« bediente, obwohl der stalinistische mißbräuchliche Umgang mit diesem Adjektiv derlei Blauäugigkeit nicht mehr zulasse[44]. Grass zeigte kein Verständnis für die späte, komplizierte und sicher auch ein wenig naive Art, in der Weiß sich mit dem Marxismus auseinandersetzte. Weiß mußte seine Erfahrungen mit Stalinisten und Neostalinisten selbst machen, wobei die Reaktionen auf sein Trotzki-Stück und auf sein Eintreten für Pavel Kohout und andere Vertreter des Prager Reformkommunismus viel halfen. Die boshafte Schelte von Grass war in diesem geistigen Prozeß zu nichts nütze.

Ein gewisses Verständnis kann man dafür haben, daß Grass mißtrauisch ist gegenüber den ans Papier fixierten Manifestanten und den ewigen Geist-und-Macht-Antagonisten, die sich elitär für die kritische Reflexion aus gehörigem Abstand bewahren wollen. Es wirkt grotesk, wie Beobachter an Grass immer dann Anstoß nehmen, wenn er auf Tuchfühlung mit den unliebsamen Realitäten geht. Als er im bayerischen Landtagswahlkampf 1966, wo er sich auf die Bekämpfung der NPD spezialisiert hatte, die Bundeswehr besuchte, glaubte Heinar Kipphardt diesen Vorgang dadurch anprangern zu müssen, daß er andere Bundeswehrgäste aufzählte, um Grass in ungebetene Nachbarschaft zu bringen: *Mein Kollege Günter Grass / der hat die 4. Luftwaffendivision inspiziert, / der Realist, / wie Helmut Schmidt / und Heinrich Lübke / und unser Kai-Uwe von Hassel*[45]. So fatal personalisierend dieser Text war, der auf undifferenzierte Ablehnung der Politiker hinauslief und zwischen den Zeilen alle Vorurteile gegen »die da oben« bündelte, als Grund dafür, bei passender Gelegenheit so heftig auf den Verfasser einzuschlagen wie Grass es 1971 tat, hätte er nicht dienen dürfen. Als Kipphardt, seinerzeit Dramaturg der Münchner Kammerspiele, einen von ihm nicht verfaßten Programmheft-Beitrag mit Steckbrief-Photos von Mächtigen aus Staat und Gesellschaft zu verantworten hatte, reagierte Grass nicht mit der fälligen Kritik, die auch das dazugehörige Biermann-Stück vom »Dra-Dra« hätte einschließen müssen, sondern mit einer maßlosen Polemik gegen Kipphardt, die von Diffamierungen nicht frei war[46]. Vor lauter Stolz darauf, sich durch den sogenannten Beifall von der falschen Seite nicht irritieren zu lassen, übersah Grass, daß es immer auch darauf ankommt, die bedrohte Meinungsfreiheit zu verteidigen, so daß seine Polemik objektiv geeignet war, eine »Hexenjagd« gegen den als »Hexenjäger« gebrandmarkten Kipphardt zu legitimieren. Als Verfertiger von wilden Tiraden machte Grass jedenfalls meist eine unglückliche Figur. Er, der von Begeisterung in der Politik nichts hält, hat es schwer gehabt, seinem Hang zu persönlich gefärbten Zornesausbrüchen Widerstand entgegenzusetzen. In den letzten Jahren aber hat Grass sich öfter kräftig-kritisch zu Sachen als zu (oder gegen) Personen geäußert, was zwar geringere Sensationswirkungen zeitigte, aber die Seriösität seiner politischen Position für viele festigte. Vielleicht hatte er Lehren daraus gezogen, daß die scharfe, aus der Enttäuschung über die Wahlniederlage von 1965 geborene Büchnerpreisrede ihm kaum Sympathien eingetragen hatte. Die Übersteigerungen darin hatten eher amüsiert denn nachdenklich gemacht: die sonst so betuliche »Frankfurter Allgemeine« sah sich zu Kalauern wie *mit dem Bausch und Bogen* oder der *Hanebüchner* animiert[47].

Von dieser Ausnahme abgesehen, hat Grass sich nie in den Schmollwinkel zurückgezogen, auch nicht, als die von ihm bekämpfte Große Koalition zustandekam und Kiesinger trotz aller offenen Briefe Kanzler wurde. Seine Grundüberzeugung, daß man die Bundesrepublik mit ihrer Verfassung als Basis für immerwährende, aber nicht auf die lange Bank geschobene Reformierung akzeptieren müsse, war nie zu erschüttern. Es wäre jedoch ein oberflächliches Klischee, wollte man Grass als frischfröhlichen Optimisten begreifen, der nicht nachläßt im Eifer, auch wenn die Chancen für eine rationale Politik der kleinen Schritte auf vielen Gebieten kleiner werden oder kleiner zu werden scheinen. Grass gibt nicht vor, er sei vor Resignation gefeit. In einer knappen Rückschau auf die Bundestagswahlen, an denen er beteiligt war, hat er 1965 *(Enttäuschung — trotz Zuwachs)*, 1969 *(der knappe Sieg)* und 1972 *(der zu große Erfolg)* verglichen[48]. Der Stimmungsumschwung, der Katzenjammer mußte kommen, weil Hoffnungen geweckt worden waren, die der politische Alltag nicht erfüllen konnte. *Das erste Jahr der Legislaturperiode wurde von der Koalition innenpolitisch vertan* und *Nach dem Rücktritt von Willy Brandt wurde die Politik der sozialliberalen Koalition glanzlos*[49] — so verhalten klingt die Analyse der Zeit nach 1972 noch immer, obwohl die Sätze nach der Wahl von 1976 niedergeschrieben wurden, als die Lage sich auf niedrigerem Anspruchsniveau schon wieder stabilisiert hatte. 1974, im Gespräch, gab Grass seiner Enttäuschung weit deutlicher Ausdruck: *Wenn jemand Jahre lang sehr viel in die politische Arbeit investiert, dann kann er sich, wenn er sich nicht selbst beschwindeln will, auch mit den vorzeigbaren Ergebnissen dieser Arbeit, der Arbeit der Partei, die man unterstützt hat, und auch der eigenen Leistungen, die ich nicht kleinschreiben will, nicht trösten. Denn wenn ich nicht mehr gewollt hätte, als bis jetzt erreicht ist, wäre ein solches Engagement die vielen Jahre über gar nicht durchzuhalten gewesen*[50]. Wenig später sprach Grass von seiner Enttäuschung, ja sogar Verzweiflung über die (geringen) Möglichkeiten der Vernunft.

Die Verführung zur Resignation wurde genährt durch den Rücktritt Willy Brandts vom Amt des Bundeskanzlers, welche Entscheidung Grass höchstens respektierte, aber nicht als politisch notwendig begriff. Hier wirkte noch nach, daß die SPD für Grass lange Zeit identisch war mit Willy Brandt, dessen Diffamierung überhaupt der Anlaß war, direkt in einen Wahlkampf einzugreifen. Sein Sinn für lebendige Menschen und ihre Einmaligkeit läßt ihn die Rolle der Persönlichkeit überschätzen, im Guten wie im Bösen. Das hat sein Recht gegen die bequeme Rede von den Apparaten und ihren austauschbaren Funktionsträgern, aber Grass vereinseitigt die personale Komponente bis hin zum lobenden oder tadelnden Vorurteil. Zuweilen hat Grass sich so den billigen Allgemeinplätzen gegen Herbert Wehner gern und etwas salopp angeschlossen. Die CDU-Politiker Erhard, Kiesinger und Lübke wurden von ihm als Negativsymbole überbewertet; in den Streitereien zwischen Augstein und Strauß erkannte er immerhin die Theatralik, mit der beide Parteien sich aufzuwerten suchten.

Es wäre leicht, noch weitere Widersprüchlichkeiten und Einseitigkeiten in den politischen Verlautbarungen von Grass zusammenzutragen. Politische Utopisten sind ihm zum Beispiel verhaßt, das hinderte ihn aber nicht, eigene Entwürfe ohne eine Chance der Verwirklichung vorzulegen, wie die zum Trost der Heimatvertriebenen konzipierte Gründung von Neu-Danzig oder Neu-Breslau im Bundesgebiet. Aber auch solche Denkspielereien haben einen realpolitischen Hintergrund. Grass will vermeiden, daß emotionale Grundbedürfnisse und Grundwerte wie selbstverständlich dem politischen Gegner auf der Rechten überantwortet werden. Grass hat dies, soweit es etwa den Begriff »Heimat« betrifft, in einer Diskussion der Sendereihe des Hessischen Rundfunks »Hauptworte — Hauptsachen« verdeutlicht: *... ich hielte es für falsch, den Begriff Heimat in seiner Wandelbarkeit den Demagogen zu überlassen. Es wäre auf intellektueller Seite ein verhängnisvoller Fehler, wenn wir aus lauter Abscheu vor diesem demagogischen Mißbrauch nun sagten, mit diesem*

Begriff wollen wir nichts mehr zu tun haben. Wir haben ihn neu zu definieren[51]*!*

Viele waren auch darüber verwundert, daß Grass, bekannt als Anhänger der Nüchternheit und der praktischen Sachlichkeit, der — 1969 jedenfalls — *nichts zum Begeistern und Mützenwerfen*[52] zu bieten hatte, auf einem der Denkzettel nach der Wahl von 1976 *vor der allzu trockenen Vernünftelei der Reformparteien und der Mißachtung emotionaler Bedürfnisse*[53] warnte. Mit *pragmatischer Engsicht* komme man ebenso wenig weiter wie mit dem utopischen Überschwang. *Zukunftsängste, Existenzängste, Überfluß-, Überdruß-Ängste blieben unbenannt oder wurden als irrationale Ärgernisse abgetan und der demagogischen Auslegung geradezu freigegeben*[54]. So ausdauernd Grass an seinen Grundüberzeugungen auch festhält, er ist, wie man sieht, keineswegs taub gegenüber Stimmungsumschwüngen. Zwar zeigt er sich nach wie vor mißtrauisch gegenüber absoluten Ansprüchen und übermenschlichen Zielsetzungen, aber Ziele müssen doch sichtbar bleiben, und Regieren darf nicht hauptsächlich Krisenmanagement werden. Utopie nein, Zukunftsperspektive ja!

In der Mitte der siebziger Jahre ist der Stil der politischen Aufsätze von Grass spröder und nüchterner geworden. Flotte Pauschalurteile, an denen bei ihm früher kein Mangel herrschte, finden sich kaum noch. Daß *die katholische Kirche und das kommunistische System gleichermaßen unfähig zur Reform*[55] seien, klang 1971 schön apodiktisch, nur war es schon damals unbeweisbar und bloße Behauptung, abgesehen davon, daß man auch nicht wußte, welches von den diversen kommunistischen Modellen er meinte. Seinerzeit war Grass zu großzügig beim Vergleichen und Parallelenziehen. So verkrustet und verknöchert die Bürokratenherrschaft in der DDR sich auch erwies, es war doch immer falsch, sie spätstalinistisch wie Albanien zu nennen, was Grass getan hat.

Daß er auch den Arbeiteraufstand in der DDR vom Juni 1953 heroisierte, war ein Zeugnis sympathischer Solidarisierung, nur konnte man seine politischen Schlußfolgerungen mit guten Gründen bezweifeln. Die Herrschenden saßen seitdem keineswegs unbequemer, sie hatten vielmehr gelernt, daß alles darauf ankommt, keine ökonomische Unzufriedenheit entstehen zu lassen. Diese Erkenntnis wird in der »Einheit von Wirtschafts- und Sozialpolitik« der SED-Führung unter Honecker auf die konsumideologische Spitze getrieben. Rudolf Bahro hat erst kürzlich wieder darauf hingewiesen, daß der Widerspruch zwischen den Massen und dem Apparat im real existierenden Sozialismus so normal sei, daß dieser daran keineswegs zwangsläufig zugrundegehen müsse, weil die Krisen und Zuspitzungen (wie 1970 die Unruhen in Polen) oft *auf teilregenerative Kompromisse* hinausliefen[56]. 1965 hat Grass übrigens in diesem Zusammenhang die Auffassung strapaziert, SPD-Wähler würden auch stellvertretend für die mitteldeutschen Arbeiter ihre Stimme abgeben — das war eine Art plebiszitärer Vertretungsanmaßung.

Es ist unnötig, zu beweisen, daß Grass Antikommunist ist, jedenfalls soweit es sein Verhältnis zu den Ausübern der Staatsmacht in den Warschauer-Pakt-Ländern und zu den zugehörigen Rechtfertigungsideologen betrifft. Freilich sah er in ihnen in allererster Linie harte Gegner und nicht Objekte eines irrationalen Hasses. Immer wandte er sich gegen dogmatischen Antikommunismus als Ersatzreligion und leistete in der dokumentarischen Streitschrift »Der Fall Axel C. Springer am Beispiel Arnold Zweig« 1967 einen konkreten aufklärerischen Beitrag zur Entlarvung propagandistischer Manipulationen. Der kämpferische Verfechter der Ost- und Deutschland-Politik der sozialliberalen Koalition hat sich aber bei der Kritik an den Verhältnissen in der DDR und in Osteuropa nie leisetreterisch verhalten. Die Anerkennung der Existenz zweier deutscher Staaten war selbstverständliche Basis realistischer Politik, aber die Analogieschlüsse der Abgrenzungsideologen leuchteten ihm nicht ein. Es ist ja wirklich immer noch sehr fraglich, ob es zwei sich selbständig entwickelnde Literaturen gibt. Die unterschiedlichen Entstehungsbedingungen und Folgewirkungen haben letztlich doch nicht dasselbe Gewicht wie die fortdauernden Gemeinsamkeiten der Sprache und der historischen Vergangenheit. Die Selbstverständlichkeit, mit der im allgemeinen die in die Bundesrepublik übergesiedelten DDR-Autoren sich hierzulande zurechtfinden, ohne irgendein Exilgefühl zu entwickeln, scheint dafür ein Indiz zu sein. Daß Wolf Biermann ein anderes Selbstverständnis verlautbart, beruht weniger auf einer Analyse der Realität als auf dem ungeschwächten Protest gegen die Ausbürgerung. Grass jedenfalls erwies sich in Rundfunk- und Fernsehgesprächen, die er 1977 zum Beispiel mit Thomas Brasch oder Wolf Biermann zum Problem der zwei deutschen Literaturen führte, als kenntnisreicher Partner, der keine Übersetzungsprobleme hatte. Daß er bei der Lesereise, die der Präsentation des »Butt« diente, auch Prosastücke aus dem Band »Versuchte Nähe« von Hans-Joachim Schädlich las, war eine andere praktische Konsequenz seiner unproblematischen Verbundenheit mit der Literatur und den Literaten der DDR. Das Gerede der SED von den zwei Nationen ist für Grass allenfalls eine Absichtserklärung, aber keine Zustandsbeschreibung. Käme es wirklich einmal zu einer Trennung im Sinne von zwei Nationen, so meinte Grass in einer Rundfunkdiskussion, dann wäre dies nur die Fortsetzung eines unheilvollen deutschen Separatismus[58].

Während Grass sich bei seiner Kommunismus-Kritik um Sachlichkeit bemühte und sich dessen bewußt blieb, daß es eine zweite Front gab, wo der Streit mit den »Kalten Kriegern« ausgetragen werden mußte, war sein Disput mit der studentischen Protestbewegung der sechziger Jahre von Anfang an durch schlimme Vorurteile getrübt. Grass war nicht in der Lage, wie die von ihm bewunderten Politiker Brandt und Heinemann auch nur ein relatives Verständnis für diese »neue Linke« aufzubringen. Grass hat psychologisiert, gehöhnt, geschimpft — in jede neue Versammlung nahm er den Ärger über die intoleranten linken Gegner vom Vorabend wieder mit und ließ seinen antiakademischen Klischees und seiner Theorieblindheit freien Lauf. Immer wieder variierte er sein Stichwort vom Rabatz der Söhne aus allzu gutem Hause. Generationsgenossen, die mit den Jungen sympathisierten, schrien sich *ins Stimmbruchalter zurück*[59], wollten angeblich als linke Opportunisten in einen Jungbrunnen steigen usw. Die Arroganz der Jungen ging ihm auf die Nerven, aber für die Verbohrtheit vieler Älterer hatte er Verständnis. Über ihren »Haudoch-ab-nach-drüben«-Jargon und die Arbeitslager-Angebote war von Grass nichts zu hören. Sie waren eben gekränkt und provoziert worden — wie er. Immer aufs neue formulierte Grass seine höhnische »Abstammungslehre« — schaut nur, aus welchem Milieu die kommen! Er nennt die Aufmüpfigen *zugutbehauste Söhne, die vom Proletariat wie von einer Marienerscheinung schwärmen; ... höhere Töchter auf der Suche nach einem so linken wie exklusiven Tennisclub*[60] usw. Die sanfte Wehleidigkeit der vergrämten Streichelkinder habe ihn spöttischer gemacht, als er sein wollte, heißt es einmal selbstkritisch im »Tagebuch einer Schnecke«. Da Grass sie nur höhnisch abfertigte, konnte er kein Gespräch mit ihnen führen, damit verzichtete er aber auch darauf, den einen oder anderen zu beeinflussen. In heutigen Diskussionen zum Terrorismus-Problem räumt Grass ein, daß es ein Fehler war, Überlegenheit auszupielen, um Reizbarkeit zu verbergen.

Am Schluß seiner Princeton-Rede »Vom mangelnden Selbstvertrauen der schreibenden Hofnarren unter Berücksichtigung nicht vorhandener Höfe« hat Grass einmal von den Schriftstellern gesprochen, *die weit entfernt von der Anmaßung, ›Gewissen der Nation‹ sein zu wollen, gelegentlich ihren Schreibtisch umwerfen — und demokratischen Kleinkram betreiben. Das aber heißt: Kompromisse anstreben. Seien wir uns dessen bewußt: das Gedicht kennt keine Kompromisse; wir aber leben von Kompromissen. Wer diese Spannung tätig aushält, ist ein Narr und ändert die Welt*[61]. Das geformte Gedicht und der improvisierte politische Alltag unterliegen hiernach unterschiedlichen Regeln, und wenn einer sich beidem ergibt, entstehe ein Spannungsverhältnis, das — so die etwas treudeutsch pflichtbewußte Formulierung — tätig auszuhalten sei. Die ironische Attitüde zeigt, daß Grass sich zu den Narren zählt und auch zu den Protestlern, über die er in den politischen Gelegenheitsgedichten des Bandes »Ausgefragt« ohne Kompromiß schreibt. Schließlich sind auch seine Offenen Briefe, Reden und Aufsätze nicht auf einem umgeworfenen Schreibtisch entstanden. Über die Wirkungen seines Tuns macht er sich keine Illusionen. Das melancholische Eingeständnis *Stimmt, verändern, das schaffe ich nicht*[62]! bezeichnet er einmal als ehrlichen Standpunkt. Aber den Versuch, es dennoch immer wieder zu versuchen, in kleinen oder mittleren Schritten, will er nicht aufgeben. Gegen die Maximalisten, die zugunsten hochfliegender Gesellschaftsentwürfe konkrete, auch radikale Reformen ablehnen, hat das Insistieren von Grass auf der Kleinarbeit sein Recht, unabhängig davon, ob man seinen Ansichten im Detail zustimmt oder nicht. Glücklicherweise hat sich Grass nicht durch die Meinung irritieren lassen, enger Umgang mit den »Herrschenden«, sprich: sozialdemokratischen Spitzenpolitikern korrumpiere einen Autor. Horst Krüger hatte dieses Ladenhüter-Argument im Frühjahr 1971 aufgewärmt, nachdem Grass die deutsche Regierungsdelegation nach Polen begleitet hatte. Schriftsteller sollen nach Krüger nicht *politisch denken, also Machtfragen kalkulieren, Interessen berücksichtigen, Kompromisse schließen.* Wer einmal im Salonwagen der Regierung gefahren ist, wird zum *freundlichen Beifahrer* gestempelt — wahrhaft ein Beitrag, wie er ins satirische Blatt gehört[63].

Seit Günter Grass zusammen mit Heinrich Böll und Carola Stern die viermal jährlich erscheinende Zeitschrift für Demokratie und Sozialismus, »L 76« herausgibt, also seit 1976, kann man wieder regelmäßig Aufsätze des politischen Publizisten Grass lesen. Er formuliert darin vor allem seine Furcht, die beiden deutschen Staaten könnten sich einander in ihren Untugenden anähneln, das heißt, die Bundesrepublik könnte mehr und mehr der Gefahr erliegen, mit Hilfe von Einschüchterungs- und Unterdrückungsmethoden, die die DDR vorexerziert, eine Scheinsicherheit zu erschleichen. Im »Tagebuch einer Schnecke« hatte er das Stichwort »Leistungsgesellschaft« noch leichthin als gemeinsame Klammer der Deutschen in Ost und West hingeworfen: *Wo ich hinkam, ob sich der Kapitalismus elastisch, der Kommunismus pausbäckig straff gab, überall regierte das Soll und das Übersoll und saßen unnütz, weil abgeschoben (abgeschoben, weil unnütz) die Alten und erzählten von vergangener Leistung*[64]. Heute machen ihm andere Gemeinsamkeiten entschieden mehr Angst. Aus dümmlicher Angst vor dem Kommunismus werde das rechtsstaatliche Gefüge immer mehr abgebaut und schrittweise der polizeistaatlichen Praxis in kommunistisch beherrschten Staaten angepaßt. Auf den Radikalenerlaß anspielend, schreibt Grass: *Auf unheimliche Weise gleichen sich die beiden deutschen Staaten: ihre allzeit stramme Bereitschaft zur Intoleranz droht gesamtdeutsch zu werden*[65].

Mit großem Ernst besteht der Demokrat, Sozialist und Antikommunist Grass darauf, daß nicht aus übersteigertem Sicherheitswahn fundamentale Unterschiede zur DDR eingeebnet werden. Den Versuch, zu diesem Thema eine Satire zu schreiben, »Als das Radieschen umbenannt werden sollte«, hatte Grass mittendrin abgebrochen. Denn bei diesem Thema redet er doch lieber Klartext. Der politische Publizist Grass hat gelernt, auf Bonmots zu verzichten, wenn die Sache spielerische Verharmlosung nicht verträgt.

1 Arnold/Görtz (Hg.): »Günter Grass — Dokumente zur politischen Wirkung«, München 1971, S. 221. **2** Ebd., S. 225—228. **3** Ebd., S. 248. **4** Ebd., S. 223. **5** Günter Grass: »Aus dem Tagebuch einer Schnecke« (rororo 1751), Reinbek 1974, S. 8. **6** Günter Grass: »Über das Selbstverständliche. Politische Schriften« (dtv 579), München 1969, S. 7. **7** Günter Grass: »Einige Denkzettel nach der Wahl«. In: »L 76«, Nr. 2, S. 10. **8** Günter Grass: »Verschluckte Wahrheiten. Antwort an Michael Scharang«. In: »L 76«, Nr. 4, S. 107. **9** »Aus dem Tagebuch einer Schnecke«, S. 15. **10** Arnold/Görtz, S. 201. **11** Günter Grass: »Uhuru heißt Freiheit«. In: »Süddeutsche Zeitung«, 20. 3. 1971. **12** »L 76«, Nr. 4, S. 108. **13** Zit. nach: Rolf Michaelis: »Günter Grass und die germanistischen Jungmelker«. In: »Frankfurter Allgemeine Zeitung«, 14. 10. 1968. **14** »Über das

Selbstverständliche«, S. 76. **15** Arnold/Görtz, S. 201. **16** »Aus dem Tagebuch einer Schnecke«, S. 56. **17** Günter Grass: »Was nicht vom Himmel fällt«. In: »Süddeutsche Zeitung«, 2. 1. 1971. **18** »Über das Selbstverständliche«, S. 186. **19** »Aus dem Tagebuch einer Schnecke«, S. 53. **20** »Über das Selbstverständliche«, S. 120. **21 22 23** Günter Grass: »Wer wird dieses Bändchen kaufen?« In: »Die Alternative oder Brauchen wir eine neue Regierung?«, hg. von Martin Walser, Reinbek 1961, S. 77. **24 25** Ebd., S. 79. **26 27** »Über das Selbstverständliche«, S. 20. **28** Max Frisch: »Grass als Redner«. In: »Die Zeit«, 24. 9. 1965. **29** »Frankfurter Allgemeine Zeitung«, 10. 7. 1965. **30** Christian Schütze: »Politisch Lied«. In: »Süddeutsche Zeitung«, 24. 9. 1965. **31** Günter Grass: »Wer wird dieses Bändchen kaufen?«, S. 76. **32** Günter Grass: »POUM oder die Vergangenheit fliegt mit«. In: »Plädoyer für eine neue Regierung oder Keine Alternative«, herausg. von Hans Werner Richter, Reinbek 1965, S. 96. **33** »Über das Selbstverständliche«, S. 58. **34** Ebd., S. 59. **35** Ebd., S. 56. **36** Ebd., S. 47. **37** Zit. nach: »Der Stimmzettel ist kein Lottoschein«. In: »Frankfurter Rundschau«, 18. 8. 1969. **38** »Über das Selbstverständliche«, S. 96 und S. 101. **39** Golo Mann: »Hiergeblieben. Der Staat sind wir«. In: »Frankfurter Allgemeine Zeitung«, 18. 5. 1968. Vgl. auch: Dieter Hildebrandt: »Der ernüchterte Orpheus«. In: »Süddeutsche Zeitung«, 25. 5. 1968. **40** »Man kann nicht bei der Nein-Position stehenbleiben. Interview mit Günter Grass«. In: »Frankfurter Rundschau«, 10. 2. 1969. **41** »Über das Selbstverständliche«, S. 81. **42** Arnold/Görtz, S. 129. **43** Ebd., S. 203. **44** »Über das Selbstverständliche«, S. 86. **45** Zitiert nach »Die Zeit«, 11. 11. 1968. **46** »Anhang V: In Sachen Kipphardt«. In: Arnold/Görtz, S. 355—405. **47** Günther Rühle: »Grass oder die Wirklichkeit«. In: »Frankfurter Allgemeine Zeitung«, 11. 10. 1965. **48** Günter Grass: »Einige Denkzettel nach der Wahl«. In: »L 76«, Nr. 2, S. 5. **49** Ebd. S. 6 und 7. **50** In: Heinz Ludwig Arnold: »Gespräche mit Schriftstellern«, München 1975, S. 78. **51** Alexander Mitscherlich/Gert Kalow (Hg.): »Hauptworte-Hauptsachen. Zwei Gespräche: Heimat-Nation«, München 1971, S. 25. **52** »Aus dem Tagebuch einer Schnecke«, S. 53. **53 54** »L 76«, Nr. 2, S. 7. **55** Günter Grass: »Was nicht vom Himmel fällt«. In: »Süddeutsche Zeitung«, 2. 1. 1971. **56** Rudolf Bahro. Eine Dokumentation. Köln und Ffm 1977, S. 26. **57** Günter Grass: »Der Fall Axel C. Springer am Beispiel Arnold Zweig«, Voltaire Flugschrift 15, Berlin 1967. **58** Mitscherlich/Kahlow, S. 83. **59** Arnold/Görtz, S. 132. **60** »Aus dem Tagebuch einer Schnecke«, S. 33 f. **61** »Über das Selbstverständliche«, S. 89. **62** Günter Grass: »Ich und meine Rollen. Ein Gespräch mit Heinz Klunker«. In: »Deutsches Allgemeines Sonntagsblatt«, 12. 10. 1969. **63** Horst Krüger: »Dürfen Schriftsteller die Regierung begleiten?« In: »Pardon«, Nr. 2/1971, S. 28 f. **64** »Aus dem Tagebuch einer Schnecke«, S. 180. **65** Günter Grass: »Als das Radieschen umbenannt werden sollte«. In: »L 76«, Nr. 1, S. 8.

Sigrid Mayer

Grüne Jahre für Grass: Die Rezeption in den Vereinigten Staaten

Auf der Liste der »Großen Bücher des zwanzigsten Jahrhunderts«, die Mortimer Jerome Adler als zwanzigbändige Fortsetzung der populären Sammlung »Great Books of the Western World« vorgesehen hat[1], finden sich zwar die Namen Rainer Maria Rilke, Franz Kafka, Thomas Mann und Heinrich Böll, doch fehlt bisher Günter Grass. »Time Magazine« beanstandete diese Unterlassungssünde im März dieses Jahres: *Bellow und Solzhenitsyn sind bewundernswert, aber wo ist die Magie von Grass's »Die Blechtrommel«, [. . .]?*[2] Dieses Werk erschien erst im Februar 1963 auf dem amerikanischen Büchermarkt, zu einer Zeit, als sich der Roman in Europa längst als Bestseller erwiesen hatte, so daß sein Ruf ihm nach Amerika vorausgeeilt war. Noch vor dem offiziellen Erscheinen des Buches druckte »Show« *(Magazine for the Arts)* einige Probekapitel ab, komplett mit Illustrationen, Autor-Interview und der einführenden Bemerkung: *Die Blechtrommel* [. . .] *ist das erste größere literarische Werk, das Deutschland in den letzten dreißig Jahren hervorgebracht hat*[3]. Auch »Time« brachte bereits im Januar 1963 eine längere Besprechung drei deutscher Autoren und ihrer übersetzten Werke, Günter Grass (»The Tin Drum«); Heinrich Böll (»Billards at Half Past Nine«); und Uwe Johnson (»Speculations about Jakob«), unter dem gemeinsamen Titel: »Die Schuld der Lämmer«[4]. Damit war der Ton angegeben für die unmittelbar folgende amerikanische Rezeption der »Blechtrommel« als einer längst überfälligen literarischen Objektivierung deutscher Schuld aus deutscher Sicht. Grass — so schrieb »Time« damals — sei wahrscheinlich *das einfallsreichste Talent,* von dem man seit dem Kriege gehört habe. Sein Roman ergebe *eine Zwergenperspektive des Dritten Reiches.*

Ein breiter Strom von Rezensionen erfolgte im Frühjahr des Jahres 1963, als die »Blechtrommel« in etwa zwei Dutzend amerikanischen Zeitungen und Zeitschriften vom »New Yorker« bis zum »Christian Science Monitor«, vom »Atlantic Monthly« bis zur »Village Voice« auf- und abgetrommelt wurde. Mehrfach wurde der Roman gleichzeitig mit Johnsons »Mutmaßungen« besprochen und kontrastiert. So im »New York Herald Tribune« unter der Schlagzeile: *German Literature Reawakens*[5]. Trotz dieser vorherrschenden Stimmung eines literarischen Ereignisses waren die Ansichten der Rezensenten im einzelnen geteilt, wenn auch selten völlig negativ. Während man mit der »politischen« Substanz des Werkes einverstanden war, versuchte man diesem Erstling, der sich literaturgeschichtlich nirgends recht unterbringen ließ, stilistisch irgendwie zu Leibe zu rücken. Im »New York Times Book Review« beispielsweise wurde gelobt, daß Grass endlich aufgezeigt habe, was bisher kein Deutscher zu zeigen *gewagt* habe, daß die Nazis nicht etwa eine getrennte Gruppe von Übeltätern gewesen seien, deren Opfer die guten kleinen Leute waren, sondern *die guten kleinen Leute selbst.* Andererseits ist an gleicher Stelle die Rede von *metaphor-mongering* (etwa »Metapherngefummel«) und *expressionistischem Delirium*[6]. In anderen Besprechungen wurde der Roman wechselweise als phantastisch, romantisch, expressionistisch, surrealistisch, grotesk, absurd, realistisch und quasi-naturalistisch bezeichnet und überhaupt jeder Schule und Stilrichtung zugeordnet, die sich im 19. und 20. Jahrhundert einen Namen verschafft hat. Auch an Vergleichen mit zeitgenössischen und »klassischen« Autoren aus der französischen, englischen, amerikanischen und deutschen Literatur fehlte es nicht. Rabelais, Grimmelshausen, Goethe, Thomas Mann, Swift, Sterne, Melville, Joyce, Beckett, Nabokov, Faulkner, Dos Passos und die Expressionisten tauchen am häufigsten als mutmaßliche Ahnen von Grass' Werk auf. Obwohl die Inhaltsangaben des Buches weitgehend divergieren, fehlt selten eine Erwähnung des Tribünenkapitels, aus dem auch mit Vorliebe zitiert wird[7]. Immer wieder irritieren Grass' sogenannte »Symbole« bzw. »Metaphern«, und man sucht Entschlüsselungen des Zwerges, des Buckels, der Trommelei, der glaszersingenden Stimme usw. Unter anderen wurden die folgenden Erklärungen für Oskar vorgeschlagen: *Sein Gewissen ist das Europa des 20. Jahrhunderts* (»Sewanee Review«); — *Er ist natürlich ein Symbol Deutschlands* (»Critic«); — *Das primitive Unbewußte, das id* (»New York Review«); — *Ein passendes Symbol seiner Welt, die sich der Verzweiflung ergeben hat und ein Greuel von Sinnlosigkeit geworden ist* (»America«); — *Eine Karikatur Deutschlands* (»National Review«); — *Ein »wunderkind« Held — ein umgekehrter Gargantua* (»The Nation«); — *In einem Wort, unmenschlich: unfähig, sich ein moralisches Urteil zu bilden* (»Modern Age«); — *Das einzig vernünftige Wesen in dem ganzen Buch* (Ein junger Leser); — *Die Ähnlichkeit von Baby Oskar mit Goebbels und dem verkümmerten Nazigeist, von Oskars Blechtrommel mit dem Taktschlag der Propaganda und von Oskars unerträglich zerstörerischer Stimme mit derjenigen Adolf Hitlers sind nicht schwer zu begreifen* (»Life«); — *Wir sind alle moralische Bucklige* (Buchumschlag).

Einige finden den Roman zu lang und abwegig, und ein Rezensent bezeichnete ihn als *»Barbarisch, mystisch, gelangweilt«*[8]. Im »National Review«, wo es heißt, Grass habe eine Allegorie von mittelalterlichen Ansprüchen geschrieben, wird notiert, daß man *nur einmal auf 589 Seiten einem echten Nazi in Aktion* begegne: Adolf Hitler[9]. In einer katholischen Wochenzeitschrift beteuert der Rezensent, daß er zwar das Buch bis zu Ende gelesen habe, daß es ihm jedoch persönlich nicht zusage: *Seine obskure Symbolik schreit zum Himmel, es ist von der Fäulnis pervertierter Erotik durchsetzt und abstoßend in seinen zahlreichen Blasphemien der katholischen Kirche*[10]. Dagegen lautet das Urteil in anderen katholischen Zeitschriften differenzierter. In »Commonweal« wird Grass' Methode mit der mittelalterlichen Farce verglichen, die *den gleichen sich verengenden Spielraum zwischen orthodox christlichem Glauben und Blasphemie* aufweise[11]. Das Rezensionsorgan »Best Sellers« kategorisierte »Die Blechtrommel« unter der Rubrik III, d. h. *zulässig für urteilsfähige Erwachsene*[12]. In »Midstream«, einer jüdischen Vierteljahresschrift, heißt es, Grass habe *die Nazi-Ära auf solche Weise arrangiert, daß die ausgelassenen oder abgeschwächten Faktoren ihm moralisch den Rücken brechen*[13]. Dagegen spricht das Urteil Elie Wiesels in der Zeitschrift »Commentary«[14], wo auch George Steiners vielzitierter Artikel über Grass im Mai 1964 zuerst erschien[15].

*

Wie auf einer 95-cent-Taschenbuchausgabe von 1964 zu lesen ist, hielt sich »The Tin Drum« drei Monate lang auf der Bestsellerliste der »New York Times«, und offenbar wurden im Jahre 1963/64 fast 400 000 Exemplare des Buches verkauft[16]. Aber während noch viele Leser mit der Lektüre der »Blechtrommel« beschäftigt waren — kaum ein halbes Jahr nach ihrem amerikanischen Debüt — wiederholte sich der Prozeß eines feuilletonistischen Rezensionsstromes anläßlich des Erscheinens von »Katz und Maus« in der bewährten Übersetzung von Ralph Manheim. Im August 1963 stimmte man in den Bücherspalten der führenden amerikanischen Zeitungen und Zeitschriften größtenteils darin überein, daß dieses vergleichsweise schlanke Werk, meist als *short novel* (»kurzer Roman«) bezeichnet, als eine Art Fortsetzung zur »Blechtrommel« aufzufassen sei. *Unter dem Adamsapfel schlägt die Blechtrommel weiter* überschrieb »New York Times Book Review« die Besprechung von »Katz und Maus«, die sich übrigens durch eine quasi-Abbildung Mahlkes in Form eines Pierrot von Roualt auszeichnete mit dem Hinweis: *He resembles a Roualt Clown*[17]. Mehrmals wird die Novelle mit Alain-Fourniers »Le Grand Meaulnes« verglichen, einem Roman, der in den frühen dreißiger Jahren in Amerika als »The Wanderer« bekannt war. Zukunftweisend schreibt »Time« in diesem Zusammenhang: *Als unmittelbare Darstellung der manchmal schlüpfrigen Gewohnheiten und hohen Hoffnungen des Knabenalters sollte sich seine* [Grass'] *Erzählung als kleines Werk von klassischem Status* [a minor classic] *erweisen*[18].

Leider verursachen den amerikanischen Rezensenten Grass' sogenannte »Symbole« oder »Metaphern« weiterhin Kopfzerbrechen. So etwa Robert Gutwillig im »New York Herald Tribune«, der sich nicht überzeugt erklärt, *daß die Metaphern — Zwerge, Trommeln, Adamsäpfel — die der Autor für seine Vergleiche wählt, die künstlerisch richtigen sind, um die gewünschte Wirkung zu erzielen*[19]. Generell ist von der grausamen Katze des menschlichen Konformismus gegenüber der Maus individueller Deformiertheit die Rede; und in diesem Sinne ist man bereit, dem Buch eine Relevanz einzuräumen, die über den politischen und geographischen Bereich der Nazi Ära hinausgeht.

*

Mit der Übersetzung der »Hundejahre« hat Ralph Manheim, der für die Übersetzung der »Blechtrommel« im Jahre 1964 den P. E. N. Preis[20] erhalten hatte, stilistisch sowie lexikalisch erst sein eigentliches Meisterstück geleistet. Gerade weil dieses Werk — wie George Steiner hervorgehoben hat[21] — die suspekt gewordenen traditionellen Bestandteile der Sprache gleichsam in einen Schmelztiegel wirft und zu bizarren Formen umgestaltet, mußte der Erfolg seiner amerikanischen Rezeption großenteils von der Qualität der Übersetzung abhängen; und diese erweist sich als schwer übertrefflich[22]. Die Besprechung des Romans in »Harper's Magazine« vermittelt u. a. einen Eindruck von der erfolgreich bewältigten Aufgabe des Übersetzers: *Seine* [des Autors] *Gewalt über*

Worte ist so vollständig — er führt sie spazieren, läßt sie Sprünge machen, läßt sie Schritt und Galopp reiten, er galvanisiert sie und atomisiert sie total (durch Spaltung und Verschmelzung) — daß seine Virtuosität nur als Joyceisch zu bezeichnen ist[23].

Beim Erscheinen von »Dog Years« holen einige Rezensenten nach, was sie anläßlich der inzwischen zum Bestseller avancierten »Blechtrommel« übersehen haben. Während Antony West im »New Yorker« seinerzeit dazu riet, »Die Blechtrommel« nur auszugsweise zu lesen, lobt er an den »Hundejahren« die Ausführung von Grass' Aufgabe, *den Deutschen zu zeigen, was es ist, das Deutschland so furchtbar macht und gemacht hat, wo es doch so ganz und gar herrlich sein könnte.* Die in diesem Sinne aus dem Roman gezogenen Resultate muten inzwischen fast klischeehaft an: *daß Hitler und Hitlerismus keine Verirrungen waren sondern logische Produkte der germanischen* [sic] *Tradition; und daß diese Tradition so tödlich ist wie eh und je, vielleicht mehr denn je, weil das Hitler Regime jetzt eines ihrer alptraumhaften Bestandteile ist.* Allerdings wird in dieser Besprechung auch erwähnt, daß Grass, dessen Technik mit den Karikaturen des »Simplizissimus« zu vergleichen sei, es heute schwerer habe als jene Zeichner, da er nach dem Erlebnis der Konzentrationslager mit einer Welt fertig werden müsse, *in der wohlgepflegte junge »Konservative« Abzeichen tragen können, auf denen steht: »Drop the Bomb«*[24].

Allgemein wird »Hundejahre« als mehr oder weniger überzeugende — hier gehen die Meinungen auseinander — Fortsetzung des Blechtrommelthemas aufgefaßt, das, nach seinen feuilletonistischen Erläuterungen zu schließen, als belletristische Version des späteren Bestsellertitels »Inside the Third Reich«[25] umschrieben werden könnte.

Verschiedentlich wird der letzte Teil des Romans als Fehlschluß angesehen. »Time« spricht von *dem zunehmenden und komplizierten Geräusch aus der symbolischen Maschinerie des Romans*[26], während »New York Times Book Review« *von grobem polemischem Journalismus gegen die falsche Hypokrisie Westdeutschlands berichtet*[27] und der »Christian Science Monitor« vorschlägt, Grass *verliere die Haltung,* wenn es darum gehe, die Entwicklung der Nachkriegszeit zu beschreiben[28]. Daneben ertönt wiederum ein Chor von Stimmen, die sich wie »Newsweek« *dem symbolischen Hexengebräu* etwas hilflos gegenübersehen[29]. Ein Beurteiler des Buches in »Best Sellers« schreibt: *Dies ist offensichtlich ein komplizierter Roman. Zwar ist zur Erforschung des deutschen Geistes Kompliziertheit erforderlich — aber hier ist zuviel davon*[30].

*

Daß sich Grass mit den »Hundejahren« in Amerika als Schriftsteller internationalen Ranges etablierte, zeigen mehrere Autor-Interviews und Photoreportagen im Gefolge dieses Romans. Der unübersehbarste Hinweis auf den Autor der »Hundejahre« findet sich in »Life« unter der Überschrift: *Ein sardonischer Deutscher schreibt große Romane,* gefolgt von der Schlagzeile: *Grüne Jahre für Grass*[31]. Die Bildreportage zeigt den Autor in Großaufnahme am Fenster seines Berliner Hauses, im Kreis seiner Familie, in seinem Arbeitsraum und sogar (krank) im Bett, wo ihn das erste Exemplar von »Dog Years« erreichte. Der Begleittext beschränkt sich hauptsächlich auf persönliche Daten und stellt ohne Umschweife fest: *Er ist der größte Schriftsteller, den Deutschland seit dem Kriege hervorgebracht hat.*

Seit dem Frühjahr 1964 besuchte Grass verschiedentlich die Vereinigten Staaten. Im Mai 1965, gleichzeitig mit der amerikanischen Veröffentlichung der »Hundejahre«, kam es zu einer gemeinsamen Lesung mit Uwe Johnson in New York. Auch diese Besuche führten zu Interview-Reportagen, z. B. im »Christian Science Monitor«, wo des Autors Englisch als *excellent* bezeichnet wurde[32]. Tatsächlich versteht sich dieser Schöpfer barocker Satzkonstruktionen erstaunlich gut darauf, in Interviews der amerikanischen Vorliebe für einfache, treffende Formulierungen entgegenzukommen. Beispiel: *»How do you feel at this period as Germany's most successful author?« — »Misunderstood«*[33].

Ein »New York Times« Bericht über Grass vom Mai 1966[34] gibt indirekt Aufschluß darüber, was das breitere amerikanische Publikum von dem Autor erfahren wollte, der als der lebende deutsche Schriftsteller angesehen wurde, *der einzige von dem die meisten von uns etwas gehört oder gelesen haben.* Keith Botsford, politischer Reporter und Autor, erläutert hier ein Gespräch mit Grass. Obwohl dieser als Sprecher seiner Generation von Deutschen gelte, stehe er nicht für die Gesamtheit dieser Generation, deren *Angst* [sic] teilweise durch die Euphorie der wirtschaftlichen Gesundung zerstreut worden sei. Des Autors aktive Beteiligung am Wahlkampf für *Willy Brandts Sozialisten* wird beschrieben, und, als ein weiteres Beispiel seines Nonkonformismus, das *Risiko* des soeben verfaßten Stückes »Die Plebejer proben den Aufstand«. Es fehlt nicht eine ausführliche Darstellung seiner engeren und weiteren Umgebung in Berlin, seines *scheußlich wilhelminischen Hauses* mit dem ehemaligen Atelier eines *Schlachtenmalers* [sic]. Seine Romane, die *von Verrückten und Dämonen, Riesen und Zwergen* handelten, seien *schwierig zu lesen* und hätten *daher in Amerika vielleicht nicht den verdienten Erfolg gefunden.* Die Schwierigkeit liege jedoch weniger in ihrer *literarischen Pyrotechnik* als auf der *emotionellen Ebene,* wo sie nicht leicht zu absorbieren und mit Ruhe zu betrachten seien. Es handele sich um *leidenschaftliche Bücher in einer Literatur, die durch einen leichten Geruch von Kampfer und Achtbarkeit* bekannt sei und *durch ihren Abstand von zeitgenössischen Sorgen.* Der Bericht endet mit der Frage nach einem echten d. h. realistischen deutschen Nationalbewußtsein, die dahingehend beantwortet wird, daß die Deutschen einsehen müßten, *wer sie waren, wer sie sind, und welche konkreten Möglichkeiten für sie im 20. Jahrhundert bestehen.*

Hier zeigt sich, daß in den sechziger Jahren an dem Phänomen Grass letzten Endes das noch immer rätselhafte und beunruhigende Phänomen Deutschland ermessen wurde. Dagegen ergibt eine Umfrage unter der gegenwärtigen Generation von Universitätsstudenten[35] keinen bemerkenswerten Zusammenhang zwischen der Lektüre dieses Autors und seiner Rolle als Analytiker deutscher Vergangenheit oder deutscher »Gefahr«. Zwar erklärte noch etwa die Hälfte aller befragten Studenten, daß sie »etwas von Grass gehört« hätten, aber weniger als ein Viertel hatten etwas von ihm gelesen, und von diesen bevorzugten über 80 % die Lektüre anderer deutscher Autoren wie Thomas Mann, Hesse, Brecht, Kafka, Böll usw.

*

Obwohl Ralph Manheims Übersetzung des Bühnenstücks »Die Plebejer proben den Aufstand« (»The Plebeians Rehearse the Uprising«) noch im Jahre 1966 in den USA erschien, kam es erst 1968 zu einer Aufführung[36]. Die Besprechungen des Textes fielen meist verwirrt und verwirrend aus; für das amerikanische Publikum wäre eine deutliche Abgrenzung der historischen und fiktiven Elemente des Stückes wichtig gewesen. Dazu genügte jedoch kaum eine der Inhaltsangabe folgende Bemerkung: *Viel hiervon ist geschehen (Much of this happened)*[37]. Auch die Feststellung an gleicher Stelle, das Stück besitze *ungefähr so viel Drama wie »Peter Rabbit«* bleibt unerläutert. Im Grunde ist es erstaunlich, wie pro-Brecht man zur Zeit von Grass' »Plebejern« in der amerikanischen Feuilleton-Welt eingestellt war, wo bei aller Beachtung, die das Stück fand, das Gesamturteil über Grass' »Deutsches Trauerspiel« eher negativ ausfiel. Lediglich der Rezensent in »Life« hoffte auf bessere deutsche und amerikanische Produktionen des Stückes als im Berliner Schillertheater[38].

Zu ähnlichen Teilerfolgen führten zwei konkrete Versuche, Günter Grass auf New Yorker Bühnen darzustellen. Im Frühjahr 1966 wurde eine Auswahl von Gestalten und Gestaltungen aus den Romanen und Gedichten des Autors von Dennis Rosa für die Bühne adaptiert. Von fünf Schauspielern getragen und durch Lichtbildprojektionen unterstützt spielte sich *The World of Günter Grass* in zwei Akten (Kriegs- und Nachkriegszeit) auf der Bühne des Pocket Theatre ab. Nach den Besprechungen zu schließen[39], muß es sich um eine potpourriartige Mischung aus Medien und Themen gehandelt haben, eine etwas geschmacklose Graßsuppe, in der menschliche und tierische Bestandteile aus den Werken herumschwammen.

Als dann im folgenden Jahr (1967) »Die bösen Köche« sich nach authentisch Grass'schem Rezept im New Yorker Orpheum um das Suppenrezept stritten, hieß es im »New Yorker«: *Wir werden von Symbolen überspült. Nichts scheint irgendetwas zu sein*[40]. Vielleicht hätte das von einer lauten Aufführung der »Wicked Cooks«[41] verwirrte Publikum wissen sollen, daß die *black witch* am Ende der »Blechtrommel« eigentlich »die schwarze Köchin« heißt.

Erst das Bühnenstück »Davor« erlebte als »Uptight« im Jahre 1972 eine erfolgreiche Inszenierung in Washington D. C. Zu dieser Zeit setzte sich das Verständnis des Stückes teilweise durch den Roman »Örtlich betäubt« voraus, und keine verwirrende »Symbolik« verschleierte die unterhaltsame Provokation der *vergnügten und unheilvollen Ironie* dieses Grass'schen *Ideenspiels*[42]. Die Besprechungen loben die *Flüssigkeit* der Aufführung, die zum Teil durch die Mitwirkung einer Rockgruppe erzielt wurde[43]. Doch könne das Stück *unmöglich die stilistische Differenziertheit von »örtlich betäubt« übermitteln*[44].

In dem fünfjährigen Intervall zwischen den Romanen »Dog Years« (1965) und »Local Anaesthetic« (1970) erschienen nicht nur Übersetzungen von Grass' dramatischem Werk[45] sondern auch Auswahlen seiner Lyrik und seiner politischen Texte. (»Time« nannte ihn *einen etwas finsteren Weihnachtsmann, der mit Geschenken beladen zu uns kommt)*[46]. Der Band »Selected Poems« (1966) enthält 28 Gedichtübertragungen aus »Die Vorzüge der Windhühner« und »Gleisdreieck«. Der Band »New Poems« (1968) beschränkt sich auf 27 Gedichte aus »Ausgefragt«. Trotz ansprechender Übersetzungen von Christopher Middleton und Michael Hamburger in zweisprachigen Ausgaben ist Grass' Lyrik eine Sache für Kenner geblieben. Die meisten Leser seiner Romane wissen nichts von ihrer Existenz. Bemerkenswert erscheint, daß in den Rezensionen der »Selected Poems«, wo Grass' Lyrik meist an derjenigen von Brecht gemessen wird, von drei Rezensenten[47] dasselbe Gedicht hervorgehoben wurde: »Folding Chairs« (»Klappstühle«), dessen erste und letzte Zeile auf Englisch lautet: *How sad these changes are.*

Gelegentliche Berichte über des Autors politische Aktivität[48] und der 1969 erschienene Band »Speak Out!« — eine Auswahl von Texten aus »Über das Selbstverständliche« — regten ausführlichere Kommentare an als seine Lyrik. Der informierteste Kommentar dieser Art findet sich im »New York Review« anläßlich der Publikation von »Speak Out!«, begleitet, wie üblich bei den Grass-Besprechungen in diesem Heft, von einer ausdrucksvollen Autor-Karikatur von David Levine[49]. »Speak Out!« — so heißt es dort u. a. — *offenbart den unbequem steilen Abhang, an dem ein sozialdemokratischer Intellektueller balanciert.*

*

Einige Rezensenten der »Hundejahre« hatten mehr oder weniger deutlich die Frage aufgeworfen, ob der Autor überhaupt fähig sei, über anderes zu schreiben als Deutschland bzw. Danzig während des Dritten Reiches und seiner Vor- und Nachspiele[50]. Auch »Time« hatte die Besprechung der »Hundejahre« mit der Äußerung abgeschlossen: *Dennoch, der Leser muß sich fragen, was Grass und seine Kollegen in weiteren Büchern zu sagen haben*[51]. Als dann im Frühjahr 1970 die Übersetzung von »örtlich betäubt« (»Local Anaesthetic«) erschien, erwies sich das neuartige Thema und seine andersartige Darbietung als eine Überraschung, der man sich nur stellen konnte, indem man das Buch zu seinem Vorteil oder zu seinem Nachteil mit der seinerzeit sensationellen Danziger Trilogie verglich.

Noch ehe der Autor als erster und bisher einziger deutscher Schriftsteller seit 1945 auf dem Umschlag von »Time Magazine« erschien, äußerte sich Anatole Broyard im »New York Times Book Review« begeistert zu dem neuen Roman, den er *den technisch überzeugendsten Beweis* dafür nannte, *daß der Roman nicht nur lebt, sondern gesunder ist als je.* In derselben Besprechung heißt es: *Grass verspottet unbarmherzig die Impotenz, den Masochismus, die verzweifelten Mittel, die das Los des Liberalen so schwer machen.* [. . .] *Als aktiver Sozialist verteilt Grass seine Ironien mit lobenswerter Unparteilichkeit*[52].

Anläßlich des Leitartikels in »Time«: *Der Zahnarztstuhl als eine Allegorie des Lebens*[53], der die kritische Rezeption des Romans in Deutschland keineswegs zur Kenntnis nimmt, sondern zu einem völlig unabhängigen Urteil kommt, erschien von Seiten deutscher Literaturkritik ein »Plädoyer für eine Rezeptionsästhetik«[54]. Hier sollte, gestützt u. a. auf die Umschlagzeile der »Time«: *Romancier zwischen den Generationen. Ein Mann, der zur Jugend sprechen kann,* der Nachweis erbracht werden, daß Grass in seinem Roman *ein Kommunikationsmodell* anbietet, *das auf dem Hintergrund der amerikanischen Wirklichkeit zur Wunschprojektion wird.* Dagegen sei *von den deutschen Kritikern aus der Kenntnis der innenpolitischen Vorgänge heraus Grass' »Ballade vom Dackel« als Versimplung der politischen Thematik empfunden* worden. Die hier zugrunde gelegte These, daß *in beiden Fällen die* [kritische] *Entscheidung von einer spezifisch innenpolitischen Situation vorprogrammiert* wurde, leuchtet ein. Doch scheitert ihre Beweisführung ironischerweise an eben dem Prinzip, das sie nachzuweisen sucht. Denn die hier durchgeführte Vergleichsmethode ist ihrerseits durch die spezifische Prädisposition des Beweisführers »vorprogrammiert«. Die Würdigung des deutschen Autors durch »Time« verdient daher trotz ihres teilweise sozial bedingten Standpunktes vor allem die sachliche Beurteilung und Anerkennung, durch die sie sich selbst auszeichnet.

Im Einzelnen bestand keineswegs Einigkeit in der amerikanischen Presse über Inhalt und Ausführung des Romans. Während »New York Times Book Review« schrieb: *Seine Form, das Verhältnis seiner Teile zueinander, ist so effizient und ökonomisch wie ein Volkswagen*[55], vermißt John Updike im »New Yorker« *die plastische Leichtigkeit und den Zusammenhang der Teile, der bis vor kurzem der gemeinsame Besitz selbst mittelmäßiger europäischer Schriftsteller* gewesen sei. *Verglichen mit relativ jungen Meistern des europäischen Humanismus wie Proust und Mann,* sei Grass *schwer zu lesen, schwer »sich hineinzulesen«*[56]. (In diesem Urteil bestätigen ihn, trotz vergleichsweise leichterer Lesbarkeit der Übersetzung, mehrere Grassleser der gegenwärtig jungen amerikanischen Generation). Updike findet, dem Zahnarzt fallen die besten Aussprüche zu: *the dentist, like him or not, has the best lines.* Dagegen heißt es in der Zeitschrift »Commonweal«: *Auf seltsame Weise ist »örtlich betäubt« eine Achtungsbezeugung gerade den Studenten gegenüber, mit denen Grass sich in den sechziger Jahren auseinandergesetzt hat*[57]. Auch »Time« hatte festgestellt, der Student Scherbaum sei *eine plausiblere, reinere Persönlichkeit* als Starusch. Dennoch schreibt D. J. Enright im »New York Review«: *Pace Time Magazine, ich sehe keine Beweise hier, daß er* [Grass] *an den »scheinbar hilflosen und sicherlich tragischen Bankrott des Liberalismus« glaubt*[58].

*

Im Jahre 1973 erschien die Übersetzung von »Aus dem Tagebuch einer Schnecke« (»From the Diary of a Snail«), ohne jedoch bis zu dem breiteren Lesepublikum durchzudringen, das sich noch an »Die Blechtrommel« und »Örtlich betäubt« erinnert. Dennoch wurde das Buch 1976 als Taschenbuchausgabe wiederaufgelegt. Es fehlte auch nicht an eingehenden und anerkennenden Besprechungen, zumal der Name Willy Brandt, der sich hier mit dem Autor assoziiert, in den USA einen sehr guten Klang bewahrt hat. Nur vereinzelt wurde beanstandet, daß es dem Buch an den notwendigen Anmerkungen zum Verständnis der lokalpolitischen Exkurse fehle, oder auch daß die eingefügte Reproduktion von Dürers »Melencolia I« zu wünschen übrig lasse[59]. Nicht bei allen Rezensenten stößt des Autors *mittel-alterliche Schneckenweisheit* auf unbegrenzte Geduld: *Heiliges Raumschiff Erde! Hüpfendes Elektronisches Dorf! Könnte dieser Agitator für einen Liberalismus des 19. Jh. rechthaben*[60]*?* Des Tagebuchautors ausgesprochene Vorliebe für unerhörte Rezepte und Speisen bleibt nicht unbeachtet und löst hier und da ein leichtes Schaudern aus[61]. Doch summiert sich das vorherrschende Urteil über das Buch in dem Satz: *Wir könnten schlechter fahren, als von Grass zu lernen, was Grass von Schnecken gelernt hat*[62].

Im »New Yorker« nimmt die Besprechung des »Tagebuches« das Fünffache an Druckspaltenraum ein wie zehn Jahre zuvor die Rezension der »Blechtrommel«. Autor John Updike bringt diesem aus der autobiographischen Autor-, Vater- und Sozialistenperspektive geschriebenen Werk, das keinen Anspruch darauf erheben könne noch wolle, *ein Kunstwerk* zu sein, bedeutend mehr Verständnis entgegen als seinerzeit dem Roman »örtlich betäubt«[62]. Daß jedoch auch der amerikanische »Intellektuelle« den geläufigen Geschmackstendenzen unterliegt, zeigt Updikes Vergleich des Tagebuchautors mit dem beliebten — *und nicht unähnlich beschnauzbarteten* — Kurt Vonnegut, da *Grass uns* [ebenso] *überzeugt, daß sein Herz am richtigen Fleck bleibt.* Andererseits geht Updikes Feinfühligkeit dem Text gegenüber so weit, daß er — völlig richtig! — vermutet, *daß in diesem Fall, trotz zweifellos bestmöglicher Arbeit Ralph Manheims, außergewöhnlich viel in der Übersetzung verloren gegangen ist.* Der Rezensent schließt seine vorbildlich ausgewogene, geradezu essayistische Darstellung dieses aus Bruchstücken zusammengesetzten »Tagebuchs« mit der folgenden Bemerkung: *Wir lesen dieses Buch weniger als wir es überhören. Ein Deutscher spricht zu Deutschen, intim und dringend. Denn über die universellen Pflichten eines Schriftstellers hinaus hat Grass die lokale Pflicht, die er mit allen deutschen Schriftstellern seiner Generation teilt, den Weg zurück zur Hölle zu bewachen und zu versperren.*

*

Die seit 1972 von Grass verfertigte Graphik konnte in Auswahl seit 1973 auch in den Vereinigten Staaten besichtigt werden, zuerst im Goethe-House in New York, seit 1974 auch in anderen USA Goethe Instituten. Bei dem breiteren Publikum scheint Grass als bildender Künstler, von dem man zwar in biographischen Skizzen gelesen, aber wenig gesehen hatte, mehr Überraschung, Erstaunen und gelegentliche Verlegenheit auszulösen, als kritische Einschätzung.

Im April 1977, anläßlich eines Besuches des Autors in New York, wo er innerhalb des vom Goethe-House organisierten Programms »Berlin Now« aus seinem Roman »Der Butt« vorlas, eröffnete auch die wohlrenommierte Weyhe Gallerie in New York eine Ausstellung Grass'scher Graphik, bereichert um einige repräsentative Beispiele aus den Jahren 1974—1977. Die »New York Times« kennzeichnete Grass' Graphik anhand einer Abbildung des Portraits »Ute und ich« als *hartgesinnten Realismus mit einer Neigung zur Phantasie und Groteske*[64]. Hilton Kramer schrieb dazu, ein großer Teil von Grass' graphischem Werk zeige *eine Qualität und Kraft, die angetan sei, selbst die Skeptiker zu überzeugen, daß sie sich in der Gegenwart eines eigentlichen Künstlers in diesem Medium befinden*. Es wurde hervorgehoben, daß die graphischen Medien von jeher der deutschen visuellen Vorstellungskraft entgegengekommen seien, weil sich darin *kühne Bilder und starkes Gefühl mit größerer Unmittelbarkeit des Angriffs* ausdrücken lassen. Als Künstler sei Grass dieser deutschen graphischen Tradition verhaftet.

Etwas später erschien in der »New York Post« der obligatorische Interview-Bericht, wo der Autor zu erklären suchte, daß *die stahlharte Feinheit* dieses Striches nicht n u r, d. h. nicht geradeswegs auf Dürer zurückgehe, und wo er auch Gelegenheit fand, ein wenig über sein Buch »Der Butt« zu sprechen. Auf eine etwas weiter ausholende Frage nach der gemeinsamen Funktion seiner Tätigkeit als Schriftsteller und Graphiker fand Grass die einfache Antwort: *Same thing. — One ink.* Demgemäß ist der Bericht überschrieben: *Ink for writing, ink for etching*[65].

Der relativ kleine, etwa 300 Sitzplätze umfassende Saal in der »New School for Social Research«, wo am 15. April dieses Jahres Grass' Lesung stattfand, war bis auf den letzten Stehplatz gefüllt. Da es sich um eine Goethe-House Veranstaltung handelte, beantwortete der Autor eine ihm anschließend zuversichtlich auf Englisch gestellte Frage ostentativ auf Deutsch. Später flog er weiter nach Kanada.

---

1 Anon.: »The Great Books (Contd.)«. In: »Time«, 7. 3. 1977, S. 65 ff. **2** Ebenda. Alle Zitate wurden von der Verf. aus dem Englischen übersetzt. **3** Anon.: »*The Tin Drum*. A major excerpt from an extraordinary new novel by Günter Grass. Drawings by Tomi Ungerer«. In: »Show« 3. Jg., Januar 1963. **4** Anon.: »The Guilt of the Lambs«. In: »Time«, 4. 1. 1963, S. 69—71. **5** Lindley, Denver: »Disarming the Nazi Era With Gallows Humor«. In: »New York Herald Tribune«, 39. Jg., 7. 4. 1963, S. 1 & 18. **6** Morton, Frederic: »Growing Up With Oskar«. In: »New York Times Book Review«, 68. Jg., 7. 4. 1963, S. 5 & 58. **7** Vgl. das Zitat aus diesem Kapitel, das der Besprechung im »New York Herald Tribune« (Anm. 5) vorausgestellt ist: *His eyes became as old as the hills and he almost crawled into my ear. »They are coming,« he whispered. »They will take over the meadows where we pitch our tents. They will organize torch-light parades. They will build rostrums and fill them, and down from the rostrums they will preach our destruction. Take care, young man. Always take care to be sitting on the rostrum and never to be standing out in front of it.«* **8** Vonalt, Larry P.: »Barbaric, Mystical, Bored«. In: »Sewanee Review«, 71. Jg., Sommer 1963, S. 522—524. **9** Davenport, Guy: »Novels with Masks«. In: »National Review«, 14. Jg., 9. 4. 1963, S. 287. **10** McGovern, Hugh: »The Tin Drum. By Günter Grass«. In: »America«, 108. Jg., 9. 3. 1963, S. 344. **11** Gregory, Horace: »The Ancient Follies Are Still in the Ascendency«. In: »Commonweal«, 78. Jg., 26. 4. 1963, S. 146—148. **12** Quinn, John J., S. J.: »Grass, Günter. *The Tin Drum*«. In: »Best Sellers«, 14. 4. 1963, S. 12 f. **13** Renek, Morris: »Ballyhoo«. In: »Midstream«, 9. Jg., Juni 1963, S. 109—111. **14** Wiesel, Elie: »An Appointment with Hate«. In: »Commentary«, 34. Jg., Dezember 1962, S. 470—476. **15** Steiner, George: »The Nerve of Günter Grass«. In: »Commentary«, 37. Jg., Nr. 5, Mai 1964, S. 77—80. Vgl. auch die deutsche Übersetzung: Steiner, George: »Anmerkung zu Günter Grass«. In: »Sprache und Schweigen. Essays über Sprache, Literatur und das Unmenschliche«. Suhrkamp 1969, S. 147—156. **16** Vgl. Bauke, J. P.: »A Talk With Günter Grass«. In: »The New York Times Book Review«, 31. 5. 1964, S. 16. **17** Spender, Stephen: »Beneath the Adam's Apple, The Tin Drum Beats on«. In: »New York Times Book Review«, 11. 8. 1963, S. 5. **18** Anon.: »An Outcast Hero«. In: »Time«, 23. 8. 1963, S. 75—76. **19** Gutwillig, Robert: »House of Mirrors«. In: »New York Herald Tribune«, 40. Jg., 11. 8. 1963, S. 5. **20** Anon.: »Trials of a Translator«. In: »Time«, 13. 4. 1970, S. 73. **21** Vgl. Anm. 15. **22** Vgl. Mayer, Sigrid: »Growing Grass in English«. In: »Yearbook of Comparative and General Literature«, Nr. 25, 1976, S. 64—69. **23** Kluger, Richard: »Tumultuous Indictment of Man«. In: »Harper's Magazine«, 230. Jg., Juni 1965, S. 110—112. **24** West, Anthony: »Making Scarecrows«. In: »The New Yorker«, 20. 11. 1965, S. 236, 238, 241. **25** Speer, Albert: »Inside The Third Reich«. Transl. Richard & Clara Winston. New York 1970. Auf der Bestsellerliste von »Time« Sept. 1970 bis April 1971. Vgl. dazu auch Durzak, Manfred: »Die Rezeption der deutschen Literatur nach 1945 in den USA«. In: Durzak, Manfred (Hg.): »Die deutsche Literatur der Gegenwart«. Stuttgart 1971, S. 437—447, hier S. 437. **26** Anon.: »Hound of Hell«. In: »Time«, 28. 5. 1965, S. 110. **27** Spender, Stephen: »Scarecrows and Swastikas«. In: »New York Times Book Review«, 70. Jg., 23. 5. 1965, S. 1 & 32. **28** Maddocks, Melvin: »A phantom gets chased«. In: »Christian Science Monitor«, 57. Jg., 27. 5. 1965. **29** Anon.: »Dog Years«. In: »Newsweek«, 27. 12. 1965, S. 73. **30** Hill, William B., S. J.: »Grass, Günter. *Dog Years*«. In: »Best Sellers«, 1. 6. 1965, S. 116—117. **31** Scherman, David E.: »Green Years for Grass«. In: »Life«, 58. Jg., 4. 6. 1965, S. 51—56. **32** Beichman, Arnold: »Meet Günter Grass«. In: »Christian Science Monitor«, 27. 5. 1965, S. 7. **33** Spelman, Franz: »Günter Grass: A Big New Talent«. In: »Show«, 3. Jg., Januar 1963, S. 85. **34** Botsford, Keith: »Günter Grass Is a Different Drummer«. In: »New York Times«, 8. 5. 1966, S. 28 ff. **35** Befragt wurden rund 150 Studenten verschiedener Fachbereiche im Alter von 18—28 Jahren an den folgenden Universitäten: University of Wyoming, University of Utah, University of New Mexico, University of California at Irvine, California. **36** Hewes, Henry: »Grass on Brecht«. In: »Saturday Review«, 51. Jg., 14. 9. 1968, S. 117. **37** Schott, Webster: »Out of the Nazi Ash Heap«. In: »New York Times Book Review«, 71. Jg., 20. 11. 1966, S. 4. **38** Popkin, Henry: »Mr Brecht Over a Big Barrel«. In: »Life«, 60. Jg., 8. 2. 1966, S. 17. **39** Oliver, Edith: »The World of Günter Grass«. In: »New Yorker«, 7. 5. 1966, S. 120. Auch: Chapin, Louis: »World of Günter Grass«. In: »Christian Science Monitor«, 2. 5. 1966. Auch: Cooke, Richard P.: »German Author on State«. In: »Wall Street Journal«, 28. 4. 1966, S. 16. **40** Oliver, Edith. In: »New Yorker«, 4. 2. 1967, S. 93—94. **41** Vgl. Kerr, Walter: »Wicked Cooks by Günter Grass opens«. In: »New York Times«, 24. 1. 1967. **42** Gussow, Mel: »Novel Takes to the Stage in Günter Grass ›Uptight‹«. In: »New York Times«, 24. 3. 1972. **43** Hewes, Henry: »Distal and Proximal Bite«. In: »Saturday Review«, 55. Jg., 20. 5. 1975, S. 62—63, hier S. 63. **44** Vgl. Anm. 42. **45** Grass, Günter: »Four Plays«. Introduction by Martin Esslin. New York 1967. **46** Anon.: »Leaves of Grass«. In: »Time«, 1. 4. 1966, S. 103—104. **47** 1. Vgl. Anm. 46. 2. Enright, D. J.: »Kindly Shoot Above the Trees«. In: »New York Review of Books«, 29. 12. 1966. 3. Fraser, G. S.: »Brecht, Grass, Voznesensky«. In: Partisan Review«, 34. Jg., Winter 1967, S. 150—155, hier S. 154. **48** Anon.: »Grass takes to the Stump«. In: »America«, 113. Jg., 24. 7. 1965, S. 89. **49** Ascherson, Neal: »Raw Nerves«. In: »New York Review of Books«, 13. Jg., Nr. 9, 20. 11. 1969, S. 16—21. **50** Vgl. z. B. die ausgezeichnete Besprechung von McDonnell, Thomas P.: »Watching Grass Grow«. In: »Critic«, 24. Jg., August 1965, S. 80—82. **51** Anon.: »Hound of Hell«. In: »Time«, 28. 5. 1965, S. 110. **52** Broyard, Anatole. In: »New York Times Book Review«, 29. 3. 1970, S. 1 & 5. **53** Anon.: »The Dentist's Chair as an Allegory of Life«. In: »Time«, 13. 4. 1970, S. 68—79. **54** Durzak, Manfred: »Plädoyer für eine Rezeptionsästhetik. Anmerkungen zur deutschen und amerikanischen Literaturkritik am Beispiel von Günter Grass' *Örtlich betäubt*«. In: »Akzente«, 18. Jg., 1971, S. 487—504. Wiederholt als: »Rezeptionsästhetik als Literaturkritik« in »Kritik der Literaturkritik«, hg. Olaf Schwenke, Stuttgart 1973, S. 56—70. **55** Vgl. Anm. 52. **56** Updike, John: »The View from the Dental Chair«. In: »New Yorker«, 25. 4. 1970, S. 133—136. **57** Kriegel, Leonard: »Günter Grass' tale of men and molars in a mended Germany«. In: »Commonweal«, 92. Jg., 8. 5. 1970, S. 195—196. **58** Enright, D. J.: »Always New Pains«. In: »New York Review of Books«, 14. Jg., 4. 6. 1970, S. 20—23. **59** Coogan, Daniel: »From the Diary of a Snail«. In: »America«, 129. Jg., 29. 9. 1973, S. 220. **60** Maddocks, Melvin: »Hesitation Waltz«. In: »Time«, 8. 10. 1973, S. 109—112. **61** Washburn, Martin: »Günter Grass. From the Diary of a Snail«. In: »Village Voice«, 25. Jg., Oktober 1973. **62** Morris, Robert K.: »On Being Sentenced to History«. In: »The Nation«, 16. 3. 1974, S. 343—344. **63** Updike, John: »Snail on the Stump«. In: »New Yorker«, 15. 10. 1973, S. 182—185. **64** Kramer, Hilton: »Günter Grass, Portraitist«. In: »New York Time«, 15. 4. 1977. **65** Tallmer, Jerry: »Ink for writing, ink for etching«. In: »New York Post«, 23. 4. 1977.

Franz Josef Görtz

Der Provokateur als Wahlhelfer

Kritisches zur Grass-Kritik

Zehn Jahre nach dem Erscheinen seines ersten Romans »Die Blechtrommel« ist Günter Grass der bekannteste unter den zeitgenössischen deutschen Schriftstellern[1], populärer als Böll, Hochhuth oder Siegfried Lenz, noch populärer sogar als Johannes Mario Simmel.

Er ist zum *festen Begriff*[2], zum *Markenartikel*[3], zu einer *mythischen Figur*[4] geworden. Und er hat den Ruf, der *Cassius Clay der deutschen Gegenwartsliteratur*[5] zu sein, ein *Anarchist*[6], der *literarisch auf die Barrikaden*[7] steigt: *ein wilder Einzelgänger in unsrer domestizierten Literatur*[8], keiner von den *dünnblütigen Konstrukteuren*[9] also, keiner von den *modernistischen Kunstgewerblern*[10], deren *schwachbrüstige, weltlose Psychologie-Etüden*[11] in den sechziger Jahren offenbar niemand mehr lesen mag.

Lassen wir dem Böll seine abgemagerten Qualitäten, heißt es da zum Beispiel. *Der Grass ist halt ganz anders: füllig-vital, aus den Nähten platzend, schwarz berauscht, stachelhärig, Gott und die Welt begeifernd, zynisch, großspurig, lauttreterisch, mit Wollust hassend (...), ein randlos schäumendes, ungut-unheimliches, Gift und Galle spritzendes, alle Tabus überspringendes (...) Mannsbild von absonderlichem Saft, klüfteaufreißender Kraft. Er leimt nicht, flickt nicht, glättet nicht, verschweigt nicht, sagt alles doppelt deutlich, doppeldeutig und meist auch doppelt peinlich. Man spürt die Muskeln, wenn er pfeilt und ins Braune, Schwarze, Aschgraue trifft. Athletenmuskeln, die gern protzen, aber zäh und stählern sind*[12]. So ungefähr erscheint er in den meisten Besprechungen seiner frühen Bücher: als *Kerl* und *Kraftlatz*[13], als *Koloß von einem Autor*[14], als ein *literarischer Löwe*[15], der mit der *Wildheit*[16], der *Unbefangenheit eines Raubtieres*[17], *mit kaschubischer Naturkraft in die Gefilde der Literatur einbrach, Hecken, Zäune und Gräben übersprang, Naturschutzgebiete zertrampelte*[18] und *mit seiner Pranke*[19] dem *zahmen Getier*[20], beispielsweise im *Freigehege der Surrealisten*[21], gezeigt hat, *was eine Harke ist*[22].

Man weiß, Grass hat eine polnische Mutter, kommt *aus einer Völkerecke, in der Deutsches, Kaschubisches und Polackentum ineinander verfilzt sind*[23]. Das scheint von Wichtigkeit, ist es doch, nach Auffassung der Kritiker, vor allen Dingen *seine landsmannschaftliche Herkunft*[24], die *deutlich angesprochene Nähe zum Slawischen, die hier befruchtend auf einen Stil wirkte, der an Vitalität (...) unter der deutschen Prosa der Gegenwart seinesgleichen sucht*[25]. Im Grunde nämlich sei die »Blechtrommel«, wie auch »Katz und Maus« und die »Hundejahre«, ein *kaschubisches Buch*[26]: nur verständlich, wenn man berücksichtige, *daß dieser Autor als Sohn deutsch-polnischer Eltern aus Danzig stammt*[27]. Selbst in den Kritiken zu »örtlich betäubt« liest man von *kaschubischen Reminiszenzen*[28], von *kaschubischem Kolorit*[29] und *ka-*

schubischer Freßlust[30], von *wilden Kaschuben-Streichen*[31] und der nunmehr verblassenden *kaschubischen Wirklichkeit*[32]: *Nur einmal ist er richtig Grass — als er Starusch mit seiner Verlobten Linde zur Großtante nach Ramkau, südwestlich von Danzig reisen läßt. Hier ist er in seinem kaschubischen Element, prall und voll Hintergrund*[33].

Für seine Kritiker ist er so etwas wie ein *kaschubischer Rübezahl*[34]: *untersetzt, dunkelhaarig, stämmig* und *keineswegs schmalbrüstig mit seinen kräftigen Pranken, nur ziemlich wortkarg — wie man östlich der Oder zu sein pflegte*[35], mit einem *bäuerlichen Schädel*[36], einer *kräftigen Stirn*[37], einem *riesig*[38], bisweilen auch *martialisch*[39] genannten *schwarzen Gehänge auf der Oberlippe*[40], ein *poetischer Naturbursche*[41], der bei aller *Kraft und Vitalität, die man kaschubisch nennt*, doch *überraschend bürgerlich* wirke, *höflich, korrekt, überschaubar. Er hat so gar nichts von der gespreizten Attitüde der Eitelkeit, die doch bekanntermaßen die Berufskrankheit der Schriftsteller sein soll. Kein Narziß schimmert da durchs Hemd. Sein Ruhm ist ihm nicht zu Kopf gestiegen, obwohl er auf eine unübersehbare Art weiß, wer er ist und was er will.* Sagt Horst Krüger.

Günter Grass — das ist für ihn *die perfekte Identität von Individualität und Image. Ein Reklamebild, das immer stimmt. Er sieht tatsächlich so aus, wie ihn die Massenmedien reproduzieren. Sehr individuell, etwas fremdartig, und in beidem ungemein einprägsam, wie ein Wappentier*[42].

Sein Image, die Totalität dessen also, was zumindest die Kritiker (und die Leser ihrer Rezensionen) mit dem Namen Grass verknüpfen, was ihnen zu Grass einfällt und was sie von Grass erwarten, spiegelt sich in Redensarten wie denen vom *barocken Erzähler*[43], seinen *barocken Wortkaskaden*[44], den *weitschweifigen, sprachgewaltigen Barockiaden*[45], der *pruzzisch-barocken Fülle, die ihm als Dichter eignet*[46], seiner *barocken Phantasie*[47], seinem *barocken Übermut*[48], den *barocken Girlanden*[49] seiner Sprache oder der *barocken Leuchtkraft seiner Bilder*[50], vom *Vulkan, der nicht Hitze, sondern Kälte sprüht*[51], vom *Berserker*[52] mit der *Pranke des Löwen*[53] und der *Roßphantasie*[54], vom *Wunderkind der deutschen Literatur*[55], seiner *durch alle Ritzen knackenden Fabulierlust*[56], seiner *unerschöpflichen Fabulierfreude*[57], seiner *sinnlichen, überquellenden, zuweilen ungebändigten Erzählfreude*[58], der *Kraft seiner Einfälle und Bilder*[59], seiner *wilden, erbarmungslosen Darstellungskraft*[60], seinen *kraftvollen Metaphern*[61], seiner *anarchischen Einbildungskraft*[62], seiner *bald großartig-genialen, bald schrulligen Erfindungskraft*[63], seiner *wild wuchernden skurrilen Phantasie*[64] und der *geradezu barbarischen Unbefangenheit gegenüber allen Tabus*[65], vom *Schock-Schriftsteller Grass*[66] zumal, vom *monströsen Schweinigler*[67] und seinen entsprechend *monströsen Schweinigeleien*[68], den *Obszönitäten, die Grass niemals ausspart*[69], seiner *schockierenden Lust an der grauenvollen Pointe*[70], seinem *offensichtlichen Vergnügen am Obszönen*[71], der *Freude am Fäkalischen und Gemeinen*[72], seiner *verspielten Drastik*[73], seinem *Spiel mit dem Ekel und mit dem Tabu*[74], seinen *bisweilen blasphemischen und manchmal ekelerregenden Geschichten*[75], seinem *satanischen Haß*[76] und seinem *blasphemischen Zorn*[77]. Sie sind zu Beschwörungsformeln erstarrt, zu inhaltleeren Floskeln verselbständigt, deren Gebrauch einem Ritual gleichkommt — einem Mechanismus zu gehorchen scheint, wie ihn, wenn auch für den Bereich der Musikkritik, Adorno folgendermaßen beschreibt: *Manche musikalischen Phänomene lösen wie Stichworte bei den Kritikern Sätze aus, an denen zwar irgend etwas daran ist, die aber, automatisiert, ausarten in den Vollzug dessen, was alle von ihnen erwarten, bedingte Reflexe kaum weniger als die der Unterhaltungshörer. Stößt so einer beispielsweise auf Schönbergs Gurrelieder, so wird er, allein schon um seinen Lesern gegenüber seine fachmännische Zuständigkeit zu beweisen, sogleich vom Nächstliegenden, den taubsten Ohren Auffallenden reden, von Wagnernachfolge, angeblicher Übersteigerung des Wagnerschen Orchesters, dem Ende des spätromantischen Stils schwadronieren*[78].

Wer Grass sagt, meint den *Kraftlatz*, den *Berserker*, den *wilden Einzelgänger*, denkt an *Kraft* und *Vitalität*, an *überschäumende Phantasie* und *elementare Sprachgewalt*, an *grotesken Realismus* und *satirische Zeitkritik*, an *epische Fülle* und *barocke Maßlosigkeit*, an *Spottlust* und *schwarzen Humor*, auch an *Unappetitliches* und *Obszönes*, an *Schmutz* und *Unflat*, an *Pornographie* und *Provokation*. Wie nämlich *kraftvolle Metaphern* und *sprachgewaltige Barockiaden*, *groteske Effekte* und *satirische Gags*, *epische Verve* und *deftiger Humor*, so gehören, wenn man seinen Kritikern glauben darf, auch *sexuelle Exzesse*, *blasphemische und pornographische Kapriolen*, *makabre Scherze* und *deftige Schweinereien* zu den typischen, zu den unverwechselbaren Kennzeichen des zum Grimmelshausen des 20. Jahrhunderts stilisierten Schriftstellers Günter Grass. Es sind Trademarks eines literarischen Markenartikels, stereotype Kürzel für das, was seine Rezensenten (und sicher auch die meisten seiner Leser) seit der »Blechtrommel« von ihm erwarten — nicht Urteile also, sondern Vorurteile: Mosaiksteinchen aus einem Reklamebild, mit dessen ideologischen Dimensionen wir uns im folgenden näher befassen wollen.

Blättern wir einmal in den Kritiken zu »örtlich betäubt«. Dort erfahren wir:

Grass ist nicht mehr Grass[79].

Der Fluß seines Erzählens quillt nicht mehr über[80].

Das Buch gibt Pfötchen, anstatt die Zähne zu zeigen[81].

Das ist längst nicht mehr der urwüchsige Tausendsassa, der Kritik und Publikum aufschreckte, der Artist, der mit nachtwandlerischer Sicherheit auf hohem Seil agierte, der triumphierende Draufgänger, der seine Kraft und Vitalität kaum im Zaume halten konnte[82].

Mit »örtlich betäubt« scheint die von Horst Krüger noch im April 1969 beschworene, angeblich *perfekte Identität von Individualität und Image* mit einem Mal zerbrochen: *Grass wirkt auf einmal wie ein abgeklärter Verwandter von Grass, der dem Autor über die Schulter guckt und verständnisvoll über dessen Dummejungenstreiche hinwegsieht*[83]. Aus dem *grimmigen Idylliker* sei ein *elegischer Räsonneur*[84] geworden, aus dem *Anarchisten* ein *staatserhaltender Dichter*[85], aus dem *Bürger-*

schreck längst eine *graue Eminenz*, eine Art *geheimer Staatssekretär, der sich für die SPD enschieden hat*[86]. Doch:

Die Rolle der doppelten schriftstellerischen Repräsentanz, der politischen und der belletristischen, hat noch keinem Schriftsteller wohlgetan[87].

Es ist, als ob der Politiker den Dichter umgebracht habe[88].

Vielleicht wäre es diesem dritten Roman des schnauzbärtigen Es-Pe-De-Barden besser bekommen, wenn er sich mehr um sein Buch gekümmert hätte als um die Politik des Tages und um die bevorstehenden Wahlen[89].

Maßlos enttäuscht nehmen die Rezensenten Abschied von einem zeitgenössischen Klassiker, seiner *einst überschäumenden Sprachgewalt*[90], seiner *einstigen Deskriptionswut*[91], der *berühmten Melange aus Blasphemie, detailgenauer Obszönität, Satire und Parodie*[92]. Auch Horst Krüger klagt:

Ich habe in den großen Büchern von Grass wieder geblättert, las mich da und dort fest und begriff wieder: welch ein raffinierter und böser Fabulierer damals, und so hinreißend altmodisch wie seine Handschrift. Welch ein naiver Märchenerzähler mit dem kalten Verstand der Artisten, damals. So ein richtiger Heimatdichter mit dem untrüglichen Geschmack für den Weltgeist[93].

Grass hat sich als politischer Autor (und nicht bloß als *naiver Märchenerzähler*) zu Wort gemeldet. Er hat sich politisch, sogar parteipolitisch engagiert — und muß es sich nun gefallen lassen, daß die einen ihn schlagen, um die SPD zu treffen, die anderen, aus der Perspektive der außerparlamentarischen Linken, ihm und eben dieser Partei *systemstabilisierenden Reformismus*[94] vorwerfen. Entscheidender indes erscheint folgender Einwand:

Es wird zu wenig erzählt und zuviel reflektiert[95].

Ein Autor, der unsere Reflexionen irritierte, indem und weil er sich weigerte zu reflektieren, begibt sich hier auf das Glatteis vernünftelnder Reflexion[96].

Anders ausgedrückt:

Damals hat er dem Wahn der Ideologen widersprochen, indem er ihm die Gegenständlichkeit seiner Romane entgegensetzte, die drastischen Konkretionen seiner Erzählphantasie und Sprachlust, Oskars frechen Trommelschlag. Heute sagt er es, heute argumentiert sein Roman, daß Ideologie schlecht sei. Das ist ein Unterschied — und er bedeutet Verlust[97].

An die Stelle von Bildern und Szenen sind zu oft Argumente getreten, das Plädoyer (für die Reform, gegen die Revolution) hat die Fabel gelähmt, die auf der Stelle tritt[98].

Das Fazit lautet dann gewöhnlich:

Qualitätsverlust durch Erkenntnisbemühung, epische Einbuße durch Räsonnement[99].

Daß nun (allen Erwartungen zum Trotz) nicht wieder bloß fabuliert, sondern auch räsoniert, nicht wieder bloß historische Vergangenheit, sondern politische Gegenwart verhandelt wird; daß nicht Schelmengeschichten erzählt und Kaschubenstreiche inszeniert, sondern Meinungen diskutiert und Argumente ausgetauscht werden; daß der *Provokateur* als *Wahlhelfer*[100] auftritt, der Poet als Politiker; daß er neuerdings *nicht nur als Redner, sondern auch als Künstler, als Romancier sein Wort zur Lage der Nation zu sagen*[101] wagt: für seine Rezensenten ist das ein *literarischer Abstieg*[102], eine *Irrfahrt*[103], ein *Aderlaß an poetischer Substanz*[104].

Der Schriftsteller Grass, so hat Hans Magnus Enzensberger erklärt, *war nie ein literarischer Jakobiner*[105]: also niemand, der sich, wie Joachim Kaiser schon bei Erscheinen der »Blechtrommel« verlauten ließ, *in den Dienst irgendeiner Ideologie*[106] würde nehmen lassen, *kein Theoretiker*, wie auch der Kritiker Mennemeier meinte, sondern *ein naiver Künstler mit einer überquellenden Phantasie und einem unheimlich genauen Gedächtnis*, dabei aber *gänzlich ohne ideologische Aufdringlichkeit*[107]. Der Vorzug dieses Autors: *Grass — darin ein erstaunliches Phänomen in der jüngeren deutschen Literatur — philosophiert nicht. Er stellt dar, er berichtet, weitschweifig, mit einer Vorliebe für das Detail*[108].

Was ihn den Rezensenten der »Blechtrommel« offenbar so sympathisch machte, war seine *hellwache Skepsis gegenüber Ideologien*[109], war der Verzicht auf *Reflexion*[110] und *voreilige Theorie*[111], war der Abstand zur *großen Politik*[112], der nur dann zu schwinden droht, *wenn seine phantastische Autobiographie aus der Sphäre des Schelmenromans in die des zeitkritischen Pamphlets hinübergleitet und dabei an künstlerischer Realität ein wenig verliert*[113]. Man sei *sicherlich nicht auf der falschen Fährte, wenn man sagt: Je mehr sich der Autor seinen intellektuellen Planungen anvertraut, desto mehr verläßt ihn seine Intuition, die Kraft seiner Einfälle und Bilder.* Behauptet Helmut M. Braem. Denn, schreibt er,

der starke, tief eindringende Eindruck geht keinesfalls von dieser intellektuellen Vorlage aus, sondern von der geradezu dynamischen Erzählkraft, von der wilden (sich gelegentlich überschlagenden) mitreißenden Diktion, von den trommelnden Rhythmen, der Genauigkeit im Setzen der Bilder und den bestechend scharfen Umrissen der mindestens hundert Gestalten. Und das auf 734 Seiten! Allein schon dieser Umfang erscheint wie ein Protest gegen all jene gleichaltrigen und etwas älteren Kollegen von Günter Grass, die sagen: eine richtige Geschichte, weit ausgesponnen, kann man heute nicht mehr erzählen[114].

Wieder einmal,

so glaubt auch Enzensberger,

sind die Theorien von der Krise des Romans, vom Ende der Fabel, von der Auflösung der Figuren Lügen gestraft[115].

Nach Jahren *literarischer Mittelmäßigkeit*[116], nach *blutleerem Intellektualisieren*[117] und *artistischer Sprachspielerei*[118], nach der nun auf einmal als *blaß, gekünstelt, schmalbrüstig, blutleer, angestrengt*[119] empfundenen Nachkriegsepik Bölls zum Beispiel erscheint der *Kraftmeier*[120] Günter Grass als *Befreier vom Alpdruck*[121], als Erlöser vom *Fluch stilisierenden Epigonentums und modernistischen Kunstgewerbes*[122]. Anstelle der *vielfach in Mode gekommenen dürren Geometrie notdürftig zusammengezimmerter Handlungsgerüste* hier also *saftiger epischer Wildwuchs, eine sinnliche, überquellende, zuweilen ungebändigte Erzählfreude*[123], statt anämischer Kunstfiguren ein *moderner Simplicissimus*[124], nach vielen *Möchtegern-Becketts, Möchtegern-Ionescos*[125] nun ein *moderner Grimmelshausen*[126]: ein durchaus *konservativer* Epiker, *der Sprache, Zeit und Realität zum sicheren Besitz hat*[127].

Denn auch dies wird mit Wohlwollen quittiert: daß er auf *modernistische Stilmittel*[128], auf die *neuesten literarischen Konventikel*[129] ganz verzichtet; daß er stattdessen an die *alte solide Form der Legende*[130], an das *Schema des guten alten Bildungsromans*[131] anzuknüpfen versucht: daß er *konventionell*[132] und *geradezu altmodisch*[133], *in uralter Manier*[134] erzählt; und vor allem, daß er *vor den Forderungen des Handwerks (...) Respekt*[135] beweist.

Daß Grass vor *Geschmacklosigkeiten* nicht zurückschreckt; daß er *das Obszöne* und *das Ekelhafte* nicht ausklammert; daß er seine Phantasie immer wieder und *fast zwanghaft* dorthin zurückkehren läßt, wo *Ekel, Sexualität und Blasphemie aneinander grenzen:* damit haben seine Kritiker sich bald abgefunden.

Günter Grass, das geht aus seinem zweiten Prosawerk unzweifelhaft hervor, wird nie geschmackvolle Bücher schreiben,

hat Enzensberger festgestellt.

Eine Kritik, die ihm das zumuten wollte, hätte von vornherein unrecht. Ganze Industrien, von der Käserei bis zur Filmproduktion, berufen sich auf den Geschmack des Konsumenten. Dieser Geschmack geht den Schriftsteller, er wäre denn ein Spekulant, nichts an. Von Spekulation kann bei Grass keine Rede sein. Was viele seiner Rezensenten und manche seiner Leser so vergrämt, das Ungefällige, zuweilen Unappetitliche seiner Erzählungen, das hat er sich nicht ausgesucht. Es gehört zum Grundmuster seiner Produktivität[136].

Von diesem Muster abgewichen zu sein: das scheint dann freilich das Ärgste, was er seinen Rezensenten antun konnte. Weniger deshalb, weil er sich (in »örtlich betäubt«) nun plötzlich so *enthaltsam*[137] zeigt, sich nun mit *Halbheiten*[138] begnügt, wo man eigentlich *spezielle Expertisen*[139] erwartet hätte. Die zentrale Frage lautet vielmehr:

Hat Günter Grass den Höhepunkt seiner literarischen Karriere überschritten, als er beschloß, Politiker zu werden[140]?

Schon bei »Davor« nämlich sah es so aus,

als habe das respektheischende politische Engagement von Günter Grass auch sein Unbewußtes, sein Unterbewußtes, seine anarchisch-schöpferische Potenz besetzt oder desinfiziert[141].

Im Herbst 1969 heißt es dann:

Auch ihn, den nicht zufällig und nicht zu Unrecht berühmtesten Dichter des heutigen Deutschland, haben die sechziger Jahre gewandelt, geschwächt vor allem und vielleicht sogar gelähmt. Das zeigt sein neuer Roman, der erste nach sechs Jahren, mit greller und unbarmherziger Deutlichkeit[142].

Was das *bißchen Sex*[143] angeht:

Da gibt es keine bösen Verzerrungen mehr, keine Blasphemie, kaum aggressive Satire, und bei einem staatserhaltenden Dichter, wie Grass nun einer geworden ist, bleibt auch kein Raum mehr für Obszönität — sie hätte auch gar keine Funktion in diesem Buch[144].

Er ruft ein Gericht gegen einen Mann an, den wir nicht mehr namentlich nennen wollen, um sich bescheinigen zu lassen, er sei kein Pornograph. Grass, der Wert legt auf die Feststellung, kein Grass mehr zu sein[145].

Gewandelt, geschwächt, gelähmt, keine bösen Verzerrungen, keine Blasphemie, keine Obszönität; Grass, der Wert legt auf die Feststellung, kein Grass mehr zu sein; statt des *grimmigen Idyllikers* von einst nun ein *elegischer Räsoneur*, ein *staatserhaltender Dichter;* nicht mehr der *naive Märchenerzähler*, sondern ein politischer Schriftsteller: das Lamento ist allgemein. Und meist ist sein Anlaß der gleiche. Wir haben ihn schon genannt: *Es wird zu wenig erzählt und zuviel reflektiert.*

Der *riesige Erfolg* der »Blechtrommel«, so argumentieren die Kritiker von »örtlich betäubt«, sei nicht zuletzt dem Umstand zuzuschreiben,

daß Grass (...) der Beweiskraft einer originell erfundenen, durchgehenden Fabel vertraute — daß er erzählte und daß er, entgegen der herrschenden kritischen Meinung, bewies, daß Erzählen auch heute noch möglich ist[146].

Doch nichts weist darauf hin,

schmollt Marcel Reich-Ranicki,

daß auch der Autor von ›örtlich betäubt‹ noch glaubt, er ließe sich den Fragen unserer Zeit in und mit Geschichten beikommen. Aus diesem Mißtrauen vor allem resultiert die Form des neuen Grass-Romans, der sich so offenkundig von seinen Vorgängern unterscheidet.
(...)
Doch die Muster, die Grass übernimmt, die Techniken, die er anwendet, können die entscheidende Tatsache nicht verbergen, daß der artistische, der unmittelbare erzählerische Impuls, dem er in seinen frühen Romanen allzu bereitwillig nachgegeben hatte, hier ganz und gar fehlt. Wenn aber der Geschichtenerzähler sich gezwungen sieht zu verstummen (...), ist der Romancier Grass verloren[147].

Es entsteht der Eindruck,

sagt zum Beispiel Dietmar Scholz,

als ob zunehmendes Bewußtsein und Engagement die feste dicke Haut durchlöchert hätten, die dem Gerippe (...) eines Werks zu seiner Form verhilft[148].

Die Gegenwart mit ihren Problemen, denen sich der politisch engagierte Schriftsteller Günter Grass mit so großem Einsatz widmet,

so glaubt auch Rudolf Hartung,

hat den Erzähler teilweise entmachtet[149].

Aber, fragt sich wiederum Reich-Ranicki:

Handelt es sich hier um einen individuellen, einen singulären Fall? Oder ist etwa dieser Fall (...) als ein Symptom zu werten, als ein Alarmsignal, das uns den Zustand der zeitgenössischen deutschen Literatur bewußt macht[150]*?*

Natürlich als ein Alarmsignal, zumindest aus dem Blickwinkel von Reich-Ranicki (oder Blöcker oder Kaiser). Einige Jahre später, im Herbst 1975, lesen wir es schwarz auf weiß:

Die große Krise (...) begann Mitte der sechziger Jahre und erreichte ihren Höhepunkt nicht etwa mit den Ereignissen von 1968, sondern etwas später, also 1970/71. Damals zeigte sich deutlich, daß der kühn angekündigte Versuch einer raschen und radikalen Umfunktionierung der Literatur gänzlich mißlungen war. Zwar wurden Selbstvertrauen und Selbstverständnis vieler Schriftsteller, die ohnehin mehr oder weniger verzweifelt nach neuen Wegen und Möglichkeiten Ausschau hielten, gelähmt oder gar zerstört. Aber auf die erhoffte neue Literatur wartete man vergeblich[151].

Die Ereignisse von 1968: das meint die Anfänge der Studentenbewegung, der außerparlamentarischen Opposition, die Demonstrationen gegen den Krieg in Vietnam, die Straßenschlachten in den großen Universitätsstädten — den Anbruch einer urplötzlich und mit Vehemenz einsetzenden Politisierung weitester Bereiche des öffentlichen Lebens (und also auch der Literatur, der Kunst, des Theaters) in der Bundesrepublik.

Davon, vom Beginn dieser Politisierung nämlich, handelt auch »örtlich betäubt«: der Roman eines vom Störtebeker in Danzig zum Studienrat in Berlin gereiften Liberalen, der zur Mäßigung rät und Reformen predigt. Ein in seiner Argumentation sicherlich fragwürdiges[152], zweifellos aber ein politisches Buch: der Versuch eines für die SPD engagierten Schriftstellers, die ersten Phasen eines zuletzt bewaffnet ausgetragenen ideologischen Konflikts literaturfähig zu machen.

Auch diesem Buch gilt daher, was Reich-Ranicki, Jahre danach, über die seiner Auffassung nach *zur Magd der Politik degradierte Literatur* mitgeteilt hat:

Die Versuche der raschen und radikalen Politisierung der Literatur Ende der sechziger Jahre sind nicht ohne Folgen geblieben. Aber dieser Prozeß hat nicht die Politik verändert, sondern die Literatur ruiniert[153].

Sein Kollege Günter Blöcker hat es 1970, auf dem Höhepunkt also der nicht nur in der »Frankfurter Allgemeinen Zeitung« immer wieder beschworenen Krise der westdeutschen Literatur, folgendermaßen formuliert:

Der stereotype Ruf danach, daß Literatur sich zuerst und vor allem durch gesellschaftliche Relevanz auszuweisen habe, gehört in der Tat zu den nachgerade unerträglichen Dummheiten unserer Tage[154].

Politisierung der Literatur? Gesellschaftliche Relevanz? Das, bitte, nicht! Der Schriftsteller *will zunächst und zuallererst erzählen, und das heißt für ihn, Erfahrungen rücksichtslos in Sprache übersetzen, bis sie Sprache sind und nichts als Sprache*[155]. Läßt Reinhard Baumgart uns wissen. Andere äußern sich ähnlich.

Die Welt mit Worten auszuforschen, aufzuwiegen, aus ihrer Verborgenheit herauszuräuchern: das ist für Grass, jenseits aller politischen Streitereien, die immerwährende, lebenslängliche Aufgabe[156].

Schreibt zum Beispiel der Kritiker Hans Egon Holthusen über das »Tagebuch einer Schnecke«. Was ihm, natürlich, am meisten gefällt: die *scharfe, sarkastische Absage an den Kommunismus* und die *höchst unzimperliche Art, mit den radikalen Studenten Schlitten zu fahren.*

Gibt es ihn also doch noch, den Vollblut-Erzähler Günter Grass,

freut sich im Spätsommer 1972 auch Rolf Michaelis.

Erwacht aus der örtlichen Betäubung des vor drei Jahren erschienenen Zahnarzt-Romans von Sprechblasenfiguren aus dem Berlin der Studentenunruhen, heruntergestiegen von der Kanzel des politischen Polemikers, von der auch er oft mit forcierter Stimme spricht, kriecht Grass in seinem neuen Erzählbuch, einem phantastischen Eintopf anekdotischer Schneckenphilosophie, zu seinen Anfängen raunender Beschwörung der Vergangenheit zurück[157].

Mit diesem Buch endlich scheint *der Zwiespalt zwischen dem agitierenden und dem dichtenden Günter Grass, seiner politischen und seiner literarischen Person, glücklich überwunden*[158]: Grass, *ganz Belletrist,* spinnt wieder *sein altes Erzählgarn*[159].
Politisierung der Literatur? Wie hieß es doch schon von den »Hundejahren«:

Es ist ein Buch weit jenseits der Sentimentchen und Ideologiechen, die sich bei uns gern literarisch spreizen und zumindest am sozialistischen Himmelchen zerren, damit es auf die Erde komme. Ein dickbäuchiges Gelächter mit dem Atem des großen Welttheaters, das den Jahrmarkt Welt und seine grellen Farben spiegelt, weit entfernt davon, auf einem kleinlich ertiftelten Recht zu bestehen[160].

Und:

Aller Dürre elektronisch erklügelter Texturen zum Trotz blubbert, lacht, singt, schäkert, weint, wiehert, flucht, ja birst diese Sprache vor Leben. Wie junge Hunde siehlen sich die Sätze voll Vergnügen auf dem Rücken[161].

Und:

Er karessiert die Sprache, und sie lächelt ihm. Er ist auch in seinem neuen Roman der Saft- und Kraftkerl geblieben, als der er sich schon in der ›Blechtrommel‹ (...) dem bücherlesenden Teil der Menschheit vorgestellt hat[162].

Zum erstenmal seit Thomas Manns Tod habe die deutsche Literatur wieder einen bedeutenden Epiker, schrieb damals Ivan Nagel: einen, der die Vergangenheit zu bewältigen vermochte, *indem er sie zum erstenmal als Vergangenheit betrachtet hat*[163]. Einen raunenden Beschwörer des Imperfekts also, der, *aller Dürre elektronisch erklügelter Texturen zum Trotz,* endlich wieder, ohne die üblichen *Sentimentchen* oder *Ideologiechen,* richtige Geschichten erzählt. Einen *Saft- und Kraftkerl,* der unserem *literarischen Schrebergarten* einmal zeigt, *was eine Harke ist:* insofern er nämlich, wie seine Kritiker versichern, nicht politisiere oder ideologisiere, weder konstruiere noch experimentiere, sondern dem *Wahn der Ideologen* eben dadurch sich widersetze, daß er ihm die *Gegenständlichkeit seiner Romane,* die *drastischen Konkretionen seiner Erzählphantasie und Sprachlust* entgegensetze, seine *kaschubisch* genannte *Kraft und Vitalität,* seinen *barocken Übermut,* die *barocke Leuchtkraft seiner Bilder,* seine *kraftvollen Metaphern,* seine *barbarische Unbefangenheit,* seine *verspielte Drastik,* seine *epische Fülle,* seine *Roßphantasie* und seinen *deftigen Humor.* Nur so ist er *richtig Grass:* ein *Märchenerzähler,* der uns *Anekdoten und Genreszenen, Parabeln und Skizzen*[164] überliefert, in denen, weit weg von den Konflikten unseres Alltags, *das Phantastische wirklich und das Wirkliche phantastisch*[165] zu erscheinen hat. Das Phantastische nämlich, wird uns erklärt, sei der Handlungsraum der Literatur. Einer Literatur allerdings, die, wie die »Frankfurter Allgemeine« uns von Zeit zu Zeit glauben machen will, *Literatur und gar nichts weiter*[166] sei, weder *Gesinnung* noch *Appell* noch *Eingriff in die Lebenspraxis*[167].

Die Welt mit Worten auszuforschen, wie Hans Egon Holthusen zum »Tagebuch einer Schnecke« angemerkt hat, mit Worten, die angeblich weit entrückt von den Konflikten und Enttäuschungen unseres Alltags, *das Phantastische wirklich und das Wirkliche phantastisch* werden lassen — das war, den meisten Kritiken zufolge, immer schon die Spezialität des Schriftstellers Grass. Nur da ist er *richtig Grass*[168]: ein *verspäteter Grimmelshausen aus der Kaschubei* [169], wie Hellmuth Karasek ihn nennt, ein *Sprachhexenmeister, dem alle guten Geister der Formulierkunst zu Gebote stehen, der schreibend nuscheln, murmeln, bühnenklar artikulieren kann, der alles beherrscht, etwa das behäbig umständliche Hochdeutsch der Romantiker ebenso wie die Sprache der Danziger Werftarbeiter*[170].

So wiederum steht es in den ersten Verlautbarungen zu seinem neuesten, Anfang August 1977 ausgelieferten Roman »Der Butt«. Ein *Comeback des großen Erzählers Grass*[171] also, ein Comeback des *großen Märchenerzählers*[172], der aus den Niederungen der Tagespolitik, von der im »Tagebuch« noch so viel die Rede war zur *raunenden Beschwörung der Vergangenheit* zurückgekehrt ist?

Der Epiker Grass ist wieder da,

jubelt in der »Stuttgarter Zeitung« Wolfgang Ignée:

Auch die alte Metaphernlust ist wieder da und wälzt sich lavaartig durch dach Buch[173].

Günter Grass ist zurück,

meldet auch Christa Rotzoll.

Der Grass, der den Trommler Oskar erschaffen hat und die gierige Göre Pokriefke. Der einzige deutsche Romancier nach Thomas Mann, der Figuren so zuwege bringt, daß sie ein Teil der Weltliteratur werden[174].

Für seine Kritiker bestand gar kein Zweifel: *Dieser Roman rückt die Maßstäbe zurecht: Große Prosa, man weiß wieder, was das ist*[175]. Natürlich werde dieser *riesige Brocken deutscher Prosa,* der eindeutig und ganz zweifellos an der *hämmernden und trommelnden Diktion des Matzerath-Romans*[176] anknüpfe, wieder *Maßstäbe für die deutsche Literatur setzen*[177]. Und natürlich habe die *phantasmagorische Phantasie dieses genialischen Erzählers*[178] allen unseren *dünnblütigen Konstrukteuren,* unseren *modernistischen Kunstgewerblern* wieder einmal gezeigt, *was eine Harke ist.*

Wie hieß es doch gleich von der »Blechtrommel«, zu Neujahr 1960: *Es wallet und siedet und brauset und zischt, wie wenn Wasser mit Feuer sich mengt*[179]. Nun liest man: *Da blubbert, brodelt, dampft, kocht und glumst es in allen Kesseln und Töpfen*[180]. Es sind die gleichen Töne, die gleichen Register — der *Zigeunervirtuose* bittet zum Tanz. Wir lauschen dem *Märchenerzähler,* denn *nur das Märchen ist wirklich*[181], verkündet, durch des Butts Maul, Rolf Michaelis.

Grass sei wieder Grass, behaupten die »Butt«-Rezensenten: die *perfekte Identität von Individualität und Image. Ein Reklamebild, das* (angeblich) *immer stimmt.* Das Bild eines Autors, von dem Joachim Kaiser mit klammheimlicher Freude mitzuteilen weiß, er sei *genauso konservativ geworden wie der alte Goethe, der alte Balzac.* Denn:

Die Haltung, die Skepsis dieses am Schluß tief bewegenden Buches ist grundkonservativ. Grass stellt der brillant herausgearbeiteten Fragwürdigkeit dessen, was einst war, sein ironisch-skeptisches Mißtrauen in die Frauenbewegungen und in alle revolutionären Riesenabsichten entgegen[182].

Das Bild eines Schriftstellers, der es sich nun schon zwanzig Jahre lang gefallen lassen muß, daß seine Kritiker ihn als *poetischen Naturburschen,* als *naiven Künstler* auszugeben versuchen, als literarischen Klassiker für den Feierabend der gehobenen Stände: weit *jenseits aller politischen Streitereien,* weit entfernt von jenen *Sentimentchen und Ideologiechen, die sich bei uns gern literarisch spreizen und zumindest am sozialistischen Himmelchen zerren, damit es auf die Erde komme.* Ganz scheinheilig fragte selbst Hellmuth Karasek: *Warum soll Lesen nicht wie Erzählen Flucht sein können, Flucht sein dürfen?*[183]. So als hätte Literatur, als hätte »Die Blechtrommel«, als hätten »Katz und Maus«, die »Hundejahre«, »örtlich betäubt«, das »Tagebuch einer Schnecke« und »Der Butt« mit den Verhältnissen, in denen wir leben, im Grunde gar nichts zu schaffen — und als hätte ein Schriftsteller dazu auch gar nichts zu sagen.

---

1 Vgl. Hans Mathias Kepplinger: »Realkultur und Medienkultur. Literarische Karrieren in der Bundesrepublik«. Freiburg/München 1975, S. 169 ff. 2 Hans-Georg Soldat: »örtlich betäubt — eine kritische Analyse des Phänomens Günter Grass und seines neuen Romans«. In: RIAS, Berlin, 19. 10. 1969. 3 Peter Hamm: »Ein sprechendes Denkmal?« In: »Der Spiegel«, Hamburg, 2. 12. 1968. 4 Werner Ross: »Die literarische Zahnpraxis«. In: »Publik«, Frankfurt, 21. 11. 1969. 5 Rainer Kabel: »örtlich betäubt«. In: »Vorwärts«, Bad Godesberg, 4. 9. 1969. 6 Hellmuth Karasek: »Zahn gezogen«. In: »Die Zeit«, Hamburg, 5. 9. 1969. 7 Dieter Gause: »Narkosenprobleme«. In: »Darmstädter Echo«, 16. 9. 1969. 8 Hans Magnus Enzensberger: »Wilhelm Meister auf der Blechtrommel«. In: Süddeutscher Rundfunk, Stuttgart, 18. 11. 1959. 9 Karl Korn: »Epitaph für Mahlke«. In: »FAZ«, 7. 10. 1961. 10 Joachim Kaiser: »Oskars getrommelte Bekenntnisse«. In: »Süddeutsche Zeitung«, München, 31. 10./1. 11. 1959. 11 Joachim Kaiser: »Walter Materns Hundejahre«. In: »Süddeutsche Zeitung«, München, 21. 9. 1963. 12 K. F.: »Dreht euch nicht um! Der Knirscher geht um.« In: »Schwäbische Donauzeitung«, Ulm, 21. 8. 1963. 13 Karl Alfred Wolken: »Neues aus der Kaschubei«. In: »Christ und Welt«, Stuttgart, 20. 10. 1961. 14 Franz Norbert Mennemeier: »Ein Vulkan, der kalte Funken sprüht«. In: »neues rheinland«, Köln, Febr. 1960. 15 Dr. Wi. In: »Wiesbadener Tagblatt«, 23. 12. 1959. 16 HB: »Katz und Maus«. In: »Weser-Kurier«, Bremen, 19. 4. 1962. 17 Joachim Kaiser: »Die Unbefangenheit des Raubtiers«. In: »Süddeutsche Zeitung«, München, 7./8. 10. 1961. 18 — r.: »Blechtrommel — Einbruch des Kaschubischen«. In: »Schwäbische Zeitung«, Leutkirch, 19. 7. 1960. 19 Sabine Lietzmann in: Sender Freies Berlin, 21. 2. 1960. 20 Vgl. Anm. 16. 21 Hans F. Nöhbauer: »Fabulierer auf freier Wildbahn«. In: »Abendzeitung«, München, 31. 10. 1959. 22 Vgl. Anm. 8. 23 Vgl. Anm. 9. 24 Wolfgang Schwerbrock in: Hessischer Rundfunk, Frankfurt, 1. 11. 1959. 25 Franz Höller: »Konfrontation mit der Vergangenheit«. In: »Ost-West-Kurier«, Frankfurt, 3. 12. 1959. 26 Günther Sawatzki: »Dem Leben von unten zugeschaut«. In: »Bunte Blätter«, Köln, 19./20. 12. 1959. 27 Stephan Linhardt: »Ein ›Trommelknabe‹ zog nach Paris«. In: »Interpress«, Hamburg, Nr. 2, 1960. 28 Hans Ludwig Schulte: »Der Gegenwart auf den Zahn gefühlt«. In: »Trierischer Volksfreund«, 15. 8. 1969. 29 Gerhart Asche: »Grass nach ›Davor‹«. In: »Bremer Nachrichten«, 9. 10. 1969. 30 Dietrich Segebrecht: »Kein neues Bißgefühl«. In: »FAZ«, 16. 8. 1969. 31 Rolf Becker: »Mäßig mit Malzbonbons«. In: »Der Spiegel«, Hamburg, 11. 8. 1969. 32 Vgl. Anm. 6. 33 Heiner Stachelhaus: »Das Fleisch ist ab — ach, Grass!« In: »NRZ«, Essen, 31. 8. 1969. 34 Vgl. Anm. 4. 35 Hans Georg Brenner in: Norddeutscher Rundfunk, Hannover, 26. 10. 1959. 36 Robert d'Hooghe: »Der gute Grass«. In: »Darmstädter Echo«, 11. 10. 1965. 37 Dr. B.: »Kräftig getrommelt«. In: »Weser-Kurier«, Bremen, 17. 3. 1960. 38 Martha Christine Körling: »Orpheus singt im Hinterhof«. In: »Berliner Morgenpost«, 13. 6. 1961. 39 K. F.: »Mein Herz hüpft zwischen den Stühlen«. In: »Hannoversche Rundschau«, 14. 9. 1961. 40 lpk.: »Paraphrase«. In: »FAZ«, 26. 3. 1960. 41 Reinhard Baumgart in: »Neue deutsche Hefte«, Jan. 1962. 42 Horst Krüger: »Das Wappentier der Republik«. In: »Die Zeit«, Hamburg, 25. 4. 1969. 43 Walter Jens: »Das Pandämonium des Günter Grass«. In: »Die Zeit«, Hamburg, 6. 9. 1963. 44 HB: »Des Danziger Spötters dritter Streich«. In: »Weser-Kurier«, Bremen, 7. 9. 1963. 45 Otto Kuhn: »Ei wai, schalle machai! oder: Wie Grass auf den Hund kam«. In: »Ruhr-Nachrichten«, Dortmund, 28. 9. 1963. 46 Eberhard Meckel: »Hundejahre«. In: »Badische Zeitung«, Freiburg, 30. 11./1. 12. 1963. 47 Johannes Lichtenberg: »Die Leere eines Literaten«. In: »Nürnberger Nachrichten«, 6. 8. 1969. 48 Inge Meidinger-Geise: »Der Trommler Oskar«. In: »Blätter der Gesellschaft für Christliche Kultur«, Düsseldorf, H. 1/2, 1960. 49 L. B.: »Ein Danziger Triptychon: die ›Hundejahre‹«. In: »Nürnberger Nachrichten«, 7./8. 9. 1963. 50 Vgl. Anm. 19. 51 Vgl. Anm. 14. 52 K. L. Tank: »Der ›neue Grass‹ ist da!«. In: »Welt am Sonntag«, Hamburg, 18. 8. 1963. 53 Vgl. Anm. 16. 54 Hansjörg Weisenburger: »Das krasse Werk des Günter Grass«. In: »Göppinger Kreisnachrichten«, 14. 11. 1963. 55 Anon. in: »Herrenjournal«, Berlin, Dez. 1959. 56 Gerd Fischer: »Vom Dingslamdei«. In: »NRZ«, Essen, 7. 10. 1961. 57 Wilhelm Horkel in: »Deutsches Pfarrerblatt«, Essen, 1. 4. 1960. 58 Karl Schwedhelm: »Eine Danziger Wucht«. In: Süddeutscher Rundfunk, Stuttgart, 5. 11. 1961. 59 Helmut M. Braem: »Narr mit dem Janusgesicht«. In: »Stuttgarter Zeitung«, 24. 10. 1959. 60 — lm: »Oskar schlägt die Trommel«. In: »Westdeutsche Allgemeine Zeitung«, Essen, 24. 11. 1959. 61 Anon.: »Die Blechtrommel«. In: »Remscheider Generalanzeiger«, 18. 3. 1960. 62 Hans Magnus Enzensberger in: RIAS, Berlin, 14. 10. 1961. 63 Kurt Lothar Tank in: Saarländischer Rundfunk, Saarbrücken, 17. 9. 1963. 64 Heinz Ungureit: »Da wären die ›Hundejahre‹«. In: »Frankfurter Rundschau«, 31. 8. 1963. 65 S. W.: »Ein Genie der Fabulierkunst«. In: »Duisburger General-Anzeiger«, 17. 2. 1961. 66 Anon.: »Der Trommelbube«. In: »Der Spiegel«, Hamburg, 18. 11. 1959. 67 Peter Hornung: »Mehlwürmer für den Staatsanwalt«. In: »Deutsche Tagespost«, Würzburg, 6./7. 9. 1963. 68 Klaus U. Reinke: »Leider ein Ballon, dem die Luft ausgeht«. In: »Der Mittag«, Düsseldorf, 14. 9. 1963. 69 Dieter Lattmann in: Bayerischer Rundfunk, München, 11. 11. 1961. 70 Gh.: »In die Ohren getrommelt«. In: »Darmstädter Echo«, 16. 10. 1959. 71 R. Black: »Katz und Maus«. In: »Panorama«, München, Dez. 1961. 72 Peter Kliemann in: Deutschlandfunk, Köln, 22. 9. 1963. 73 Anon.: »Günter Grass: Katz und Maus«. In: »magnum«, Köln, H. 39, Dez. 1961. 74 L. Schulz in: »dpa«, Hamburg, 30. 11. 1961. 75 Herbert Ahl: »Hundejahre — Hundeleben«. In: »Diplomatischer Kurier«, Köln, 11. 3. 1964. 76 E. Valerius: »Giftzwerg Oskar rührt die blasphemische Blechtrommel«. In: »Das Neue Journal«, Wiesbaden, 14. 3. 1960. 77 Fritz Arnold in: Südwestfunk, Baden-Baden, 2. 12. 1959. 78 Theo-

dor W. Adorno: »Einleitung in die Musiksoziologie. Zwölf theoretische Vorlesungen«. Hamburg 1968, S. 161. **79** Wolfgang Ignée: »Günter Grass' belletristische Diktatur«. In: »Christ und Welt«, Stuttgart, 29. 8. 1969. **80** Hans Schwab-Felisch: »Nichts hält vor«. In: »Merkur«, Aug. 1969. **81** Vgl. Anm. 6. **82** Marcel Reich-Ranicki: »Eine Müdeheldensoße«. In: »Die Zeit«, Hamburg, 29. 8. 1969. **83** Vgl. Anm. 6. **84** Vgl. Anm. 82. **85** Jürgen P. Wallmann: »Nicht lesenswert«. In: »Zeitwende«, Hamburg, H. 11, 1969. **86** Günter Herburger: »Überlebensgroß Herr Grass«. In: »Die Zeit«, Hamburg, 4. 6. 1971. **87** Paul Konrad Kurz: »örtlich betäubt oder ein Mann von vierzig Jahren«. In: »Bayerische Staatszeitung«, München, 21. 11. 1969. **88** Dietmar Scholz: »Der neue Roman von Günter Grass: ›örtlich betäubt‹«. In: »Deutsche Post«, Frankfurt, 5. 10. 1969. **89** Fritz Schneider: »Nicht nur ›örtlich betäubt‹«. In: »Westfälischer Anzeiger und Kurier«, Hamm, 12. 8. 1969. **90** Kurt Wildner: »Auf der Flüsterliege eines Zahnarztes«. In: »Wetzlarer Neue Zeitung«, 2. 9. 1969. **91** Vgl. Anm. 79. **92** Dietrich Segebrecht: »Kein neues Bißgefühl«. In: »FAZ«, 16. 8. 1969. **93** Horst Krüger: »Kein Geschmack für Ort und Augenblick«. In: »Die Zeit«, Hamburg, 22. 8. 1969. **94** Peter Maiwald: »Liberale Zahnsteinkritik«. In: »Deutsche Volkszeitung«, Düsseldorf, 3. 10. 1969. **95** Vgl. Anm. 89. **96** Vgl. Anm. 6. **97** Vgl. Anm. 31. **98** Vgl. Anm. 85. **99** H. A.: »Der Hund vom Ku'damm und die Folgen«. In: »Hamburger Abendblatt«, 7. 11. 1969. **100** Vgl. Anm. 6. **101** Vgl. Anm. 85. **102** Peter Hamm: »Günter Grass: ›örtlich betäubt‹«. In: »M«, Offenbach/München, Nr. 10, 1969. **103** Vgl. Anm. 47. **104** Udo Reiter: »Die Intellektuellen bedenken den Aufstand«. In: »Schwäbische Zeitung«, Leutkirch, 10. 9. 1969. **105** Hans Magnus Enzensberger: »Günter Grass: ›Hundejahre‹«. In: »Der Spiegel«, Hamburg, 4. 9, 1963. **106** Vgl. Anm. 10. **107** Vgl. Anm. 14. **108** Gerhard Schüler: »Grass — Die Blechtrommel«. In: »Göttinger Tageblatt«, 30. 1. 1960. **109** Jan Herchenröder: »Ein Trommelfeuer von Einfällen«. In: »Die Andere Zeitung«, Hamburg, März 1960. **110** Heinz Friedrich: »Geschichte aus zwei Perspektiven«. In: Radio Bremen, 13. 10. 1959. **111** Theodor Wieser: »Die Blechtrommel — Fabulierer und Moralist«. In: »Merkur«, Dez. 1959. **112** Vgl. Anm. 10. **113** Karl Heinz Kramberg: »Das kommende Buch«. In: »Das Schönste«, München, Febr. 1960. **114** Vgl. Anm. 59. **115** Vgl. Anm. 8. **116** Kurt Lothar Tank: »Der Blechtrommler schrieb Memoiren«. In: »Welt am Sonntag«, Hamburg, 4. 10. 1959. **117** Christian Gneuss: »Mehr als ein Sprachkunstwerk«. In: »Die Neue Gesellschaft«, Bielefeld, H. 3, 1962. **118** Vgl. Anm. 63. **119** Vgl. Anm. 19. **120** Vgl. Anm. 111. **121** Bernhard Schütze: »Mehlwurm und Vogelscheuche«. In: »NRZ am Sonntag«, Essen, 15. 9. 1963. **122** Hans Vetter: »Ein Spruchkammer-Kabarett über die Hitlerschen Hundstage«. In: »Kölner Stadt-Anzeiger«, 17./18. 8. 1963. **123** Vgl. Anm. 58. **124** Vgl. Anm. 110. **125** T. K.: »Die Blechtrommel«. In: »Vorwärts«, Köln, 12. 11. 1959. **126** Anon. in: »Theatergemeinde Bochum«, H. 9, 1960. **127** Ivan Nagel: »Breit ist der Strom der Erinnerung«. In: »Die Zeit«, Hamburg, 27. 9. 1963. **128** Vgl. Anm. 10. **129** Vgl. Anm. 8. **130** Walter Höllerer: »Roman im Kreuzfeuer«. In: »Der Tagesspiegel«, Berlin, 20. 12. 1959. **131** Reinhard Baumgart: »Der große Bänkelsang«. In: »Neue deutsche Hefte«, H. 65, Dez. 1959. **132** Vgl. Anm. 117. **133** Vgl. Anm. 8. **134** Humbert Fink in: Bayerischer Rundfunk, München, 30. 9. 1963. **135** Vgl. Anm. 8. **136** Vgl. Anm. 62. **137** Werner Vetter: »Dünner, nüchterner, artistischer«. In: »Badische Zeitung«, Freiburg, 14. 8. 1969. **138** Vgl. Anm. 79. **139** Vgl. Anm. 90. **140** Anon.: »Günter Grass«. In: »Metall«, Frankfurt, Nr. 19, 1969. **141** Joachim Kaiser: »Von der Traurigkeit des Besserwissens«. In: »Süddeutsche Zeitung«, München, 16. 8. 1969. Es handelt sich um eine wörtlich übernommene Passage aus: Joachim Kaiser: »Mini-Hamlet probt Aufstand mit Hund«. In: »Süddeutsche Zeitung«, München, 17. 2. 1969. **142** Vgl. Anm. 82. **143** Kurt Wessel: »Das aktuelle Buch«. In: »Europa«, München, Sept. 1969. **144** Vgl. Anm. 85. **145** Vgl. Anm. 6. **146** Wilhelm Grasshoff in: Bayerischer Rundfunk, München, 17. 11. 1969. **147** Vgl. Anm. 82. **148** Vgl. Anm. 88. **149** Rudolf Hartung in: Sender Freies Berlin, 25. 10. 1969. **150** Vgl. Anm. 82. **151** Marcel Reich-Ranicki: »Rückkehr zur schönen Literatur«. In: »FAZ«, 8. 10. 1975. **152** Vgl. Gertrude Cepl-Kaufmann: »Günter Grass. Eine Analyse des Gesamtwerkes unter dem Aspekt von Literatur und Politik«. Kronberg/Ts. 1975, S. 105 ff. **153** Marcel Reich-Ranicki: »Die Literatur des kritischen Psychologismus«. In: »FAZ«, 8. 1. 1977. **154** Günter Blöcker: »Wie Existenznot durch Sprachnot glaubwürdig wird«. In: »Merkur«, H. 270, 1970, S. 1184. **155** Vgl. Anm. 131. **156** Hans Egon Holthusen: »Deutschland, deine Schnecken«. In: »Die Welt«, Hamburg, 24. 8. 1972. **157** Rolf Michaelis: »Das Prinzip Zweifel«. In: »FAZ«, 2. 9. 1972. **158** Günter Blöcker: »Wir alle sind Schnecken«. In: »Süddeutsche Zeitung«, München, 26./27. 8. 1972. **159** Günther Schloz: »Schnecken, Zweifel und Espede«. In: »Deutsche Zeitung/ Christ und Welt«, 8. 9. 1972. **160** Heinrich Vormweg: »Apokalypse mit Vogelscheuchen«. In: »Deutsche Zeitung«, Köln, 31. 8. 1963. **161** Karl Schwedhelm: »Aus vollem Halse erzählt«. In: Süddeutscher Rundfunk, Stuttgart, 8. 11. 1963. **162** Zett: ». . . da ist bei Grass ein Loch«. In: »Westdeutsche Rundschau«, Wuppertal, 14. 11. 1963. **163** Ivan Nagel: »Breit ist der Strom der Erinnerung«. In: »Die Zeit«, Hamburg, 27. 9. 1963. **164** Vgl. Anm. 82. **165** Vgl. Anm. 116. **166** K. K.: »Ein Preis«. In: »FAZ«, 29. 6. 1970. **167** Vgl. Anm. 154. **168** Vgl. Anm. 33. **169** Hellmuth Karasek: »Nora — ein Suppenheim«. In: »Der Spiegel«, Hamburg, 8. 8. 1977. **170** Toni Meissner: »Hexenmeister im Sprach-Gestrüpp«. In: »Abendzeitung«, München, 23./24. 7. 1977. **171** Siegfried Schober: »Der Butt und die Ilsebills«. In: »Der Spiegel«, Hamburg, 26. 7. 1976. **172** Wolfgang Ignée: »Immer die Niederen gegen die Oberen«. In: Stuttgarter Zeitung«, 13. 8. 1977. **173** Vgl. Anm. 172. **174** Christa Rotzoll: »Abrechnung mit Ilsebill«. In: »telepost«, München, H. 11, 1977. **175** Joachim Gaudigs: »Die Wiedergeburt des Erzählers Grass«. In: »Bonner General-Anzeiger«, 1. 2. 1977. **176** Marcel Reich-Ranicki: »Von dem Grass un synen Fruen«. In: »FAZ«, 13. 8. 1977. **177** Nicolaus Neumann: »Zwischen Mastdarm und Magie«. In: »Stern«, Hamburg, 11. 8. 1977. **178** Joachim Kaiser: »Gelang Grass ein Danziger ›Zauberberg‹?« In: »Süddeutsche Zeitung«, München, 13./14./15. 8. 1977. **179** Marcel Reich-Ranicki: »Auf gut Glück getrommelt«. In: »Die Zeit«, Hamburg, 1. 1. 1960. **180** Vgl. Anm. 169. **181** Rolf Michaelis: »Mit dem Kopf auch den Gaumen aufklären«. In: »Die Zeit«, Hamburg, 12. 8. 1977. **182** Vgl. Anm. 178. **183** Vgl. Anm. 169.

Franz Josef Görtz

Kommentierte Auswahl-Bibliographie

Der Katalog der Veröffentlichungen von Günter Grass aus den Jahren 1955 bis 1977 verzeichnet neben seinem literarischen Werk auch die zu Buche geschlagenen politischen Aktivitäten. Er umfaßt die in Buchform vorliegenden Titel, ferner die Publikationen in Zeitungen und Zeitschriften. Bei den Theaterstücken und Hörspielen ist der Erstdruck, außerdem (wie bei den Balletten) das Datum der Uraufführung genannt. Vorabdrucke wurden nicht berücksichtigt.

Die Bibliographie der Sekundärliteratur gibt eine *Auswahl* literaturwissenschaftlicher Arbeiten, Rezensionen und Interviews. Sie versteht sich nicht zuletzt als Aufriß der Wirkung, die der Schriftsteller Grass seit dem Erscheinen seines ersten Lyrikbands »Die Vorzüge der Windhühner« (1956) gezeitigt hat. Die *Kommentare* formulieren Hinweise zu den im einzelnen behandelten Aspekten.

Brigitte Melms & Anne Spier gewidmet

I. Günter Grass, Veröffentlichungen

Lilien aus Schlaf. Gedicht. In: »Akzente«, 1955, S. 259 f. (Lyrikpreis des Süddeutschen Rundfunks)

Kürzestgeschichten aus Berlin. In: »Akzente«, 1955, S. 517 ff.

Meine grüne Wiese. Erzählung. In: »Akzente«, 1955, S. 528 ff.

Polnische Fahne. Gedicht. In: »Akzente«, 1955, S. 535

75 Jahre. Idee und Gestaltung Karl Oppermann. Texte Günter Grass (sic). Berlin: Meierei C. Bolle, 1956

Die Ballerina. Essay (geschrieben für Walter Höllerer). In: »Akzente«, 1956, S. 528 ff. (Neudruck: Berlin 1963, Friedenauer Presse)

Die Vorzüge der Windhühner. Gedichte und Graphiken. Berlin 1956. (2. Auflage 1963: zum Teil neue Paginierung und neue Graphiken)

Der Inhalt als Widerstand. Bausteine zur Poetik. Essay. In: »Akzente«, 1957, S. 229 ff. (Auch in: »Über meinen Lehrer Döblin und andere Vorträge«, S. 56 ff.)

Stoffreste. Ballett. UA: 1957, Stadttheater Essen. Choreographie: M. Luipart

Über das Schreiben von Gedichten. In: Horst Wolff (Hrsg.): »Lyrik unserer Zeit. Gedichte und Texte, Daten und Hinweise«. Dortmund 1958

Beritten hin und zurück. Ein Vorspiel auf dem Theater. In: »Akzente«, 1958, S. 399 ff. UA: 1959, Frankfurter Studentenbühne und Hamburger Theater 53

Die Linkshänder. Erzählung. In: »Neue deutsche Hefte«, 1958/59, H. 1, S. 38 ff.

Zweiunddreißig Zähne. Hörspiel. US: 1959, Süddeutscher Rundfunk

Fünf Köche. Ballett. UA: 1959, Aix-les-Bains und Bonn. Choreographie: M. Luipart

Noch zehn Minuten bis Buffalo. Stück. In: »Akzente«, 1959, S. 5 ff. UA: 1959, Werkstatt des Berliner Schillertheaters. (Auch in: »Spiele in einem Akt«. Hrsg. v. Walter Höllerer in Zusammenarbeit mit Marianne Heyland und Norbert Miller. Frankfurt 1961, S. 533 ff.)

Die Blechtrommel. Roman. Neuwied/Berlin 1959

O Susanna. Ein Jazzbilderbuch. Blues, Balladen, Spirituals, Jazz. Bilder: Horst Geldmacher. Deutsche Texte: Günter Grass. Musikarbeit: Hermann Wilson. Mit einem Nachwort von Joachim Ernst Behrendt. Köln/Berlin 1959

Gleisdreieck. Gedichte, mit Zeichnungen des Verfassers. Berlin 1960

Im Tunnel. Erzählung. In: »National-Zeitung«, Basel, 9. 1. 1960

Die Erstgeburt. Gedicht. In: »Akzente«, 1960, S. 435

Hochwasser. Ein Stück in zwei Akten. In: »Akzente«, 1960, S. 498 ff. (1. Fassung). UA: 1957, Frankfurter Studentenbühne. Auch: Frankfurt 1963 (Edition Suhrkamp, 2. Fassung)

Stier oder Liebe. Erzählung. In: »Deutsche Zeitung«, Köln, 9. 10. 1960

Das Gelegenheitsgedicht oder — es ist immer noch, frei nach Picasso, verboten, mit dem Piloten zu sprechen. In: »Akzente«, 1961, S. 8 ff. (Auch in: »Über meinen Lehrer Döblin und andere Vorträge«, S. 63 ff.)

Lyrik heute. Gedichte, Referate und Diskussionsbeiträge anläßlich des »Internationalen Kongresses der Schriftsteller deutscher Sprache« in Berlin (u. a. von W. Höllerer, G. Grass, R. Hartung, H. Heißenbüttel, P. Rühmkorf). In: »Akzente«, 1961, S. 2 ff.

Und was können Schriftsteller tun? (Offener Brief an Anna Seghers). In: »Die Zeit«, Hamburg, 18. 8. 1961

Offener Brief an den Deutschen Schriftstellerverband (zusammen mit Wolfdietrich Schnurre). In: »Die Zeit«, Hamburg, 18. 8. 1961

Die bösen Köche. Stück. In: »Modernes deutsches Theater«. Herausgegeben und mit einem Nachwort versehen von Paul Pörtner. Bd. 1. Neuwied/Berlin 1961, S. 7 ff. UA: 1961, Werkstatt des Berliner Schillertheaters. R.: W. Henn

Katz und Maus. Eine Novelle. Neuwied/Berlin 1961

Wer wird dieses Bändchen kaufen? In: Martin Walser (Hrsg.): »Die Alternative oder Brauchen wir eine neue Regierung?« Reinbek 1961, S. 76 ff.

Sollte dieser Preis zurückgewiesen werden? (Offener Brief an Siegfried Lenz). In: »Die Zeit«, Hamburg, 16. 2. 1962

Ohrenbeichte: Brief an ein unbeschriebenes Blatt. ~~In:~~ »Sprache im technischen Zeitalter«, Februar 1962, S. 170 f.

Günter Grass liest aus seinem Roman »Die Blechtrommel«. Hamburg, Deutsche Grammophon-Gesellschaft, Literarisches Archiv, 1962

Hundejahre. Roman. Neuwied/Berlin 1963

Eine öffentliche Diskussion. Hörspiel. US: 1963, Hessischer Rundfunk. R.: H. Lauterbach

In Memoriam Walter Henn. Mein Freund Walter Henn ist tot. In: »Der grüne Wagen«, München/Erlangen, 1963/64

Kleine Rede für Arno Schmidt. In: »Frankfurter Allgemeine Zeitung, 19. 3. 1964 (Laudatio anläßlich der Verleihung des Fontane-Preises; auch in: »Über meinen Lehrer Döblin und andere Vorträge«, S. 73 ff.)

Vor- und Nachgeschichte der Tragödie des Coriolanus von Livius und Plutarch über Shakespeare bis zu Brecht und mir. In: »Spandauer Volksblatt«, Berlin, 26. 4. 1964 (Auch in: »Über meinen Lehrer Döblin und andere Vorträge«, S. 27 ff.)

Goldmäulchen. Einakter. UA: 1964, Werkraum Theater München

Offener Brief an Ludwig Erhard. In: »Spandauer Volksblatt«, Berlin, 14. 2. 1965

POUM oder die Vergangenheit fliegt mit. Ein Spiel in einem Akt. In: »Der Monat«, Juni 1965, S. 33 ff. (Auch in: »Plädoyer für eine neue Regierung oder keine Alternative«. Hrsg. v. Hans Werner Richter. Reinbek 1965, S. 96 ff.)

Lieber armer Freund Schlieker. Glosse. In: »Sprache im technischen Zeitalter«, September 1965

Writers in Berlin. A Three-way Discussion (mit W. Höllerer und W. Hasenclever). In: »Atlantic«, Dezember 1965, S. 110 ff.

Der Mann mit der Fahne spricht einen atemlosen Bericht. Gedicht. In: »Akzente« 1965, S. 122 f.

Adornos Zunge. Gedicht. In: »Akzente«, 1965, S. 289

Fünf Wahlreden (»Was ist des Deutschen Vaterland?«. »Loblied auf Willy«. »Es steht zur Wahl«. »Ich klage an«. »Des Kaisers neue Kleider«). Neuwied/Berlin 1965

Was ist des Deutschen Vaterland? Schallplatte. Neuwied/Berlin 1965

Gesamtdeutscher März. Gedicht. In: »Plädoyer für eine neue Regierung oder keine Alternative«. Hrsg. v. Hans Werner Richter. Reinbek 1965, S. 18 f.

Rede über das Selbstverständliche. Anläßlich der Verleihung des Georg-Büchner-Preises 1965 in Darmstadt. Neuwied/Berlin 1965. (Auch in: »Deutsche Akademie für Sprache und Dichtung, Darmstadt. Jahrbuch 1965«, S. 92 ff.)

Onkel, Onkel. Ein Spiel in vier Akten, (geschrieben 1956/57). Berlin 1965 (Wagenbach; Neufassung). UA: 1958, Bühnen der Stadt Köln

Vom mangelnden Selbstvertrauen der schreibenden Hofnarren unter Berücksichtigung nicht vorhandener Höfe. (Princeton-Rede). In: »Akzente«, 1966, S. 194 ff.

Freundliche Bitte um bessere Feinde. (Offener Brief an Peter Handke). In: »Sprache im technischen Zeitalter«, 1966, S. 318 ff.

Gedichte. In: »Kursbuch 7«, Hrsg. v. Hans Magnus Enzensberger, Frankfurt 1966, S. 9 ff.

Die Plebejer proben den Aufstand. Ein deutsches Trauerspiel. Neuwied/Berlin 1966. UA: 1966, Berliner Schillertheater. R: H.-J. Utzerath

Willy Brandt und die Friedensenzyklika. In: »Süddeutsche Zeitung«, München, 11. 11. 1966.

Von draußen nach drinnen. Günter Grass über Willy Brandts Buch »Draußen — Schriften während der Emigration«. In: »Der Spiegel«, Hamburg, Nr. 47, 14. 11. 1966, S. 170 ff.

An einen jungen Wähler, der sich versucht fühlt, NPD zu wählen. Rede aus dem bayerischen Wahlkampf. In: »Berliner Stimme«, 26. 11. 1966

Offener Brief an Kurt-Georg Kiesinger. In: »Frankfurter Allgemeine Zeitung«, 1. 12. 1966

Offener Briefwechsel mit Willy Brandt. In: »Die Zeit«, Hamburg, 2. 12. 1966 und 9. 12. 1966

Das Gewissen der SPD. In: »Die Zeit«, Hamburg, 9. 12. 1966

Diese neue Regierung. Aber es ist nicht die Zeit für Resignation und Sentimentalität. Mit zwei Briefen an Willy Brandt und Kurt-Georg Kiesinger. In: »Die Zeit«, Hamburg, 9. 12. 1966

Ausgefragt. Gedichte und Zeichnungen. Neuwied/Berlin 1967

Über meinen Lehrer Döblin. In: »Akzente«, 1967, S. 290 ff.

Die melancholische Koalition. In: »Der Monat«, Januar 1967

Über die erste Bürgerpflicht. In: »Die Zeit«, Hamburg, 13. 1. 1967 (Rede, gehalten am 5. 1. 1967 in Gelsenkirchen)

Die Nadelstichrede. (Gehalten vor dem »Bund der politisch, rassisch und religiös Verfolgten e. V.«, Berlin, 29. 1. 1967)

Rede von der Wut über den verlorenen Milchpfennig. (Anläßlich der Landtagswahlen in Schleswig-Holstein, März 1967)

Rede von der Gewöhnung. (Gehalten in Tel Aviv und Jerusalem). In: »Frankfurter Allgemeine Zeitung«, 20. 3. 1967

Nachruf auf einen Gegner. In: »Stern«, Hamburg, 8. 5. 1967

Die kommunizierende Mehrzahl. Sollen die Deutschen eine Nation bilden? Günter Grass bedenkt die Möglichkeit und Unmöglichkeit unserer Einheit. (Unwesentlich gekürzte Rede vor dem Bonner Presseclub). In: »Süddeutsche Zeitung«, München, 29. 5. 1967. (Letztere Reden alle in: Günter Grass: »Über das Selbstverständliche«. Neuwied/Berlin 1968)

Genau hinsehen. Zum Tod des Bildhauers Karl Hartung. In: »Die Zeit«, Hamburg, 4. 8. 1967

Offener Brief an Antonin Novotny. In: »Die Zeit«, Hamburg, 8. 9. 1967

Briefe. An Pavel Kohout. In: »Die Zeit«, Hamburg, 22. 9. 1967, 17. 11. 1967 und 19. 1. 1968

Entschuldigung. In: »Panorama«, Norddeutscher Rundfunk, 25. 9. 1967

Erklärung. Berlin, 29. 9. 1967 (beides in: Günter Grass: »Über das Selbstverständliche«. Neuwied/Berlin 1968)

Über meinen Lehrer Döblin und andere Vorträge. Berlin 1968 (LCB-Editionen)

Über das Selbstverständliche. Reden, Aufsätze, Offene Briefe, Kommentare. Neuwied/Berlin 1968

Briefe über die Grenze. Versuch eines Ost-West-Dialogs. (Mit Pavel Kohout). Hamburg 1968

Die Prager Lektion. In: »Tschechoslowakei 1968«. Zürich 1968, S. 35 ff.

Vorwort zu »Anekdoten um Willy Brandt«. Hrsg. v. Heli Ihlefeld. München/Eßlingen 1968

Tränentüchlein. Gedicht. In: »Der Telegraf«, Berlin, 14. 1. 1968

Der Fall Axel C. Springer am Beispiel Arnold Zweig. Eine Rede, ihr Anlaß und die Folgen. Voltaire Flugschriften 15, 1968

Eine Mahnung. In: »Der Abend«, Berlin, 8. 2. 1968

Briefwechsel mit Klaus Schütz. In: »Telegraf«, Berlin, 9. 3. 1968

Eine Stimme von außen her. In: »Vorwärts«, Bonn, 28. 3. 1968

Der Biedersinn gibt wieder den Ton an. In: »Blickpunkt«, Berlin, 30. 4. 1968

»Gewalttätigkeit ist wieder gesellschaftsfähig«. In: »Der Spiegel«, Hamburg, 6. 5. 1968 (Rede zum 1. Mai 1968)

Ich bin dabeigewesen. In: »Frankfurter Rundschau«, 10. 5. 1968. (Stellungnahme gegen den Berliner Propst Grüber)

»Wir haben nicht die demokratische Reife«. In: »Frankfurter Rundschau«, 14. 5. 1968

Die Große Koalition ist zum Handeln aufgerufen. In: »Frankfurter Rundschau«, 20. 6. 1968

Auschwitz und Treblinka in Afrika. In: »Aufwärts«, Köln, Nr. 10, 1968 (Brief an Léopold Senghor)

»Mit vierzig Mark begannen wir ein neues Leben«. Vor 20 Jahren wurde in Deutschland die Währung reformiert. In: »Der Spiegel«, Hamburg, Nr. 25, S. 60 ff.

Völkermord vor aller Augen. Ein Appell an die Bundesregierung. In: »Die Zeit«, Hamburg, Nr. 41, 1968, S. 5

Friedenspolitik in Spannungsfeldern. In: »Die Zeit«, Hamburg, 22. 11. 1968 (Rezension zu Büchern von E. Eppler und W. Brandt)

Ich bin gegen Radikalkuren. Essay. In: »twen«, Dezember 1968

Über Ja und Nein. In: »Die Zeit«, Hamburg, 20. 12. 1968 (Zur Verleihung der Carl-von-Ossietzky-Medaille am 9. 12. 1968)

Was unterm Strich steht. In: »Stuttgarter Zeitung«, 31. 12. 1968

Konflikte. In: »Frankfurter Rundschau«, 3. 2. 1969 (Zur Verleihung des Theodor-Heuss-Preises am 1. 2. 1969)

Dank studentischer Lethargie. In: »Kölner Stadtanzeiger«, 4. 3. 1969

Ein Sieg der Demokratie. In: »Die Neue Gesellschaft«, März/April 1969

Davor. Drama. In: »Theater heute«, Nr. 4, April 1969, S. 41 ff. UA: 1969, Werkstatt des Berliner Schillertheaters. R: H. Lietzau

Günter Grass und die Gewerkschaften. Eine kritische Mairede (bek. als *Rede wider die Kurfürsten*). In: »Welt der Arbeit«, Köln, 16. 5. 1969

Was lesen die Soldaten? In: »Weser-Kurier«, Bremen, 17. 5. 1969

Wer hat Angst vor . . . In: »dafür«, Bonn, H. 1, Mai 1969

Sind zwanzig Jahre genug? In: »dafür«, Bonn, H. 1, Mai 1969

Offener Brief an eine CDU-Wählerin. In: »dafür«, Bonn, H. 2, August 1969

Unser Grundübel ist der Idealismus. Günter Grass über sein politisches Engagement. In: »Der Spiegel«, Hamburg, Nr. 33, 11. 8. 1969

Die angelesene Revolution. In: »Der Monat«, 1969, Nr, 246, S. 34 ff.

Örtlich betäubt. Roman. Neuwied/Berlin 1969

Freiheit, ein Wort wie Löffelstiel. In: Günter Grass/Paul Schallück: »Zwei Reden zur Woche der Brüderlichkeit«. Köln 1969

Über meinen Verleger. In: »Für Eduard Reifferscheid«. Hrsg. v. Elisabeth Borchers. Neuwied/Darmstadt 1969, S. 35 ff.

Die Zukunft der Stückeschreiber. In: »Theater heute«, Sonderheft 1969, S. 14

Die Vogelscheuchen. Ballett (geschrieben 1957). UA: 1970, Deutsche Oper Berlin. Choreographie: M. Luipart

Theaterspiele (»Hochwasser« — »Onkel, Onkel« — »Noch zehn Minuten bis Buffalo« — »Die bösen Köche« — »Die Plebejer proben den Aufstand« — »Davor«). Neuwied/Berlin 1970

Rede von den begrenzten Möglichkeiten. In: Gerhard Szczesny (Hrsg.): »Club Voltaire. Jahrbuch für kritische Aufklärung. IV.« Reinbek 1970, S. 145 ff.

Was Erfurt außerdem bedeutet. In: »Vorwärts«, Bonn, 11. 5. 1970

Über das scheintote Theater. Eine Rede bei der Arbeitstagung der Akademie der darstellenden Künste in Frankfurt. In: »Süddeutsche Zeitung«, München, 13./14. 6. 1970

Schwierigkeiten eines Vaters, seinen Kindern Auschwitz zu erklären. In: »Der Tagesspiegel«, Berlin, 27. 5. 1970

Zwischen den Terminen. In: »Süddeutsche Zeitung«, München, 3. 10. 1970

Die eigenen vier Wände. In: »Süddeutsche Zeitung«, München, 17. 10. 1970

Blindlings. In: »Süddeutsche Zeitung«, München, 31. 10. 1970

Wie frei wird in Bayern gewählt? In: »Süddeutsche Zeitung«, München, 14/15. 11. 1970

Verlorene Provinzen — gewonnene Einsichten. In: »Süddeutsche Zeitung«, München, 28. 11. 1970

Bequem auf dem Ast. In: »top«, Düsseldorf, Nr. 12, 1970

Betroffen sein. In: »Der Abend«, Berlin, 14. 12. 1970

Was nicht vom Himmel fällt. In: »Süddeutsche Zeitung«, München, 2. 1. 1971

In Ermangelung. In: »Süddeutsche Zeitung«, München, 16. 1. 1971

In Kreuzberg fehlt ein Minarett. In: »Süddeutsche Zeitung«, München, 30. 1. 1971

Damals im Mai. In: »Süddeutsche Zeitung«, München, 13. 2. 1971

In der Mauser. In: »Süddeutsche Zeitung«, München, 27./28. 2. 1971

Uhuru heißt Freiheit . . . In: »Süddeutsche Zeitung«, München, 20./21. 3. 1971

Jochen Steffen — meerumschlungen. In: »Der Abend«, Berlin, 5. 4. 1971

Teure Umwelt. In: »Süddeutsche Zeitung«, München, 19. 4. 1971

Abschußlisten. In: »Süddeutsche Zeitung«, München, 30. 4. 1971

Ein glücklicher Mensch. In: »Süddeutsche Zeitung«, München, 15./16. 5. 1971

Beim Kappenzählen. In: »Süddeutsche Zeitung«, München, 29./30./31. 5. 1971

Der verschämte Siebzehnte. In: »Süddeutsche Zeitung«, München, 26. 6. 1971

Wie konkret ist »konkret«? In: »Süddeutsche Zeitung«, München, 10. 7. 1971

Die Ehemaligen. In: »Süddeutsche Zeitung«, München, 24./25. 7. 1971

Liegt »Vorwärts« schon hinter uns? In: »Süddeutsche Zeitung«, München, 18./19. 9. 1971

Zum Fürchten. In: »Süddeutsche Zeitung«, München, 9./10. 10. 1971

Fußnoten zu einem Preis. In: »Süddeutsche Zeitung«, München, 30. 10. 1971

Wo sich das Wasser scheidet. In: »Süddeutsche Zeitung«, München, 20. 11. 1971

Wähler und Gewählte. In: »Süddeutsche Zeitung«, München, 11. 12. 1971

Begegnungen mit Kohlhaas. In: »Süddeutsche Zeitung«, München, 31. 12. 1971

Gesammelte Gedichte. Mit einem Vorwort von Heinrich Vormweg. Neuwied/Darmstadt 1971

Günter Grass — Dokumente zur politischen Wirkung. Hrsg. v. Heinz Ludwig Arnold und Franz Josef Görtz. München 1971: EDITION TEXT+KRITIK. Darin u. a.: *Literatur und Revolution oder des Idyllikers schnaubendes Steckenpferd.* Rede auf dem Schriftstellerkongreß in Belgrad, 17. bis 21. Oktober 1969. *Rede an die Sozialdemokratische Bundestagsfraktion*, 23. März 1971. *Der Arbeiter und seine Umwelt.* Rede vor dem Deutschen Gewerkschaftsbund in Hamburg, 1. Mai 1971

Jungbürgerrede: Über Erwachsene und Verwachsene. In: »PEN: Neue Texte deutscher Autoren«. Hrsg. v. Martin Gregor-Dellin. Tübingen 1971, S. 245 ff.

Schriftsteller und Gewerkschaft. In: »Einigkeit der Einzelgänger. Dokumentation des ersten Schriftstellerkongresses des Verbandes deutscher Schriftsteller«. Hrsg. v. Dieter Lattmann. München 1971, S. 25 ff.

Vorwort zu »Deutsche Parlamentsdebatten«. Bd. III. Hrsg. v. Eberhard Jäckel. Frankfurt 1971

Wiederholter Versuch. In: »Süddeutsche Zeitung«, München, 5. 2. 1972

Unfehlbar daneben. In: »Süddeutsche Zeitung«, München, 26. 2. 1972

Ein Alptraum. In: »Süddeutsche Zeitung«, München, 18. 3. 1972

Oft gefällt sich die Macht in betulicher Sprache. (»Rede gegen die Gewöhnung«). In: »Frankfurter Rundschau«, 21. 2. 1972

Die Gier nach der Macht. In: »Süddeutsche Zeitung«, München, 29./30. 4. 1972

Grass appelliert an die Abgeordneten. Offener Brief an den Bundestag. In: »Frankfurter Rundschau«, 13. 5. 1972

Die Lauen. In: »Süddeutsche Zeitung«, München, 20. 5. 1972

Angst & Co. In: »Süddeutsche Zeitung«, München, 10. 6. 1972

Die Deutschen und ihre Dichter. In: »Süddeutsche Zeitung«, München, 1. 7. 1972

Sie haben den Halt aufgegeben. Offener Brief an Karl Schiller. In: »Frankfurter Rundschau«, 7. 10. 1972

Aus dem Tagebuch einer Schnecke. Neuwied/Darmstadt 1972

Vom Stillstand im Fortschritt. Variationen zu Albrecht Dürers Kupferstich »Melencolia I«. In: »Am Beispiel Dürers«. Hrsg. v. Hermann Glaser. München 1972, S. 82 ff.

Bürger und Politik. In: »Muß Schule ›dumm‹ machen?« Plädoyer für eine fortschrittliche Bildungspolitik. Bonn 1972, S. 34 ff.

Nicht leisetreten! In: »Stern«, Hamburg, 13. 9. 1973

Die Meinungsfreiheit des Künstlers in unserer Gesellschaft. Eine Rede während des Europarat-Symposiums in Florenz. In: »Frankfurter Rundschau«, 30. 6. 1973

Der Schriftsteller als Bürger. Eine Siebenjahresbilanz. Wien (Dr.-Karl-Renner-Institut) 1973

Todesarten. Als Ingeborg Bachmann starb. In: »Die Zeit«, Hamburg, 26. 10. 1973

Israel und ich. In: »Süddeutsche Zeitung«, München, 31. 12. 1973

Mariazuehren. Gedichte. Mit Photographien von Maria Rama. München 1973

Rückblick auf die Blechtrommel — oder: Der Autor als fragwürdiger Zeuge. Ein Versuch in eigener Sache. In: »Süddeutsche Zeitung«, München, 12./13. 1. 1974

Versuch eines neuen Dialogs. Günter Grass schreibt einen Offenen Brief über die Grenze an Pavel Kohout. In: »Die Zeit«, Hamburg, 15. 3. 1974

Rede vor der sozialdemokratischen Bundestagsfraktion, 13. 3. 1974. In: »Frankfurter Rundschau«, 14. 3. 1974 (»Günter Grass flucht auf sozialdemokratische Bescheidenheit«)

Der lesende Arbeiter. In: »Süddeutsche Zeitung«, München, 5./6. 10. 1974

Offener Brief an Sinjawskij und Solschenizyn. In: »Frankfurter Rundschau«, 10. 10. 1974

Der Bürger und seine Stimme. Reden, Aufsätze, Kommentare. Neuwied/Darmstadt 1974

Liebe geprüft. Gedichte. Bremen 1974

Die Zukunft hat uns schon eingeholt. In: »Die Zeit«, Hamburg, 21. 2. 1975

Exekution eines Autors? In: »Der Spiegel«, Hamburg, 12. 5. 1975

Die Legende vom heiligen Lud. In: »Der Tagesspiegel«, Berlin, 21. 9. 1975

Doktor Zärtlich, Gestillt, Mannomann, Am Ende, Pappi. (Gedichte). In: »Literaturmagazin 3«, 1975, S. 131 ff.

Pädagogik kann nicht alles. In: »Die Zeit«, Hamburg, 31. 10. 1975

Vorschläge für ein anderes Weihnachten. In: Hessischer Rundfunk, Frankfurt, 25. 12. 1975

Als das Radieschen umbenannt werden sollte. In: »L 76«, Nr. 1, 1976, S. 7 ff.

Einige Denkzettel nach der Wahl. In: »L 76«, Nr. 2, 1976, S. 5 ff.

Wir wollen nicht verkauft werden. In: »Die Zeit«, Hamburg, 18. 6. 1976

Warum erst jetzt? In: »Berliner Stimme«, 18. 12. 1976

Verschluckte Wahrheiten. Antwort an Michael Scharang. In: »L 76«, Nr. 4, 1977

Der Butt. Roman. Neuwied/Darmstadt 1977

II. Sekundärliteratur

Bibliographien

Everett, George A.: »A Selected Bibliography of Günter Grass (From 1956 to 1973)«. New York 1974

Görtz, Franz Josef: »Günter Grass — Zur Pathogenese eines Markenbilds. Die Literaturkritik der Massenmedien 1959 bis 1969. Eine Untersuchung mit Hilfe datenverarbeitender Methoden«. Meisenheim 1978
Enthält ein Verzeichnis sämtlicher Rezensionen zu den Werken »Die Blechtrommel«, »Katz und Maus«, »Hundejahre« und »Örtlich betäubt«.

O'Neill, Patrick: »Günter Grass. A Bibliography 1955—1975«. Toronto/Buffalo 1976: University of Toronto Press.
Sehr gründliche und überaus zuverlässige Arbeit. Nachgewiesen werden (mit Übersetzungen und Interviews) insgesamt 416 Grass-Veröffentlichungen, daneben 1682 Titel aus der (deutschen ebenso wie der englischen/amerikanischen und der französischen) Sekundärliteratur.

»Die Vorzüge der Windhühner«

Bobrowski, Johannes: »Die Windhühner«. In: »Das Buch von drüben«. Berlin, März 1957

Hamm, Peter: »Neue Lyrik«. In: »Deutsche Rundschau«, 1956, S. 1238 ff.

Michelsen, Peter: »Moderne Gedichte?« In: »Neue deutsche Hefte«, 1956/57, S. 488 ff.

Müller, Heiner: »Die Kröte auf dem Gasometer«. In: »Neue deutsche Literatur«, Nr. 1, 1957, S. 160 f.

Uhlig, Helmut: »Realitäten, Humor und feine Ironie«. Sender Freies Berlin, 2. 8. 1956

»Noch zehn Minuten bis Buffalo«

Kaiser, Joachim: »Günter Grass' Lokomotiven-Poesie«. In: »Süddeutsche Zeitung«, München, 23. 2. 1960

Luft, Friedrich: »Stimme der Kritik. Berliner Theater seit 1945«. Velber/Hann. 1965, S. 299 f.: »Günter Grass, Noch zehn Minuten bis Buffalo«.

»Die Blechtrommel«

(anon.): »Der Trommelbube«. In: »Der Spiegel«, Hamburg, 18. 11. 1959

(anon.): »Drum of Neutrality«. In: »Times Literary Supplement«, 5. 10. 1962, S. 776

Arnold, Fritz: »Die Blechtrommel von Günter Grass«. Südwestfunk, Baden-Baden, 2. 12. 1959 + (gekürzt) in: »Augsburger Allgemeine«, 5./6. 12. 1959

Bänziger, Hans: »Zwergengetrommel zwischen Ost und West«. In: »Die Tat«, Zürich, 9. 1. 1960

Bance, A. F.: »The German Novel since 1945 and the Concept of Realism«. Cambridge 1967

Barstow, Jane Missner, »Childhood revisited and revised: perspective in the first person novels of Dickens, Grass and Proust«. Diss. University of Michigan 1973

Baumgart, Reinhard: »Der große Bänkelsang«. In: »Neue deutsche Hefte«, Dez. 1963

Becher, Hubert: »Die Blechtrommel — und ihre Kritiker«. In: »Echo der Zeit«, Recklinghausen, 13. 3. 1960

Becker, Rolf: »Auf Grimmelshausens Spuren«. In: »Sonntagsblatt«, Hamburg, 8. 11. 1959

Berets, Ralph Adolph: »The irrational narrator in Virginia Woolf's The Waves, William Faulkner's The Sound and the Fury and Günter Grass's The Tin Drum«. Diss. University of Michigan 1969

Blanch, Mable: »Variations on a picaresque theme: a study of two twentieth-century treatments of picaresque form«. Diss. University of Colorado 1966

Blöcker, Günter: »Rückkehr zur Nabelschnur«. In: »Frankfurter Allgemeine Zeitung« (künftig als: FAZ), 28. 11. 1959

Blomster, Wesley V.: »Oskar at the Zoppoter Waldoper«. In: »Modern language notes«, 1969, S. 467 ff.

Botheroyd, Paul Francis: »Aspects of first- and third-person narration and the problem of identity in three contemporary German-language novels: Günter Grass' Die Blechtrommel, Uwe Johnson's Das dritte Buch über Achim and Max Frisch's Mein Name sei Gantenbein«. Diss. University of Birmingham 1970

Braem, Helmut M.: »Narr mit dem Janusgesicht«. In: »Stuttgarter Zeitung«, 24. 10. 1959

Brenner, Hans Georg: »Die Blechtrommel«. Norddeutscher Rundfunk, Hamburg, 26. 10. 1959

Busch, Günther: »Spektakel und Desillusionierung«. In: »Panorama«, München, April 1960 + »Wort in der Zeit«, 1960, S. 58 f.

Caltvedt, Lester Norman: »Oskar Matzerath, a modern version of the fool. An analysis of Günter Grass' Blechtrommel«. Diss. Northwestern University 1973

Daiber, Hans: »Getrommelt und gepfiffen«. In: »Deutsche Zeitung«, Köln, 3./4. 10. 1959

Damian, Hermann Siegfried: »Die Blechtrommel von Günter Grass. Versuch einer Analyse«. Univ. of Tasmania, Diss. 1967

Diederichs, Rainer: »Strukturen des Schelmischen im modernen deutschen Roman. Eine Untersuchung an den Romanen von Thomas Mann »Bekenntnisse des Hochstaplers Felix Krull« und Günter Grass »Die Blechtrommel«. Diss. Zürich 1971 (= Düsseldorf/Köln 1971)

Dimler, G. Richard: »Simplicius Simplicissimus and Oskar Matzerath as alienated heroes: comparison and contrast«. In: »Amsterdamer Beiträge zur neueren Germanistik«, 1975, S. 113 ff.

Droste, Dietrich: »Gruppenarbeit als Mittel der Erschließung umfangreicher Romane: Grimmelshausens »Abenteuerlicher Simplicius Simplicissimus« und Grass' »Die Blechtrommel«.« In: »Deutschunterricht«, 6/1969, S. 101 ff.

Duske, Wally: »Der Lebensbericht des Oskar Matzerath«. In: »Die Wahrheit«, Ostberlin, 5. 5. 1960

Emrich, Wilhelm: »Polemik. Streitschriften, Pressefehden und kritische Essays um Prinzipien, Methoden und Maßstäbe der Literaturkritik«. Frankfurt 1968, S. 89 ff.: »Oskar Matzerath und die deutsche Politik«.

Enzensberger, Hans Magnus: »Wilhelm Meister, auf Blech getrommelt«. Süddeutscher Rundfunk, Stuttgart, 18. 11. 1959. Auch: H. M. Enzensberger: »Einzelheiten«, Frankfurt 1962, S. 221 ff.

Everett, George Alexander: »Swift's Gulliver's Travels and Grass' Die Blechtrommel«. M. A. Thesis Louisiana State University, Baton Rouge, Louisiana 1966

Ferguson, Lore: »Die Blechtrommel von Günter Grass. Versuch einer Interpretation«. Ohio (USA), Diss. 1967

Fink, Humbert: »Ein Zwerg haut auf die Trommel«. In: »Heute«, Wien, 12. 12. 1959

Fort, Deborah Charnley: »Contrast epic: a study of Joseph Heller's Catch-22, Günter Grass's The tin drum, John Barth's The sot-weed factor, and Vladimir Nabokov's Pale fire«. Diss. University of Maryland 1974

Friedrich, Heinz: »Geschichte aus zwei Perspektiven«. Radio Bremen, 13. 10. 1959

Garrett, Thomas J.: »Oskars Empfang in England«. In: »Die Zeit«, Hamburg, 26. 10. 1962

Geiger, Hannsludwig: »Alarm auf einer Blechtrommel«. In: »Evangelischer Literaturbeobachter«, München, Dez. 1959

Gelley, Alexander: »Art and Reality in ›Die Blechtrommel‹«. In: »Forum for Modern Language Studies«, 2/1967, S. 115 ff.

Grözinger, Wolfgang: »Zeichen an der Wand«. In: »Hochland«, München, Dez. 1959

Hamm, Peter: »Verrückte Lehr- und Wanderjahre«. In: »Du«, Zürich, Dez. 1959, S. 132 ff.

Hartlaub, Geno: »Eros und Sexus in der modernen Literatur«. In: »Sonntagsblatt«, Hamburg, 15. 11. 1959
Über die *Literaturfähigkeit* der Sexualsphäre; urteilt, *daß hier die versteckte und zugleich angreiferische Erotik eng mit dem Thema des Zwerges und seines Protestes gegen die Wirklichkeit zusammenhängt.*

Henning, Margrit: »Die Ich-Form und ihre Funktion in Thomas Manns ›Dr. Faustus‹ und in der deutschen Literatur der Gegenwart«. Tübingen 1966

Herchenröder, Jan: »Ein Trommelfeuer von Einfällen«. In: »Die Andere Zeitung«, Hamburg, März 1960

Höllerer, Walter: »Roman im Kreuzfeuer«. In: »Der Tagesspiegel«, Berlin, 20. 12. 1959

von Hollander, Jürgen: »Ganz ohne Feierlichkeit«. In: »Vorwärts«, Bonn, 14. 11. 1958
Über die Tagung der Gruppe 47 in Großholzleute; Grass las zwei Kapitel aus der »Blechtrommel« (Preis der Gruppe 47).

Hornung, Peter: »Oskar Matzerath — Trommler und Gotteslästerer«. In: »Deutsche Tagespost«, Würzburg, 23./24. 10. 1959

Horst, Karl August: »Heimsuche«. In: »Merkur«, Dez. 1959, S. 1191 ff.

ders.: »Blasphemische Reduktion«. In: »Wort und Wahrheit«, Freiburg/Wien, 1960, S. 76 f.

Humm, R. J.: »Gepfiffen und getrommelt«. In: »Die Weltwoche«, Zürich, 22. 1. 1960

Just, Georg: »Darstellung und Appell in der ›Blechtrommel‹ v. Günter Grass. Darstellungsästhetik versus Wirkungsästhetik«. Frankfurt 1972
Von den rezeptionsästhetischen Postulaten Isers und Jauß' beeinflußt, mit denen er sich im einleitenden Kapitel durchaus kritisch auseinandersetzt. Aus der Einsicht, *daß die ›Appellstruktur‹ eines Textes keine Konstante ist, sondern dialektisch bedingt durch die historisch-sozial vermittelten Einstellungen des Lesers* (S. 19), werden leider nicht solche Schlüsse gezogen, die man dem Buchtitel nach erwartet hätte: in Richtung auf die Erforschung des empirischen »Blechtrommel«-Lesers.

Kaiser, Joachim: »Die Gruppe 47 lebt auf«. In: »Süddeutsche Zeitung«, München, 5. 11. 1958
Über die Tagung in Großholzleute.

ders.: »Oskars getrommelte Bekenntnisse«. In: »Süddeutsche Zeitung«, München, 31. 10./1. 11. 1959

Kant, Hermann: »Ein Solo in Blech«. In: »Neue deutsche Literatur«, Ostberlin, Mai 1960

Klinge, Reinhold: »Die Blechtrommel im Unterricht? Ein Versuch«. In: »Deutschunterricht«, 2/1966, S. 91 ff.
Nach einer Einleitung, in der die »Blechtrommel« als ein Beitrag zur *Erschließung der geistig-seelischen und politisch-sozialen Wirklichkeit des modernen Menschen* empfohlen wird, wird ein Schülerreferat abgedruckt.

Klöckner, Klaus: »Zuchtvoll entfesselt: Günter Grass, Die Blechtrommel«. In: »Pädagogische Provinz«, Frankfurt, 11/1965, S. 537 ff.

Kraus, Wolfgang: »Zwiespältiger Eindruck eines überdurchschnittlichen Romans«. In: »National-Zeitung«, Basel, 19. 12. 1959

Kremer, Manfred: »Günter Grass' Die Blechtrommel und die pikarische Tradition«. In: »The German Quarterly«, 1973, S. 381 ff.

Krolow, Karl: »Ist es nur ein Schelmenroman?« In: »Neckar-Echo«, Heilbronn, 21./22. 11. 1959

Kusenberg, Kurt: »Der erste Einfall«. In: »National-Zeitung«, Basel, 25. 7. 1968
Zitiert wird die (briefliche) Auskunft von Grass über die Entstehungsgeschichte der »Blechtrommel«. — *. . . erst die Wut über eine mißglückte Uraufführung in Köln [»Onkel, Onkel«] konnte mich bewegen, bis auf weiteres dem Theater zu entsagen und den Roman »Die Blechtrommel« zu schreiben.*

Leroy, Robert: »›Die Blechtrommel‹ von Günter Grass. Eine Interpretation«. Paris 1973
Eine Lütticher Dissertation, in der bisweilen ein wenig naiv drauflos formuliert wird. Etwa: *(. . .) der Roman ist, wie allgemein anerkannt wurde, schwer deutbar, die Absichten des Verfassers lassen sich selten mit hundertprozentiger Sicherheit ermitteln.*

Lietzmann, Sabina: »Ein Leser gibt Auskunft«. Sender Freies Berlin, 21. 2. 1960

Loetscher, Hugo: »Gepfiffen und getrommelt«. In: »Die Weltwoche«, Zürich, 22. 1. 1960

Maier, Hansgeorg: »Powerteh der angestrengten Anstößigkeit«, »Frankfurter Rundschau«, 27. 2. 1960

Mampell, Klaus: »Literaturmesse in Großholzleute«. In: »Stuttgarter Zeitung«, 6. 11. 1958

Mander, John: »Variations on a Tin Drum«. In: »Encounter«, Nr. 110, 1962, S. 77 ff.

Mayer, Hans: »Felix Krull und Oskar Matzerath«. In: »Süddeutsche Zeitung«, München, 14. 10. 1967. Auch: H. Mayer: »Das Geschehen und das Schweigen. Aspekte der Literatur«. Frankfurt 1969, S. 35 ff. (Edition Suhrkamp)

Mayor, Elfriede M.: »Social criticism in Günter Grass's Die Blechtrommel«. Diss. University of California (Riverside) 1975

Meidinger-Geise, Inge: »Der Trommler Oskar«. In: »Blätter der Gesellschaft für christliche Kultur e. V.«, Düsseldorf, 1-2/1960

Michelsen, Peter: »Oskar oder Das Monstrum. Reflexionen über Die Blechtrommel von Günter Grass«. In: »Neue Rundschau«, 1972, S. 722 ff.

Migner, Karl: »Der getrommelte Protest gegen unsere Welt«. In: »Welt und Wort«, Tübingen, Juli 1960, S. 205 ff.

Mittermaier, Miriam Elise Ball: »Testing and truth: The function of the narrator in Günter Grass' Die Blechtrommel«. Diss. Cornell University 1974

Müller-Eckhard, H.: »Die Brechtrommel«. In: »Kölnische Rundschau«, 13. 12. 1959
Man nehme zwei Teile psychoanalytische Weisheit (gar nicht wichtig, Genaues zu wissen), füge fünf Teile eingehende und genaueste sexuelle Details hinzu, mische gut, und fülle dann auf mit »wilder und ungetümer (sic!) Diktion«. Schließlich versäume man nicht, einige Tropfen Gotteslästerung und einen guten Schuß morbider und obszöner Maßlosigkeit hinzuzusetzen, und fertig ist der preisgekrönte Roman »Die Blechtrommel« von Günter Grass.

Nöhbauer, Hans F.: »Fabulierer auf freier Wildbahn«. In: »Abendzeitung«, München, 31. 10. 1959

Nolte, Jost: »Oskar, der Trommler, kennt kein Tabu«. In: »Die Welt«, Hamburg, 17. 10. 1959

Plard, Henri: »Verteidigung der Blechtrommeln«. In: »TEXT+KRITIK«, 1/1963, S. 1 ff.

Pollmann, Leo: »Aus der Werkstatt des Romans. Arithmetische Romanformeln«. Stuttgart 1969, S. 73 ff.
Mit einigem Rechenaufwand bemüht d. Verf. sich, seine These zu stützen, der Roman sei *symmetrisch gebaut*, habe *ein wenig von der Struktur eines Dramas* und besitze *nicht nur die romanspezifische Öffnung . . ., sondern auch die Symmetrie eines geschlossenen, eben bis zu einem gewissen Grade dramatischen Aufbaus*. Zwei Sätze von Grass (aus einem Brief an den Verf., zit. auf S. 82): *Die Dreiteilung des Romans »Die Blechtrommel« ist nicht zufällig und auch nicht Ergebnis einer arithmetischen Formel. Vielmehr bedingen die Zeiteinschnitte — Vorkriegszeit, Kriegszeit, Nachkriegszeit — die Dreiteilung.*

Reich-Ranicki, Marcel: »Auf gut Glück getrommelt«. In: »Die Zeit«, Hamburg, 1. 1. 1960

Rothenberg, Jürgen: »Anpassung oder Widerstand? Über den ›Blechtrommler‹ Günter Grass und sein Verhältnis zur Zeitgeschichte«. In: »Germanisch-Romanische Monatsschrift«, 1975, S. 176 ff.

Schmieding, Walther: »Mit den Augen eines Monstrums«. In: »Ruhr-Nachrichten«, Dortmund, 24./25. 10. 1959

Schneider, Irmela: »Kritische Rezeption. ›Die Blechtrommel‹ als Modell«. Bern/Frankfurt 1975

Schnell, Josef: »Irritation und Wirklichkeitserfahrung. Die Funktion des Erzählens in Günter Grass' ›Die Blechtrommel‹«. In: »Der Deutschunterricht«, 1975, S. 33 ff.

Schönau, Walter: »Zur Wirkung der Blechtrommel von Günter Grass«. In: »Psyche«, 1974, S. 573 ff.

Schonauer, Franz: »Kindertrommel und schwarze Köchin«. In: »Stuttgarter Nachrichten«, 17. 10. 1959

Schumann, Willy: »Wiederkehr der Schelme«. In: »PMLA«, Dez. 1966, S. 467 ff.

Schwerbrock, Wolfgang: »Günter Grass: Die Blechtrommel«. Hessischer Rundfunk, Frankfurt, 1. 11. 1959

Spender, Stephen: »Günter Grass«. In: »Sunday Telegraph«, 30. 9. 1962

Steinkohl, Ludwig: »Ein Trommler geht auf die Nerven«. In: »Oberbayerisches Volksblatt«, Rosenheim, 14. 5. 1960

Tank, Kurt Lothar: »Der Blechtrommler schrieb Memoiren«. In: »Welt am Sonntag«, Hamburg, 4. 10. 1959

Thomas, N. L.: »Religious themes in the narrative works of Günter Grass (1959—1968), with special reference to Die Blechtrommel«. Diss. Salford 1973

Uhlig, Helmut: »Die Trommel ist sein Tick«. In: »Der Tag«, Berlin, 13. 9. 1959

Valerius, E.: »Giftzwerg Oskar rührt die blasphemische Trommel«. In: »Das Neue Journal«, Wiesbaden, 1960

Wagenbach, Klaus: »Gruppen-Analyse«. In: »Frankfurter Hefte«, Dez. 1959

Widmer, Walter: »Geniale Verruchtheit«. In: »Basler Nachrichten«, 18. 12. 1959

Wien, Werner: »Trauermarsch auf der Blechtrommel«. In: »Christ und Welt«, Stuttgart, 17. 12. 1959

Wieser, Theodor: »Die Blechtrommel — Fabulierer und Moralist«. In: »Merkur«, Dez. 1959

van der Will, Wilfried: »Pikaro heute. Metamorphosen des Schelms bei Thomas Mann, Döblin, Brecht, Grass«. Stuttgart 1967, S. 63 ff. Rez. in »Germanistik«, 1968, S. 652: *Der Typus des Pikaro, ursprünglich zur Desillusionierung der Gesellschaft aus der Perspektive des verachteten und listigen Schelms verwendet, stellt in der zeitgenössischen Literatur das unzerstörbare Individuum dar, das trotz vielfacher Rollenfunktionen seine Identität gegenüber der korrupten Massengesellschaft bewahrt. Als Clown und Intellektueller zugleich wird der pikareske Einzelgänger zum Hüter des Menschlichen und der Freiheit im Kampf gegen die das Menschentum normierende Apparatur.*

Willson, Leslie A.: »The Grotesque Everyman in Günter Grass' Die Blechtrommel«. In: »Monatshefte«, 2/1966, S. 131 ff.

Woods, A.: »A study of the novel Die Blechtrommel by Günter Grass«. M. A. Thesis Liverpool 1966

Ziolkowski, Theodore: »Der Blick von der Irrenanstalt: Verrückung der Perspektive in der modernen deutschen Prosa«. In: »Neophilologus«, 1967, S. 42 ff.

»Hochwasser«

Dixon, Christa K.: »Ernst Barlach: Die Sündflut und Günter Grass: Hochwasser. Ein Beitrag zum Vergleich«. In: »German Quarterly«, 1971, S. 360 ff.

Hornung, Peter: »Was man erlebt, wenn man zu jungen Dichtern fährt«. In: »Neue Presse«, Passau, 16. 11. 1956
Über die Tagung der Gruppe 47 in Niederpöcking; Grass las aus »Hochwasser«. — *Eine Mischung aus kompliziertem Schriftdeutsch und schlichtem Unfug war eine Arbeit des Lyrikers Günter Grass, die er reichlich kühn ein Bühnenstück nannte.*

Meurer, Adolph: »Der Danziger Günter Grass — Uraufführung: Hochwasser«. In: »Ostdeutsche Monatshefte«, Berlin/Danzig, Nr. 6, 1957, S. 376

Schwab-Felisch, Hans: »Dichter auf dem elektrischen Stuhl«. In: »FAZ«, 1. 11. 1956
Über Niederpöcking.

»Gleisdreieck«

Becker, Jürgen: »Gleisdreieck«. Westdeutscher Rundfunk, Köln, 15. 2. 1961

Krolow, Karl: »Gleisdreieck«. Südwestfunk, Baden-Baden, 29. 3. 1961

Nolte, Jost: »Menschen gequält von dieser Welt«. In: »Die Welt«, Hamburg, 2. 12. 1960

Segebrecht, Wulf: »Für prüde Gemüter ungeeignet«. In: »Vorwärts«, Bonn, 17. 2. 1961

Singer, Herbert: »Die Nachteile der Windeier«. In: »Neue deutsche Hefte«, 1962, S. 1025 f.

Wieser, Theodor: »Die Hühner des Günter Grass«. In: »Du«, Zürich, 5/1961

»Die bösen Köche«

(anon.): »Grass — Premiere: Die bösen Köche«. In: »Der Spiegel«, Hamburg, Nr. 10, 1961, S. 77 f.

von Berg, Robert: »Die Kunst, eine Suppe zu versalzen«. In: »Die Tat«, Zürich, 4. 2. 1967

Esslin, Martin: »Sinn oder Unsinn? Das Groteske im modernen Drama«. Fünf Essays von Martin Esslin und anderen. Basel/Stuttgart 1962, S. 40 ff.

Fiedler, Werner: »Der Rest ein dunkles Sößchen«. In: »Der Tag«, Berlin, 18. 2. 1961

Grack, Günter: »Fünf Gänge, die nicht sättigen«. In: »Der Tagesspiegel«, Berlin, 18. 2. 1961

Luft, Friedrich: »Hier macht die Logik fröhlich Handstand«. In: »Die Welt«, Hamburg, 18. 2. 1961

ders.: »Fröhlich-frecher Umgang mit dem Absurden«. In: »Die Welt«, Hamburg, 21. 2. 1961

Niehoff, Karena: »Die bösen Köche«. In: »Süddeutsche Zeitung«, München, 18. 2. 1961

Spycher, Peter: »Die bösen Köche von Günter Grass — Ein absurdes Drama?« In: »Germanisch-romanische Monatsschrift«, 1966, S. 161 ff. Will zeigen, *daß das Drama im ganzen und im einzelnen nicht absurd, sondern sinnvoll und verständlich ist. — Die bösen Köche sind eine Art allegorische Parabel, oder auch ein Märchen, oder vielleicht besser: ein »Anti-Märchen«, da es im Stück zwar märchenhaft zugeht, aber auf ein unmärchenhaftes Ende hinausläuft. Der »Sinn« dieses antimärchenhaften Dramas ist . . . nicht absurd, sondern klar und verständlich, ohne deswegen banal zu sein.*

Urbach, Ilse: »Scharfes Süppchen von Günter Grass«. In: »Der Kurier«, Berlin, 17. 2. 1961

»Katz und Maus«

(anon.): »Grass — Kritik: Wallerands Weh«. In: »Der Spiegel«, Hamburg, Nr. 9, 1962, S. 68 f.

Baranowsky, W.: »Das Holz, aus dem man Helden schnitzt«. In: »Das Andere Deutschland«, Hannover, Jan. 1962

Baumgart, Reinhard: »Günter Grass: Katz und Maus«. In: »Neue deutsche Hefte«, Jan. 1962

Behrendt, Johanna E.: »Die Ausweglosigkeit der menschlichen Natur. Eine Interpretation von Günter Grass' Katz und Maus«. In: »Zeitschrift für Deutsche Philologie«, 1968, S. 546 ff.

dies.: »Auf der Suche nach dem Adamsapfel. Der Erzähler Pilenz in Günter Grass' Novelle Katz und Maus«. In: »Germanisch-romanische Monatsschrift«, 1969, S. 313 ff.
Im Gegensatz zu den Arbeiten von Bruce, Cunliffe oder Ottinger behauptet sie: *Pilenz und Mahlke sind dann auch, so verschieden sie auf den ersten Blick wirken mögen, im wesentlichen gleichartig. Pilenz ist nicht Mahlkes Antagonist, sondern sein Doppelgänger. Beide stellen den Menschen in seiner grundlegenden Eigenart des Strebens dar. Der einzige wesentliche Unterschied zwischen ihnen ist, daß »Der Große Mahlke« primär der Handelnde, Pilenz primär der Beobachtende, der Denkende und Deutende ist.*

Bruce, James C.: »The Equivocating Narrator in Günter Grass' Katz und Maus«. In: »Monatshefte«, 2/1966, S. 139 ff.

Cunliffe, W. L.: »Günter Grass: Katz und Maus«. In: »Studies in Short Fiction«, III (Newberry College, South Carolina), S. 174 ff.

Dahne, Gerhard: »Wer ist Katz und wer ist Maus«. In: »Neues Deutschland«, Ostberlin, Nov. 1965

Edschmid, Kasimir: Gutachten. In: G. Loschütz (Hrsg.): »Von Buch zu Buch«. Neuwied/Berlin 1968, S. 60 f.
Zum Verfahren in Folge des vom Hessischen Ministerium für Arbeit, Volkswohlfahrt und Gesundheitswesen gestellten Antrags auf Aufnahme der Novelle in die Liste der jugendgefährdenden Schriften.

Enzensberger, Hans Magnus: »Wilhelm Meister, auf Blech getrommelt (Zusatz: Der verständige Anarchist)«. In: H. M. Enzensberger: »Einzelheiten«. Frankfurt 1962, S. 227 ff.

ders.: »Trommelt weiter«. In: »Frankfurter Hefte«, Dez. 1961

ders.: Gutachten. In: G. Loschütz (Hrsg.): »Von Buch zu Buch«. Neuwied/Berlin 1968, S. 61 ff.

Enright, D. J.: »After the Dwarf«. In: »New Statesman«, 23. 8. 1963, S. 227 f.

—er: »Nur mit der Zange anzufassen!« In: »Alte Kameraden. Zeitschrift der Kameradenwerke und Traditionsverbände«, 1/1962.

Eyssen, Jürgen: »Günter Grass: Katz und Maus«. In: »Bücherei und Bildung, Febr. 1962, S. 75

Fink, Humbert: »Gut, besser, fast am besten«. In: »Deutsche Zeitung«, Köln, 25./26. 11. 1961

Friedrichsmeyer, Erhard M.: »Aspects of Myth, Parody and Obscenity in Grass' Die Blechtrommel and Katz und Maus«. In: »Germanic Review«, 1965, S. 240 ff.

Grözinger, Wolfgang: »Epik ohne Gesellschaft«. In: »Hochland«, München, 2. Dez. 1961

Hartung, Rudolf: »Katz und Maus«. Norddeutscher Rundfunk, Hamburg, 6. 11. 1961. Geänderte Fassungen. In: »Der Tagesspiegel«, Berlin, 26. 11. 1961 bzw. Südwestfunk, Baden-Baden, 5. 4. 1962

Hensel, Georg: »Nicht nur von der Maus gefressen«. In: »Darmstädter Echo«, 18. 11. 1961

Horst, Karl August: »Ferne Trommelschläge«. In: »Merkur«, Dez. 1961, S. 1197 f.

Ihlenfeld, Kurt: »Rarität und Realität«. In: »Eckart-Jahrbuch 1961—1962«, Witten/Berlin 1961, S. 278 ff.

Jens, Walter: Gutachten. In: G. Loschütz (Hrsg.): »Von Buch zu Buch«. Neuwied/Berlin 1968, S. 64 f.

Kaiser, Joachim: »Die Unbefangenheit des Raubtiers«. In: »Süddeutsche Zeitung«, München, 7./8. 10. 1961. (Ausführlicher: Süddeutscher Rundfunk, Stuttgart, 1. 2. 1962)

Karasek, Hellmuth: »Der Knorpel im Hals«. In: »Stuttgarter Zeitung«, 11. 11. 1961

Karthaus, Ulrich: »Katz und Maus von Günter Grass: eine politische Dichtung«. In: »Deutschunterricht«, Nr. 1, 1971, S. 74 ff.

Kayser, Beate: »Grass überwuchert die Stadt Danzig«. In: »Münchner Merkur«, München, 21./22. 10. 1961

Klunker, Heinz: »Unpathetisches Denkmal für Mahlke«. In: »Europäische Begegnung«, Juni 1961, S. 56 f.

Korn, Karl: »Epitaph für Mahlke«. In: »FAZ«, 7. 10. 1961

Levitt, Morton Paul: »From a new point of view: Studies in the contemporary novel«. Diss. Pennsylvania State University 1965

Lucke, Hans: »Günter Grass' Novelle Katz und Maus im Unterricht«. In: »Deutschunterricht«, 2/1969, S. 86 ff.
N. Urteil d. Verf. *überwiegend eine Schüler- und Jungengeschichte mit deutlichem entwicklungsgeschichtlichen Gehalt und nicht so politisch, wie das auf dem bunten Umschlag des ro-ro-ro-Bandes 572 sichtbare Ritterkreuz vermuten ließe.*

Maier, Wolfgang: »Günter Grass: Katz und Maus«. In: »Sprache im technischen Zeitalter«, Okt. 1961, S. 68 ff.

Martini, Fritz: Gutachten. In: G. Loschütz (Hrsg.): »Von Buch zu Buch«. Neuwied/Berlin 1968, S. 50 ff.

Migner, Karl: »Günter Grass: Katz und Maus«. In: »Welt und Wort«, Tübingen, 11/1961

Nöhbauer, Hans F.: »Joachim Mahlkes Vierklee«. In: »Abendzeitung«, München, 25. 10. 1961

Nolte, Jost: »Ich schreibe, denn das muß weg«. In: »Die Welt«, Hamburg, 19. 10. 1961

Ottinger, Emil: »Zur mehrdimensionalen Erklärung von Straftaten Jugendlicher am Beispiel der Novelle ›Katz und Maus‹ von Günter Grass«. In: »Monatsschrift für Kriminologie und Strafrechtsreform«, H. 5/6, 1962, S. 175 ff. Grass schildere mustergültig, *wie ein konstitutionell gestörter Jugendlicher sich in seinen »Handlungsketten« verstrickt. Wer von Berufs und Amts wegen solche Verkettungen aufzuzeigen hat, muß retro-dynamisch analysieren, muß das mehrdimensionale Gefälle zwischen indivdual-psychologischen und sozialpsychologischen Strukturen im Auge behalten.* — Das wird hier versucht, ausgehend von folgendem Persönlichkeitsbild: *Der spillerige, steife, körperlich unproportionierte Schüler Joachim Mahlke ist in seinem konstitutionstypologischen Status ein lehrbuchmäßiger Leptosomer mit autistischer, sthenischer, anankastischer Schizoidie, ein eigenbrötlerischer Spaltsinniger mit verbissener Energie und einer Bereitschaft zu zwanghaften Verhaltensformen.*

Piirainen, Ilpo Tapani: »Textbezogene Untersuchungen über ›Katz und Maus‹ und ›Hundejahre‹ von Günter Grass«. Münster, (Sprachwiss. Seminar) 1966 + in: »Europäische Hochschulschrift« I/11, Bern 1968
Rez. in »Germanistik« 1968, S. 461: *Die verheißenen »textbezogenen Untersuchungen« sind weder literaturwissenschaftliche Interpretation noch Inventarisierung grammatisch interessanter Erscheinungen in der Sprache von Grass.* Auf 43 von insgesamt 106 Textseiten wird der Inhalt der untersuchten Werke paraphrasiert.

Reich-Ranicki, Marcel: »Die Geschichte des Ritterkreuzträgers«. In: »Die Zeit«, Hamburg, 10. 11. 1961

ders.: »Deutsche Literatur in Ost und West. Prosa seit 1945«. München 1963, S. 216 ff.
Die Novelle wird knapp abgetan als *ein kleines Nebenwerk, das vor allem als bemerkenswertes Symptom einer schriftstellerischen Entwicklung gedeutet werden sollte.*

Roberts, David: »The Cult of the Hero. An Interpretation of ›Katz und Maus‹«. In: »German Life and Letters«, 1975/76, S. 307 ff.

Ruhleder, Karl H.: »A Pattern of Messianic Thought in Günter Grass' ›Cat and Mouse‹«. In: »German Quarterly«, 4/1966, S. 599 ff.

Schlossarek, G. Dieter: »Eine Novelle von Günter Grass«. In: »Die Bücherkommentare«, Stuttgart/Berlin, 15. 11. 1961

Schweckendiek, Adolf: »Könnt ich Magie von meinem Pferd entfernen. Neurosenkundliche Studien an Gestalten der Dichtung«. Berlin 1970, S. 42 ff.: »Joachim Mahlke in Günter Grass' Katz und Maus«.

Schwedhelm, Karl: »Eine Danziger Wucht«. Süddeutscher Rundfunk, Stuttgart, 5. 11. 1961

Schwerbrock, Wolfgang: »Günter Grass: Katz und Maus, eine Novelle«. Hessischer Rundfunk, Frankfurt, 26. 11. 1961

Segebrecht, Dietrich: »Günter Grass: Katz und Maus«. In: »Bücherei und Bildung«, Febr. 1962, S. 73 ff.

Wagenbach, Klaus: »Günter Grass: Katz und Maus«. In: »Evangelischer Literaturbeobachter«, München, Dez. 1961

Wallerand, Theodor: »Günter Grass. Ein Danziger Schriftsteller?« In: »Unser Danzig«, Lübeck, 1962

Wolken, Karl Alfred: »Neues aus der Kaschubei«. In: »Christ und Welt«, Stuttgart, 20. 10. 1961

Zimmermann, Werner: »Von Ernst Wiechert zu Günter Grass. Probleme der Auswahl zeitgenössischer Literatur im Deutschunterricht des Gymnasiums«. In: »Wirkendes Wort«, 1965, S. 316 ff.
»Während wir (. . .) die Romane von Günter Grass als Beispiele für einen in jedem Betracht fragwürdigen Modernismus anführen möchten, der in der Schule keinen Raum beanspruchen kann, dürfte die Novelle, die auch vom Sujet her junge Menschen fesseln kann, einen fruchtbaren Ansatz zu einer sachlichen und freimütigen Auseinandersetzung mit dem Problem des Avantgardismus liefern, die an irgendeiner Stelle der Oberstufe einmal geführt werden sollte.« (S. 324)

»Hundejahre«

(anon.): »Bestseller auf Vorschuß«. In: »konkret«, Hamburg, Sept. 1963

(anon.): »Dogs and the Deflation of Demons«. In: »Times Literary Supplement«, 27. 9. 1963, S. 728

Ahl, Herbert: »Hundejahre — Hundeleben«. In: »Diplomatischer Kurier«, Köln, 11. 3. 1964

Arnold, Heinz Ludwig: »Die unpädagogische Provinz des Günter Grass«. In: »TEXT+KRITIK«, H. 1, S. 13 ff. (3. Auflage)

Batt, Kurt: »Groteske und Parabel«. In: »Neue deutsche Literatur«, 7/1964, S. 57 ff.

Baumgart, Reinhard: »Kleinbürgertum und Realismus«. In: »Neue Rundschau«, 4/1964, S. 650 ff.

Betzner, Gottlieb: »›Hundejahre‹ oder Ein Volk von Vogelscheuchen?« In: »Deutsche Volkszeitung«, Düsseldorf, 11. 10. 1963

Blöcker, Günter: »Im Zeichen des Hundes«. In: »FAZ«, 14. 9. 1963

Blomster, Wesley V.: »The Documentation of a Novel: Otto Weininger and ›Hundejahre‹ by Günter Grass«. In: »Monatshefte«, 1969, S. 122 ff.

Braun, Hanns: »Goldmäulchen-Dialoge«. In: »Christ und Welt«, Stuttgart, 10. 7. 1964

Brüdigam, Heinz: »Ein Roman, der keiner ist: Die ›Hundejahre‹ von Günter Grass«. In: »Die Andere Zeitung«, Hamburg, 19. 9. 1963

Cwojdrak, Günther: »Auf der Suche nach der Wirklichkeit«. In: »Die Weltbühne«, Ostberlin, 25. 3. 1964

Cysarz, Herbert: »Verdient unsere Zeit diesen Bestseller?« In: »Deutsche National- und Soldatenzeitung«, München, 15. 11. 1963

Eichholz, Armin: »Der Blechtrommler kommt in die Hundejahre«. In: »Münchner Merkur«, München, 14./15. 9. 1963

Enright, D. J.: »Dog Years: Günter Grass's Third Novel«. In: »Conspirators and Poets«, London 1966

Enzensberger, Hans Magnus: »Günter Grass

Hundejahre«. In: »Der Spiegel«, Hamburg, 4. 9. 1963, S. 70 f.

Fink, Humbert: »Günter Grass: Hundejahre«. Bayerischer Rundfunk, München, 30. 9. 1963. (Geänderte Fassung: Süddeutscher Rundfunk, Stuttgart, 8. 12. 1963)

Geiger, Hannsludwig: »Der Roman ›Hundejahre‹ von Günter Grass — eine Enttäuschung«. In: »Evangelischer Literaturbeobachter«, München, Sept. 1963

Gilman, Richard: »Spoiling the Broth«. In: »Newsweek«, 6. 2. 1967

Glaser, Hermann: »Die Hundejahre als politisches Buch«. In: »Tribüne«, Frankfurt, 8/1963, S. 883 ff.

Goetze, Albrecht: »Die hundertdritte und tiefunterste Materniade. Bemerkungen zum Roman Hundejahre von Günter Grass anhand des Schlußkapitels«. In: Albrecht Goetze/ Günther Pflaum (Hrsg.): »Vergleichen und Verändern. Festschrift für Helmut Motekat«. München 1970, S. 273 ff.

Grözinger, Wolfgang: »Die Gefahr der großen Stoffe«. In: »Hochland«, München, Dez. 1963

Haas, Willy: »Hitlers Schäferhund«. In: »Epoca«, München, 1. 11. 1963

Härtling, Peter: »Von Langfuhr in die Scheuchengrube«. In: »Der Monat«, Sept. 1963

Harscheidt, Michael: »Günter Grass — Wort — Zahl — Gott. Der ›phantastische Realismus‹ in den Hundejahren«. Bonn 1976

Hartung, Rudolf: »Günter Grass: Hundejahre«. Südwestfunk, Baden-Baden, 8. 9. 1963 (ausführlicher: »Neue Rundschau«, 4/1963, S. 652 ff.)

Herchenröder, Jan: »Das schlimme Gleichnis von den Vogelscheuchen«. In: »Lübecker Nachrichten«, 14. 8. 1963

Hochmuth, Arno (Hrsg.): »Literatur im Blickpunkt. Zum Menschenbild in der Literatur der beiden deutschen Staaten«. Ostberlin 1965, S. 231 ff.
Naiv über das Figuren-Ensemble des Romans. — *Die Achillesferse des Buches ist . . . der Versuch, die geschilderte Zeit insgesamt als grotesk und die Realität des Lebens einfach als unsinnig zusammengefügt abzutun. Auf diese Weise verschleiert man eher die Vergangenheit, statt sie aufzuhellen.*

Hohoff, Curt: »Die Welt der Vogelscheuchen«. In: »Rheinischer Merkur«, Köln, 15. 11. 1963. (Unwesentlich ausführlicher: »Universitas«, Stuttgart, 1/1964)

Hornung, Peter: »Mehlwürmer für den Staatsanwalt«. In: »Deutsche Tagespost«, Würzburg, 6./7. 9. 1963

Horst, Karl August: »Die Vogelscheuchen des Günter Grass«. In: »Merkur«, 1963, S. 1003 ff.

Jenny, Urs: »Ein Hundetorso aus Kartoffelschalen«. In: »Die Weltwoche«, Zürich, 4. 10. 1963

Jenny, Urs: »Hundejahre auf der Bühne«. In: »Stuttgarter Zeitung«, 3. 7. 1964

Jens, Walter: »Das Pandämonium des Günter Grass«. In: »Die Zeit«, Hamburg, 6. 9. 1963 (erheblich gekürzt: Hessischer Rundfunk, Frankfurt, 18. 8. 1963)

Kabel, Rainer: »Grotesk ist zugleich auch moralisch«. In: »Vorwärts«, Bonn, 2. 10. 1963

Kaiser, Joachim: »Walter Materns Hundejahre«. In: »Süddeutsche Zeitung«, München, 21. 9. 1963

Kaiser, Joachim: »Theater-Tagebuch«. In: »Der Monat«, Nr. 193, 1963, S. 55 ff.

Kliemann, Peter: »Günter Grass: Hundejahre«. Deutschlandfunk, Köln, 22. 9. 1963

Klunker, Heinz: »Günter Grass und seine Kritiker«. In: »Europäische Begegnung«, Juli/ Aug. 1964

Korn, Karl: »Hundejahre«. In: »FAZ«, 7. 10. 1963

Kurz, Paul Konrad: »Hundejahre«. In: »Stimmen der Zeit«, Nov. 1963, S. 101 ff. (auch: P. K. Kurz: »Über moderne Literatur«. Frankfurt 1967, S. 158 ff.)

Meidinger-Geise, Inge: »Grass'liche Größe«. In: »Zeitwende«, Hamburg, Febr. 1964

Michaelis, Rolf: »Höllenfahrt mit Günter Grass«. In: »Stuttgarter Zeitung«, 7. 9. 1963 + Radio Salzburg, 22. 2. 1964

Mudrich, Heinz: »Dreht euch nicht um! Der Knirscher geht um«. In: »Kölnische Rundschau«, 13. 9. 1963 + »Saarbrücker Zeitung«, 14./15. 9. 1963

Müller, André: »Realistisch im Detail, unrealistisch im Ganzen«. In: »Die Tat«, Frankfurt, 7. 12. 1963

Nagel, Ivan: »Günter Grass' Hundejahre — Breit ist der Strom der Erinnerung«. In: »Die Zeit«, Hamburg, 27. 9. 1963

Nöhbauer, Hans F.: »Die große Danziger Hunde-Saga«. In: »Abendzeitung«, München, 10./11. 8. 1963

Nolte, Jost: »Der Zeit in den schmutzigen Rachen gegriffen«. In: »Die Welt«, Hamburg, 7. 9. 1963

Parry, Idris: »The Special Quality of Hell«. In: »The Listener«, 13. 2. 1966, S. 173 f.

Reich-Ranicki, Marcel: »Literatur der kleinen Schritte«. München 1967, S. 22 ff.

Scholz, Dietmar: »Danziger Geschichten«. In: »Deutsche Post«, Frankfurt, 5. 1. 1964

Scholz, Hans: »Schildernder, bildernder Auerdichter«. In: »Der Tagesspiegel«, Berlin, 1. 9. 1963

Schütze, Bernhard: »Mehlwurm und Vogelscheuche«. In: »NRZ am Sonntag«, Essen, 15. 9. 1963

Schwab-Felisch, Hans: »Die Grenzüberschreitung als Literatur«. In: »Der Tagesspiegel«, Berlin, 30. 10. 1962

Schwedhelm, Karl: »Aus vollem Halse erzählt«. Süddeutscher Rundfunk, Stuttgart, 8. 11. 1963

Segebrecht, Dietrich: »Ein Hundeleben«. In: »Bücherei und Bildung«, Reutlingen, Okt. 1963

Siering, Johann: »Günter Grass: Hundejahre«. In: »Neue deutsche Hefte«, 11/1963, S. 131 ff.

Silex, Karl: »Wer ist Günter Grass?« In: »Die Bücherkommentare«, Berlin, 15. 9. 1963

Stauch von Quitzow, Wolfgang: ». . . und kein Beifall für Goldmäulchen«. In: »Allgemeines deutsches Sonntagsblatt«, Hamburg, 19. 7. 1964

Stomps, Victor Otto: »Günter Grass: Hundejahre«. RIAS, Berlin, 25. 1. 1964.

Stutz, Elfriede: »Studien über Herr und Hund«. In: U. Schwab (Hrsg.): »Das Tier in der Dichtung«. Heidelberg 1970, S. 200 ff.
»(. . .) unfreiwillig erheiternde Untersuchung, in der Grass u. a. wegen Deformierung der leibseelischen Gestalt des Hundes und mangelnder kynologischer (. . .) Sachgerechtigkeit verrissen wird« (G. Arendt)

Tank, Kurt Lothar: »Der ›neue Grass‹ ist da!« In: »Welt am Sonntag«, Hamburg, 18. 8. 1963

ders.: »Die Diktatur der Vogelscheuchen«. In: »Sonntagsblatt«, Hamburg, 1. 9. 1963

ders.: »Günter Grass: Hundejahre«. Saarländischer Rundfunk, Saarbrücken, 17. 9. 1963

Ungureit, Heinz: »Da wären die ›Hundejahre‹«. In: »Frankfurter Rundschau«, 31. 8. 1963

Vetter, Hans: »Ein Spruchkammer-Kabarett über die Hitlerschen Hundstage«. In: »Kölner Stadt-Anzeiger«, 17./18. 8. 1963

Vormweg, Heinrich: »Apokalypse mit Vogelscheuchen«. In: »Deutsche Zeitung«, Köln, 31. 8. 1963

Wagenbach, Klaus: »Jens tadelt zu unrecht«. In: »Die Zeit«, Hamburg, 20. 9. 1963

Wallmann, Jürgen P.: »Die heiser geheulten Hundejahre«. In: »Echo der Zeit«, Recklinghausen, 22. 9. 1963

Wehner, James Vincent: »The function of a negative myth in Ellison's Invisible Man and in Grass's Hundejahre«. Diss. Vanderbilt University 1974

Wiegenstein, Roland H.: »Günter Grass: Hundejahre«. Westdeutscher Rundfunk, Köln, 28. 10. 1963

Wien, Werner: »Vexierspiel zwischen Tag und Nacht«. In: »Bremer Nachrichten«, 9. 10. 1963 + »Darmstädter Echo«, 4. 10. 1963

Wien, Werner: »Im Laufe der ›Hundejahre‹«. Radio Bremen, 11. 10. 1963

Wolken, Karl Alfred: »Bis zum Ausbruch der Müdigkeit«. In: »Christ und Welt«, Stuttgart, 11. 10. 1963

»Onkel, Onkel«

E., K.: »Onkel, Onkel«. In: »Stuttgarter Zeitung«, 16. 3. 1966

F.: »Mörder und sein Publikum«. In: »Göttinger Presse«, 1. 6. 1961

Husson, Albert: »Zweimal verhinderter Mord«. In: »Theater-Rundschau«, Bonn, Apr. 1958

K., F.: »Ein Prosit der Geschmacklosigkeit«. In: »Neues Österreich«, Wien, 20. 10. 1962

Kaiser, Joachim: »Zehn Jahre Gruppe 47«. In: »FAZ«, 2. 10. 1957

ders.: »Böse Kinder bleiben siegreich«. In: »Süddeutsche Zeitung«, München, 14. 2. 1962

Luyken, Sonja: »Onkel, Onkel«. In: »Mannheimer Morgen«, 6. 3. 1958

Schüler, Gerhard: »Onkel, Onkel«. In: »Göttinger Tageblatt«, 1. 6. 1961

»Die Plebejer proben den Aufstand«

(anon).: »Grass — Aufstand der Plebejer«. In: »Der Spiegel«, Hamburg, Nr. 51, 1965, S. 127 f.

Augstein, Rudolf: »William Shakespeare, Bertolt Brecht, Günter Grass: Die Plebejer proben den Aufstand«. In: »Der Spiegel«, Hamburg, 24. 1. 1966

Baecker, Sigurd: »Vier Akte Zaudern«. In: »Vorwärts«, Bonn, 16. 2. 1966

Baumgart, Reinhard: »Plebejer-Spätlese«. In: »Neue Rundschau«, Mai 1966
Auseinandersetzung mit der dramaturgischen Konzeption des Stücks. — *Spät und naiv scheint da eine Dramaturgie durch, deren feierliche Prätention noch das autonome Individuum, die Willensfreiheit war. Wollte Grass im Ernst heimkehren zu den Theaterhelden und -illusionen vor »Dantons Tod«, sich treuherziger stellen, als selbst Grillparzer war, von Ibsen und allen Kommenden ganz zu schweigen? — Das wäre die Gretchenfrage an dieses Stück.*

Beer, K. W.: »Ein Trauerspiel. Der 17. Juni des Günter Grass«. In: »Die politische Meinung«, Köln, 1966, S. 8 f.

Berger, Friedrich: »Es lohnt doch, mit Grass den Aufstand zu proben«. In: »Kölner Stadt-Anzeiger«, 16. 1. 1967

Bindzau, Rainer: »Bertolt Brecht bei Günter Grass«. Trebetygsuppsats. University of Stockholm 1971

Blaha, Paul: »Glanz und Elend des Intellektuellen«. In: »Der Kurier«, Wien, 16. 5. 1966

Bondy, Francois: »Günter Grass et son Brecht-Coriolan-Galilée«. In: »Preuves«, Nr. 181, März 1966, S. 68 ff.

Brunkhorst, Martin: »Shakespeares ›Coriolanus‹ in deutschen Bearbeitungen«. Berlin/New York 1973, S. 138 ff.: »Das Experiment mit Coriolanus: Günter Grass«.
Betrachtet werden die Coriolan-Versionen von J. M. R. Lenz, J. G. Dyk (1786), F. Schink (1790), J. Falk (1812), O. Marbach (1867), B. Brecht (1951/52) und G. Grass (1966). »Bemerkenswert positiv steht B. zu Grass' *Die Plebejer proben den Aufstand.* Gegenüber den Schwächen dieses Dramas — seinem frühzeitigen Auf-der-Stelle-treten, seinem widerspruchsvollen Konzept- und Stil-Mischmasch — scheint er blind. Hier haben Parteilichkeit und die ›Einschüchterung durch Klassizität‹ ihre Wirkung getan.« (P. Gebhardt)

Castein, Hanne: »Grass verärgert London«. In: »Die Zeit«, Hamburg, 14. 8. 1970

Delmas Eugène: »Ein deutsches Trauerspiel um Bertolt Brecht«. In: »Frankfurter Neue Presse«, 18. 1. 1966

Eichholz, Armin: »Dabeisein oder nicht dabeisein«. In: »Münchner Merkur«, 17. 1. 1966

Grathoff, Dirk: »Dichtung versus Politik: Brechts Coriolan aus Günter Grassens Sicht«. In: »Brecht heute — Brecht today«, 1971, S. 168 ff.

Grimm, Reinhold: »Spiel und Wirklichkeit in einigen Revolutionsdramen«. In: »Basis«, 1, 1970, S. 49 ff.

Habernoll, Kurt: »Unpolitisches Theater in politischer Kaschierung«. In: »Vorwärts«, Bonn, 16. 2. 1966

Hahnl, Hans Heinz: »Auf dem Weg zum Zeitstück unserer Misere«. In: »Arbeiter-Zeitung«, Wien, 17. 5. 1966

Hamm, Peter: »Vergeblicher Versuch, einen Chef zu entmündigen«. In: »Frankfurter Hefte«, 3/1966, S. 206 ff.

Hartmann, Rainer: »Ein Trauerspiel vom deutschen Trauerspiel«. In: »Frankfurter Neue Presse«, 11. 7. 1966

Herrmann, Walter M.: »Schuldbewußt klage ich euch an!« In: »Hamburger Abendblatt«, 5. 1. 1968

Hildebrandt, Dieter: »Brecht und der Rasen«. In: »FAZ«, 17. 1. 1966

Hoffmann, Jens: »Frei nach Büchner: Günter Grass und der 17. Juni«. In: »Christ und Welt«, Stuttgart, 21. 1. 1966

Hübner, Paul: »Grass kratzt am Brecht-Mythos«. In: »Rheinische Post«, Düsseldorf, 17. 1. 1966

Ide, Heinz: »Die Geschichte und ihre Dramatiker. Coriolan als Thema für Shakespeare, Brecht und Günter Grass«. In: »Jahrbuch der schlesischen Friedrich-Wilhelm-Universität zu Breslau«, Beih. 7, 1967, S. 121 ff.

Ignée, Wolfgang: »Die Wahrheit ist konkret«. In: »Christ und Welt«, Stuttgart, 21. 1. 1966

Jenny, Urs: »Grass probt den Aufstand«. In: »Süddeutsche Zeitung«, München, 17. 1. 1966

Kahl, Kurt: »Nicht Brecht ist der Chef«. In: »Theater heute«, 7/1966, S. 35 ff.

Kaiser, Joachim: »Grass überfordert seinen Hamlet«. In: »Süddeutsche Zeitung«, München, 27. 4. 1967

Kersten, Hans Ulrich: »Grass versus Brecht«. In: »Basler Nachrichten«, 19. 1. 1966

Kienzl, Florian: »Aufstand gegen Brecht-Legende«. In: »Die Presse«, Wien, 18. 1. 1966

Klotz, Volker: »Ein deutsches Trauerspiel«. In: »Frankfurter Rundschau«, 17. 1. 1966

Konrad, H.: »Dramatische Dienstleistung auf ›drittem Weg‹«. In: »Neues Deutschland«, Berlin (DDR), Nr. 15, 1966

Kotschenreuther, Hellmut: »Der Intellektuelle in der Diktatur«. In: »Mannheimer Morgen«, 17. 1. 1966

Kuczynski, Jürgen: »Gestalten und Werke. Soziologische Studien zur deutschen Literatur«. Berlin (DDR) 1969, S. 341 ff.: »Die Plebejer proben den Aufstand — oder: Der Kleinbürger versucht die Macht abzugeben«.

Leiser, Erwin: »Brecht, Grass und der 17. Juni 1953«. In: »Die Weltwoche«, Zürich, 11. 2. 1966

Luft, Friedrich: »Ein Wallenstein der Revolution«. In: »Die Welt«, Hamburg, 17. 1. 1966

Mayer, Hans: »Komödie, Trauerspiel, deutsche Misere«. In: »Theater heute«, 3/1966, S. 23 ff.

Mühlberger, Josef: »Bert Brecht als opportunistischer Modellfall. Zur Wiener Erstaufführung der ›Plebejer‹ von Grass«. In: »Berichte und Informationen des Österreichischen Forschungsinstitutes für Wirtschaft und Politik«, Salzburg 1966, H. 1031, S. 15

Müller, André: »Ein Anti-Grass-Stück«. In: »Nachrichtenbrief 35, Arbeitskreis Bertolt Brecht«, Köln 1966, S. 4 ff.

Nössig, Manfred: »Gott, war das schlecht«. In: »Theater der Zeit«, Berlin (DDR), Nr. 5, 1966

Nolte, Jost: »Die Plebejer proben den Aufstand«. In: »Die Welt«, Hamburg, 6. 1. 1968

Orzechowski, Lothar: »Kein Aufstand in der Ruine«. In: »Hessische Allgemeine«, Kassel, 11. 7. 1966

Reich-Ranicki, Marcel: »Trauerspiel von einem deutschen Trauerspiel«. In: »Die Zeit«, Hamburg, 21. 1. 1966

ders.: »Literatur der kleinen Schritte«. München 1967, S. 173 ff.

Rischbieter, Henning: »Grass probt den Aufstand«. In: »Theater heute«, 2/1966, S. 13 ff.

Röhl, Klaus Rainer: »War Brecht Sozialdemokrat?« In: »konkret«, Hamburg, Febr. 1966

Schüler, Alfred: »Coriolan und Stalinallee«. In: »Die Weltwoche«, Zürich, 21. 1. 1966

Schwab-Felisch, Hans: »Lesungen am Mälarsee«. In: »FAZ«, 17. 9. 1964

ders.: »Günter Grass und der 17. Juni«. In: »Merkur«, 20, 1966, S. 291 ff.
Gibt aufschlußreiche Informationen zum politisch-historischen Hintergrund des sog. Aufstands vom 16. bzw. 17. Juni 1953. Eine der überzeugenden Analysen des Stücks, wenn auch vielleicht zu sehr um eine »Ehrenrettung« bemüht. — *Die eigentliche Schwierigkeit ist der Versuch, die jahrhundertealte deutsche Misere der Revolutionslosigkeit und einer mangelnden Übereinstimmung der deutschen Ideengeschichte mit der politischen Realität an Figuren und Ereignissen zu demonstrieren, die noch, mehr oder minder, gegenwärtig sind.*

Seiler, Bernd W.: »Exaktheit als ästhetische Kategorie: Zur Rezeption des historischen Dramas der Gegenwart«. In: »Poetica«, 1972, S. 388 ff.

Stocker, Karl: »Günter Grass: Die Plebejer proben den Aufstand. Ein Diskussionsbeitrag zu einem umstrittenen Stück«. In: »Blätter für den Deutschlehrer«, 1967, S. 65 ff.

Tank, Kurt Lothar: »Ein deutsches Trauerspiel — durchgerechnet von Günter Grass«. In: »Sonntagsblatt«, Hamburg, 23. 1. 1966

Triesch, Manfred: »Günter Grass: Die Plebejer proben den Aufstand«. In: »Books Abroad«, Sommer 1966, S. 285 ff.

Urbach, Ilse: »Der Aufstand tritt auf der Stelle«. In: »Der Kurier«, Berlin, 17. 1. 1966

von Vegesack, Thomas: »Synthese in Sicht«. In: »Stockholmer Tidningen«, 16. 9. 1964

Vielhaber, Gerd: »Günter Grass und die Folgen«. In: »FAZ«, 19. 1. 1967

Wendt, Ernst: »Zur Person und zur Sache. Günter Grass. Über Politik und Poesie«. In: »Theater heute«, 4/1967, S. 6 ff.

Werner, Herbert: »Günter Grass und der 17. Juni 1953«. In: »Kirche in der Zeit«, Düsseldorf, 5/1966, S. 229 ff.

Wimmer, Ernst: »Warum das Burgtheater ausgerechnet Grass spielt«. In: »Die Wahrheit«, Graz, 10. 2. 1966

Zwerenz, Gerhard: »Brecht, Grass und der 17. Juni«. In: »Theater heute«, 3/1966, S. 24

»Ausgefragt«

Arnold, Heinz Ludwig: »›Zorn Ärger Wut‹. Anmerkungen zu den politischen Gedichten in Ausgefragt«. In: »TEXT+KRITIK«, H. 1/1 a, 4. Aufl. 1971, S. 71 ff.

Fried, Erich: »Ist Ausgefragt fragwürdig?« In: »konkret«, Hamburg, Juli 1967

ders.: »Protestgedichte gegen Protestgedichte«. In: »Die Zeit«, Hamburg, 18. 8. 1967

Härtling, Peter: »Gedichte zu Gelegenheiten«. In: »Der Spiegel«, Hamburg, 9. 7. 1967

Hamm, Peter: »Alles Schöne ist schief«. In: »Twen«, Köln, Juli 1967

Heise, Hans-Jürgen: »Zwischen Politik und Literatur«. In: »Die Tat«, Zürich, 15. 7. 1967

Herms, Uwe: »Heute back ich, morgen brau ich, übermorgen . . .« In: »Stuttgarter Zeitung«, 8. 4. 1967

Jenny, Urs: »Im Vakuum heiter bleiben«. In: »Die Weltwoche«, Zürich, 19. 5. 1967

Jürgens, Martin: »Günter Grass, Ausgefragt«. In: »Neue Rundschau«, 3/1967, S. 484 ff.

Kaiser, Joachim: »Der gelassene Grass«. In: »Süddeutsche Zeitung«, München, 27. 4. 1967

Kielinger, Thomas: »Günter Grass: Ausgefragt«. In: »Neue deutsche Hefte«, Nr. 4, 1967, S. 140 ff.

Kraft, Peter: »Vergleiche und ähnliche Alleskleber«. In: »Oberösterreichische Nachrichten«, Linz, 22. 6. 1967

Kraft, Werner: »Kleine Gedichte von Günter Grass«. In: »Merkur«, 5/1969, S. 492 ff.

Krauschner, Helga: »Wohin mit der Wut?« In: »Die Furche«, Wien, 8. 4. 1967

Krolow, Karl: »Alles Schöne ist schief«. In: »Hannoversche Allgemeine«, 15. 4. 1967

Kurz, Paul Konrad: »Windhühner ausgefragt«. In: »Stimmen der Zeit«, 9/1967, S. 167 ff.

Lentz, Michael: »Gedichte in Moll«. In: »Westdeutsche Allgemeine«, Essen, 3. 6. 1967

Maier, Wolfgang: »Die Unruhe um der Ruhe willen«. In: »Berliner Morgenpost«, 21. 7. 1967

Mayer, Hans: »Das lyrische Tagebuch des Günter Grass«. In: »Der Tagesspiegel«, Berlin, 23. 7. 1967

Nolte, Jost: »Baltisch, tückisch, stubenwarm«. In: »Die Welt«, Hamburg, 13. 4. 1967

Piontek, Heinz: »Ein Gedicht und sein Autor«. In: »Süddeutsche Zeitung«, München, 7. 12. 1967

Reich-Ranicki, Marcel: »Neue Gedichte von Günter Grass«. In: »Die Zeit«, Hamburg, 19.5.1967

Schneider, Peter: »Individuelle Sachlichkeit«. In: »kürbiskern«, München, Jan. 1968, S. 169 ff.
Das Erstaunlichste an den neuen Gedichten von Günter Grass ist wohl das Gefühl der Unfreiheit, das sie vermitteln. Über den Versen eines Schriftstellers, der ausgerechnet wegen seiner Lockerheit, seiner Vitalität bewundert wird, scheint ein ständiger Druck zu liegen, ein durchgängiger Mangel an Spontaneität; es sind Verse, aus denen die Bedeutungen wie aus Gittern hervorschauen. —
Man hat in Grass' Gedichten den Neubeginn seiner klassischen Dichtung gesehen; hier zeigt sich, in welch fataler Weise diese Ahnung richtig war. —
. . . ich sehe allerdings einen Zusammenhang zwischen der Theorie- und Problemfeindlichkeit seiner Literatur und seiner Unfähigkeit, in der Politik statt einer Taktik einen Standpunkt anzubieten, sehe einen Zusammenhang zwischen seiner literarischen Vorliebe fürs Detail und seinem Glauben an die Abgeordneteninitiative, sehe einen Zusammenhang zwischen seinem Bündnis mit der politischen Macht und dem klassischen, auf Vollendung und Unanfechtbarkeit hinstrebenden Gestus seiner Verse. —
Günter Grass ist auf dem Weg, sein Talent statt zur Formulierung zu einer privaten Überwindung der gesellschaftlichen Widersprüche zu gebrauchen und so ein Klassiker zu werden. Er ist damit auf dem Weg, eben die Gesellschaftsform zu bestätigen, die die Entfaltung der Persönlichkeit nur dem Genie erlaubt, um alle anderen desto leichter als unreife Querulanten abtun zu können. — Eine knappe, sehr gescheite Analyse der sonst allgemein verleugneten Relationen zwischen Grass' literarischen und politischen Aktivitäten am Beispiel seiner Lyrik.

Schultz, Uwe: »Auskunft über die Ohnmacht«. In: »Frankfurter Rundschau«, 12. 8. 1967

Segebrecht, D.: »Dialektik oder Das Vorbild der Kochkunst«. In: »FAZ«, 14. 3. 1967

Weyrauch, Wolfgang: »Ausgefragt: Was heißt das?« In: »Tribüne«, Frankfurt, Sept. 1967

Wolf, Gerhard: »Neue Bücher: Besprechungen«. In: »Neue deutsche Literatur«, Nr. 9, 1968, S. 166

»Davor«

(anon.): »Hilft ein Striptease dem Stück von Günter Grass auf?« In: »Theater heute«, Nr. 7, 1969, S. 67 f.

Becker, Hellmut: »Lehrer und Schüler — neu gesehen«. In: »Die Zeit«, Hamburg, 21. 2. 1969

Dönhoff, Marion Gräfin: »Der Versuch, ohne Utopie zu leben«. In: »Die Zeit«, Hamburg, 21. 2. 1969

Eichholz, Armin: »Soll ein Dackel brennen für Vietnam«? In: »Münchner Merkur«, 17. 2. 1969

Fröhlich, Hans: »Grass, Opfer seiner Redlichkeit«. In: »Stuttgarter Nachrichten«, 17. 2. 1969

Grack, Günther: »Der neue Grass: Vietnamkrieg und Jugendprotest — Uraufführung von ›Davor‹ im Schiller-Theater«. In: »Der Tagesspiegel«, Berlin, 16. 2. 1969

Habernoll, Kurt: »Danach die Enttäuschung«. In: »Vorwärts«, Bonn, 20. 2. 1969

Hamm, Peter: »Günter Grass probt die Anpassung«. In: »konkret«, Hamburg, 24. 2. 1969

Hermann, Walter M.: »›Davor‹ von Grass: Theater-Mißverständnis«. In: »Hamburger Abendblatt«, 17. 2. 1969

Hildebrandt, Dieter: »Hamlet zwischen Torte und Tortur«. In: »Publik«, Frankfurt, 21. 2. 1969

Ignée, Wolfgang: »Brennen Dackel nicht?« In: »Christ und Welt«, Stuttgart, 21. 2. 1969

Kaiser, Joachim: »Mini-Hamlet probt Aufstand mit Hund«. In: »Süddeutsche Zeitung«, München, 17. 2. 1969

Karasek, Hellmuth: »Hand aufs Herz bei Günter Grass«. In: »Die Zeit«, Hamburg, 21. 2. 1969

ders.: »Lehrer — von innen und von außen«. In: »Theater heute«, 4/1969, S. 37

Kersten, H. U.: »Der Dackel wird doch nicht verbrannt«. In: »Nürnberger Zeitung«, 17. 2. 1969

Klotz, Volker: »Zeitstück mit künstlichem Gebiß«. In: »Frankfurter Rundschau«, 17. 2. 1969

Kotschenreuther, Helmut: »Der Dackel Max oder Die Zeit der Anpassung«. In: »Kieler Nachrichten«, 17. 2. 1969

Luft, Friedrich: »Ach, wie krümelt der Schmerz ...« In: »Die Welt«, Berlin, 17. 2. 1969

Michaelis, Rolf: »Auf den Hund gekommen«. In: »FAZ«, 17. 2. 1969

Moschner, Manfred: »Zwischen den Fronten der Generationen«. In: »Kölnische Rundschau«, 17. 2. 1969

Müller, Liselotte: »Mehr ›Davor‹ als dahinter«. In: »Hannoversche Allgemeine Zeitung«, 17. 2. 1969

Müller, Wolfgang Johannes: »Bekenntnis eines Greises«. In: »Bayern-Kurier«, München, 22. 2. 1969

Nyssen, Leo: »Nebengeräusche. Günter Grass, Davor«. In: »Theater heute«, Nr. 5, 1969, S. 9

Plavius, Heinz: »Geschwätz verhindert Taten«. In: »Neue deutsche Literatur«, Nr. 8, 1969, S. 173 ff.

Rischbieter, Henning: »Aber wie zwischen sitzen wir drinnen«. In: »Theater heute«, H. 4, 1969, S. 38 f.

Rumler, Fritz: »Ich werde meinen Hund verbrennen«. In: »Der Spiegel«, Hamburg, 24. 2. 1969

Schäble, Günther: »Wofür?« In: »Stuttgarter Zeitung«, 17. 2. 1969

Schüler, Gerhard: »Davor«. In: »Göttinger Tageblatt«, 17. 2. 1969

Schwab-Felisch, Hans: »Vernunft auf der Bühne«. In: »Merkur«, 3/1969, S. 306 ff.
Skizziert die Voraussetzungen, *unter denen das Stück ... überhaupt erst hat entstehen können,* und versucht, den politischen Absichten des Autors gerecht zu werden.

Sonnemann, Ulrich: »Bitte noch mehr spülen!« In: »Theater heute«, 4/1969, S. 35 ff.

Tank, Kurt Lothar: »Karies-Philosophie und Dackel-Dialektik«. In: »Sonntagsblatt«, Hamburg, 23. 2. 1969

Thouet, Peter M.: »Der Dackel, die Dicken, die Dummen«. In: »Berliner Liberale Zeitung«, 7. 3. 1969

Unger, Wilhelm: »Günter Grass trainiert für den Wahlkampf«. In: »Kölner Stadt-Anzeiger«, 17. 2. 1969

Wapnewski, Peter: »Danach«. In: »Publik«, Frankfurt, 7. 3. 1969

»Örtlich betäubt«

(anon.): »Demnächst in Deutschland — u. a.«. In: »Der Spiegel«, Hamburg, 3. 2. 1969

(anon.): »The Dentist's Chair as an Allegory of Life«. In: »Time«, 13. 4. 1970

(anon.): »Grass-Echo. Wie ein VW«. In: »Der Spiegel«, Hamburg, 4. 5. 1970

Arnold, Heinz Ludwig: »Die intellektuelle Betäubung des Günter Grass«. In: »TEXT+KRITIK«, H. 4/4 a, 1969, S. 72 ff.

Becker, Rolf: »Mäßig mit Malzbonbons«. In: »Der Spiegel«, Hamburg, 11. 8. 1969, S. 102 f.

Beckmann, Heinz: »Die Sprechblasen des Günter Grass«. In: »Rheinischer Merkur«, 15. 8. 1969

Braem, Helmut M.: »Speckberge für Mausefallen«. In: »Stuttgarter Zeitung«, 9. 8. 1969

Cwojdrak, Günther: »Literatur-Show in Frankfurt«. In: »Die Weltbühne«, Ostberlin, Nr. 42. 1969

Dencker, Klaus Peter: »Den Grass in der Schlinge«. Erlangen 1971

Durzak, Manfred: »Abschied von der Kleinbürgerwelt«. In: »Basis. Jahrbuch für deutsche Gegenwartsliteratur«, Bd. 1. Herausgegeben von Reinhold Grimm und Jost Hermand. Frankfurt 1970, S. 224 ff.

Durzak, Manfred: »Plädoyer für eine Rezeptionsästhetik. Anmerkungen zur deutschen und amerikanischen Literaturkritik am Beispiel von Günter Grass' ›Örtlich betäubt‹«. In: »Akzente«, 1971, S. 487 ff.

Eichholz, Hildegart: »Die neue Hundeschau des Wahlhelfers Günter Grass«. In: »Münchner Merkur«, 13. 9. 1969

Geiger, Hannsludwig: »Das Kunstgewerbliche in Herrn Grass«. In: »Evangelische Kommentare«, Stuttgart, Nov. 1969

Gößmann, Wilhelm: »Die politische Lahmlegung: Örtlich betäubt von Günter Grass«. In: »Stimmen der Zeit«, 1972, S. 116 ff.

Grasshoff, Wilhelm: »Günter Grass: Örtlich betäubt«. Bayerischer Rundfunk, München, 17. 11. 1969

Hamm, Peter: »Günter Grass: Örtlich betäubt«. In: »M — Die Zeitschrift für den Mann«. Offenburg/München, Nr. 10, Okt. 1969

Hartl, Edwin: »Weltschmerz, dentistisch behandelt. Zu dem Roman Örtlich betäubt von Günter Grass«. In: »Literatur und Kritik«, Nr. 57, 1971, S. 433 ff.

Hartung, Rudolf: »Günter Grass: ›Örtlich betäubt‹«. Sender Freies Berlin, 25. 10. 1969

Heißenbüttel, Helmut: »Günter Grass: Örtlich betäubt«. Norddeutscher Rundfunk, 12. 10. 1969

Hoesch, Eva: »Das Lehrer-Schüler-Verhältnis im Brennpunkt gesellschaftspolitischer Auseinandersetzungen, dargestellt an den Romanen ›Örtlich betäubt‹, BRD: Günter Grass und ›Pause für Wanzka‹, DDR: Alfred Wellm«. In: »Der Deutschunterricht«, H. 5, 1976, S. 58 ff.

Hornung, Peter: »Grass: Ein ausgebrannter Fall«. In: »Deutsche Tagespost«, Würzburg, 29. 8. 1969

Hübner, Paul: »Die Fernsehwelt im Zahnarztstuhl«. In: »Rheinische Post«, Düsseldorf, 23. 8. 1969

Ignée, Wolfgang: »Günter Grass' belletristische

Diktatur«. In: »Christ und Welt«, Stuttgart, 29. 8. 1969

Kabel, Rainer: »Örtlich betäubt«. In: »Vorwärts«, Bonn, 4. 9. 1969

Kaiser, Joachim: »Von der Traurigkeit des Besserwissens«. In: »Süddeutsche Zeitung«, München, 16. 8. 1969

Karasek, Hellmuth: »Zahn gezogen«. In: »Die Zeit«, Hamburg, 5. 9. 1969

Keller, Ingeborg: »Der Skeptizismus und die Vierziger«. In: »Telegraf«, Berlin, 14. 8. 1969

Kirchmann, Hans: »Ein Pfeil in das trauernde Herz aller Zeitgenossen«. In: »Kölner Stadtanzeiger«, 14. 8. 1969

Krüger, Horst: »Kein Geschmack für Ort und Augenblick«. In: »Die Zeit«, Hamburg, 22. 8. 1969

Kurz, Paul Konrad: »Von und über Günter Grass«. In: »Stimmen der Zeit«, 1969, S. 321 ff.

ders.: »Örtlich betäubt oder ein Mann von vierzig Jahren«. In: »Bayerische Staatszeitung«, München, 21. 11. 1969

Nolte, Jost: »Die Taktiker von Vierzig«. In: »Die Welt der Literatur«, Hamburg, 14. 8. 1969

Reddick, John: »Action and impotence: Günter Grass's Örtlich betäubt«. In: »Modern Language Review«, 1972, S. 563 ff.

Reich-Ranicki, Marcel: »Eine Müdeheldensoße«. In: »Die Zeit«, Hamburg, 29. 8. 1969

Reinke, Klaus Ulrich: »Zwischen den Fronten«. In: »Westdeutsche Rundschau«, Wuppertal, 22. 8. 1969 + »Düsseldorfer Nachrichten«, 22. 8. 1969

Ross, Werner: »Die literarische Zahnpraxis«. In: »Publik«, Frankfurt, 21. 11. 1969

Scholz, Hans: »Pädagoge im Behandlungszimmer: ratlos«. In: »Der Tagesspiegel«, Berlin, 17. 8. 1969

Schwab-Felisch, Hans: »Nichts hält vor«. In: »Merkur«, Stuttgart, Aug. 1969, S. 776 ff.

Segebrecht, Dietrich: »Kein neues Bißgefühl«. In: »FAZ«, 16. 8. 1969

Soldat, Hans-Georg: »Örtlich betäubt — eine kritische Analyse des Phänomens Günter Grass und seines neuen Romans«. RIAS Berlin, 19. 10. 1969

Tank, Kurt Lothar: »Ein neuer Grass steht zur Debatte«. In: »Welt am Sonntag«, Hamburg, 17. 8. 1969

Ungureit, Heinz: »Das Rittergestühl und der nichtverbrannte Hund«. In: »Frankfurter Rundschau«, 6. 9. 1969

Weber, Werner: »Weh, Schatten, weh . . . In: »Der Monat«, Okt. 1969, S. 94 ff. »Neue Zürcher Zeitung«, 17. 8. 1969

»Die Vogelscheuchen.«

(anon.): »Grass — Süßes Adagio«. In: »Der Spiegel«, Hamburg, 12. 10. 1970, S. 256

»Aus dem Tagebuch einer Schnecke«

(anon.): »Dingbums und Espede«. In: »Der Spiegel«, Hamburg, 21. 8. 1972

Beckmann, Heinz: »Mut zur Schnecke«. In: »Rheinischer Merkur«, 1. 9. 1972

Blöcker, Günter: »Wir alle sind Schnecken«. In: »Süddeutsche Zeitung«, München, 26./27. 8. 1972

Fehrenbach, Oskar: »Grass macht sich selbst zur Schnecke«. In: »Stuttgarter Zeitung«, 1. 12. 1972

Glaser, Hermann: »Grass auf Wahlreise. Zwischen Melancholie und Utopie«. In: »Tribüne«, 1972, S. 5016 ff.

Hartl, Edwin: »Im Stil von Günter Grass«. In: »Die Furche«, Wien, 2. 9. 1972

Hingst, Wolfgang: »Schneckenprozeß«. In: »Frankfurter Hefte«, 1973, S. 143 f.

Hohoff, Curt: »Der Schneckengang des Fortschritts«. In: »Die Presse«, Wien, 14./15. 10. 1972

Holthusen, Hans Egon: »Deutschland, deine Schnecken«. In: »Die Welt«, Hamburg, 24. 8. 1972

Kielinger, Thomas: »Günter Grass, Aus dem Tagebuch einer Schnecke«. In: »Neue deutsche Hefte«, Nr. 3, 1972, S. 155 ff.

Krüger, Horst: »Günter Grass / Aus dem Tagebuch einer Schnecke«. In: »Neue Rundschau«, 1972, S. 741 ff.

Meier-Lenz, D. P.: »Das ›Scheißliberale‹ bei Günter Grass — von Örtlich betäubt bis Tagebuch einer Schnecke«. In: »Die Horen«, Nr. 4, 1972, S. 74 ff.

Michaelis, Rolf: »Das Prinzip Zweifel«. In: »Frankfurter Allgemeine Zeitung«, 2. 9. 1972

Rosenbaum, Ulrich: »Der Fortschritt als Kriechvorgang: Günter Grass und sein Schneckenbuch«. In: »Vorwärts«, Bonn, 10. 8. 1972

Schmidt, Aurel: »Die Verteidigung der Schnecke«. In: »National-Zeitung«, Basel, 12. 8. 1972

Schloz, Günther: »Schnecken, Zweifel und Espede«. In: »Deutsche Zeitung/Christ und Welt«, 8. 9. 1972

Scholz, Hans: »Der Fortschritt, von Zweifel begleitet, kriecht«. In: »Der Tagesspiegel«, Berlin, 10. 9. 1972

Schütte, Wolfram: »Schneckenwindungen, behutsam nachgegangen«. In: »Frankfurter Rundschau«, 26. 8. 1972

Schwab-Felisch, Hans: »Melancholische Variationen: Zu Günter Grass' Aus dem Tagebuch einer Schnecke«. In: »Merkur«, Stuttgart, 1972, S. 1025 ff.

Zimmer, Dieter E.: »Kriechspur des Günter Grass«. In: »Die Zeit«, Hamburg, 29. 9. 1972

»Mariazuehren«

Beckmann, Heinz: »Masurisches Handchenvoll«. In: »Rheinischer Merkur«, 7. 12. 1973

Fabian, Rainer: »Von Schweinsköpfen und Augäpfeln«. In: »Die Welt«, Hamburg, 11. 10. 1973

Zimmer, Dieter E.: »Grass' Marienchronik«. In: »Die Zeit«, Hamburg, 12. 10. 1973

»Der Butt«

(anon.): »Grass und die Köchinnen«. In: »Der Spiegel«, Hamburg, 10. 3. 1975, S. 124

(anon.): »Die poetische Kraft des Kulinarischen«. In: »Die Tat«, Zürich, 21. 10. 1975
Über eine Lesung im Hechtplatz-Theater in Zürich aus dem unter dem Titel »Elf Köchinnen« angekündigten Roman.

Berg, Birgit: »Blechtrommler in der Hexenküche«. In: »Die Zeit«, Hamburg, 14. 3. 1975

Werner Bökenkamp: »Die vielen Frauen in Günter Grass«. In: »Frankfurter Allgemeine Zeitung«, 30. 10. 1975

Feilchenfeldt, Konrad: »Runge in der Dichtung«. In: »Süddeutsche Zeitung«, München, 29./30. 10. 1977
u. a. über das ›Butt‹-Kapitel »Die andere Wahrheit«.

Franz, Monika: »Die Küchen-Diplomatie der dicken Gret. Günter Grass las in Mannheim aus seinem neuen Buch«. In: »Rhein-Neckar-Zeitung«, 15. 9. 1975

Görtz, Franz Josef: »Der Butt im Sardinentümpel. Aus gegebenem Anlaß: Bemerkungen über den Zustand unserer Literaturkritik«. In: »Rogner's Magazin«, München, H. 10, 1977

Heinemann, Frank J.: »Tanz um den goldenen Topf«. In: »Kölner Stadt-Anzeiger«, 11. 8. 1977

Ignée, Wolfgang: »Immer die Niederen gegen die Oberen«. In: »Stuttgarter Zeitung«, 13. 8. 1977

Kaiser, Joachim: »Gelang Grass ein Danziger ›Zauberberg‹?« In: »Süddeutsche Zeitung«, München, 13./14. 8. 1977

Karasek, Hellmuth: »Nora — ein Suppenheim«. In: »Der Spiegel«, Hamburg, 8. 8. 1977

Kraft, Martin: »Das Fressen, das auch nur Angst ist«. In: »Neue Zürcher Zeitung«, 22. 10. 1975

Michaelis, Rolf: »Mit dem Kopf auch den Gaumen aufklären«. In: »Die Zeit«, Hamburg, 12. 8. 1977

Neumann, Nicolaus: »Zwischen Mastdarm und Magie«. In: »stern«, Hamburg, Nr. 34, 11. 8. 1977

Reich-Ranicki, Marcel: »Von dem Grass un synen Fruen«. In: »Frankfurter Allgemeine Zeitung«, 13. 8. 1977

Scheller, Wolf: »Unterricht für Ilsebill«. In: Aachener Nachrichten«, 27. 8. 1977

Schober, Siegfried: »Der Butt und die Ilsebills«. In: »Der Spiegel«, Hamburg, 26. 7. 1976

Schütte, Wolfram: »Sich selbst mit ein- & ausgekocht«. In: »Frankfurter Rundschau«, 13. 8. 1977

Schulze, Hartmut: »Matière Grasse im Kulturbetrieb. Warum der ›Butt‹ ein Bestseller ist«. In: »literatur konkret«, Hamburg, H. 1, 12. 10. 1977

Siebeck, Wolfram: »Fraufleisch und Fischkopfsuppe«. In: »Zeitmagazin«, Hamburg, Nr. 43, 14. 10. 1977
Über den ›Butt‹ als Diät-Kochbuch.

Tank, Kurt Lothar: »Die neun Köchinnen der Weltgeschichte«. In: »Deutsches Allgemeines Sonntagsblatt«, Hamburg, 14. 8. 1977

Werth, Wolfgang: »Die kochende Neunfaltigkeit«. In: »Süddeutsche Zeitung«, München, 4. 3. 1975

Kommentierte Auswahl-Bibliographie

Allgemeiner Teil

1. Prosa

Baker, Ronald Alfred: »Animal Imagery in the Novels of Günter Grass«. Diss. Harvard 1969

Baumgart, Reinhard: »Kleinbürgertum und Realismus. Überlegungen zu Romanen von Böll, Grass und Johnson«. In: »Neue Rundschau«, 1964, S. 650 ff.

Böschenstein, Bernhard: »Günter Grass als Nachfolger Jean Pauls und Döblins«. In: »Jahrbuch der Jean-Paul-Gesellschaft«, 1971, S. 86 ff.

Carlsson, Anni: »Der Roman als Anschauungsform der Epoche. Bemerkungen zu Thomas Mann und Günter Grass«. In: »Neue Zürcher Zeitung«, 21. 11. 1964

Cepl-Kaufmann, Gertrude: »Günter Grass. Eine Analyse des Gesamtwerkes unter dem Aspekt von Literatur und Politik«. Kronberg/Ts. 1975.
Bezieht sich vornehmlich auf die Grass-Epik. Übersichtlich strukturierte, materialreiche Arbeit, die — meist überzeugend — versucht, Korrelationen zwischen der politischen Position des Autors Grass (dem ein ahistorischer Geschichtsbegriff, Theoriefeindlichkeit und ein verkürzter Begriff von Aufklärung vorgeworfen wird) und der Machart seiner literarischen Texte herzustellen.

Dahne, Gerhard: »Westdeutsche Prosa (1945—1965)«. Berlin (DDR) 1967, S. 164 ff.

Durzak, Manfred: »Der deutsche Roman der Gegenwart«. Stuttgart 1971, S. 107 ff.: »Fiktion und Gesellschaftsanalyse: Die Romane von Günter Grass«.

Durzak, Manfred: »Arno Holz, Alfred Döblin, Günter Grass. Zur Tradition von politischer Dichtung in Deutschland«. Stockholm 1972 (= Mod. Sprak. Language Monogr. 13)

Enderstein, Carl O.: »Zahnsymbolik und ihre Bedeutung in Günter Grass' Werken«. In: »Amsterdamer Beiträge zur neueren Germanistik«, 1975, S. 135 ff.

Enright, D. J.: »Günter Grass«. In: »Conspirators and Poets«. London 1966, S. 190 ff.

Eykman, Christoph: »Geschichtspessimismus in der deutschen Literatur des zwanzigsten Jahrhunderts«. Bern 1970, S. 112 ff.: »Absurde Mechanik. Die ›verunglimpfte‹ Geschichte in den Romanen von Günter Grass«.
»Es wird bei der Lektüre jedoch deutlich, daß zwischen scheinbar so weit auseinanderliegenden Autoren wie den Dadaisten, Musil, Hesse, Benn und Grass Zusammenhänge bestehen in der Betonung des ›Spiels‹ mit den ›schäbigen Überbleibseln‹ der als sinnlose Mechanik oder als geistloses Chaos erlebten Geschichte und in Versuchen, Auswege etwa in der Betonung der Geistesgeschichte oder der Kunst zu finden.« (D. Kößler)

Hamburger, Michael: »From Prophecy to Eroism. The Premises of Modern German Literature«. London 1965, S. 150 ff.

Hatfield, Henry: »Günter Grass: The Artist as Satirist«. In: R. H. Heitner (Hrsg.): »The Contemporary Novel in German«. Austin 1967, S. 115 ff.

Heiseler, Bernt von (Hrsg.): »Der Kranich. Ein

Jahrbuch für die dramatische, lyrische und epische Kunst«. Stuttgart 1964, S. 151 f.

Höck, Wilhelm: »Der vorläufig abgerissene Faden«. In: »Hochland«, 1969

Höllerer, Walter: »Die Bedeutung des Augenblicks im modernen Romananfang«. In: Norbert Miller (Hrsg.): »Romananfänge — Versuch zu einer Poetik des Romans«. Berlin 1965, S. 344 ff.

Parry, Idris: »Aspects of Günter Grass' Narrative Technique«. In: »Forum for Modern Language Studies«, 2/1967, S. 99 ff.

Reddick, John: »The Eccentric Narrative World of Günter Grass. Aspects of ›Die Blechtrommel‹, ›Katz und Maus‹ and ›Hundejahre‹«. Oxford, Diss. 1970

Reddick, John: »Vom Pferdekopf zur Schnecke: Die Prosawerke von Günter Grass zwischen Beinahe-Verzweiflung und zweifelnder Hoffnung«. In: Heinz Ludwig Arnold/Theo Buck (Hrsg.): »Positionen im deutschen Roman der sechziger Jahre«. München: EDITION TEXT +KRITIK 1974, S. 39 ff.

Rothenberg, Jürgen: »Günter Grass — Das Chaos in verbesserter Ausführung — Zeitgeschichte als Thema und Aufgabe des Prosawerks«. Heidelberg 1977

Russel, Charles Robert: »Versions of the contemporary internalized novel: Günter Grass, William Burroughs, Max Frisch, Alain Robbe-Grillet«. Diss. Cornell 1972

Sann, Gisela: »Funktion der Frauenfiguren im Prosawerk von Günter Grass«. Diss. McGill University, Montreal 1975

Schonauer, Franz: »Günter Grass. Ein literarischer Bürgerschreck von gestern?« In: H. Wagener (Hrsg.): »Zeitkritische Romane des 20. Jahrhunderts. Die Gesellschaft in der Kritik der deutschen Literatur«. Stuttgart 1975, S. 342 ff.

Schwarz, Wilhelm Johannes: »Der Erzähler Günter Grass«. Bern/München 1969
Auf 24 Druckseiten über den *Inhalt* von »Blechtrommel«, »Katz und Maus«, »Hundejahre« — dann weitere 23 Seiten über die *Gestalten*, bevor im 20 Seiten umfassenden Kapitel über *Form und Sprache* einige feuilletonistische Äußerungen getan werden: *Grass' Stil ist vital, kraftstrotzend, ungebändigt. Man hat den Eindruck, der Autor quelle über an mutwilligen, nie gehörten Formulierungen.* Oder: *Bei Grass dribbelt es nicht, um etwas abgewandelt mit Fontane zu reden, bei Grass fließt es, strömt es, rauscht es, Grass spielt die deutsche Sprache wie eine Orgel, auf der alle Register gezogen sind.* Auf die *Übersicht über die Grass-Kritik* folgt die bis dahin ausführlichste (16seitige) Bibliographie der Primär- und Sekundärliteratur.

Tank, Kurt Lothar: ». . . mit Matzerath leben?« In: »Sonntagsblatt«, Hamburg, 22/1964, S. 1 f.

Thomas, R. Hinton/van der Will, Wilfried: »Der deutsche Roman und die Wohlstandsgesellschaft«. Stuttgart/Berlin 1969, S. 80 ff.
Über Gaiser, Koeppen, Böll, Walser, Johnson, Grass (»Blechtrommel«, »Katz und Maus«, »Hundejahre«); über weite Strecken geschickte Paraphrasen.
Die Untersuchung wird dem Thema nicht gerecht; die Autoren im Vorwort: *Diese Untersuchung ist literatursoziologisch nur insofern, als sie die für die kritische Interpretation notwendigen soziologischen Kenntnisse berücksichtigt.* Den frag-würdigen Prämissen entsprechen die Ergebnisse: *In der Perspektive Oskar Matzeraths werden alle Personen zu kindischen Zwergen nivelliert. Gerade durch diesen Zug wird der Pikaro zum Repräsentanten, in dessen Bewußtsein sich die objektive sozio-kulturelle Struktur moderner Gesellschaft spiegelt: in ihr sind fast alle Unterschiede auf den unterschiedlichen Geldbesitz reduziert.*

Uhlig, Gudrun: »Autor, Werk und Kritik«. Bd. 1: Böll, Grass, Johnson. München 1968
Knappe Angaben zu den Lebensdaten; karge Bibliographie. Auf Inhaltsangaben und Textproben folgen Auszügen aus Kritiken; das lyrische und dramatische Werk von Grass blieb vollkommen unberücksichtigt.

Wintzen, René: »Günter Grass, Non-Konformist«. In: »Documents«, Paris, März/April 1964 (auch: G. Loschütz: Von Buch zu Buch. Neuwied/Berlin 1968, S. 104 ff.)

Ziesel, Kurt: »Die Literaturfabrik. Eine polemische Auseinandersetzung mit dem Literaturbetrieb im Deutschland von heute«. Wien/Köln 1962
Behandelt Grass in den Kapiteln über *Pornographie und Literatur, Die Herrschaft der literarischen Halbwelt, Der Terror in der Literaturfabrik* und *Literatur* und *Gesellschaft.*

Zimmer, Hildegard G.: »A comparison of the last three novels of Thomas Mann and the first three of Günter Grass«. M. A. Thesis, University of Toronto 1970

2. Lyrik

Baier, Lothar: »Gedicht als Schnitt durch die Wirklichkeit«. In: »TEXT+KRITIK«, 1/1963, S. 9—12

Baier, Lothar: »Weder ganz noch gar«. In: »TEXT +KRITIK«, H. 1/1a, 4. Aufl. 1971, S. 67 ff.

Bräutigam, K.: »Moderne deutsche Balladen«. 1968, S. 94 ff.

Forster, Leonard: »Kirschen«. In: Hilde Domin (Hrsg.): »Doppelinterpretationen«. Frankfurt 1966, S. 278 ff.

Hasenclever, Walter: »Dichter und Richter«. In: »Der Monat«, Dez. 1959

Hinderer, Walter: »Sprache und Methode: Bemerkungen zur politischen Lyrik der sechziger Jahre. Enzensberger, Grass, Fried«. In: W. Paulsen (Hrsg.): »Revolte und Experiment: Die Literatur der sechziger Jahre in Ost und West«. Heidelberg 1971, S. 98 ff.

Hornung, Peter: »Die Gruppe, die keine Gruppe ist«. In: »Tages-Anzeiger«, Regensburg, Mai 1955
Über die Tagung der Gruppe 47 in Berlin; erster Auftritt von Grass bei der Gruppe (Lyrik-Lesung).

May, Brigitte Z.: »Gegenständlichkeit und Weltbild: eine Untersuchung zur Lyrik von Günter Grass«. Diss. Tulane University 1974

Piontek, Heinz: »Männer, die Gedichte machen. Zur Lyrik«. Hamburg 1970, S. 179 ff.: »Günter Grass«.

Piontek, Heinz: »An-die-Wand-Pinnen. Eine der großen Irrungen des Günter Grass«. In: »Der Literat«, 1971, S. 196

Raddatz, Fritz J.: »Eine Woche der Brüderlichkeit«. In: »Die Kultur«, München, Nov. 1961

Reich-Ranicki, Marcel: »Grass als Lyriker«. In: »Welt und Wort«, 11/1967, S. 372

Seidler, Ingo: »Rainer Maria Rilke und Günter Grass: zwei Gedichte oder eines?« In: »International Arthur Schnitzler Research Ass. Journal«, 4/1963, S. 4 ff.

Stephan, Charlotte: »Junge Autoren unter sich«. In: »Der Tagesspiegel«, Berlin, 17. 5. 1955
Über die Tagung der Gruppe 47 in Berlin.

Völker, Klaus: »›Kinderlied‹ von Günter Grass«. Sender Freies Berlin, 15. 10. 1961

Vormweg, Heinrich: »Gedichteschreiber Grass«. In: »Akzente«, 1970, S. 405 ff. (auch in: Günter Grass: »Gesammelte Gedichte«, 1971)

Wagenbach, Klaus: »Gruppen-Analyse«. In: »Frankfurter Hefte«, Dez. 1959

Weber, Werner: »Tagebuch eines Lesers«. Olten 1965

Wegener, Adolph: »Lyrik und Graphik von Günter Grass«. In: »Philobiblon«, 2/1966, S. 110 ff.

3. Drama

Esslin, Martin: »Das Theater des Absurden«. Frankfurt 1964

ders.: »Jenseits des Absurden: Aufsätze zum modernen Drama«. Wien 1972, S. 154 ff.: »Günter Grass als Dramatiker«.

Jahnke, Jürgen: »Günter Grass als Stückeschreiber«. In: »TEXT+KRITIK«, 1/1963, S. 14—16

Kaiser, Joachim: »Die Theaterstücke des Günter Grass«. In: »TEXT+KRITIK«, H. 1/1 a, 4. Aufl. 1971, S. 52 ff.

Kesting, Marianne: »Günter Grass als Dramatiker«. In: »Welt und Wort«, 1963

dies.: »Panorama des zeitgenössischen Theaters«. München 1962, S. 253 ff.
Im Kapitel »Günter Grass — Absurde Szenerie« über »Onkel, Onkel«, »Die bösen Köche«, »Noch zehn Minuten bis Buffalo« und »Zweiunddreißig Zähne«, z. T. Inhaltsangaben. Pauschal über die Vertreter des deutschen absurden Theaters: Sie *bedienen sich der von den französischen Absurdisten angewandten Mittel nicht zur sozialen Analyse, sondern treiben damit ein mehr oder weniger amüsantes Spiel. . . . Die ganze Welt erscheint ihnen absurd, und sie lassen das Publikum darüber im unklaren, welche Welt absurd und wieso sie absurd sei.*

Mennemeier, Franz Norbert: »Modernes deutsches Drama. Kritiken und Charakteristiken«. Bd. 2, München 1975, S. 275 ff.: »Zwischen Groteske und Aktion. Martin Walser und Günter Graß«.

Völker, Klaus: »Das Phänomen des Grotesken im neueren deutschen Drama«. In: R. Grimm/W. Jäggi/H. Oesch (Hrsg.): »Sinn oder Unsinn? Das Groteske im modernen Drama«. Basel 1962, S. 10 ff.

Yowell, Robert L.: »Pre-production analyses of selected non-realistic plays of Günter Grass in their English translations«. Diss. Bowling Green State University 1972

4. Politik

(anon.): »Grass — Sowas durchmachen«. In: »Der Spiegel«, Hamburg, 11. 8. 1969

Arnold, Heinz Ludwig: »Großes Ja und Kleines Nein«. In: »Frankfurter Rundschau«, 8. 3. 1969
In größerem Zusammenhang stellt der Verf. Fragen zur politischen Wirkung des Günter Grass. — Ein Fazit: *Grass, das kann man sagen, ist gewollt oder ungewollt, zu einer Art Praeceptor democratiae Germaniae geworden. Merkwürdigerweise steht ihm diese Rolle sogar. Und er hat durchaus das Format, sie auszufüllen. Nur hat diese Rolle eine moralische und leider keine politische Funktion, gleichwohl ist sie der Fehleinschätzung ausgesetzt, die an die politische Wirkung moralischer Postulierungen im Hinblick auf Aufklärung und politische Bewußtseinsbildung glaubt. Das öffentliche Auftreten von Günter Grass in den letzten Jahren läßt den Schluß zu, daß er sich als politische Person begreift. Er versteht seine Handlungen, die er durchaus moralisch fundiert, . . . als politische Aktionen.*

Arnold, Heinz Ludwig/Franz Josef Görtz (Hrsg.): »Günter Grass. Dokumente zur politischen Wirkung«. EDITION TEXT+KRITIK, München 1971
Versammelt Aufsätze und Reden von Grass aus der Zeit von 1961 bis 1971 sowie die Repliken dazu. Ausführliche Anhänge dokumentieren die Auseinandersetzungen um den Bremer Literaturpreis (1961) und den Büchner-Preis (1965), den Streit mit Ziesel (ab 1962) und dem Springer-Konzern (1967) sowie die Auseinandersetzung um den »Fall Kipphardt« an den Münchner Kammerspielen (1971).

Beer, Karl Willy: »Grass und die Folgen. Die Formulierungshelfer der SPD«. In: »Die politische Meinung«, Nr. 108, 1965, S. 8 ff.

Boveri, Margret: »Variationen des Selbstverständlichen«. In: »Merkur«, 1968, S. 765 ff.
Ausgehend von den Grass-Reden; zur Situation in Berlin nach dem 12. Juni 1968, nach den neuen Paß- und Visa-Bestimmungen der DDR-Behörden.

Brügge, Peter: »Erst NPD wählen, dann nach dem Programm fragen«. In: »Der Spiegel«, Hamburg, 21. 11. 1966

Engert, Jürgen: »Dennoch? Dennoch? Günter Grass, Über das Selbstverständliche«. In: »Der Monat«, Nr. 200, 1968, S. 72 ff.

Esser, Josef, »Grass täuscht sich in SPD und Demokratie«. In: »Die Zeit«, Hamburg, 25. 2. 1969

Frisch, Max: »Grass als Redner«. In: »Die Zeit«, Hamburg, 24. 9. 1965

Grunenberg, Nina: »Günter Grass an der SPD-Front«. In: »Die Zeit«, Hamburg, 1. 4. 1969

Hoffman, Gerhard H.: »Günter Grass und Ostdeutschland«. In: »Politische Studien«, Nr. 183, 1969, S. 53 ff.

Hoffmann, Volkmar: »Rinser, Grass, Lenz, Böll und andere«. In: »Frankfurter Rundschau«, 13. 3. 1971

Jäger, Manfred: »Der politische Günter Grass«. In: »TEXT+KRITIK«, H. 1/1 a, 4. Aufl. 1971, S. 74 ff.

Otto Jarosch, »Die Integration des Günter Grass«. In: »Neue Politik«, Hamburg, 15. 2. 1969

Kaiser, Carl Christian: »Günter Grass gibt zu denken«. In: »Stuttgarter Zeitung«, 31. 5. 1967 Über die Grass-Rede vor dem Bonner Presseclub.

Krüger, Horst: »Schwierigkeiten beim Parteiergreifen. Die politischen Texte von Günter Grass«. In: »Die Zeit«, Hamburg, Nr. 22, 1968

Krüger, Horst: »Das Wappentier der Republik«. In: »Die Zeit«, Hamburg, 29. 4. 1969

Krüger, Horst: »Der Bürger Günter Grass und seine kritische Stimme«. In: »Frankfurter Allgemeine Zeitung«, 17. 10. 1974

Kurz, Paul Konrad: »Bürgers Blechtrommler«. In: »Deutsche Zeitung«, 7. 2. 1975

Lebeau, Jean: »Individu et société: ou la métamorphose de Günter Grass«. In: »Recherches Germaniques«, Nr. 2, 1972, S. 68 ff.

Lerchbacher, Hans: »Demokratie ist eine Lebensform«. In: »Frankfurter Rundschau«, 21. 11. 1972

Lindlau, Dagobert: »Günter Grass gehört jetzt zur Mannschaft«. In: »Frankfurter Rundschau«, 20. 2. 1973

Luft, Friedrich: »Ein Prophet erkennt sich«. In: »Die Welt«, Hamburg, 10. 10. 1974

Morlock, Martin: »Die schmutzigen Finger«. In: »Der Spiegel«, Hamburg, 1965, H. 14, S. 145

Müller, Manfred: »Prinzip Vernunft — enttäuschte Hoffnung«. In: »Frankfurter Rundschau«, 29. 6. 1968

Neuhauser, Peter: »Die große Klappe der Partei«. In: »Stern«, Hamburg, 27. 7. 1969 Über Grass' Wahlkampf-Einsatz bei den Bundestagswahlen 1969

Noack, Hans-Joachim: »Peer Gynt in allen Gassen«. In: Frankfurter Rundschau«, 12. 3. 1974

Oberon, Dietrich: »Das Metternichsche in Günter Grass«. In: »Deutsche Wochenzeitung«, Hannover, Nr. 28/1967

Richter, Hans Werner (Hrsg.): »Die Mauer oder der 13. August«. Reinbek 1961

William S. Schlamm: »Der SDS und die SA«. In: »Salzburger Nachrichten«, 17. 2. 1968

Schroers, Rolf: »Grass in der Stunde der Gefahr«. In: »Christ und Welt«, Stuttgart, 5. 4. 1968

Sieber, Reinhold: »Sollen die Deutschen eine Nation bilden?« In: »das profil«, München, Nr. 7/1967

Steffen, Jochen: »Gleiche Brüder auf verschiedenen Wegen: Günter Grass und Hans Magnus Enzensberger als politische Redner, Kommentatoren und Essayisten«. In: »Die Zeit« Hamburg, 31. 1. 1975

Walden, Matthias: »Couturiers des Anti-Antikommunismus«. In: »Die Welt«, Berlin, 2. 6. 1967

Wintzen René: »Les intellectuels allemands et la politique. L'écrivian est-il un bouffon?« In: »Le Monde«, 28. 6. 1969

Zimmer, Dieter E.: »Ein Kapitel Geist und Macht«. In: »Die Zeit«, Hamburg, 17. 5. 1974

Zimmer, Dieter E.: »Wer relativiert hier wen?«. In: »Die Zeit, Hamburg, 6. 12. 1974

5. Verschiedenes

(anon.): »Schriftsteller — Grass: Zunge heraus«. In: »Der Spiegel«, Hamburg, 4. 9. 1963, S. 64 ff. und S. 72 ff.

(anon.): »Bild eines Bestsellerautors. Gespräche mit Günter Grass«. In: »Bonner General-Anzeiger«, 18. 10. 1963

(anon.): »Keeping of the Grass«. In: »Times Literary Supplement«, 30. 9. 1965

(anon.): »Ein Staat ist noch kein Vaterland. Ein Gespräch mit Günter Grass«. In: »Christ und Welt«, Stuttgart, Nr. 6, 1966

(anon.): »Kunst oder Pornographie? Der Prozeß Grass gegen Ziesel«. Eine Dokumentation. München 1969
Tendenziös zusammengestellte Dokumentation über die *Hintergründe des Prozesses,* das Urteil des OLG München, die *Beweismittel,* das *Presse-Echo,* die *politischen Folgen.* Der anonyme Verfasser ist Kurt Ziesel selbst.

Ahl, Herbert: »Literarische Portraits«. München/Wien 1962, S. 28 ff.

Ahlsson, Lars-Eric: »Zur Wortbildung bei Günter Grass. Das zusammengesetzte Adjektiv«. In: »Studia neophilologica«, 1971, S. 180 ff.

Améry, Jean: »Günter Grass«. In: »Neues Winterthurer Tageblatt«, 28. 9. 1963

Arnold, Heinz Ludwig: »Grass-Kritiker«. In: »TEXT+KRITIK«, 1/1963, S. 17 ff.

Ascherson, Neal: »The lonely German«. In: »The Observer«, London, 26. 7. 1970

Batt, Kurt: »Revolte intern. Betrachtungen zur Literatur in der Bundesrepublik Deutschland«. München 1975, S. 41 ff. (DDR: Leipzig 1974)

Beck, Michael: »Der umgekehrte Trommler. Günter Grass — Schwarzer Koch aus Danzig«. In: »Gemeinschaft und Politik«. Bad Godesberg, H. 5/6, 1965, S. 177 ff.

Böhm, Anton: »Ärger mit GG«. In: »Wort und Wahrheit«, Freiburg, 1961

Brockmann, H. M.: »Dichter und Richter. Die Gruppe 47 und ihre Gäste«. München 1962

Brügge, Peter: »Ach, bei dem gibt's noch Sekt!« In: »Der Spiegel«, Hamburg, 27. 5. 1974

Budzinski, Klaus: »Der Poet in der Manege«. In: »Abendzeitung«, München, 21. 7. 1965

Chotjewitz, Peter O.: »Millionen Bild-Leser fordern: Gebt Günter Grass einen offiziellen Empfang«. In: »Streit-Zeit-Schrift«, Nr. 1, 1967, S. 48 ff.

Cunliffe, W. G.: »Aspects of the Absurd in Günter Grass«. In: »Wisconsin Studies in Contemporary Literature«, 1966, S. 311 ff.

Cwojdrak, Günther: »Eine Prise Polemik. Sieben Essays zur westdeutschen Literatur«. Halle/Saale, 2. Aufl. 1965

Dahne, Gerhard: »Zur Problematik des Geschichtsbewußtseins im Werk von Günter Grass«. Diss. Greifswald 1970

Demetz, Peter: »Die süße Anarchie«. Frankfurt 1973, S. 254 ff.: »Günter Grass«.

Deschner, Karlheinz: »Runter mit der Glorie von Günter Grass. Kleine Lehrstunde über die großen Schludrigkeiten eines bekannten Autors«. In: »Pardon«, Nr. 11, 1972

Di Napoli, Thomas John: »The rhetoric of religion in the works of Günter Grass«. Diss. University of Texas at Austin 1971

Edschmid, Kasimir: Laudatio (zur Verleihung des Georg-Büchner-Preises 1965 an Günter Grass). In: »Jahrbuch der Deutschen Akademie für Sprache und Dichtung in Darmstadt, 1965/66«, S. 82 ff. (auch: Neuwied/Berlin 1965)

Eichmann, Waldemar: »The critical reception of Günter Grass in France from 1961—1971«. Diss. University of Arkansas 1973

Emmel, Hildegard: »Das Gericht in der deutschen Literatur des 20. Jahrhunderts«. Berlin/München 1963, S. 105 ff.

Everett, George Alexander: »Perceptive intent in the works of Günter Grass. An investigation and assessment with extensive bibliography«. Diss. Louisiana State University 1971

Fehse, Willi: »Von Goethe bis Grass. Biographische Porträts zur Literatur«. Bielefeld 1963, S. 227 ff.

Fischer, Heinz: »Sprachliche Tendenzen bei Heinrich Böll und Günter Grass«. In: »German Quartely«, XL, 3, S. 372 ff.

Fried, Erich: »Princeton-Nachlese. Grass-Gräßlichkeiten oder Man kann den Grass wachsen hören«. In: »kürbiskern«, Nr. 4, 1966, S. 98

Geerdts, Hans Jürgen/Peter Gugisch/Gerhard Kasper/Rudolf Schmidt: »Zur Problematik der kritisch-oppositionellen Literatur in Westdeutschland (H. E. Nossack, G. Grass, Chr. Geissler, P. Schallück)«. In: »Wissenschaftliche Zeitschrift der Ernst-Moritz-Arndt-Universität Greifswald«, 1960, S. 357 ff.

Geißler, Rolf (Hrsg.): »Günter Grass. Ein Materialienbuch«. Darmstadt/Neuwied 1976
Enthält neben den Grass-Aufsätzen über das »Gelegenheitsgedicht« (»Akzente«, 1961, S. 8 ff.) und die Entstehung der »Blechtrommel« (»Südd. Ztg.«, 12./13. 1. 1974) sowie seinem Prosastück »Die Ballerina« («Akzente«, 1956, S. 531 ff.) bis auf zwei Originalbeiträge lediglich Nachdrucke einiger Beiträge, die in jeder Bibliothek sofort greifbar sind.

Görtz, Franz Josef: »Günter Grass und die Kritik. Ein Panorama«. In: »TEXT+KRITIK«, H. 1/1 a, 1971, S. 85 ff.

Görtz, Franz Josef: »Günter Grass — Zur Pathogenese eines Markenbilds. Die Literaturkritik der Massenmedien 1959 bis 1969. Eine Untersuchung mit Hilfe datenverarbeitender Methoden«. Meisenheim 1978 (= Diss. Aachen 1977)
Empirische Grundlage dieser Arbeit sind sämtliche im Funk, in den Zeitungen und Zeitschriften der BRD veröffentlichten Kritiken zur »Blechtrommel«, zu »Katz und Maus«, zu den »Hundejahren« und zu »Örtlich betäubt«. Untersucht wird das Sprachverhalten der Grass-Rezensenten: die Herkunft einzelner (stereotyp ausgeprägter) Argumentationsmuster, ihre verbale Ausstattung und die Umstände ihrer Verwendung in rund 470 Texten. Ein (in der Zielsetzung ideologiekritischer) Beitrag zur Praxis der herrschenden Literaturkritik in den bundesdeutschen Massenmedien.

Grathoff, Dirk: »Schnittpunkte von Literatur und Politik: Günter Grass und die neuere deutsche Grass-Rezeption«. In: »Basis, Jahrbuch für deutsche Gegenwartsliteratur«. Bd. 1. Herausgegeben von Reinhold Grimm und Jost Hermand. Frankfurt 1970, S. 134 ff.
Zur Rezeption von Grass seit Erscheinen der »Blechtrommel«, wenn auch nicht systematisch; über *den Zusammenhang von Dichtung und tagespolitischer Aktivität bei Grass* und die Widerspiegelung dieses Zusammenhangs in der Literaturkritik. Zeigt, im Hinblick auf die *öffentliche Reaktion* auf Grass, die *interessante Wechselwirkung zwischen Literatur und Politik.* Als kritischer, wenn auch knapper Literaturbericht hilfreich.

Hamm, Peter: »Ein sprechendes Denkmal?« In: »Der Spiegel«, Hamburg, Nr. 1/2, 1969

Hartung, Günter: »Bobrowski und Grass«. In: »Weimarer Beiträge«, Nr. 8, 1970, S. 203 ff.

Herburger, Günter: »Überlebensgroß Herr Grass«. In: »Die Zeit«, Hamburg, 4. 6. 1971

Hoffmann, Jens: »Laudatio auf ein Ärgernis«. In: »Christ und Welt«, Stuttgart, Nr. 42, 1965
Zur Verleihung des Georg-Büchner-Preises 1965 an Grass.

Holthusen, Hans-Egon: »Günter Grass als politischer Autor«. In: »Der Monat«, 1966, H. 216, S. 66 ff.
In Großvater-Pose *(Als unsereiner Student war, vor rund dreißig Jahren, da war man instinktiv geneigt, mit Naserümpfen zu reagieren, wenn die Rede auf politische Dichtung kam.)* zeigt er, *was es mit dem politischen Charakter der Grass'schen Erzählkunst auf sich hat. Wie . . . der politische Impetus doch immer wieder durchschlägt. Wie die Methode der Darstellung, unbeschadet ihres rigorosen, stets auf optimale Ausdrucksleistungen versessenen Kunstcharakters, doch auf Schritt und Tritt politische Perspektiven erkennen läßt, wie sogar die Motivbildung politisch gesteuert ist, und unter Umständen die Sprachgebarung bis in die Nuance hinein politische Absichten verfolgt, ja als politisches Instrument verwendet wird.* —
Über »Blechtrommel«, »Katz und Maus« und »Hundejahre«, dann über die »Plebejer«

Horsley, Ritta Jo: »Recollection in the fiction of Günter Grass: Technique and Theme«. Diss. Harvard 1970

Ide, Heinz: »Dialektisches Denken im Werk von Günter Grass«. In: »Studium Generale«, 1968, S. 608 ff.
Operiert, ohne den Begriff *Dialektik* eigens zu definieren, mit ihm ausschließlich auf inhaltlicher Ebene. Im Mittelpunkt steht das Motiv der Schwarzen Köchin; bezogen auf die »Blechtrommel«: *Das Verhältnis zwischen Krankenschwester und Schwarzer Köchin ist wie das zwischen Paulus und Saulus.* Gänzlich unergiebige Arbeit mit irreführendem Titel.

Jens, Walter: »Literatur und Politik«. Pfullingen 1963

Jurgensen, Manfred (Hrsg.): »Grass: Kritik — Thesen — Analysen«. Bern/München 1973
Versammelt Aufsätze und Rezensionen (u. a. von H. L. Arnold, G. Just, F. J. Raddatz, M. Reich-Ranicki, W. J. Schwarz) aus den Jahren 1963 bis 1973. Von Interesse vor allem der Beitrag von David Roberts: »Aspects of psychology and mythology in ›Die Blechtrommel‹. A study of the symbolic function of the ›hero‹ Oskar«, S. 45 ff.

Jurgensen, Manfred: »Über Günter Grass. Untersuchungen zur sprachbildenden Rollenfunktion«. Bern/München 1974
Nicht frei von sprachlichen Holprigkeiten und einer Reihe sachlicher Unrichtigkeiten. Daß er die inzwischen mächtig angewachsene Literatur über Grass nicht (oder nur wenig davon) zur Kenntnis nimmt, sich ansonsten auf textinterne Interpretationen beschränkt, macht das Bändchen nur bedingt brauchbar.
Im Gegensatz zur weitverbreiteten Kritik wird hier die Auffassung vertreten, daß es keinen Bruch in der Entwicklung des Schriftstellers Günter Grass gibt.« (S. 7)

Kaiser, Joachim: »Günter Grass oder Das erfüllte Image«. In: L. Reiwisch/K. Hoffmann (Hrsg.): »Führer und Verführer: Geist und Mode unserer Zeit«. München 1971, S. 193 ff.

Karasek, Hellmuth: »Deutschland deine Dichter: Die Federhalter der Nation«. Hamburg 1970, S. 72 ff. und 80 ff.

Kellen, Konrad: »Grass and Johnson in New York«. In: »American German Review«, June/July 1965, pp. 35 ff.

Kepplinger, Hans Mathias: »Realkultur und Medienkultur. Literarische Karrieren in der Bundesrepublik«. Freiburg/München 1975
Über die Berichterstattung des Magazins »Der Spiegel« über die Autoren der Gruppe 47 im Zeitraum von 1960 bis 1971. Ein (wenn auch nicht immer überzeugender, so doch zumindest materialreicher) Versuch, *einige Zusammenhänge zwischen dem publizistischen Erfolg, dem Verkaufserfolg, der Bekanntheit und der literarischen Bedeutung von Schriftstellern* zu untersuchen. Leider ohne Literaturverzeichnis.

Krättli, Anton: »Günter Grass und die deutsche Buchkritik«. In: »Schweizerische Monatshefte«. 49/1969

Krüger, Horst: »Literatur und Prominenz«. In: »Der Literat«, Nr. 9, 1964, S. 97 ff.

Kuby, Erich: »Ach ja, da liest ja einer«. In: »Der Spiegel«, Hamburg, 2. 5. 1969

Kuhn, Heinrich: »Tagwache auf der Blechtrommel gerührt«. In: »National-Zeitung«, Basel, 18. 7. 1965

Kurz, Paul Konrad: »Kunst oder Pornographie?« In: »Stimmen der Zeit«, 1969, S. 136 ff.

Lattmann, Dieter: »Geborgte Vergangenheit — verspätete Gegenwart. Wie jung sind deutsche Autoren?« In: »Die Welt«, Hamburg, 23. 12. 1965

Leonard, Irène: »The problem of commitment in the work of Günter Grass«. M. Phil. Thesis. University of London 1973

Lettau, Reinhard: »Die Gruppe 47. Bericht — Kritik — Polemik«. Ein Handbuch, herausgegeben von Reinhard Lettau. Neuwied/Berlin 1967
Enthält Tagungsberichte von 1947 bis 1966 (Princeton), ferner Aufsätze, Berichte, Kritiken über die Gruppe; abgedruckt sind Erklärungen, Aufrufe und Proteste. Wertvoll ist die sorgfältig zusammengestellte Übersicht über Autoren, Kritiker und Gäste der Tagungen.

Lewis, Norman Howard: »An analysis of the theme of guilt and responsibility in selected works of Günter Grass«. Diss. University of Iowa 1973

Loetscher, Hugo: »Günter Grass«. In: »Du«, Zürich, Juni 1960, S. 15 ff. (Interview)

Loschütz, Gert (Hrsg.): »Von Buch zu Buch. Günter Grass in der Kritik«. Eine Dokumentation. Neuwied/Berlin 1968
Enthält 56 deutschsprachige Rezensionen, einen Antrag, die Novelle »Katz und Maus« in die Liste der jugendgefährdenden Schriften aufzunehmen und die Korrespondenz, die sich daraus entwickelte. Ferner vier Gutachten (F. Martini, K. Edschmid, H. M. Enzensberger, W. Jens) zu »Katz und Maus«, Interviews, Zitate aus fremdsprachigen Rezensionen sowie bio- und bibliographische Hinweise.

Mason, Ann Lois: »Günter Grass' Conception of the Artist«. Diss. Cornell University 1971

Mieder, Wolfgang: »Günter Grass und das Sprichwort«. In: »Muttersprache«, Nr. 1, 1973, S. 64 ff.

Mletschina, Irina: »Tertium non datur«. In: »Sinn und Form«, 4/1966, S. 1258 ff. (aus dem Russ. von Rita Braun)
Grass wird vorgeworfen, er habe *keinen festen ideologischen Standpunkt,* er verspotte das Wirtschaftswunder und vergesse gleichzeitig nicht, *den anderen deutschen Staat — die DDR — zu verleumden. —*
Grass konzentriert sich auf die absurde Seite der Erscheinungen und verzichtet so darauf, in deren Wesen einzudringen. . . . Deshalb wird die Wahrheit des Faktums nicht zur Wahrheit der Geschichte, und der wahre, d. h. der Klassencharakter solcher Erscheinungen wie des Faschismus bleibt ein Buch mit sieben Siegeln.

Moore, David Pittman: »Günter Grass and Alejandro Nunez Alonso. A comparative study of their novels«. Diss. University of Arkansas 1971

Nechuschtan, Abner: »Bekenntnis und Kritik. Günter Grass in Israel«. In: »Europäische Begegnung«, 1967, S. 269 f.

Neubert, Werner: »Die Groteske in unserer Zeit«. In: »Neue deutsche Literatur«. Nr. 1, 1965, S. 102 ff.

Neveux, J. B.: »Günter Grass, le Vistulien«. In: »Etudes Germaniques«, 4/1966, S. 527 ff.

Pross, Harry: »Söhne der Kassandra. Versuch über deutsche Intellektuelle«. Stuttgart 1971, S. 131 ff.: »Kritik als Fürsprache: Günter Grass«.

Reich-Ranicki, Marcel: »Hüben und drüben. Goes, Grass und Weiss«. In: »Die Zeit«, Hamburg, 19. 3. 1965

Reich-Ranicki, Marcel: »Erfolg und Ruhm«. In: »Frankfurter Allgemeine Zeitung«, 23. 10. 1974

Richter, Hans Werner: »Almanach der Gruppe 47, 1947—1962«. Herausgegeben von Hans Werner Richter. In Zusammenarbeit mit Walter Mannzen. Reinbek 1962
Vereinigt Aufsätze über die Gruppe 47, gibt eine Auswahl von Texten, die auf Tagungen gelesen werden (Grass: »Der weite Rock«); der bibliographische Anhang wird ergänzt durch Daten über Tagungen und Preise der Gruppe, ferner durch ein Verzeichnis der Autoren, die auf Tagungen gelesen haben.

Richter, Jesse Paul: »Fearful Comedy. The Fiction of Joseph Heller, Günter Grass and the Social Surrealist Genre«. Univ. of Arkansas, Diss. 1967

Röhl, Klaus Rainer: »Grass in Weimar«. In: »konkret«, Hamburg, Dez. 1964

Roloff, Michael: »Günter Grass«. In: »Atlantic«, Juni 1965, S. 94 ff.

Rühmkorf, Peter: »Erkenne die Marktlage!« In: »Sprache im technischen Zeitalter«, 9/10, 1964, S. 784 ff.

Schütte, Ernst: »Verleihung des Georg-Büchner-Preises 1965 an Günter Grass«. Festrede. Neuwied/Berlin 1965

Silex, Karl: »Wer ist GG?« In: »Die Bücherkommentare«, Berlin, 15. 9. 1963

Steig, Michael: »The Grotesque and the Aesthetic Response in Shakespeare, Dickens and Günter Grass«. In: »Comparative Literature Studies«, 2/1969, S. 167 ff.

Stuckenschmidt, H. H.: »Musik zu Lindegren, Grass, Pavese in Berliner Konzertsälen«. In: »Melos«, 1967, S. 175 ff.

Suttner, Hans: »Blechtrommler auf Tournee«. In: »Echo der Zeit«, Recklinghausen, 21. 7. 1965

Tank, Kurt Lothar: »Günter Grass«. Berlin 1965
Besprochen werden u. a. einige Gedichte aus »Die Vorzüge der Windhühner« und »Gleisdreieck«, in denen Motive vorgezeichnet seien, die später wiedererscheinen; kritisch über Grass' dramatische Versuche.
Eine überarbeitete 5. Auflage ist erschienen. Das Bändchen wurde auch ins Amerikanische übersetzt.

Ude, Karl: »Günter Grass und das Christentum«. In: »Welt und Wort«, 24. 6. 1969, S. 180
Bericht über eine Diskussion in der Katholischen Akademie in München.

Vormweg, Heinrich: »Der Berühmte«. In: »Magnum«, Köln, Jahresheft 1964. (Interview)

ders.: »Keine Antwort für Günter Grass«. In: »Civis«, 1/1967, S. 29 f.

Wagenbach, Klaus: »Günter Grass«. In: Klaus Nonnenmann (Hrsg.): »Schriftsteller der Gegenwart. Deutsche Literatur. 53 Porträts«. Olten/Freiburg 1963, S. 118 ff.

ders.: »Marginalie«. Bayerischer Rundfunk, München, 29. 3. 1963
Über eine Polemik von William S. Schlamm gegen Grass im »Stern« v. 17. 3. 1963

Wegener, Adolph: »Günter Grass: der realistische Zauberlehrling«. In: »Festschrift für Helen Adolf«. New York 1968, S. 285 ff.

Wiegenstein, Roland H.: »Noch ein Vorschlag, Günter Grass zu verstehen«. In: »Frankfurter Hefte«, 1963, S. 870 ff.

Wieser, Theodor: »Günter Grass. Porträt und Poesie«. Ausgewählte Texte, Abbildungen, Bio-Bibliographie. Neuwied/Berlin 1968
Texte aus »Die Vorzüge der Windhühner«, »Gleisdreieck« und »Ausgefragt«, die Prosastücke »Meine grüne Wiese«, »Der Phantasie gegenüber«, der Essay »Das Gelegenheitsgedicht«. Im Anhang: biographische Daten und bibliographische Hinweise; besonders: Angaben über Lizenzausgaben und Übersetzungen.

Willson, A. Leslie (Hrsg.): »A Günter Grass Symposium«. Austin/London: University of Texas Press 1971
Vereint die Beiträge eines Symposions, das 1970 in Austin/Texas stattfand. Sie sind auch enthalten in »Dimension«, Special issue 1970. Hervorzuheben u. a. die Aufsätze von Andrzej Wirth (»Günter Grass and the dilemma of documentary drama«, S. 18 ff.), W. G. Cunliffe (»Grass and the denial of drama«, S. 60 ff.) und M. Hamburger (»Moralist and jester: The poetry of Günter Grass«, S. 71 ff.). Ein Beleg für die sehr intensive Auseinandersetzung mit Grass auch in den USA.

Yates, Norris W.: »Günter Grass. A critical essay«. Grand Rapids, Michigan (USA) 1967
Rez. in »Germanistik« 1968, S. 814: *Hinweise auf christliche Motive bei Grass und eine vierseitige »Selected bibliography« mit knappen Erläuterungen machen den Wert dieser Untersuchung aus. Die Deutungen des belesenen Verf. — der Blechtrommel stehen 9 Seiten zu — notwendigerweise rudimentär. Die Arbeit oszilliert zwischen Literaturwissenschaft und Theologie und folgert »the basic religious position of Günter Grass« (S. 44). Die Perspektiven fallen ineinander; die Argumentation erscheint flüchtig.*

Zielinski, Hans: »Die unbequemen Fragen des Günter Grass«. In: »Die Welt«, Hamburg, 30. 5. 1961
Über den V. ostdeutschen Schriftsteller-Kongreß und Grass' Auftritt.

Ziermann, Horst (Hrsg.): »Gruppe 47. Die Polemik um die deutsche Gegenwartsliteratur«. Eine Dokumentation. Frankfurt 1966
Im wesentlichen Nachdruck von in Zeitungen und Zeitschriften vorher veröffentlichten Berichten und Aufsätzen rund um die Princeton-Tagung (1966) der Gruppe 47.

Zimmer, Dieter E.: »Politik interessiert zur Zeit mehr«. In: »Die Zeit«, Hamburg, 24. 10. 1967

Interviews

Kirn, Richard: »Sein Zwerg haut auf die Trommel«. In: »Frankfurter Neue Presse«, 14. 11. 1959

Loetscher, Hugo: »Günter Grass«. In: »Du«, Zürich, Nr. 6, 1960

Bourrée, Manfred: »Das Okular des Günter Grass«. In: »Echo der Zeit«, Recklinghausen, 18. 11. 1962

Baroth, Hans Dieter: »Das Ärgernis Grass«. In:

»Westfälische Rundschau«, Dortmund, 1. 9. 1963

Morlock, Martin: »Die schmutzigen Finger«. In: »Der Spiegel«, Hamburg, 31. 3. 1965

Gaus, Günter: »Zur Person. Portraits in Frage und Antwort«. Bd. 2, München 1966, S. 110 ff.

Hoffmann, Jens: »Ein Staat ist noch kein Vaterland. Die Schriftsteller und der dritte Weg — ein Gespräch mit Günter Grass«. In: »Christ und Welt«, Stuttgart, 11. 2. 1966

Botsford, Keith: »Günter Grass is a different drummer«. In: »New York Times Magazine«, 8. 5. 1966

Leiser, Erwin: »Gespräch über Deutschland«. In: »Die Weltwoche«, Zürich, 23. 12. 1966

Hartlaub, Geno: »Wir, die wir übriggeblieben sind . . .« In: »Allgemeines deutsches Sonntagsblatt«, Hamburg, 1. 1. 1967

Drenhaus, Heinz: »Sind die Deutschen keine Nation? Ein Dialog mit Günter Grass«. In: »Vorwärts«, Bonn, 6. 7. 1967

Zimmer, Dieter E.: »Politik interessiert zur Zeit mehr. Ein Interview mit Günter Grass«. In: »Die Zeit«, Hamburg, 27. 10. 1967

Höfer, Werner: »Nicht hinter Utopien herjagen«. In: »Die Zeit«, Hamburg, 28. 6. 1968

(anon.): »Grass empfiehlt Prager Modell. Auszüge aus dem Interview, das Günter Grass am 27. Juni 1968 dem Jugendfunk von ›Radio Prag‹ gegeben hat«. In: »Süddeutsche Zeitung«, München, 29. 6. 1968

Schäble, Günther: »Die Ideologien haben versagt. Interview der Stuttgarter Zeitung mit Günter Grass«. In: »Stuttgarter Zeitung«, 18. 2. 1969

Stiller, Klaus: »Man kann nicht bei der Nein-Position stehenbleiben«. In: »Frankfurter Rundschau«, 10. 3. 1969

Rischbieter, Henning: »Gespräch mit Günter Grass«. In: »Theater heute«, Nr. 4, 1969, S. 31 ff.

Klunker, H.: »Günter Grass: Ich und meine Rollen — Ein Gespräch«. In: »Allgemein deutsches Sonntagsblatt«, Hamburg, 12. 10. 1969

Bayer, Hans: »Vielleicht ein politisches Tagebuch. Der Autor der Blechtrommel äußert sich über seinen Standort nach dem Wahlkampf«. In: »Stuttgarter Nachrichten«, 21. 11. 1969

Flach, Karl-Hermann: »Das ist nicht nur eine griechische Affäre. Die Militärdiktatur in Athen geht alle Europäer an«. In: »Frankfurter Rundschau«, 10. 12. 1969

Engert, Jürgen: »Ich bin zu realistisch«. In: »Christ und Welt«, Stuttgart, 3. 7. 1970

(anon.): »Können die Schriftsteller streiken? Spiegel-Gespräch mit Dieter Lattmann und Günter Grass über den Autoren-Verband«. In: »Der Spiegel«, Hamburg, 16. 11. 1970

Luuk, Ernst/Jürgen Brinckmeyer: »Der fundamentale Unterschied zwischen Sozialdemokratie und Kommunismus sollte Sozialdemokraten bewußt sein. Kein Punkt Null in der Geschichte«. In: »Berliner Stimme«, 27. 2. 1971

Bauer, Leo: »Ich bin Sozialdemokrat, weil ich ohne Furcht leben will. Gespräch mit Günter Grass«. In: »Die Neue Gesellschaft«, Bad Godesberg, Nr. 2, 1971

Maropoulos, Angelos: »Es ist sinnlos, Regierungen Moral zu predigen. Interview mit dem Schriftsteller Günter Grass über die Diktatur in Griechenland«. In: »Frankfurter Rundschau«, 21. 7. 1971

Tank, Kurt Lothar: »Die Parolen und die Produktion: Ein Gespräch mit Günter Grass«. In: »Allgemeines deutsches Sonntagsblatt«, Hamburg, 25. 7. 1971

Arnold, Heinz Ludwig: »Gespräch mit Günter Grass«. In: »TEXT+KRITIK, H. 1/1 a, 1971, S. 1 ff.

Rudolph, Ekkehart (Hrsg.): »Protokoll zur Person. Autoren über sich und ihr Werk«. München 1971, S. 59 ff.

Simmerding, Gertrud/Christof Schmid: »Literarische Werkstatt. Interviews«. München 1972

Bronnen, Barbara: »Meine Kriechspur zeichnete eine Gesellschaft . . . Ein Gespräch mit Günter Grass«. In: »Bücherkommentare«, Nr. 3, 1972, S. 11

Mathiopoulos, Basil P.: »Keine Konzessionen bei dem, was ich sagen will. Interview mit dem Schriftsteller Grass vor seiner Reise nach Griechenland«. In: »Frankfurter Rundschau«, 20 3. 1972

Gößmann, Wilhelm (Hrsg.): »Geständnisse. Heine im Bewußtsein heutiger Autoren«. Düsseldorf 1972, S. 174 ff.: »Günter Grass: Interview am 8. Juni 1972«.

Terry, Antony: »The bloody Olympics in Munich — a German speaks out«. In: »Sunday Times«, 17. 9. 1972

Bronnen, Barbara: »Schnecke ohne Schneckenhaus. Ein Interview mit Günter Grass«. In: »Publikation«, München, Nr. 22, 1972. S. 38 ff.

Heinemann, Frank J.: »Günter Grass sieht lauter kleine Metterniche«. In: »Stuttgarter Zeitung«, 6. 9. 1973

Engert, Jürgen: »Günter Grass pflegt hellgraue Skepsis«. In: »Deutsche Zeitung«, 7. 9. 1973

Lohmann, Carl-Wilhelm: »Opportunismus gegenüber einer ihnen nahestehenden Partei. Günter Grass präzisiert in einem Interview seine Anwürfe gegen Martin Walser und andere DKP-geneigte Schriftstellerkollegen«. In: »Frankfurter Rundschau«, 19. 2. 1974

Lerchbacher, Hans: »Viele Gründe für den Kanzlersturz«. In: »Frankfurter Rundschau«, 9. 5. 1974

Heinemann, Frank J.: »Das ist schon der Stil der Springer-Presse«. In: »Frankfurter Rundschau«, 16. 10. 1974

Göpfert, Peter Hans: »Der Mann mit der Schnecke im Auge«. In: »Stuttgarter Nachrichten«, 10. 3. 1975

Arnold, Heinz Ludwig: »Verändert der Ruhm den Autor?« In: »Die Tat«, Zürich, 22. 3. 1975

Arnold, Heinz Ludwig: »Gespräche mit Schriftstellern«. München 1975, S. 74 ff.

Matthiesen, Hayo: »Pädagogik kann nicht alles. Günter Grass über Deutschunterricht und Gesamtschule, Bildungsjargon, Elternproteste und Beamtenstreik«. In: »Die Zeit«, Hamburg, 7. 11. 1975

Krüger, Werner: »Wenn ein Autor seinen Schreibtisch umstößt. Zwischen politischem Engagement und einem altmodischen Beruf«. In: »Kölner Stadt-Anzeiger«, 18. 2. 1976

Mathes, Werner: »Wadenbeißer und Pisser. Günter Grass über Literaturkritiker«. In: »tip«, Berlin, Nr. 19, 1977

Raddatz, Fritz J.: »Das Deutschland-Bild der Franzosen ist gefährlich. Alfred Grosser und Günter Grass diskutieren über die anti-deutsche Polemik in Frankreich«. In: »Die Zeit«, Hamburg, 23. 9. 1977

Werner Holzer u. a.: »Im Ausland geschätzt — im Inland gehaßt. Der Schriftsteller Günter Grass über die Angriffe auf Intellektuelle nach dem Terroranschlag auf Schleyer und seine Begleiter in Köln«. In: »Frankfurter Rundschau«, 5. 10. 1977

Schyle, Hans Joachim: *»Deutscher Idealismus kann gefährlich sein. Der Schriftsteller mahnt die versprochene Gründung einer Nationalstiftung an«.* In: »Kölner Stadt-Anzeiger«, 21./22. 1. 1978

Notizen

Heinz Ludwig Arnold, geb. 1940, gibt in der edition text+kritik das »Kritische Lexikon zur deutschsprachigen Gegenwartsliteratur« (als Loseblattsammlung mit zwei Lieferungen jährlich) heraus: ab Herbst 1978; im Arche-Verlag, Zürich, erscheint im Herbst 1978 sein »Tagebuch einer Chinareise«.

Hanspeter Brode, geb. 1940, studierte Germanistik und Geschichte in Heidelberg und Freiburg; Dissertation zur spätmittelhochdeutschen Literatur; von 1967 bis 1975 als DAAD-Lektor im überseeischen Hochschuldienst; Veröffentlichungen zur deutschen Literatur vor allem des 20. Jahrhunderts (Benn, Grass, Thomas Mann u. a); arbeitet im Höheren Schuldienst in Ludwigshafen und ist Lehrbeauftragter am Seminar für Deutsche Philologie der Universität Mannheim; arbeitet an einer Benn-Chronik und an einem Autorenbuch über Günter Grass.

Franz Josef Görtz, geb. 1947, studierte Germanistik und Philosophie in Aachen und Köln, promovierte mit einer Arbeit über die Grass-Kritik in den Massenmedien der Bundesrepublik, ist Assistent des Leiters eines Hochbegabten-Förderungswerks in Bonn und hat einen Lehrauftrag für »Deutsche Literatur und Literaturkritik« an der TH Aachen; schreibt für Zeitungen, Funk und Fernsehen, verschiedene Aufsätze in TEXT+KRITIK; Publikationen: (zusammen mit Heinz Ludwig Arnold) »Günter Grass — Dokumente zur politischen Wirkung« (München, edition text+kritik 1971); »Günter Grass — Zur Pathogenese eines Markenbilds. Die Literaturkritik der Massenmedien 1959—1969« (Kronenberg/Ts. 1978).

Michael Hamburger, geb. 1924; 1933 Übersiedlung nach Edinburg; Sprachenstudium in Oxford 1941—1942 und 1947—1948; 1948 M. A.; 1955 bis 1964 lehrte er deutsche Literatur an der Universität von Reading, seither verschiedene Gastprofessuren in den USA, lebt in England; Lyriker; Übersetzer deutscher Literatur ins Englische: Hölderlin, Goethe, Hofmannsthal, Büchner, Trakl, Celan, Grass, Huchel; wichtige deutschsprachige Publikationen: »Hugo von Hofmannsthal«, 1964; »Zwischen den Sprachen«, 1966; »Vernunft und Rebellion«, 1969.

Manfred Jäger, geb. 1934, studierte Publizistik, Germanistik und Philosophie in Leipzig und Münster; freier Publizist; seit einigen Jahren Lehrbeauftragter im Fachbereich Germanistik an der Universität Essen; veröffentlichte den Band »Sozialliteraten. Funktion und Selbstverständnis der Schriftsteller in der DDR, 2. Auflage Opladen 1975; verschiedene Beiträge in TEXT+KRITIK.

Joachim Kaiser, geb. 1928, lebt als Theater-, Musik- und Literaturkritiker in München, war seit 1954 Redakteur des Hessischen Rundfunks und ist seit 1959 Feuilletonredakteur der »Süddeutschen Zeitung«; promovierte über »Grillparzers dramatischen Stil« (München 1961) und publizierte verschiedene Bücher zu Theater, Literatur und Musik.

Sigrid Mayer lebt seit 1957 in den USA, promovierte an der University of Utah, ist Assistant Professor für deutsche Sprache und Literatur an der University of Wyoming; Arbeiten über Expressionismus, Kafka, Grass, Frisch.

Christoph Perels, geb. 1938, studierte Geschichte und deutsche Philologie in Erlangen, Kiel, Paris und Göttingen; Publikationen zur Lyrikrezeption im 18. Jahrhundert, zu Lessing, zur Lyrik nach 1945 (insbesondere zur Lyrik Paul Celans); arbeitet an einer Studie zum Stil deutscher Lyrik seit dem Ausgang der Romantik; lebt in Braunschweig. — Seine Rezension des »Butt« ebenso wie jene von Gunzelin Schmid Noerr wurde geschrieben für einen Wettbewerb des Deutschlandfunks: gefordert war ein sendefähiges Manuskript für 10 Minuten Sendezeit; Perels' und Schmid Noerrs Rezensionen erhielten den 1. Preis und wurden am 16. Oktober 1977, dem 50. Geburtstag von Günter Grass, gesendet.

Henri Plard, geb. 1920, lehrt Literaturwissenschaft und Germanistik an der Freien Universität Brüssel; er übertrug den »Cherubinischen Wandersmann« von Angelus Silesius ins Französische und gilt als der exzellenteste Übersetzer Ernst Jüngers ins Französische; zahlreiche literaturwissenschaftliche und literaturkritische Publikationen, u. a. auch in TEXT +KRITIK.

John Reddick, geb. 1940, studierte Literaturwissenschaft an der Freien Universität Berlin und in Oxford und war bis zum Herbst 1977 Dozent für Germanistik am Sidney Sussex College in Cambridge; arbeitet außer über Grass, über den er promovierte, über E. T. A. Hoffmann und Stifter; seit Ende 1977 Professor für deutsche Literatur in Australien.

Jochen Rohlfs, geb. 1949, studierte in Hannover Politikwissenschaft und Anglistik, seit 1971 Anglistik und Germanistik in Liverpool, arbeitet zur Zeit an einer Dissertation über das erzählerische Werk von Günter Grass.

Gunzelin Schmid Noerr, geb. 1947, studierte Philosophie, Psychologie und Soziologie in Frankfurt/Main; er promovierte mit einer Arbeit über den Vergleich philosophischer und psychoanalytischer Subjektivitätstheorien; zur Zeit arbeitet er als wissenschaftlicher Angestellter (Philosophie), Lehrbeauftragter und Wissenschaftspublizist in Frankfurt/Main.

Heinrich Vormweg, geb. 1928, studierte Germanistik, Philosophie und Psychologie in Bonn; Promotion 1955 mit einer Arbeit über die Romane Wielands; lebt nach mehrjähriger Tätigkeit als Dramaturg, Regisseur und Feuilletonredakteur seit 1963 als freiberuflicher Literaturkritiker und Publizist in Köln; redigiert die Zeitschrift »L 76«; veröffentlichte u. a. die Essaybände »Die Wörter und die Welt« und »Eine andere Lesart« (Neuwied und Darmstadt, Luchterhand-Verlag, 1968 und 1972), den »Briefwechsel über Literatur« mit Helmut Heißenbüttel (Darmstadt und Neuwied, Luchterhand 1969) und eine Darstellung der Prosa in der Bundesrepublik in dem von Dieter Lattmann herausgegebenen Band »Die Literatur der Bundesrepublik Deutschland« (München, Kindler-Verlag, 1973).

Literatur für Kinder

Studien über ihr Verhältnis zur Gesamtliteratur

Herausgegeben von Maria Lypp. Beiheft 7 der Zeitschrift für Literaturwissenschaft und Linguistik / LiLi.

1977. 240 Seiten, kart. DM 32,–; für Abonnenten von LiLi DM 28,–

Jährlich erscheinen etwa zweitausend Kinderbücher – und sie werden gelesen, intensiver als viele andere Bücher. Die Vorstellung, was Literatur ist, wird von ihnen entscheidend mitgeprägt. Sie vermitteln Muster, die den literarischen Horizont der Erwachsenen vorbestimmen und deren Analyse ermöglicht, Leseerfahrungen und Lesegeschmack einer Zeit in ihrer Genese zu erfassen. Das schließt ein, die Kinderliteratur nicht isoliert zu sehen, als sei sie eine Literatur für sich. Sie wird hier deshalb nicht nur als Gegenstand der Literatur- und Sprachwissenschaft, sondern ebenso als Teil der Gesamtliteratur ernst genommen, um so – von unterschiedlichen Ansätzen her – gerade auch ihre Besonderheit hervortreten zu lassen. Auch ihre neuesten Entwicklungen werden theoretisch fundiert gewürdigt.

INHALT: *Maria Lypp*, Einleitung / *Helmut Mörchen*, Notizen zu Wolgast. Anmerkungen zur Rezeption von Das Elend unserer Jugendliteratur / *Maria Lypp*, Kinderblick und Wanderbühne. Zu den Texten von Günter Bruno Fuchs / *Doris Funk*, Visuelle Poesie für Kinder? / *Hildegard Pischke*, Das veränderte Märchen. Untersuchungen zu einer neuen Gattung der Kinderliteratur / *Geneviève Humbert*, Die kinderliterarische Szene in der DDR seit dem VIII. Parteitag der SED / *Dagmar Grenz*, Entwicklung als Bekehrung und Wandlung. Zu einem Typus der nationalsozialistischen Jugendliteratur / *Dagmar Grenz*, Erich Kästners Kinderbücher in ihrem Verhältnis zu seiner Literatur für Erwachsene / *Albin Lenhard*, Didaktische Mimikry. Zur Kinder- und Jugendliteratur Ernst von Houwalds (1778–1845) / *Bernhard Engelen*, Zur Sprache des Kinder- und Jugendbuchs / *Klaus R. Wagner*, Sprechpläne im Ja-Buch

Vandenhoeck & Ruprecht in Göttingen und Zürich

edition text + kritik

edition text + kritik, Levelingstr. 6 a, 8000 München 80

Oskar Sahlberg

Gottfried Benns Phantasiewelt
„Wo Lust und Leiche winkt"

218 Seiten, DM 21,–
ISBN 3-921402-36-0

Im Werk Gottfried Benns entfaltet sich eine vielschichtige Phantasiewelt, die der Darstellung von komplexen Gefühlsprozessen dient. Ursprung, Struktur und Entwicklung dieser Welt, in der sich frühe seelische Prägungen mit der historischen Situation verschränken, sind Gegenstand der Untersuchung. Fazit des Bandes: das Werk Gottfried Benns spiegelt in erstaunlichem Maße die wesentlichen historischen Prozesse der Epoche, übertragen in das Medium der aus dem Unbewußten aufsteigenden Phantasie; es ist eine „Geheimgeschichte der deutschen Seele" in der ersten Hälfte unseres Jahrhunderts.